李子红了

祁海涛 / 著

祁海涛/著

中国言实出版社

图书在版编目（CIP）数据

李子红了 / 祁海涛著 .—北京：中国言实出版社，
2015.8

ISBN 978-7-5171-1482-6

Ⅰ.①李…　Ⅱ.①祁…　Ⅲ.①长篇小说－中国－当代
Ⅳ.① I247.5

中国版本图书馆 CIP 数据核字（2015）第 193033 号

责任编辑：马晓冉

出版发行　中国言实出版社

地　址：北京市朝阳区北苑路 180 号加利大厦 5 号楼 105 室
邮　编：100101
编辑部：北京市西城区百万庄大街甲 16 号五层
邮　编：100037
电　话：64924853（总编室）　　64924716（发行部）
网　址：www.zgyscbs.cn
E-mail：zgyscbs@263.net

经　销　新华书店
印　刷　阳谷毕升印务有限公司
版　次　2015 年 11 月第 1 版　　2022 年 3 月第 2 次印刷
规　格　710 毫米 ×1000 毫米　1/16　15.25 印张
字　数　258 千字
定　价　42.00 元　　ISBN 978-7-5171-1482-6

山东文登县毕氏妇，三月间浣衣池上，见树上有李，大如鸡卵。心异之，以为暮春时不应有李，采而食焉，甘美异常。自此腹中拳然，遂有孕。十四月产一小龙，长二尺许，坠地即飞去。到清晨必来饮其母之乳。父恶而持刀逐之，断其尾，小龙从此不来。

——清·袁枚《子不语》

上　部

一

吃过抓"秋膘"的饺子，过了"立秋"这一天，就意味着一年一度的秋季来临了。南方的"三夏"工作正交替有序地进行，北方大地仍在一片一片青翠之中。一条大江的两岸，除了农垦系统的大片小麦已用大型的"约翰迪尔"收割完毕，到处是玉米、水稻和大豆农田，并都处在灌浆的关键时刻。一条支流的河水流到这里便收住了放浪的脚步，尽情地徜徉，滋养着一片偌大的、闻名于世的湿地自然保护区，草色葱茏，白鹤依依，蓝天白云下游人如织。眼下正值暑假的尾声，学生们抓住最后的机会，从家长那里拿来少量的现钞，再毫不费力地伸伸手，抑或家长主动地向他们的"花钱机器"——随身携带的银行卡上打进足够的额度，学生们的旅游梦就变成了现实。北方的学生都飞往南方了，来这里的学生游客大都是南方的。这是一个很有意思的现象，在这个刚刚富裕起来的国度，也许人们太想远走高飞，身边很多的旅游胜地近在咫尺，也无心去光顾，而是舍近求远，非要去"海角天涯"。假设能够实现一次港澳游更好。当然，家长支持能够出国到"新、马、泰"，甚至欧洲，那就是返校时再好不过的炫耀的资本了。不过，在穿戴五颜六色旅行装的队伍里，有一对年轻人却与众不同，他们的家就在附近，距离湿地自然保护区也就十公里的路程。那里到处是庄园，庄园里种植着葡萄和李子，间或有少量的樱桃、黄杏、沙果、桑葚和苹果树点缀其间。按说，现在正是葡萄打杈、李子即将上市的时节，这样一对年轻的农家夫妇不会有闲空到湿地来看丹顶鹤的放飞。可是，年轻人的脚步，哪能是季节可以阻挡得住的。一年前，当他俩还是一对高中生的时候，男生夏小林就答应女生李丹，说自己家距离闻名遐迩的世界大湿地仅有一箭之地，环境非常优美，将来带她出去旅游的第一个地方一定是到湿地看丹顶鹤放飞。他还炫耀说这片湿地的丹顶鹤世界第一多，全世界共有丹顶鹤十五种，中国有九种，这里就有六种。李丹是农村孩子，母亲早亡，父亲抚养，在乡下初中毕业后，被父亲花钱送到市里读高中。可与花季少女一样，她也是一个梦想满天飞、多愁善感的女孩。当她对大眼睛男生夏小林产生爱慕之意后，毅然摆脱了寄宿学校的形单影只之苦，不再垂青枯燥的高中课程，而移情别恋，朦朦胧胧，不能自已的，与夏小林双双坠入爱河了。

现在，他们成为一对年轻的夫妇。小林兑现诺言，带她到这个世界级的湿地保护区旅游。

"天上有龙，你信吗？"看完丹顶鹤放飞，玩累了，两人躺在四周芦苇荡包围的池水边，望着鱼儿游玩，听着鸟儿啁啾，小林问。

"我不信。"李丹答道。

"我信。"小林肯定地说，"而且有白龙、青龙、黑龙、黄龙、秃尾巴龙……很多很多龙。"

"秃尾巴老李我知道，小时候，我妈给我讲过它的故事。传说农历六月初六是秃尾巴老李的生日，每逢这天，它的家人都要把它那段留在家里的龙尾巴拿出来晒一晒，后来就演变成了民间晒衣日……"

"你知道这片湿地是咋来的吗？"

"不知道。"

"也与龙有关！"

接下来，擅长讲故事的小林，又给新婚娘子讲述了一个神奇的传说——

很久以前，这片湿地曾是一片盐碱地，土地贫瘠，有一个小村子艰苦不堪。有一天，疾风顿起，乌云蔽空，石走沙飞。半个时辰过后，云散风定，天空骤晴，酷日如火，随着阵阵哀鸣，一个庞然怪物从天空中扎落下来。人们惊慌不已，纷纷关门闭户。这时徐大胆提着木棍赶去察看，发现一条巨龙扎落在干涸的地上。村里人闻讯，纷纷赶来围观，只见巨龙明目如珠，双角高矗，锋利的龙爪深深地抠进干裂的土中，龙身数十丈，粗如几人合抱不拢

的老榆树，上面布满簸箕大的鳞片。那巨龙双目垂泪，挣扎着曲摆首尾，欲飞不能，仰天叹望九霄。一位银发长者告诉大家："龙是水性天神，能为人间行雨造福，大家赶紧搭棚浇水，救它脱凡归天。"于是，人们凑集了很多木杆和被褥，给巨龙搭了一个巨大的凉棚，还从远处担来清水浇在龙的身上。可是由于天气燥热，巨龙身上鳞片开始脱落。众人心急似火，纷纷流下了伤心的泪水。乡亲们的举动感染了天上的"百鸟仙子"，她派丹顶鹤率领白鹤、白头鹤、白枕鹤、灰鹤、蓑羽鹤、大天鹅及众多小鸟飞到人间。它们展翅盘旋，为巨龙遮日蔽荫，呼风唤雨。不出几天，浓云压顶，电闪雷鸣，顷刻暴雨狂泻、洪水猛涨。巨龙得水后，一跃腾入高空，随后俯首下望，曲身拱爪向救它性命的人们点首三拜。人们欢呼跳跃着为巨龙送行。巨龙飞走之后，奇迹出现了。人们发现在巨龙飞起的地方，竟成了一个一眼望不到边的大泡子，泡中鱼虾丰盛，荷花、菱角花芳艳诱人，周围被龙尾扫过的地方还长出了茂密的芦苇。从此，这里成为风调雨顺、物产丰富的宝地，丹顶鹤便留下定居了……

夏小林喋喋不休，把李丹带进了丹顶鹤的仙境。小林继续说："传说过去一对丹顶鹤正在热恋之中，它们在自然保护区生儿育女，享受着动物世界的天伦之乐。突然有一天，雄鹤被一个可恶的猎手击中，成为了人类的餐中美食。雌鹤夜夜凄鸣，召唤自己的夫君。后来，虽然知道夫君已经不可能再回爱巢，可是雌鹤终生不再改嫁。听说丹顶鹤对爱情都是忠贞不渝的！"

听了如意郎君美妙而神奇的故事，李丹如醉如痴。可小林突然以忧郁的口吻对她说："咱们九连的李子年年被砸，听说都是秃尾巴老李搞的鬼！传说秃尾巴老李的母亲误吃了树上的神李果，怀孕十四个月生下了它！"

"真的吗？"李丹睁大了原本不大的眼睛。

"九连老百姓都这么认为，说秃尾巴老李是孝子，每年都回五大连池黑龙潭给母亲上坟，并且知道自己是母亲误食李子所生，所以年年走九连李园这条路，经过时电闪雷鸣，下一场雹子！"

"不会吧？"李丹疑惑着。

"千真万确！五大连池还有个黑龙庙供它呢！"

"没事儿，我也姓李，当了九连的媳妇，说不定今后秃尾巴老李就能网开一面呢……"

二

　　从盛夏到初秋，天气异常的风平浪静。这倒使夏富贵，这个被乡亲们习惯称作"夏小鬼"的果农，心里越发紧张起来。早晨三点钟，他被一阵风声从梦中惊醒，急忙起床到窗前细听外面的声音。外面漆黑一片，没有了蛐叫和蝉鸣，只有狂风的嚎叫声，树叶唰唰的摇动声，他的心不禁一阵阵颤抖。心里默念着"起风了，起风了"，然后在墙角那个破旧的沙发上稳坐下来，六神无主的样子却迟迟挥之不去。

　　绝大多数人对于一场平常的夜风会持不屑一顾的态度，甚至个别人还会产生浪漫的情怀，以《夜风》为题作上那么一两段诗歌。可是对于夏富贵而言，那简直就是一场噩梦，因为他的十亩地庄园里种植了上千棵李子树。目前正值李子挂红，即将收获的关键时刻，如果遭遇一场风灾，抑或该死的暴雨冰雹天气，一夜之间，一年的劳动成果就会毁于一旦。自从他购买了庄园，这样的惨剧已经发生多次了。

　　前年，他刚刚从房东手里盘下这片庄园不久，在李子长到手指肚大小的时候，狂风大作，一场冰雹不期而至。满园的青果被踩蹋得伤痕累累，像被天公烙刻上了耻辱的图案。果熟上市之际，鸡蛋大的"三号"李子，因为有疤痕而被水果贩子挑三拣四，再说用不了几日红透的李子就会在图案处开始腐烂，致使价钱大打折扣，还卖不上土豆大白菜的价钱。到市里水果市场批发的话，便宜时每市斤只卖到两毛钱。扣除纸箱费、进场费、烧油费，以及管理李园的农药费、粪肥费、电费，入不抵出，还白白搭上了人工费、精神损失费。要不是夏小鬼机灵能干，另外抓了二十头生猪来养，包种了五亩茄子，二亩红小豆，并且都卖上了好价钱，他这捉襟见肘的日子真是无法维持。那一年，儿子小林读初中三年级，虽然庄园距离江城这所中等水平的学校只有不到十几公里路程，并且通了客车，交通便利，可是孩子城里城外地来回颠簸，有时还下地帮助干农活，对儿子学习有一定的影响，因而成绩一直徘徊在中下游，他就一狠心把孩子送去寄宿。他想，自己出身农村，家里兄弟姊妹七个，全是农民，两个姐姐在老家农村找了婆家，哥五个好歹都娶上了媳妇，四个哥哥拖家带口到外地打工，靠出苦力维持生计。作为老儿子，父母给自己张罗着娶上了媳妇，开始那些年只能守在父母身边，一面打理自己和四个哥哥留下的承包地，一面照顾年迈的父母。二老相继去世之后，种地收入实在少得可怜，他也开始外出打工。留下媳妇带着儿子在家伺候那几亩承包田。种地收入虽然少，可是守家在地，倒也自在。外出打工，就像断了线的风筝，不知何处是长久的落脚之地，又不知何时是归期。他一开始没有经验，先是到几位哥哥打工的地方走一走，比如天津、沈阳、河北，还有京城，都在郊区，住的皆是清一色儿的棚户区、贫民窟，干的是又脏又累的建筑活。他起初也跟着二哥在沈阳干了一阵子，可是他发现那活不是人干的——天放亮就上墙，眼擦黑儿才收工，像狗似的伸个舌头哈哧哈哧一干就是十六个小时，为省钱晚上还要住新建楼房冰冷返潮的地下室，兄长们习惯了，他却受不了那辛苦，心想挣钱不多，费力不少，再落下一身毛病得不偿失，就找个理由拿了路费回了老家。可他一心想发家的梦想却一直没有泯灭，于是到处打探消息，寻觅能干的营生。听说村里有个邻居在江城郊区的农场混得不错，买了庄园，种树、养猪有了可观的收入，他就找来电话联系。夏小鬼人机灵，话也说得恰当，邻居就答应帮助他联系活计。不久邻居给他找到了看护庄园的差事，说一户庄园的房东年事已高，被姑娘接去沿海的一座城市养老了，看护庄园的条件是不给工钱，但是白住房屋，十亩地的果树收入亦归看房人所有。夏小鬼哪肯放过这千载难逢的上好机会，他将老家的地全部承包出去，领着老婆孩子旋风似的来到这片到处李林遮蔽的隶属农垦系统的庄园，一干就是九年。九年里他与媳妇兰香种树、养猪、包地，冬天农闲时还外出打些零工，渐渐地积攒了一些家底。开始，开春的时候，或者秋天李子熟的时候，房东老两口还步履蹒跚地回来那么一两次，问问这，问问那，看看这，看看那，见夏富贵两口子把庄园伺候得井井有条，每次都放心地走了。后来，房东老爷子先走了，老伴感觉这片园子是伤心之地，忌惮睹物思情，再说年岁大了也无心顾及，就在电话里向夏富贵表示了出卖庄园之意。要是往前仅仅推两年，夏小鬼都不敢想自己出资买庄园。现在，他居然与房东老太太在电话里讨价还价啦。由于房东老太太居住遥远，消息闭塞，不晓得这几年江城的房地产价格不断攀升，也带动了郊区庄园价格的上涨，而是还停留在原来的思维里，因此起价十分的低廉。加之夏小鬼对这片庄园早有觊觎之心，这些年有意无意与房东老太太进行了很多感情投资，把老太太哄得几乎折了一半的价钱，就将庄园卖给了她曾经的看园人。由于庄园买得便宜，夏富贵几乎没怎么举债，就拥有了自己的庄园。从此两口子有自信了，具有农场职工身份的坐地户，还有南来北往，先后落脚到此地谋生的邻居们，都更加高看他们一眼，他们对李子树自然比原来伺候得更精心，更投入。虽然寄宿费用高，可他还是将儿子寄宿在学校，并暗暗梦想着将来儿子出人头地。买下庄园的头一年，李树遭遇了冰雹，李园没有获得好收成，可是靠包地养猪，日子还勉强维持。

去年，小林升高中了。他咬牙凑齐了所谓农民工子女的贡献费而非择校费——在一家木器厂为学校购买了几千块钱的桌椅，然后将提货单交到一个中介机构，在新学期开学的时候，再由中介机构利用这实际是农民工子女的择校费购买的桌椅，集中为学校更换一批新桌椅。至于学校正常更新桌椅的费用如何使用，就不得而知了。夏富贵心里想日子再怎么艰难也不能让儿子辍学。他和兰香还是拼命地包地、养猪，伺候果树。可是天有不测风云，李子又遭遇了一场雹灾，秋天李子熟了摘些到水果市场去卖，水果贩子们趁火打劫，都以李子遭遇冰雹容易霉烂为由，给几个钱就把货卷走了。年年遭遇冰雹袭击，当地人甚是不解。说来也是怪事，冰雹只是袭击这片庄园的周围，宽度范围不超过一公里，打的是一趟线，西南东北方向，超出这个范围皆风平浪静，几乎年年如此。当地百姓分析说，这里是秃尾巴老李回家上坟的必经之路，每年都要在九连走一次，走过之处狂风大作，冰雹成灾。一些当地农场的职工对此还深信不疑，讳莫如深，隐瞒着真相，很多都草草将庄园卖到外地人手里，自己则另谋生路去了。

如此看来，夏小鬼对初秋的夜风心有余悸，就不是空穴来风了。

三

其实，像夏富贵一样对初秋夜风的恐惧感，几乎覆盖了所有"庄园主"的心灵——尽管这里是一个与众不同的世界。在当地一些由农垦职工形成的果农抑或菜农心里，这里本来是当年北大荒拓荒团给他们留下的维持生计，生儿育女，面朝黄土背朝天的栖息之地。农民之于土地的感情，如同企鹅之于南极，小鸟之于树林，工人之于工厂，无可厚非，无需大惊小怪。可是由于常常遭遇风雹灾害，随着许多农垦职工对庄园进行流转，抑或靠老保生活，抑或另谋出路，"庄园主"的成分十五年来发生了很大的变化。除了像夏富贵一样从江城农村迁到这里，很多城里人也陆续掺杂其中。

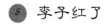

早在十五年前，这里还是人烟稀少的时候，就有城里人在农场职工手里廉价购买耕地的三十年使用权，发展种植业和养殖业。当时公交车尚未通行，这些城市的"淘金者"便骑着摩托车，一溜烟似的奔忙于城市、郊区之间，像幽灵一样。不得不承认，当年城里有如此远见卓识的人微乎其微。

庄园身后的这座江畔之城，改革发展如火如荼。人们在发展中拼搏、竞争、合作和欺诈，并享受着改革开放的红利。俨如一个一夜暴富的穷光蛋，除了粗糙的皮肤，曾经风吹日晒的皱纹无法去除，其他都在脱胎换骨，发生着质的变化。说话语气加重了，明显有了自信和底气；步伐稳健了，处处显示着成功后的洋洋自得。由于饮食上的无节制，山珍海味，大鱼大肉，还有乐此不疲的宵夜烧烤，一杯一杯形似暖瓶的扎啤，使原本缺油水的肚皮很快就滚圆无比，不得不将腰带扎到肚脐眼以下，有意凸显着"将军肚"，并以此为美，成为这座发展之城大街上的一道风景。

整座城市的饮食娱乐业史无前例的兴隆，火锅店、烧烤店、活鱼店、杀猪菜馆，洗浴、桑拿、汗蒸、泡脚、按摩房……雨后春笋般地崛起，闲暇时的麻将声、唱歌声、碰杯声不绝于耳，歌舞升平，醉生梦死。因为江城地处边疆，天高皇帝远，加之寒冷天气镀得人性情粗犷豪放，素有能吃好喝讲究义气之习。十几年下来，很多人喝坏了肝肾、脾胃和心脏，"三高"人群不断攀升，亚健康人群成倍地增长，各大医院人满为患，体检中心体检的集体络绎不绝。在小三们美貌细语的诱惑下，很多家庭破裂，一对对曾经恩爱的患难夫妻分崩离析，形同陌路，从此爱已尽，恨无涯。

一切都证明，一场改革开放给江城发展带来的磁力正在无限地释放着，很多外县的生意人、乡下的打工者，都在涌入这座城市，寻求发财之路——这当口，谁会反其道而行之，从里向外，突破围城，去城市郊区寻求一处淘金之地？众人皆醉我独醒，我们不能不佩服地断言，这样一些人的确具有超凡脱俗的气质和远见卓识。也许这些人具有各种缘由和苦衷，不论如何，他们成了来到这片庄园最早的一批人。随后，十几年的工夫，这个在农垦系统沿用兵团番号排序叫作九连的地方，在近千户职工中，足有六百户将承包地转让给了外来户，其中三分之一被城里人所占有。开始，在周围一片发展经济的渲染下，场部对职工偷偷地转让承包地顾及不暇，只得睁一只眼闭一只眼。酒杯一端，政策放宽，喝上城里人的一杯酒，抑或抽上城里人送上的一条"红塔山"，不仅私下里的买卖耕地行为无人追究了，甚至有的场部管个三章六印的"大员"，还帮助"地主"意识很强的城里人办理了过户手续——尽管所谓的房产证很不正规，只是盖有场部印章、允许占用几分耕地建设一般的生活用房，抑或建设发展养殖业畜舍的红本本，抑或是与底案并不相符的土地承包经营权证——可这里的人们都视其为宝。有无签上自己大名的房产红本本、紫色的土地承包经营权证，成为是否真正拥有"庄园主"身份，甚至提高转让价格的主要依据和象征。

九连距离江城不足十公里的路程，是典型的城市郊区。江城这座地级市通往省城的公路从其腹部穿过，出城第一个、入城最后一个收费站就设在九连。因此，九连虽隶属农垦系统，可是倚仗江城发展果蔬经济的地缘优势显而易见。

一九九七年这里搞土地经营承包的时候，家家户户种植的蔬菜基本都是黄瓜、辣椒、茄子、西红柿、萝卜、大白菜、卷心菜、大葱等，很多还盖起了蔬菜大棚，蔬菜早早下来就运到城里的早市换取生活费。与归属地方管理的其他郊区菜农并无二致。可是几年下来，种菜的职工发生了几次小小的纠纷，导致转栽果树了。

我们清楚，北大荒农垦系统的耕地大都是成片成片的，一望无际。九连毗邻江东岸大平原的湿地沼泽，土壤皆是水流淤积和狂风夹带沙尘，卷入这里的沙土。现在看上去到处是李林屏蔽，茂密障目，当年却是飞沙走石，风灾不断。常常是玉米等农作物不过膝盖高，就被摧残得七零八落，惨不忍睹，改种蔬菜也厄运难逃。同时，因这里宽广通透，承包田一眼望不到头，当时每户分的十亩地，一条垄达一亩地，奇长无比，给人们犁地提出了考验。不论用马犁，还是用拖拉机，难免"龙摆尾"，曲里拐弯，弄得不是左边占了张家的地，就是右边占了李家的地。乡里乡亲的，开始大家都没太在意，赶上红白喜事的场合互相喝杯谅解酒，承诺下年纠正也就完事大吉了。可却偏偏发生了下一年不但不纠正，反而越占越多的情况，有的甚至发生了稀里糊涂就占去足足一条垄的事情！一条垄就是一亩的耕地，邻家忍无可忍，咬住说是故意占地，老账新账一起算，纠纷便一次次无可避免了。场部的头头脑脑为此烦恼不已。

在一次职工大会上，有人提出重新划分承包地，从中间断开，缩短一半的长度，得到了一致通过，转年开春便抓阄重分了。从中间截开后，每户原来的十条垄变成了二十条垄，仍是十亩地，只是长度缩短了一半，宽度增加了一半。从此犁地距离短了，就避免了互相挤占耕地现象的发生。后来，为了防治风沙，上级决定在这里开展果树种植试点，发现九连承包户的耕地方方正正，如同方盘上的豆腐块，适合建庄园。于是这里摇身一变，清一色儿栽上了果实水灵、香甜、个大的"绥满三号"李子树。由此，十亩地一户的庄园就形成了。同时场部每户批准三分地，统一规划，在庄园李树林里建起了一排排用于生活的红砖房，这样就有了现在的一家一户、独门独院的庄园格局了。

四

九连的李林，像是辽阔的江畔平原之上，生生长出来的一绺胡须，引来一箭之地外湿地保护区里的各种鸟雀，到这里新觅了一个天堂般的家园。平素乌鸦、喜鹊、野鸡、麻雀四季不绝，小满时节则飞来数不胜数的鸟类，在林子里叽叽喳喳地叫个不停。与此同步的是，八方人士也陆续聚集于此，掩藏在庄园要么颐养天年，要么做着发财梦。公路旁的种子化肥农药等农杂商店，也日益多了起来。每到春雪融化、备耕农忙之际，关门歇业了一个冬天的农杂商店门前，日渐人嚷马喧。闲了六月有余，筋骨都呆紧了的果农，一朝行动起来，浑身的关节"嘎巴嘎巴"脆响。他们骑着"嘎吱嘎吱"三响的自行车、倒骑驴，顶着蓝烟"突突突"地驾着农用三轮车、四轮车，下了公路，从四面八方云集于农杂商店门前，满身粘着泥土，络绎穿梭，进进出出，依据在家炕头上掐着指头盘算了一冬的种植计划，购买所需的农用物资。

这天，是一个双休日。在这朴实而辛劳的人群里，突然来了一对城市夫妇，汇入了这股农耕的潮流。因为是大忙季节，加之城郊人杂，他们的出现并没有引起人们太多的注意。这对夫妇穿得整整齐齐，每次来都进入门市最大的一家农杂商店，像在家宅久了的孩子，见什么都新鲜，看这看那，问这问那，打听个没完。见是城里人，老板娘和雇来的服务员格外眷顾，不管闲忙，有问必答，并且每回答一次，这对夫妻都无限感激。他们说明庄园耕种所需，女主人就推荐出几样，五颜六色地摆在柜台上，或瓶装，或袋装，并一一介绍，最后总能商定一种。他们并不多疑，付了钱还被老板娘甜言蜜语地抹了零头，便高高兴兴地离开了。

每次都是如此。

这一对夫妻，女的叫尹红，是江城某移动公司的业务员。男的叫方知，是江城一所省立林业大学的副教授，早年毕业于省城一所师范大学。按说，他这位农家子弟，正当事业如日中天的时候，不应该产生购买庄园的想法。为这事，他还与妻子尹红争论了好长一阵子。

"我想购买一处庄园。"一天，教授刚从书店回家，腋下夹着一本书说。

"买庄园？你的脑袋是不是出了问题！"尹红用她一向心直口快的风格揶揄道，"现在人们都住高层，前几天陪一个姐妹去看高层，建得可漂亮了，在湖边，价格也不贵，四千元起价，最好的楼层也不过四千七百元。咱们可以办理按揭贷款，咱俩的工资除了供孩子上学的费用、生活费，足够还贷款了。我看可以考虑。"

"在发达国家住高层是贫民窟，有钱人都去郊外购买庄园和别墅。"看来，教授为此早有思想准备。"你看我买了一本什么书，《浮生六记》！"说着，换上拖鞋，来不及脱外罩就在客厅给尹红读起来：

"时方七月，绿树阴浓，水面风来，蝉鸣聒耳。邻老又为制鱼竿，与芸垂钓于柳荫深处。日落时，登土山，观晚霞夕照，随意联吟，有'兽云吞落日，弓月弹流星'之句。少焉，月印池中，虫声四起，设竹榻于篱下。老妪报酒温饭熟，遂就月光对酌，微醺而饭。浴罢，则凉鞋蕉扇，或坐或卧，听邻老谈因果报应事。三鼓而卧，周体清凉，几不知身居城市矣……芸喜曰：'他年当与君卜筑于此，买绕屋菜园十亩，课仆妪植瓜蔬，以供薪水。君画我绣，以为诗酒之需。布衣菜饭，可乐终身，不必作远游计也。'"

"你念的什么东西，乱七八糟的，我听不明白！"尹红说。

"这是清代文人沈复写的《浮生六记》之一'闺房记乐'。"方知兴致勃勃地坐在沙发上，紧挨着老婆解释说，"沈复娶了一个青梅竹马的表姐，叫芸娘，很有才华，会作诗，喜欢桃源生活。一次沈复带她到郊野一个居住着老两口的池塘边游玩，住了十天，饮酒赋诗，垂钓听蝉。芸娘十分喜欢，对沈复说将来要是能买一个十亩地的菜园，雇人种上瓜果蔬菜，你作画，挣些钱填补家用，我做针线，有情致时陪你饮酒作诗。虽然是粗茶淡饭，但能快乐地白头偕老，神仙一样的日子，不必去远处旅行。"

教授接着说，"古代文人，大凡心底都有一片宁静安和的桃源。那可以是黑暗中挣扎的一份慰藉，可以是山穷水尽的柳暗花明，也可以是求索不得后的一条退路！咱们现在不愁吃喝，就一个女儿，将来买一处庄园，日出而作日落而息，也过过'一畦春韭绿，十里稻花香'的乡野生活，此生何求！"

"你书教得好好的，风吹不着雨淋不着，不是挺好吗？再说人家都在攒钱买高层，你可倒好，要去买庄园种地！你歇歇吧，反正我不同意，要买你买，去找你的'芸娘'，去住你的庄园别墅，我和姑娘就呆在城里，过正常人的生活！"

尹红一句话，给方知的建议判了死刑。

方知知趣，没再出声。可是方知是一个非常有主见的人。这些年一个人从农村考学出来，现在晋升到了林业大学的副教授，也是比较年轻的。他的骨子里长满了新观念、新思想。他经常与学生提起的一句名言是"优秀的人改变生活，伟大的人改变观念。"大学教授的工作相对自由，除了一周几次在学生面前的慷慨激昂，其他时间如果不是做研究，剩有成块的时间需要打发。况且还有几个月的寒暑假，浪费了让人可惜。

方知在大学读书时就是诗社的成员，对诗歌理论有一定的研究，又有一定数量的诗作，可发表的不多，大多数习作都压在箱底儿，他对拿出去见人的诗作要求很高，他认为那可是一个人的脸面。这些年忙于教学，养家糊口，赡养乡下的老人，以及为了获得"副教授"头衔，便将诗文爱好搁置了，用他对尹红的解释，就是一心一意地干"正事"。

时光在忙碌者的指尖飞逝而过。转眼，方知和尹红都年过四十。方知发现自己的鬓角有了白发，女儿方卓撒娇时还搂着脖子为他挑。用方卓的话说就是用老爸的白发当礼拜天过。现在的学生学习太紧张，好不容易有一点放松的时间和心情，方知咬着牙享受着女儿"一二"地喊着口号为他清理白头发的幸福。

人过四十天过午，方知感觉到了自己的衰老。过去，为了干"正事"，他大学毕业后教了十五年的林学课程，凭借农家子弟身上脚踏实地的那股韧劲儿，教学和科研在考核中经常能达到前三名。否则，他也不能脱颖而出，年纪轻轻就晋升了副教授。名利双收，可谓意气风发，完全可以再展宏图，得陇望蜀，将来晋升教授。为此方知也进行过多次预想，并将自己与副教授们一一对比。他发现自己的资历实在太浅了，前面排号的人太多，起码五年内还轮不到自己。另外，要想拿到教授的位置，除了资历，现在的人际关系也是一门很大的学问，那可不是三包粽子两包糖就能过关的，眼下请客送礼风日盛，投入很大，搞不好还要掉进学术腐败的泥淖！为此他一直心有余悸。自己是一个农家子弟，有了目前副教授的头衔，完全可以光宗耀祖了，没有必要冒着行贿的风险，再去肆无忌惮地争取下一个目标，搞不好前功尽弃，半辈子的努力毁于一旦，得不偿失。他经常注意报上关于落马贪官的悲惨下场，尽管这与泛滥的行贿受贿之风比起来只是九牛一毛。为此，除了坐稳副教授的位置，对于晋升教授的事情，他以顺其自然的心态面对。尹红说他是小农意识，他也置之不理。

这些年为了稻粱谋，他不得不将书教好，免得误了人家的子弟。可是时间久了，面对乏味、浮躁，没有挑战的工作，他的厌倦之感越来越强烈。他发现，人到中年，自己对诗文的爱好情结，渐渐涌上心头，就像老朋友一样邀他推杯换盏。骨子里挑战意识很强的他激动不已，发现自己在思想里找到了一个打发时间或者叫填充生活空隙的载体，自己何不将读大学参加诗社时所写的一些习作整理成诗集？说干就干，仅用一个暑期，他将一本诗集编辑成册，并起了一个意味深长的书名《化蛹成蝶》。

为了设计书籍封面，方知将江城大大小小的书店逛了一遍又一遍，以致售书服务小姐都很熟悉他。封面设计好了他又开始联系出版社，然而自费出书又是一笔不小的开销，他这个月薪几千块钱的工薪族对此望而却步。"我的诗集能卖出去吗？"他扪心自问。"现在有几个人去书店看书买书？去的都是一些买学习读物的孩子。名著均被束之高阁，何况我的书，自娱自乐而已！"既然这样，在朋友的建议下，他索性拿出一个月的工资印刷了两百本，精美的封面设计，充满青春气息的诗歌，虽只是私下里赠送朋友，倒也赢得了几分赞许。

一本自印的小册子在手，方知获得了很大的心理满足。他在房贷刚刚结清的第二年，就谢绝了一名有背景的学生给他私下购买驾照的好意，自己乘上公交车去驾校练习车辆驾驶了。他认为驾车是一门技术，驾车上路首先考虑的是安全。驾车必须亲自去练习，不能有半点马虎和投机成分。驾照考试一科接一科地顺利通过，拿到了货真价实的驾驶证，他突然发现，自己又开始惦记着买一辆私家车了。江城的经济发展过去慢得像头牛，最近几年开始奋起直追，虽然快得像一匹马了，可是拥有一辆私家车对于绝大部分市民来说，还只是天方夜谭。妻子尹红在移动公司工作，收入不高，但也能够支付孩子上学的费用和家庭生活费。过去一直用方知的工资归还银行的住房按揭贷款。现在，住房贷款结清了，方知就开始惦记着用自己的工资去中行办理一辆车贷了。这想法就像一条小蛇在怀里攀爬，使他躁动不已。未征得尹红的同意，他就独自一人乘坐公交车去了二手车市场——每逢礼拜天都去，他打算买一辆便宜的二手车，熟练地掌握了驾驶技术，达到"人车一体"的程度之后，再弃旧易新。到江城生活这十几年，不是呆在校园，就是闷在家里，再不就是把时间浪费在了同学、朋友聚会的饭局上。坐落在城南的这座二手车市场就像另外一个世界，他闻所未闻，更别谈涉足了。二手车市场里人声嘈杂、交易火爆，黑的、白的、红的、蓝的、黄的、银的等各种轿车，像展览馆一样，默默地、无声地撞击着他的眼球，激荡着他的血液！连续看了几辆，捷达、桑塔纳，七八成新的汽车不过四五万块，他几乎相中了其中的一辆。可是他在做通尹红的工作之后，发现将家里的积蓄都算进来，也凑不齐一辆二手车款。

人就是这样一种高级动物，拥有的或很容易实现的东西，并不十分在意，而越是难以完成的困难，越是感到有挑战性，也就越是想着法儿地要去完成它！

欲望被彻底刺激起来，方知在确认二手车无法办理银行贷款，乡下一帮穷亲戚，举债无门之后，他又领着已经被他鼓动起来的尹红，开始明目张胆地跨进轿车4S店。他事先列好准备购买车型的名单，一家一家地实地查看。先是奇瑞，然后是马自达，甚至力帆、吉利，除了令人望而却步的高档汽车店，这个城市东南西北边边角角的汽车4S店，都被他和尹红像两尾如饥似渴的鱼一样游了个遍。最后在朋友的建议下，选择了实用省油的新款捷达。交了百分之三十的首付，与售车小姐一同去中国银行办理了贷款手续。从此，他成为林业大学第一个拥有私家车的教授。轿车接回来，他就开进了校园。崭新的车体闪着银光，格外显眼。师生们从校园里、教室里围拢过来看热闹，像观摩一场猴戏，个个咂舌惊叹。他毫不隐晦自己贷款购买私家车的事实。他就是要向那些口袋装着满满的钞票，却畏首畏尾，不能酣畅淋漓享受新生活的短视者们表明，他们的观念是多么的落后和可笑，只知道生活在金钱和近视眼镜里，脑子里、眼睛里开阔的新思想、新时尚、新视野缺少得太多！而他，在女儿读高一的那个秋季，便起早贪晚地驾着他的新款捷达车，开始接送孩子上下学了。

"私家车"对江城的市民而言，绝大多数还停留在梦幻般的憧憬中，这个时候，对于方知超前的行为，林业大学的老师们、学生们给予了热情的关注和议论。有的说方知观念新，走在了时代的前列。有的则在背后对方教授不知深浅的行为给予了猛烈的抨击。论经济能力，与学校的其他老师相比，方知确实是很贫困的一个，更别提达到什么所谓的"中产阶级"水平了。很多有钱人、有背景的纯粹的城里人对方知的行为感到不可思议，"中产阶级"们认为打车是一个不错的选择，何必兴师动众去购买一辆私家车，车库、保养、保险、燃油，这是一件十分不值得的事情！方知对此不屑一顾。有时也亮出自己的高谈阔论：买车要有四个条件。对方说什么条件？不就是钱吗，没有钱怎么买车！方知慢声细语地说道：

"不。第一条是观念。你看现在的有钱人很多，但是有几个买车的。比如我，林大里最穷的一个，没钱，但是贷款买车了。第一个吃了螃蟹，实现了拥有私家车的梦想。"

"那么第二条是钱吧？"

"不。第二条是技术。没有驾驶技术安全没有保障，所以必须要很好地掌握驾驶技术。"

"那么第三条是钱吧？"对方句句不离钱。

"不。第三条是魄力。购买私家车，驾驶自己的车，目前毕竟是一件新鲜事物，敢于吃螃蟹的人，一定是一个有魄力的人。没有魄力，畏首畏尾，实现不了拥有私家车的梦想！"

"最后一条，才是钱。"方知接着说，"没有钱，确实买不了私家车。钱是基础，但不是前提。"

方知的这四条购车理论却也说得很多人哑口无言。一些人暗自佩服方知的观念、魄力和真知灼见。有的甚至说："这年头，穷小子翻身。有钱没钱，回家过年！"

轿车是一个流动的家。从一八八六年德国人卡尔·本茨发明汽车开始，人们对它给人类带来的方便毋庸置疑。除了接送女儿上下学和妻子上下班，每逢节假日，方知还带着全家回乡下老家看望父母、去风景名胜旅行。省内走遍了，就开始远行省外，最远的一次还去上海、苏杭自驾游。轿车将地球缩小了，方知在这个城市住了十几年都没有走过的路，买车之后很快逛遍了。街道巷子，旮旯胡同，渐渐的，轿车的轮子驶向了九连庄园，似乎命中注定，顺乎情理的，从那次他载着妻子到庄园一位老乡金万能家里作客，就昭示着

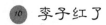

不久的将来，他也会成为这里某一块庄园的主人了。

五

金万能早年供职于凤凰县的一个乡镇农村信用社。能有这样一个职位，仰仗于他有一个官至镇党委书记的父亲。金万能当年的绰号还不叫金万能，单位的同事都叫他"老狐狸"。绰号是人民群众对一个人最贴切生动的评价、总结和写照。其实金万能原名叫金崇才，是高小毕业的父亲的手笔，父亲希望儿子将来成为一名有才的文化人。望子成龙悉数是，鸿途高愿几人遂。偏偏金崇才不愿读书，初中没毕业，已经成为一镇之长的父亲让武装部长搞个入伍的指标，将他送到军营历练了。将门出虎子。金崇才虽不愿读书，可是心灵手巧，脑袋灵活，在部队时即练就了开汽车的本领，并学会了修车，还被评为汽车驾驶能手。转业后，父亲先是安排他在镇里农技站开拖拉机，后来县农行行长下乡检查时，相中了镇上的一台"解放"，想买。这时金崇才的父亲已经是镇里的党委书记，一把手金口玉牙，说汽车可以卖给农行，价格也好商量，只是有个条件，就是把儿子带过去，变为银行人。县农行行长同意了，廉价买下了汽车，做通市农行信合科长的工作，信合科长腰里拴个名章，盖上就把金崇才调进了镇农村信用社，成为一名信贷员。信用社当时隶属农行，与镇农行营业所合署办公，是镇里唯一的一家金融机构。在老百姓的眼里，那可是比公家人还公家人的好单位。何况金崇才干的是信贷员的差事，常常腋下夹个包，走村串户，风光无限。

方知与金崇才是一个镇的，当时还在学校读书。放暑假时帮家里到镇上亚麻厂卖亚麻，见过到亚麻厂办贷款的金崇才，人长得奇瘦无比，不像金书记长得白白胖胖的，一张挖孔脸，一双小眼睛，不过穿着制服，个子高挑，又是行伍出身，倒也显出几分精神、利落。当年方知与金崇才仅有此一面之缘，不过互不相识，因为身份有着天壤之别。后来方知考上了大学，成为小山沟里唯一飞出的金凤凰，金崇才也只是听说过方知十年寒窗，一举考入大学的稀罕事，可是并没有什么接触。还是后来方知被分配到江城林业大学，与尹红回家结婚，已是信用社副主任的金崇才到家里祝贺，才算正式认识。再后来，家里的亲属种地需要贷款，只要找到方知，方知就给金崇才打电话，金崇才有求必应，从此也就处下了方知这么一个难得在市里上班的朋友。有时金崇才到市里办事，方知总要做东，安排金崇才吃上一顿海鲜之类上档次的饭菜。

一九九六年信用社与农行一分为二之后，干部短缺，金崇才便升到了信用社主任的位置。由于贷款发放回收等指标完成情况年年第一，其他乡镇信用社的主任嫉妒，就给金崇才起了个不雅的绰号"老狐狸"。狐狸聪明、狡猾，用到精于算计的金崇才身上，倒也十分贴切。只是后来发生在老狐狸身上的一次艳遇，使他扶摇直上的人生路发生了逆转。

信用社独立以后，农行搞机构收缩，乡镇营业所不久即又撤销了，作为镇信用社的一把手，金崇才成为了镇上唯一的财神爷。贷款买房、购车、置地、养猪牛、做生意的农民和地痞无赖蜂拥而至，金崇才家门庭若市，火得跟火烧云似的。那时候贷款指标年年紧，为了达到贷款目的，托关系找人说话的，送礼上门的，请客吃饭进舞厅的，可谓各色人等千姿百态你方唱罢我登场。

金崇才本来也没什么文化，被五彩缤纷的生活搞得云山雾罩，不辨东西。天天吃饭店，夜夜进舞厅，醉生梦死，莺歌燕舞。终于有一天金崇才把持不住，被妙龄歌女金花拉下了水，开始夜不归宿，"春宵苦短日高起，从此君王不早朝"了。舞厅小姐金花的出现，使金崇才对生活有种飘飘欲仙的感觉。但狐狸一样的精明本性，使他纸醉金迷之后却也保持了一定的清醒，没有恣意放贷，年末也尽量做到悉数收回，指标完成在全县仍然名列前茅。问题是小他近二十岁的金花对他产生了感情，依依不舍，如胶似漆地缠着他，后来居然还背着他怀了孕，生下来一个儿子。

金崇才不愧是老狐狸，他十分清楚此番艳遇如果传扬出去，不仅家庭要瓦解，乌纱帽也会被撸掉，落个身败名裂的下场。再说这些年用手中的放贷权，捞取的油水一辈子也花不完，灰色收入猫在银行里浑身是刺，也带着个"险"字，不少兄弟信用社的头头就因此沦落为阶下囚，有的甚至亡命天涯。权力是一把双刃剑，他常常为此心生寒颤。在人生的十字路口，机敏的金崇才来了一个急流勇退，先发制人，毅然辞去信用社主任的公职，与妻子不辞而别，领着金花私奔到九连，买了一块庄园过起老夫少妻的日子。原配夫人后来得知此事，见老狐狸领一只小狐狸精过上了，生米已经做成熟饭，加之金崇才近几年奢靡堕落的生活，也使糟糠之妻厌倦了，即同意与金崇才办理了离婚手续。金崇才给她留下了一笔不菲的生活费，并留下女儿陪她。

我们不能不承认，不论是在城市还是乡村，因为"第三者"插足，而导致家庭破裂的婚姻不计其数。个性解放带来的离婚率攀升是不争的事实，可像金崇才处理得如此平稳圆满的却屈指可数。多数是闹，直闹到两败俱伤，旧船票上不了破船，不可收拾，才各奔东西！我们不得不佩服老狐狸的精明和理性。购得庄园后，出于对金花和一个新家庭的责任感，金崇才一面栽种果树，一面养猪。由于精于算计，又凭借军用体格吃苦耐劳，不几年就将手中当信用社主任时获取的不义之财以钱生钱，翻了几番，成为庄园左邻右舍中的大户。因为金崇才精于研究，身体力行，什么都能干，什么都会干。养殖、建猪舍、种菜、建大棚、果树剪枝、喷药、木匠活儿、铁匠活儿、瓦匠活儿、电工活儿，一切亲力亲为，很少到街边花钱雇人。因此邻居又给他起了一个新绰号：金万能。对于这个明显比"老狐狸"富有褒扬意味的绰号，他也欣然接受，每叫一次，他就龇牙笑一次，并不反驳，仿佛听到了人们对他美好生活的赞美，如同吃腥的猫得到同类的无比羡慕。

与方知的重新接触，是金崇才移居庄园生活后第二年的事情。秋天，庄园瓜果甜了，粘玉米熟了，他就隆重地将方知夫妇请来，重续旧情，展示自己美好的生活。其实，金崇才刚到庄园，就想与方知接触，毕竟初来乍到，在陌生之地生活，城里不能没有一个靠山。过日子谁能没有个大事小情，遇事也好有个帮衬之人。可顾及自己是"逃婚"到此，一切又刚刚开始，金万能心想不能露怯，示人以狼狈之相。所以他一直等待时机，并且用自己的辛勤劳动为这样一个时机不断地进行耕耘。这是老狐狸的狡猾之处，也是老狐狸的可爱之处。

这个时机来临了，金万能抓住了它。方知夫妇异常高兴，特别是对这位老乡敢为人先，辞去公职来享受田园牧歌式的生活赞叹不已。此后的几年，每到秋收，瓜果熟了，还有杀年猪的时候，方知夫妇都是金万能的座上宾。方知也帮助他办了不少事儿，比如与小媳妇生的儿子上学，回老家给老媳妇和女儿带些穿的、用的，找尹红代交个移动手机费什么的，走动得比较频繁。对于方知夫妇而言，有位老乡在郊区居住，能时常去散散心，体验一下田园生活，也不失为一件快事。

六

方知开始也未诞生购买庄园的想法。暂不说经济条件不宽裕，就是观念也未达到。这与年龄也有关，即使不像有些人为了淘金，也总不能刚刚不惑之年，就像退休的大爷大娘一样，去休闲地种地吧？世俗不理解，自己的思想上也有禁区。可是过一天重复的日子，他都觉得对不住自己的大好年华。诗集面世了，私家车开上了，下一个目标在哪里？面对越来越浮躁的社会，盛行的潜规则，人和人之间关系的日渐冷漠，事业上的差强人意，都使他不由产生了一种失重感。在这座城市生活得越久，他越感到自己与这座城市的关系像抛物线一样，由起初进城的企盼和热恋，转入了下滑期。有时甚至心灰意冷，浑身力量和热情无处附着。加之乡愁日烈，他对土地的爱，乡情的爱，自然的爱，渐渐生发出了一种"向往也好，回归也罢"的企望之感。他在一篇文章中曾经这样自白：

> 二十年来对城市文明的无声融合与浸淫，使原来的一身土气，反复洗礼后，俨然成为一名"城里人"。可自己与城市之间，仿佛有一堵无形的墙横亘其间。城市未完全融入，乡音却渐行渐远。常有一种被夹在城市与农村之间，处于尴尬境地的感觉。前进，纯正的城市之路尚远。后退，记忆中的乡村已不复存在，其实已无路可退。寒来暑往，春秋几度，乡愁的情结如影相随，风筝一样看似虚无，实则摇摇摆摆，千丝万缕，在心海里生根、蛰伏，常常处于紧绷的状态……

这与乡下父母健在，经常牵挂和返乡看望有关。更与时不时就光顾金崇才的庄园，感受乡野生活密切相连。购买庄园的想法被尹红判了死刑，他表面上沉默，实际上一直在寻找机会。过去是金崇才邀请他，他才去作客。现在自己有了车，隔三岔五就拉着尹红去逛一逛。这天，已是春暖花开。趁一个礼拜天，他和尹红又来到金崇才的庄园。金崇才拿出自种自酿的葡萄酒招待尊贵的客人。酒喝微醉，仰仗劳动锻炼和小媳妇的滋养，看上去精神很好的金崇才，眯缝着一双小眼睛对方知说：

"怎么样，老弟，工作称心不？"

"凑合吧。"教授有气无力地回答。

"你让我再上班。打死我也不干，我现在老自由了！"

这时金花端一盘刚煎好的笨鸡蛋从厨房出来，听了两个人的对话，插话说："咋还凑合呢，像我和老金，老夫少妻的，才是凑合一天是一天！你们的工作多好啊，养尊处优的，风吹不着，雨淋不着，挣得还多。来，尝尝新开张的笨鸡蛋。"金花一边大嗓门地说着，一边一屁股坐下来。金花比金崇才整整小二十岁，刚刚三十出头，却有些发福。她给方知夫妇斟上葡萄酒，举起杯，张罗喝酒，很是热情。

"不过，你嫂子说得也对，"金崇才总是在外人面前称呼金花为"你嫂子"，"我媳妇"，以显示老夫少妻的恩爱。"现在不比前些年了，开个皮包公司都能挣大钱，人都老精老精了，靠忽悠挣钱的好日子过去了。不管咋样，你们吃国家饭的还是旱涝保收。不像我们，这一天，太辛苦了。早晨四点钟，太阳一露头，我就下地干活了，一干到天黑，老累了。这里全是沙土地，三天不下雨就旱，光浇地就是个缠人的活儿！"

"劳动多好啊，整天与庄稼鸡鸭猫狗打交道，在快乐中锻炼了身体，不像城里人还要去游泳、暴走、打乒乓球，坚持需要一定的毅力。你看现在金大哥身体好、精神好，越活越年轻，和小嫂子是郎才女貌。"

方知一番话，把大家逗乐了。方知接着说，"其实上班的人失去很多大自然的乐趣。我常和学生讲，纯粹在城里出生的人，与我们这些从农村走出来的相比，至少失去了一半的人生体验和快乐。这一半就是农村生活。城里长大的只知道上学上班，看电影、逛商店、溜公园，农村长大的则不同，常年与大自然亲密接触，风里来雨里去。艰难、辛苦，不过也经受了农耕文化的洗礼，积累了生活底蕴，获得了乡野生活的乐趣，锻炼了勇敢、执着、朴实、真挚的品质。城里虽然条件好一些，相对安逸一些，可缺乏大自然风雨的捶打，导致了年轻人脆弱的特点，遇见点挫折就寻死上吊、精神抑郁，你看农村孩子哪有这事？"

尹红虽然在县城出生，可早年在乡下外婆那里生活了几年，所以对农村生活也不陌生。"话是这么说，可是还是呆在城里好啊，谁愿意到农村出那苦大力，风天一身土，雨天一身泥的。就你，进城这么多年了还一身土气！"

"方知是才子，他可不土。你看我们家老金，那可真叫土，都快土掉渣啦！"金花大嗓门吵吵着。

金崇才在一旁嬉笑，一双小眼睛仍然眯缝着。他已经习惯了金花的大嗓门，甚至对他的"无礼"，从来不反驳。他就是用这种温柔和包容，黏糊住了金花的心，死心塌地守着他。他话锋一转，问方知："老弟呀，你啥意思，我看你对庄园生活挺有兴趣！"

方知瞄了一眼尹红，心有余悸，没敢提买庄园的事儿，而是绕开话题说：

"哲学家冯友兰提出'四境界说'。他认为人之所以不同于禽兽，即在人有理性，人有心的知觉灵命，因此人能觉解。由于人对宇宙人生觉解的程度不同，宇宙人生对于人的意义就不同，人的境界也就不同。严格讲，没有两个人的境界是完全相同的。取其大同而言，他认为可把人生境界分为四种，即自然境界、功利境界、道德境界、天地境界。自然境界的人是按照他的本性和习惯行事，过原始生活的人，小孩子、傻子的境界都是自然境界；功利境界的人就是做一切事都是为了自己；道德境界的特征是都是以贡献为目的；天地境界的特征是不但了解社会，对社会有贡献，还应知天、事天、乐天、同天、超乎经验、超乎自己，达到物我一体、内外不分的同天境地。"

方知看大家好像没听懂，进一步解释说："有人说'人为物役'，我看不一定，人在为物所累的过程中也获得了快乐。金大哥就是人为物乐，通过自己的劳动种菜、养猪、管理果园，身体锻炼好了，心情好了，也不会因为'三高'跑到医院去体检、吃药。与小嫂子过着世外桃源一样的生活，谁来谁羡慕，但羡慕归羡慕，可望不可即呀！"

说到激动处，方知将葡萄酒杯高高举起，半杯殷红的葡萄酒在空中摇晃着。"葡萄酒里含有维生素、糖和蛋白质，还有二十四种氨基酸，营养丰富。酒店里少则上百，多则上千的瓶装葡萄酒，什么法国的、意大利的、荷兰的，没有多少纯正的。看这葡萄酒，纯粹自种自酿的，纯中纯啊！"说着，方知与金花碰杯，"小嫂子，辛苦了，敬你一杯！"然后一口干了。

方知放下杯，大家以为他的高谈阔论结束了，可他接着又翻出一条短信说："昨天朋友发来一条短信，说得好！我给你们念念！"他清清嗓子，举着手机就给大家读起来：

　　满桌佳肴，你得有好牙；腰缠万贯，你得有命花；赏一路风光，你得走得动；拣一座金山，你得能够拿；垄沟里刨食的是条好汉，病床上数钱的是个傻瓜；千里纵横，你总得有个家，万众首领，你得有个妈；委屈烦恼，你得有人听，出色得意，你得有人夸；酷毙了靓绝了，你得有人爱，摔倒了，失足了，你得有人拉；结怨不如结缘，栽刺不如栽花；富贵不如福态，高寿不如高兴！

一条短信，把大家说得又笑又有感触。方知说："你们知道这是谁说的吗？是在百家讲坛说《论语》出名的于丹！你们听听，这话说得多么有人生哲理啊——垄沟里刨食的是条好汉，病床上数钱的是个傻瓜！"说完，方知又用眼睛瞄了一眼尹红。尹红这时如同一只被征服的羔羊，傻笑着说：

"方知喝多了，又高谈阔论了。不过，方知说的也有些道理，现在的人活得是太累了。你看我们，成天给客户办理收费业务，还要推销花样翻新的各种套餐，都与工资奖金挂钩，完不成又少开又挨批。不像你们，好赖都是自己的，时间自己说了算，自由人一样，多好！"

"那你们也买一个得了，咱们也做个邻居。平时我和老金帮你们照顾着，休息时你们就来，放松休闲，别整那么累！"

方知绕来绕去一直没敢直说的话被大嗓门的金花一语中的，和盘托出了。

"有卖的吗？"尹红被套住了。

"西院就卖。"金崇才插话道。

"多少钱？"尹红问。

"十多万块钱。"

"几亩地？"

"五亩地。"

"有房子吗？"

"新盖的。"

"新建的怎么卖了呢？"

"那是去年秋天我给一个做生意的朋友买的，新盖的砖瓦房。这个朋友家是福建的，生意忙，没时间管理，我帮忙照顾。春节回家过年，到现在还没回来，听那意思家里有事离不开，够呛能回来了，让我帮忙把它卖喽。"

尹红的积极性彻底被调动起来了，饭也无心再吃，嚷着叫着要到西院去看房，这正合了方知的心思。从金崇才家出来，到了西院，一栋崭新的三间砖瓦房，在太阳底下闪着金光，四周的院墙已经砌起来，勾缝的水泥还没有干透。院里新打的水泥地面怕人踩踏，还用芦苇帘子苫着。走进有些阴凉的新房，房间宽敞明亮，方厅、卧室、厨房墙壁上的水泥还阴干着，暖气已经安好。见此情景，尹红连连叫好。回来的路上，她问方知的意见。方知说太便宜了，这房子像似给咱们盖的，千载难逢的好机会，我看不该错过！

在购买庄园的问题上，两个人的意见从来没有过的一致起来。方知心想两个积极性总比一个积极性强，现在只等金大哥的信儿，看看那个福建的商人多少钱能卖。

从上午出来，到吃完金花做的农家菜回到家，不到一天的时间，尹红也纳闷，自己怎么像着魔了似的，一心要买庄园了呢？女人啊，易变的动物！

过了几日，见金崇才没动静，方知就打电话过去问。金崇才说和那个福建人还没联系上。又过了几日，还是没动静。尹红比方知还急，她的脑海里已被庄园生活塞得满满的。再问，金崇才说福建商人联系上了，可是犹豫不决，暂时还定不下来卖不卖。方知就委托金崇才再给说一说，尽量搓成此事。到了休息日，方知夫妇等不及，就又驾车去了九连，不料，九连已是李花盛开。徜徉在雪一样花的海洋里，尹红更加地陶醉了，被诱惑着，干脆不去金崇才家里，而是直接去了西院福建人的庄园。车停在后面胡同，夫妇俩进了院，见有人在给新建的房子铺地砖，就问是给谁铺的。被雇来的一个瓦工、两个小工说是给金山铺的。问金山是谁？两个没事看热闹的邻居说金山是金万能从农村来的小舅子。细问才知道，这庄园已经卖给了金山。方知有些丈二和尚摸不着头脑。这时，一个个头不高的车轴汉子，推着沙子进了院，并与方知主动打招呼，他们曾经在金崇才家里见过面。金山不知道方知也要购买庄园，就竹筒倒豆子，如实交代了自己已经买下福建人庄园的实情，并说庄园款前几天就汇往福建了。方知想去金崇才家问个究竟，尹红敏感，早就明白了，拽着方知上了车。临行，金山憨憨地站在门口热情相送，不过对方知夫妇的异常反应，却也产生了几分狐疑。

七

过去与金崇才接触，办的都是零打碎敲的一些小事儿，看不出上下。这次过招，方知被金崇才打得晕头转向。

"真是一只老狐狸！"多年相处，这一次他真正领教了"老狐狸"的厉害！

"怎么能出这种事，他怎么能这样做！"方知气得团团转，平时的淡定此时无影无踪。

"也不一定是他的主意。金花听说福建老板出卖的庄园便宜，就给自己弟弟争取，老狐狸能说不行？"尹红第一次叫起了金大哥的绰号。"你看着吧，老狐狸一天比一天岁数大，将来那点家产都得被小媳妇给瓜分喽。小媳妇是说娶就能娶的嘛！"说着说着，尹红的话就有弦外之音了。

"说什么呢，驴唇不对马嘴的！"

方知有些不耐烦。每到这时，尹红都止不住她直抒胸臆的谈话风格，继续说：

"你心惊什么，我也没说你！我就不信，没有鸡蛋还不做槽子糕了，明天咱们自己去联系，挨家问，说不定就能碰上合适的！"

与尹红生活多年，方知就喜欢她关键时刻的爆发力。平时看上去说话尖刻、大大咧咧的尹红，家里遇到大事的时候，总是灵感喷薄，异常聪明，经常在关键时刻给方知以建设性的意见。如同箭在弦上，一时找不到靶心，她总能敏锐地指明方向，使射手一箭命中。他们的家庭生活就是这么过来的。"此言有理，我们何不自己去碰碰运气，怎么能在一棵树上吊死！"

第二天下班，他就接着尹红再次去了九连。

这两年，因为金崇才的缘故，方知夫妇虽然经常光顾这里，可是一直是在金崇才家的房前屋后打转转，并没去过更深远的地方。现在，夫妇俩像探险一样，向南下了公路，沿着满是灰尘的土路，朝着幽深的地带行驶。两侧皆是一家挨着一家洁白如雪、鲜花盛开的李林，如同进入了世外桃源。傍晚时分，狭长的乡野沙土路上看不见人影，只有捷达"嗡嗡"的马达声，间或李林深处传来的几声犬吠，"世外桃源"里林密人稀，深不可测，处处透着神秘的气息。走过两趟砖瓦房，终于见到了人影儿，捷达车靠近停下来，才看清，原来是一位在路边悠闲地抽着旱烟的老太太。方知下车打招呼。一问得知，老太太姓李，家就在胡同里。李老太太听说是城里来买庄园的，顿时翻卷着满脸的皱纹，沙哑着喉咙嚷道：

"谁卖呀！去年秋天杀冷那阵子有张罗卖的，要不大冬天的还得找人看房。那时候卖也便宜，现在可不中了，都春暖花开了，地刚种上，卖也得贵！"

"大娘，您是坐地户，知道的消息多！"方知在农村长大，知道目前正是春耕的大忙季节，农民从天亮忙到天黑，哪有工夫出来闲逛。出来的，一定是有闲情逸致的"好打听"，消息一定灵通！想到这一层，方知继续说："您再想想，帮我们联系联系，价格好商量。"

"你能给多少钱，钱给到份了我把庄园卖给你！"

瘦削的李老太太领他们进了路西的胡同，踩着尘土深一脚浅一脚地走了一会儿，指着眼前繁花似锦、夕阳悬挂的一片李林说，"你看吧，这就是我的庄园。合同上十亩地，实际得有十五亩，给个价吧！"

"您要多少钱？"

"五十万！"

"太贵了吧？"

"嘿嘿，嫌贵？嫌贵俺还不卖了呢！"李老太太沙哑着嗓子，大声回绝了，话音未落，可能是感觉不好意思，转而和声细语道："你给多少钱我也不能卖，把庄园卖了我和老伴咋活呀，我是和你开玩笑呢！总有城里人来打听买庄园，开着车，穿得挺干净的，可是没看几个买成的，都是看风景，闲扯皮！"

李老太太此言一出，方知顿时明白了，看来城里到这儿联系购买庄园的大有人在。被城里人忽悠烦了，现在李老太太反其道而行，不分青红皂白，拿城里买庄园的一律开涮啦！

"大娘，我是认真的，您帮助联系一下！"

见方知两口子认真，老太太就格外热心起来："咋的，你还真想买？那我给你提个醒，前院有个姓仇的，他有六亩闲地，前几天张罗卖，你去搭咯搭咯吧。"说完，大嗓门喊住了邻家出来看热闹的一位姑娘，下命令似的叫那姑娘帮助带路。乡村姑娘很朴实，一声没吱就把方知夫妇带到了前面不远路东的仇家庄园。方知向乡村姑娘连连道谢，乡村姑娘圆脸庞泛着红晕，抿嘴一笑，一声没吱，羞答答地回去了。这时，庄园的暮色早早在李林的遮蔽之下来临了，胡同里朦朦胧胧的。尹红扯着方知的衣角，如同探访一个将要顶礼膜拜的神圣之地，碎步轻声地向胡同深处移动，走了有二十几米，只见一个黑色的大铁门森严紧闭。方知轻扣了几下，门里顿时传出激烈的狗叫声。尖尖的，脆脆的，听上去不像个大家伙，确是一个管事的小尤物。

"谁呀！"狗吠，人喊。半张土色的脸瞪着一只眼睛，从门锁旁的一个小瞭望孔朝外张望。急于了解那张脸后面的神秘世界，方知急忙答道：

"买庄园的！"

"等一下！"

"哗——"大铁门打开了。一个个子瘦弱、塌鼻梁、小脸盘，穿着沾满泥土的黄胶鞋和蓝色劳动服，五十岁上下的男子热情地接待了方知夫妇。一只小京巴狗叫唤了几声，看主人过来，就开心地摇着尾巴，躲到了狗窝旁。与主人说明了来意，主人老仇先领着方知和尹红绕着房子看了一圈。这是一座三间正向红砖瓦房，被高高的院墙包围着。房后规矩地堆放着晒干捆好的李

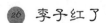

树枝子。房东侧是一个长方形的小院儿，半空中搭了一个竹坯子凉棚，用苇席苫着。东墙根儿栽了十几株葡萄，出土不久，刚放绿叶。院子的地面是用旧砖铺平的，踏上去既平实又有摩擦力。房屋前面，也有个小院儿，砖院墙有膝盖高，院墙里是个五六米宽的菜园，园子里已经起好了栽秧的菜垄，沙土垄台整齐划一，随时接受新秧苗的栽入。紧靠西墙角的小葱已经是绿油油的一片。菜园子与南面大院墙之间是一条东西向的葡萄沟，白色的水泥桩子和拧在上面的几道铁丝网齐刷刷的，随时等待着葡萄的攀爬。房西侧接了两间仓房，仓房里搭了一个小火炕，看样子这里曾经做过养鸡房，现在成了仓库，锄头、镰刀、耙子、扫帚、锹、镐、麻袋、塑料布等农具一应俱全。仓房与菜园子之间建了一个两铺炕大小的蔬菜旱棚子。掀开大棚棉门帘，一股热浪扑来，暖融融的，生菜、香菜、小白菜、韭菜、蒲公英，还有几株爬上架的旱黄瓜，已经开了黄色的小花，茄子、辣椒、西红柿秧也疯长着——眼前绿意盎然的景象，与室外菜园尚裸的黑沙土，形成了强烈的反差，像是一个偷春的世界……

　　方知夫妇越看越惊叹，到了每一处，尹红都看个没完，流连忘返，方知只好就着她、叫着她。

　　主人老仇边领路边热情地介绍，走过东南角的一个红砖小车库，透过半开的鱼鳞铁库门，能看见里面停放着一台银色微型小面包。推开对开的乳白色小木栅门，首先迎接他们的是一棵起码有两层楼高的大树，满树粉白色的花刚刚开败的样子，有的已经隐约可见米粒大小的果实。主人介绍说这是一棵杏树，树龄有十几年了，结的大黄杏很甜，市面上买不着。夫妻俩听得几乎要流口水。走进李园，李子树足有几百棵，一眼望不到头，李花开得正旺。李园的西北角是一排鸡架、羊圈、猪舍，一只母山羊侧卧圈中，裸露着鼓囊囊的奶子，眼睛朝客人张望，嘴巴不停地咀嚼。两头水灵灵的白猪仔已吃饱喝足，正准备回到圈里休息。一群下蛋的小笨鸡在大红公鸡的率领下，正陆续进窝上架。钻进李树园深处，李花包围，像被一群白雪公主簇拥着一样，暮色中的团团李花绽放得更加肆意、绚烂、通透。如此芳香四溢、鲜花烂漫的场景，怎能不使人陶醉！尹红抑制不住兴奋，"哦——哦——"地发出了尖叫声。

　　主人带他们欣赏了一圈，把客人让到屋里，这时夫妇俩才发现正房后面还接出来一个四五米宽的偏房，东侧开门。撩开塑料坠门帘，是一个用旧木方和纤维板订成的烤肉房，有十几平方。烤肉房的一角还临时摆放着一架秋千，秋千座是用黑皮的旧沙发椅改装的，看上去就给人以舒适调皮之感。过了偏房进里屋，是一扇褪了色的防盗门，开门的瞬间，一股香气扑面而来。女主人正在烙韭菜盒子，尹红瞬间联想到大棚里的韭菜、鸡架里的下蛋鸡，没等女主人打招呼，就惊叹道："啊，这韭菜味真纯！"女主人边让座，边笑眯眯地说一会儿吃两个韭菜盒子，头刀韭菜，好吃！尹红哪里还顾得口福，进屋就到处看，先是偏房西侧间壁出来的小仓库，里面有序地摆放着斧、锤、刀、锯，以及米面油盐等一些生活日用品。小仓库的西墙安着一扇小窗户，一抹晚霞穿过后院柴火栏子里的李树枝子堆，映照进来。进了正房，天花板，釉面砖，左侧是厨房，右侧是宽敞的卫生间，坐便、洗脸、洗浴设备一应俱全。方厅向南，是一处缓厅，缓厅东西有两个卧室，东卧室是一铺火炕，西卧室是一张双人床，电视、衣柜、沙发依次摆放，未来得及关闭的窗户，闯进了麻雀叽叽喳喳归巢的喧闹声。尹红边看边说这与楼房有什么区别，这比楼房都好！刚坐下，就急忙问老仇，你们家打算卖的那块庄园也像这么好吗？老仇说不是，那只是六亩裸地，没房没树。老仇说为了建设庄园他在这里足足干了五年，才建成现在的样子。他说旧房咋修也不可心，拆拆补补，不好弄。听到这话，方知夫妇对视了一下，几乎同时说道："把这块卖给我们吧！我们给你钱，你在那六亩地上再盖一座新的，那就可心啦！"

老仇分明心里没有准备，面色僵硬了片刻，难为情地看了女主人一眼，慢吞吞地说："那得看当家的意见。"

"能卖吗？"与男主人的土黑脸不同，皮肤白皙的女主人反问道。

"给到价我就卖！"

"你要多少钱？"方知问。

"十五万！"老仇一张黑脸上白眼球瞪起来。

"行，就十五万。"方知甚至觉得不用征求尹红意见。

显然交易来得太突然，庄园主又有些犹豫。说你们回去再考虑考虑吧，我也考虑考虑。

"我们不用考虑，就看你的啦！"方知诚挚无比。

"老仇辛辛苦苦干了五年，能说卖就卖吗？他主要是考虑我，我在市里上班，来回跑挺辛苦的。别着急，这是挺大一件事，不在钱上，在你们俩能不能干得了庄园这活。"女主人一番换位思考，说得倒也在理，方知和尹红起身告辞，并说那就再考虑考虑。临别，女主人给拿上两个韭菜盒子，与老仇热情地送客人到大门外。

辞了庄园主夫妇，天已经完全黑下来。方知和尹红像喝醉酒似的，打开车灯，心情激动地碾着香尘笼罩的土路返程了。现在不用方知引导，尹红就喋喋不休地说想立刻得到这片庄园。后来的几日里，方知一个人有空就往庄园跑，赶上端午节还给老仇买个西瓜、粽子等礼物带上，慢慢地，也了解了老仇的一些经历。老仇原来是铁路车务段的工人，性格耿直倔强，与领导处不来。有一次对领导大打出手，把领导从楼梯上给打到楼梯下，自己觉得无法再待下去，就办了内退。四十七八的年龄就买了庄园，过起了远离尘世、回归大自然的庄园生活。老仇心灵手巧，在车务段就是搞技术的，动手能力强，买庄园后的五年时间里，没少搞基建，折腾来折腾去，就把庄园折腾成了现在周周正正的样子。不仅挖了渗井，新建了室内卫生间，还挖了地热窖、菜窖，地上地下仅红砖就铺上了几万块。老仇历数自己的辛苦，方知越来越觉得物有所值，正是自己所需要的那种庄园。他甚至对尹红说老仇的庄园比金崇才介绍的福建人庄园强上一百倍，接管以后不动一草一木就可享受田园生活了。本性浪漫的尹红早已心驰神往，在梦里过上了有庄园的生活。方知说什么她都赞同，并且每天下班回来，都急迫地问老仇是否回信了。招架不住方知三天两头驾车去磨，以及一天一个电话的感情投资和价格诱惑，老仇最终同意了这桩庄园流转交易。方知第一时间把老仇同意的喜讯通知了尹红，并找工行的朋友用楼房抵押办理了贷款。三天后贷款下来，马上拉着尹红飞驰到庄园，与老仇共同到场部备了案，写好了合同，请邻居夏富贵做了中间人，签字画押。然后到银行 ATM 机上办理了现金转账手续，庄园的主人就变成方知夫妇了。老仇搬家时，满心欢喜的方知夫妇甚至没有注意到老仇眼角的泪花。后来，听说老仇并没有再盖一所可心的砖房，而是将那六亩裸地也卖掉了，将破破烂烂寄存到了朋友家，到外地帮助一门亲属管理果园了。

开始庄园生活使方知夫妇兴奋不已。对于一对城市上班族来讲，这是一个崭新的生活领域。他们过去连想都不敢想，如同当初不敢想会拥有私家车一样。这就是生活，这就是引领时代潮流的生活！创新，创新！不断开辟生活的新领域……

在回城的路上，方知驾着车问尹红：

"你过去想过咱们能过上有车、有庄园的生活吗？"

"没想过。"尹红不假思索。

晚上到学校接方卓，等待的时候，想到自己拥有了庄园，方知感觉自己像在梦里。那一刻，这个幸福的人完全感觉不到车窗外的熙熙攘攘，世界仿佛静止了。毋庸置疑，他完全陶醉了。一会儿陶醉于一解乡愁，即将开始的庄园浪漫生活，一会儿陶醉于自己终于逃出了围城，成功找到了一处可以脱离浮躁、远离尘嚣、盛放心灵的栖息之地！

当然，他更陶醉于自己这个伟大的决定！

最后，他旁若无人的，在手机上摁下了从心底里溢出来的四句话：

庄园到我家，

妻女乐哈哈。

偶避浮躁世，

愿种绿色瓜。

八

听说老仇庄园卖上了好价钱，邻居们无不羡慕。实际上，这处五亩地的庄园流转价格也就七八万元，方知夫妇用价格翻番的勇气将它盘下，九连人一面羡慕老仇幸运，一面暗地里笑话买主的大头和无知。夏富贵和媳妇当然也对这位新邻居进行了一番议论。兰香说城里人有钱不在乎，夏小鬼说："啥叫不在乎，我和那个姓方的什么大学教授打照面了，他那叫不懂行市。别看他长得白白净净的，教书行，干这行，我就是他的教授！"听了丈夫的风凉话，兰香不自然地笑了两下，转身到厨房把手上的面洗掉——春耕结束了，两口子终于能喘口气，富贵要吃老婆擀的面条，兰香便去做。这些年，这个家主要靠精明能干的富贵操持着，兰香经常担心把身边这个男人累垮了，虽然离城里远，家里时常没啥好吃食，她也尽量搭配着饭菜，令富贵满意。兰香擦干手回来搓了一支旱烟卷，点着了说：

"你说老仇为啥把庄园卖喽？"

"为啥？为钱呗！"

"老仇来这儿有四五年了吧？"

"整整五年啦！"

"你说这五年，老仇可没轻折腾，把这院折腾一遍又一遍。原来那个院儿

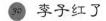

破破烂烂的，现在修得周周正正的，光砖就使多少。地上地下的，活也地道，给个农村好劳力都不换！"

"可是有啥用，在城里没呆明白，跑这来散心！"

"付出这么多，跟庄园都有感情了，心里能想卖？"

"那还用说，肯定不想卖！"

"俗话说，有钱能使鬼推磨！主动送上门了，谁也不能推出去！"兰香坐在炕沿上，吸了一口烟，又问道："老仇这回不知道上哪去，他还真能在那块六亩地上再盖一栋新房？"

"那是扯淡！现在盖一栋砖瓦房得多少钱哪，钢筋、水泥、砖瓦、人工都涨价，他那十五万，盖一栋像样的三间房都不宽敞，再说现在风声紧了，不让占用耕地建房，动迁时也给不了几个钱！"

富贵的一番话，把兰香说愣住了。可不是，它咋就没想到这一层，这么一说，这老仇不就没地方去了吗，东西院邻居相处了五年，兰香与老仇大哥也有了一定感情。

"那老仇大哥不悬起来了吗，回城里住？"

"住，哪里不能住？住楼房条件多好，可他那性格，在楼里呆着不得憋屈出病来。我听说他房子也不盖了，要走。"

"上哪儿？"

"像是河北。他有一个哥哥在河北也有一个果园，他去那儿帮忙。"

"哦……"听到这个消息，兰香一时语塞了。

"唉，人呢，都是钱闹的。要不九连这块庄园建得这么好，老婆在城里上班，来来往往的，挺好。这下倒好，远走他乡，寄人篱下喽……"

看到丈夫有些伤感，兰香话锋一转，建议富贵说："不知道方教授能不能像老仇大哥一样好相处，你也会来点事儿，毕竟人家是城里来的，说不上啥时候求人家。他这儿常没人，咱们上心帮忙照看一下，有个大事小情主动上上前。不是说多个朋友多条路，多个敌人多堵墙嘛！"

"哼，走个孙悟空来个猴，我管他城里城外的，好了处，不好了就你走你的阳关道，我走我的独木桥！"富贵一副无所谓的样子。

"你也别不在乎，咱两家之间那堵墙，当时买庄园时就没说清楚归谁，将来留下尾巴还不得闹纠纷！"

"啥纠纷？老仇跟方教授签庄园合同，我是中间人，我看了，合同上根本没提东墙的事儿。不管原来是谁的，从现在开始，那墙权就归咱们啦！"在媳妇面前，富贵表现得霸气，边说着边向屋外走去。天色不早了，他要去喂那二十头猪，猪已经饿得嗷嗷叫着拱圈了。

　　拥有了庄园，方知一家人沉浸在激动的心情里。不消说一个农民子弟回归乡野的强烈幸福感，就是妻子和女儿，也像两年前买车时一样，感到格外的新鲜和高兴。一个家庭，就是需要这样时不时来一些刺激的新生活，幸福感才会大大地增强。谁愿意总是过平平庸庸的日子呢？

　　趁着星期日，方知开车拉着妻女到庄园尽情查看了一番。不久前，还是这片土地的客人，现在摇身一变，居然成为果园的主人了！被学校禁锢的方卓像出笼的小鸟，扑进大自然的怀抱，在园子里轻盈地飞来飞去，叽叽喳喳，见哪里都新鲜，十分喜欢。女儿的无限开心使方知夫妇对庄园生活充满了信心。尤其是尹红，看女儿高兴，更加热情激荡了。按照尹红的审美观点，打算雇人对三间主房重新粉刷。方知说还是原封不动好，老旧的样子，更有乡土气息。尹红说即使外墙不刷里屋墙也要刷一刷，亮堂的住着舒心。方知接受了尹红的建议，像模像样地说等菜秧子栽上，李园铲完头遍地，放下锄头就刷墙。方知将买庄园的消息打电话告诉了乡下父母，母亲在电话那头"咯咯咯"地笑了，说："龙生龙，凤生凤，老鼠生来会打洞，我儿子像我，上班还惦着记种地。"方知买庄园的复杂心情自然不是母亲一时能够理解的，可嘴上却哄着娘，说："您老人家咋说得那么对呢，我天天惦记着种地，有一次我出差去南京，住高级大酒店还梦着回老家分地呢。一群人，在咱家门口那块耕地上，转动着丈量土地的大尺子，像一个圆规放大一百倍的家伙，那场面，跟电影里打土豪分田地一样。不过娘啊，种地这事儿惦记归惦记，在家时累活您都干了，给我腾出时间用在读书上，现在又离开农村二十多年了，种个菜啥的我也不会了。您是出了名的种菜能手，以后您就给我当老师，我不会就请教您，您也别保留，谁让我是您儿子呢！"一句话又把电话那头的娘说得"咯咯咯"一阵笑，然后说："我的妈呀，我还敢给大学教授当老师，那我不就成博士后了嘛！"从此以后，方知种菜时，不会就问母亲，有时一天打好几个电话。比如种子什么时候下地，什么时候栽什么菜秧子了，上猪粪、上鸡粪，还是上牛粪，上面盖多厚的浮土，第二茬、第三茬粘玉米、油豆角什么时候种，还有养鸡、养鹅、养猪的种种事宜，等等等等，很是麻烦，叫儿子向母亲支付多少咨询费都不多。母亲一辈子积攒的种菜经验，就像一座宝库，取之不尽，用之不竭，并且毫无保留地传授给了儿子，如同儿时的蹒跚学步，手把手地教！关键是，有时头天教完，第二天就忘记了，要反复打电话请教。比如种豆角，方知以为每个环节都请教明白了，可到洒种时又遇到麻烦了——油豆角籽买回来了，垄背起来了，坑也刨完了，接下来的顺序——A是上粪、浇水、撒籽、培土，B是浇水、上粪、撒籽、培土，C是上粪、撒籽、浇水、培土，哪个答案是正确的？方知有些迷糊。这可不是小事，这可是关系到这一年能否吃上豆角的大事！想蒙混过关，敢吗？只好硬着头皮再给母亲打电话，母亲又详详细细地教了一遍，说她的答案是A，并且反复强调粪（尤其是鸡粪）填到坑的一边，上完肥盖上点土，与豆角籽隔开，免得烧籽！我的天呢！多亏没装，要不这一年就完啦！尹红说，你真笨！要是没老太太，这地你就得种瞎喽！方知说，你说对啦，我就是农村有个娘，教我种地，别人他有吗？有时，方知几天不给母亲打电话咨询问题，母亲就主动打过来，问鸡问鸭，问这问那。毋庸置疑，母亲已经在对儿子种菜养殖的指导中，寻求到了自信和快乐。这是方知所没预料到的。

在接手庄园后一个月的时间里，方知每天下班都跑到庄园劳动。方卓放假时，三口人还偶尔住在"别墅"里。房子东屋有一铺火炕，春天剪下的李树枝子是很好的烧柴。火炕之于方知既陌生又熟悉，过去在农村，没见过床，家家住土坯草房，睡火炕。炕席往上一铺，烧把柴火就热，躺上去，舒服至极。后来进城住楼睡床，他总有一种客居他乡的陌生感。每每回家住上一夜父母的火炕，他都感到很奢侈，他认为那是天底下最昂贵的床。现在，自己有了庄园，庄园平房里有了火炕，他可以随时去享受这奢侈，这治病宽心、一解乡愁的医疗之所。到园子这段时间，他的颈椎病、腰椎病有了明显缓解，这更使他暗喜于自己买庄园的决定！

忙过了春耕，熟悉了情况。过了芒种，他就张罗着粉刷室内的墙体。室内的墙体是老仇来时粉刷的，之后五年他一直忙活院里的修建了，常年烟熏火燎，白墙变得跟烤烟一个颜色。夏富贵有空就过来帮帮方知，听说要雇人刷墙，精明的富贵脑子里铭刻着兰香提醒的"东墙"归属这档事儿，心想说一千到一万，人家大学教授腰比自己粗，不在乎一道墙这点小资产，把关系搞好，真有那么一天，人家也不一定跟自己计较。为此他主动说方哥你别见外，要是信得着我我就给你刷。方知满心欢喜，把雇人省下来的钱用在了酒菜上。他和尹红特意开车到江城最大的家具市场，买了一张红色漆的烤肉桌，桌面上有一个向日葵大小的烤肉圆盘，卡在盘下的桶形炉灶上，又买了凳子和餐具，手切的牛肉、调料、木炭，准备到庄园烤肉。桌面太大，轿车拉不下，就送上公交车，尹红上车押着，方知开车拉着其他东西，尾随着一路去了庄园。九连年初开通了公交车，不仅给果农出行带来了方便，也标志着九连与江城连成了一片，一个快速发展新时代的到来。

二十分钟后，公交车到了九连站点，在众人目睹之下，公交司机帮助尹红小心翼翼地把大桌面从公交车上辘辘下来。先到一会儿的方知就请富贵停下手里的活儿，开着他家的农用三轮车，帮忙将大桌面拉回距公路一公里的庄园。夏富贵刷墙并不专业，身上到处粘着白墙粉，晒黑的刀条脸上，也点缀着几处。黑白相间，反差明显，像电影《修女也疯狂》里跑出来的修女，再驾着农用三轮车，拉着个大桌面，"突突突"地在乡村土路上奔跑，车后甩下一溜烟尘，很是滑稽。方知拉着尹红尾随其后，看到这一场景，夫妻俩又好笑，又感动。尹红说夏富贵真够意思，现在农活多忙，哪有工夫帮咱刷墙。方知说是，农民朴实啊，和农民相处心里就踏实！

贪晌刷完墙，方知和尹红就让夏富贵洗手洗脸，坐在院里凉棚下烤肉。木炭先用老仇留下的燃气罐烧红，然后放到烤锅下面的炉灶里，开始时薄烟缭绕，不一会儿烤盘上的牛肉就被烤得"滋滋"作响，香气弥漫了整个院子。

烤肉是江城的风味特色小吃，大街小巷到处是烧烤店，民间甚至流传着"没吃过烤肉就等于没到过江城"的说法，如同没吃过麻辣火锅就等于没到过重庆一样，以及"在天愿作比翼鸟，在地就要吃烧烤。天若有情天亦老，人间正道吃烧烤"这样有趣的短信段子。却也名不虚传，江城的很多家庭都备有烤锅，经常在楼下的小区里，一家人围坐在一起烤肉，其乐融融，有种野餐的味道。

方知分配到江城工作十几年，烤肉店经常去，尹红和方卓也喜欢吃烤肉，家附近的烤肉店吃了个遍，可从来没自己在小区里烤过。每次看到土生土长的城里人，一家人坐下来围着一个炭火炉烤肉，烟气缭绕中氤氲着无限幸福，心里就总不是个滋味，有一种与这座城市格格不入的感觉。现在买了庄园，室外烤肉有了绝佳的场所，在庄园吃的第一顿饭自然是烤肉。既是犒劳富贵，也为庄园开灶剪彩，自然少不了酒。方知开车，少喝点啤酒，由尹红陪着富贵喝白酒。两杯白酒下肚，富贵说不喝了，再喝就高了，方知就给富贵满上啤酒。富贵说自己从来不掺酒，百般推脱，方知说也罢，下次有机会再请你喝啤酒。送走富贵，收拾完碗筷，两口子在烧得有些烫屁股的火炕上亲热了一番，睡了一觉。消消酒，解解乏，便开车回城，接方卓放学。尹红平时不怎么喝酒，一杯白酒就到量了，再说初到庄园，开始了新生活，一切都富有情趣，所以有些兴奋，有些陶醉，便抢着发言。难怪，接手庄园就像一个新生儿来到他们身边，爱的果实给夫妇俩带来无尽快乐的同时，也需要无尽无休的付出，予以精心的照料和培养。

　　一个月下来，夫妇俩挨了不少累，操了不少心。尤其是方知，离开农村后对农活几近模糊，几近陌生，现在总算一点一点找回并熟悉得差不多了，就像一个失忆人被重新唤醒，心里逐渐安稳了。庄园一切安排妥当了，才真正有了一种融合之感。尹红一路上就像车载收音机，滔滔不绝，不管说什么，驾车的丈夫只是哼哈的答应。不过其中一句话，他倒是表示赞同——夏富贵不是一般的人，喝酒不失态，喜欢说半句话，那半句让你猜，是个说话办事有节制的人。当然，初到庄园，刚刚接触，方知夫妇还不知道这个新邻居有着"夏小鬼"的绰号。

　　不管怎样，初来庄园，农活尚处学习阶段的方知夫妇，对待夏富贵的感觉如同救星一般。到了李树花落了，开始坐果的时候，夏富贵就站在自己家李林里，隔着铁丝网篱笆墙，提醒方知果树要喷药了，否则食心虫灭不掉，钻进青果里藏起来，等秋天李子熟的时候，外面看上去鲜红稀罕人，掰开里面全是虫子，别说卖，看着都恶心。按照富贵的指点，方知开车就到公路旁那一家较大的种子化肥农药商店，对漂亮的老板娘说："李花落了，坐果了，听说要打食心虫药？"老板娘说："对，赶紧打，不然就耽误了！"然后就麻利地给拿了药，并交代了兑法。回来，富贵就教方知给李树及时打了药。

　　到了葡萄打杈的时候，兰香就主动过来，一身农村妇女那种花花绿绿的装束，头上紧紧地包裹着遮阳的粉头巾，帮助把院里的十几棵葡萄树杈子打干净，边打边教方知夫妇伺候葡萄的技巧。虽然有来无往，都是求人，可是感觉关系越来越近了，对庄园农活有不明白的地方，方知就一边请教乡下的母亲，一边请教富贵和兰香。反倒是尹红时常表示不好意思，她说："总麻烦人家，欠人家多少人情啊！"方知说："人在江湖，哪有不求人的，会求人也是生存之道，也能增进感情，有来才有往嘛！你不求他他不求你的，时间长了人就生分了。"尹红揶揄说："你这种人，自己干不了还一套一套的。"

　　这天，方知找到富贵，说："富贵啊，我们家的烟囱不好烧，你有空帮助看看。"富贵听到"烟囱",就想到了"东墙",因此他二话没说，放下手里的活就跳墙过来了。上房查明了原因，然后倒水和泥，搬砖上房，不一会儿就把烟囱修好了。方知很感激，说："富贵啊，我是有福之人，碰上你这一门好邻居。"富贵一笑，晒黑的脸上露出一口白牙，说："方哥说啥呢，你能求到我是给我面子，不然我一个农民大老粗，走在大街上你能认识我呀！"方知说："以后有什么需要方哥办的尽管说。"富贵说："你放心，少不了麻烦你！"这时，手机突然响了，一听是富贵口袋里，富贵搓了搓泥手，掏出手机接听，对方在电话里大嗓门地说道：

"你是夏小林的父亲吗？"

"是啊！你谁呀？"

"我是他的班主任，你马上到学校来一趟吧！"

"啥事啊？"

"他被警察带走了，你快过来吧！"说完对方的电话就挂了。

夏富贵的脸一下子涨红了，自言自语说啥事啊，这孩子咋还让警察给带走了呢……边说着，边进屋洗了手，因为紧张，半天才换好衣服，然后要跑去公交站点坐公交车，他那辆破三轮啥手续也没有，白天不敢进城。见此情景，方知说："我拉你去。"夏富贵说："那多不好意思。"方知说："没啥，净麻烦你了，总算有一个报答的机会。"听方知这么说，富贵心急火燎的也没再推托，两个人锁好了大门，急急忙忙驱车去了江城夏小林的学校。

九

爱情发生在校园里，既温情，又危险。两名寄宿学校的少男少女，一对情窦初开的冤家，打打闹闹，终于难舍难分了。一面学习成绩双双下滑，一面如胶似漆，出双入对。学校的周围布满了超市、小吃摊、水果摊和小旅馆。每到周日，学校放假了，按照惯例，寄宿的学生都要回家与父母团聚。可是，总有那么几对情侣，迈出校门，犹如出笼之鸟，入水之鱼，偷偷到旅馆里开了房。几十元的消费，一天一夜的销魂。夏小林和李丹是一个月前走到这一步的。

那天，夏小林照例要去与李丹告别，然后短暂分离，各自放假回家。可是李丹的宿舍门半天才敲开，有气无力的李丹面色苍白，一问才知道，原来她生病了。夏小林便留下来照顾她，可是星期日学校宿舍粉刷墙壁，不留人，他就在附近找了个便宜的小旅馆。那夜，两位年青人偷吃了禁果。此后，他们便一而再，再而三地去开房，结果撞到了枪口上，警察夜查，被抓了。

夏富贵到学校听老师说明了情况，差点气炸肺！这孩子，家里吃苦受累省吃俭用供你读书，你却不用功，还干出这样见不得人的事儿来！富贵一阵头晕目胀，瞬间感觉望子成龙的希望要成泡影儿！方知陪他去派出所交了罚款，将夏小林保回来。他和兰香都对夏小林下了死命令：必须和那女生一刀两断！小林惹了祸，不敢反驳，就信誓旦旦地回学校去了。李丹家远在乡下，瞒过独处的父亲。李丹与夏小林一同向学校交了检讨书，接受了批评教育，风波且过，相安无事。

可过了不到一周，李丹又主动向夏小林发起攻击，两个人重蹈覆辙，又偷偷出去开房了。夏小林只是觉得刺激，抑制不住，李丹可不这样想，母亲去世早，父亲远在乡下，自己孤独难挨，眼前的夏小林就是自己的白马王子，她在这个尚未真正成人的男孩身上，找到了一种从未有过的温暖和体贴。她不能失去他。她要采取措施拴住这个白马王子。她主动怀孕了！给夏小林来个措手不及！

夏富贵听到这个消息的时候，并没有像开始那样表现出惊讶和愤怒，反而异常冷静。其实，他早有盘算。望子成龙之心人皆有之，可是在上大学不包分配、拼爹时代，即使考上了也前途未卜。儿子读高中费用越来越高，他有些吃不消，将来上大学花钱更多。自己家世代农民，除了打工的哥儿兄弟，没有一个像样的顶门杠。俗话说好虎一个能拦路，老鼠一堆没用处——喂猫的货。老百姓没人没背景，哪那么容易出老虎！花不少钱念大学，万一自己找不到工作，又没有门路，岂不竹篮子打水一场空，前功尽弃！

眼前这个丫头他也见到了，虽不是浓眉大眼，是个单眼皮，可是白白净净，杨柳细腰的，也是一个不错的农家姑娘，要是……富贵不愿意再往下想，因为比起望子成龙来，这的确有些小家子气！可是现在，打着灯笼难寻的好事儿，的的确确自己找上门了，他岂能放过！

他私下里和兰香商量："要不，就趁机把李丹娶进门吧，现在农村娶一房媳妇，没个二三十万进不了门，俩人既然已生米做成熟饭，把西屋简单收拾一下，添几件新衣，做一床被褥，置几样家具，舍个万八千的就能把儿子婚姻大事办喽，天上掉馅饼的好事！"兰香开始不同意，说："这可不是一个人，还有人家李丹，你可要想好，这可是关系两个孩子前途的大事。"不管兰香怎么提醒，像中邪似的，富贵都坚持，态度很坚决。兰香没办法，就帮丈夫私下做儿子的工作。

小林正在爱和性的甜蜜里，江开河化，加之一番家情教育，工作没怎么费劲儿，思想就通了，并同意做李丹的工作。李丹当然爽快答应了，可担心父亲不同意，她说这事不能着急，要慢慢做父亲的工作。李丹所谓慢慢做父亲工作，就是等到自己显怀了，跑到在城里打工的小姨家，逼着小姨去游说父亲。李丹的父亲听了，如同万钧雷霆轰顶，大闹了一场，哭着喊着要去学校找女儿算账。小姨耐心地规劝，慢慢地，李丹的父亲深知好事不出门，坏事传千里，本村还有几个孩子在江城李丹的学校读书，女儿与人同居，身怀有孕，这事儿传出去，自己的脸往哪搁！看样子，女儿到了思春的年龄，不愿安心读书，出人头地是指望不上了……被迫无奈之下，这名坚强的农村汉子，只好默许了这门不怎么光彩的婚事。

李丹身怀有孕，不能等得太久。双方请了媒人，商定，铲完二遍地，就把孩子们的婚事给办喽。夏富贵一边张罗着粉刷新房，一边预订饭店、接亲车。这天见方知驾着他的捷达来庄园了，就隔着墙头说："方哥呀，有个事儿还得麻烦你，小林要结婚，用一下你的车，接媳妇。"方知听完吓一跳，说："什么，小林要结婚？他不正在读高中吗？"富贵解释得冠冕堂皇，说这不是他和兰香的意思，两个孩子不愿意读下去，认为农村孩子读书没前途，要一块出去闯荡。富贵隐瞒了李丹怀孕的真相，方知虽然出身农村，可他一下子无法理解。比方卓还小的夏小林他见过，是一个很帅气、很精明的孩子，坚持读书一定有前途，怎么能说不念就不念了呢？这事要是发生在方卓身上，那简直不敢想象。无论如何，书是要坚持读的，很少听说城里哪家孩子，刚读到高中就辍学结婚。虽然早恋的大有人在，可那只不过是城市少男少女的青春浪漫史，开花结果的，少见。如果像小林一样，读不完高中就回家结婚，他敢断定，城里父母有一个算一个，都得疯掉！

不管方知愿不愿意，他都要为一对稚嫩的新人出车捧场。

十

要参加夏小林的婚礼，方知心情有些沉重。按说，买车以后，朋友同事相求，参加婚礼的机会多了，对城市伉俪结婚的场面司空见惯，家家是大操大办，千篇一律，接亲、典礼、喝酒三部曲，无一例外。

记得新车刚接回来，车牌还是临时的，他一天擦几遍车，像新媳妇进门一样呵护，捷达车总是锃明瓦亮，光鉴照人。一天他正在家楼下擦车，一位退休的老教授路过，对他赞不绝口，夸车好，赞人观念新，有智慧，凡事总能走到别人前头，末了求他帮助接一次亲。老教授好交好围，是个热心肠，过去在岗时对他也不错，怎么办？只能硬着头皮去。那时他红绿灯还看不怎么明白，笨手笨脚的，整整就灭火，一看就是新手，气得后面出租车直摁喇叭。仗着接亲车队跑得慢，跟在后面总算应付下来差事，连喜酒都没心情喝，就满头大汗回家了。听说去接亲，把刚起床的尹红吓一跳，说："看把你能的，你不知道自己半斤八两啊，出点啥事怎么办！"

过去在乡下，他也送过亲，闺女出门子的人家事先跟生产队长打好招呼，用四匹马车风风光光去送新娘。新郎家事求好队里最好的车老板儿，就是赶车的，当"接鞭"的，等在村口。送亲车一到，接过鞭子，轮开膀子，鞭梢抽得"咔咔"山响，赶着马车先围着村子东西头绕上一圈，叫什么大娶大绕，农村人讲这个，图吉利。随着时代的发展，老家后来就时兴接亲了，先用小四轮，后来雇轿子，当头车，后面一辆接一辆的小四轮，再后来是清一色儿微型小面包，反正车队越来越长，越来越气派。可是参加城郊农村青年的婚礼，他还是第一次。

清晨，他早早将捷达开到庄园，擦洗干净。自从有了庄园，他就不去洗车行洗车了，一来跑园子车好脏，二来园子井水方便，通上电，水泵一转，地下水就从胶皮管里"哗哗"地喷涌而出，用大拇指摁住管头，水压就上来了，"哧哧"的一会儿就将捷达车滋得水淋淋的，再用抹布擦一遍，十几分钟就搞定了。擦完车，方知想，一个农民孩子结婚，轿车一定紧缺，自己的捷达这回要作为"骨干"派上用场了，说不定还是头车，千万不能迟到耽误孩子的吉时良辰。等他将车开出胡同，再上路的时候，夏富贵家门口，已经有十几辆款式不错的轿车停成一排。富贵和兰香，新郎官夏小林及一群年龄相仿的年轻人，全都穿着一新，等候在村村通公路上。见此场景，方知失落感油然而生，将车悄悄停在车队的后面。看来，自己低估了富贵，接亲车辆要比他想象的多几倍，况且还是一些本田、马六、思域、尼桑款式的好轿子，虽不比城里人结婚常见的奔驰、宝马、路虎一类的高档车，可比他的捷达自然高一个档次，对于一个农民而言，已经相当风光了。

富贵和头戴一朵鲜花的兰香双双满面笑容的过来与他打招呼，说方哥等一下，头车到了咱们就出发。方知见兰香与平时下田穿得判若两人，故意挑逗说："兄弟媳妇要当老婆婆了，打扮起来还这么精神漂亮！"兰香说："精神啥呀，都快当奶奶成老太太啦！"听了这话，方知心里狐疑了一下，也没想到李丹已经怀孕这一层，便与富贵聊起接亲的地点，才知道接亲是到李丹的小姨家，她小姨一家也是农民，在城里打工，于城郊租住一间平房，并得知夏富贵还花一千块雇一辆加长奔驰当头车。

时近七点，奔驰车疾驰而来，身上挂着大红花，像油头粉面的花花公子，到乡下来逛风景，引着车队就去了李丹的小姨家。虽然是农村巷路，被车轮辗起满路的灰尘，并且颠簸，不过也显示出车队的气派，引得两侧下地的菜农驻足观看。接回新娘，付了童男童女的押车钱，扬了五谷，把新郎新娘送入夏富贵三间砖房腾出西屋一间半、给儿子装饰的新房，按照习俗，娘家来的客人看新房，赏家具，屋里屋外浏览一番，支客人再给双方亲属相互引荐一下，握握手，抽抽烟，喝喝水，吃吃糖，攀攀亲，客人们就一个不落的，重又上车，然后到城内事先预定的一家大酒店，去举行结婚典礼。当然，由于双方老亲少友皆来自纯粹以种粮食为主的农村，到了夏富贵的果园也算开了眼界，无不赞赏有加，尤其李丹的娘家人，一致认为李丹这孩子挺有福，嫁了一个富裕人家。

路上，方知想，郊区离城里近，确实有好处，孩子结婚可以订酒店，偏僻农村就没这个条件。这也验证了他过去的认识，同样是农村，街边子，也就是郊区的农村与纯粹的农村不是一回事儿。郊区的农民近水楼台先得月，很多地方都比纯粹的农民优越，穿戴、吃喝、民风，都透着那么一股城市味儿。虽然农村孩子结婚无法到城里办酒席，不过纯农村有纯农村的喜庆特点。一上秋，就张罗给孩子办喜事，在宅子旁边的空地上，临时搭起棚子，支上几口大锅，请来屯里炒菜的大师父，方盘手，支客人，事先到县城买好酒菜，头一天炸好过油的，正日子炒菜、烫酒、烧水、焖饭，东西两院邻居的屋子全腾出来放席，一悠接一悠地进行。南屯北国的老亲少友，接到信儿，赶在正日子这一天，陆续聚在一起大喝一场，然后走马灯似的离去。分别时借着酒劲拉扯着，拥抱着，再留下几滴伤感的泪水，那场景比过年还热闹，令人回味无穷，一想起来就能感觉到。

送客人到了酒店，尽了心意，随了份子，方知本打算不吃酒席，就打道回府。可转念一想，相邻住着，不全程参加不好，就留下了。夏富贵在外面将客人迎上二楼大餐厅，将方知让到了主桌，桌上全是庄园左邻右舍的长者，与方知微笑着打招呼，然后围坐闲聊。典礼马上开始了，富贵和头戴一朵红花的兰香紧着张罗。十点五十八分，典礼正式开始。司仪手拿麦克风走上舞台，大声说道：

"诸位诸位，请肃静！夏小林、李丹的结婚典礼马上开始！"

台下几十桌宾朋的嘈杂声戛然而止。过山车似的表演在司仪的主持下开始了，证婚人宣读完结婚证书，一对新人由靓丽的伴郎伴娘陪着，身着结婚礼服和婚纱，介绍恋爱经历，满酒碰杯，大声喊着"我爱你"，然后当众接吻……鼓乐声声，好不热闹。最后，司仪将主婚人夏富贵、兰香和李丹的父亲请上台，新郎新娘当众改口，一声爹一声妈地叫着，然后双方家长向各位宾朋致答谢辞。方知与宾朋们一样互动着，给予阵阵的掌声，乐不可支。

"李丹的母亲死得早，我又当爹又当娘，一把屎一把尿地把她拉扯大不容易。前些年有不少人给我介绍，让我娶个二房，我怕后妈给孩子气受，就一再推脱，至今没找。"

原来李丹是单亲！李丹父亲的一番话使他和大家欢快的心情突然揪起来。

这个又当娘又当爹的农民眼里灌满了泪花继续说道："原想，把李丹送到市里读书，将来考上大学，逃出穷山沟，能有个出息。可是碰到了小林，俩孩子对心情，就不念书了，要成家立业。说实在的，开始我想不通！"

这个与方知年龄相仿，看上去却衰老许多的岳父大人，擦擦眼角的泪水，激动的表情突然坚定起来，继续说，"为了李丹能有出息，起早贪黑挣钱供她上学，对于一个父亲来说，我做得够意思了。可她不愿念书了，这不是老人的错！"

说到这，刚刚还有些杂音的大厅里，鸦雀无声，都担心小林老丈人会说出什么不合时宜的话来。不料老丈人话锋一转，深情地说，"现在农村孩子上大学多难啊，费用高不说，将来毕业了工作还不好找，过去那会儿靠本事吃饭，这暂啥事儿都讲背景，讲路子。我一个大老粗，乡巴佬，没啥能耐，到时候万一找不到事儿做，高不成低不就的，就更两难了。唉！不念就不念吧，只要孩子们高高兴兴、开开心心，我也就对得起她九泉之下的娘了。小林这孩子打着灯笼难找，我非常满意。只要小两口恩恩爱爱，抱成团，养家糊口过日子，我没啥不放心的。祝夫妻俩孝敬老人，事业有成，白头偕老！"

掌声雷动。大家揪着的心一下子都放下了，婚礼现场又恢复了欢乐祥和的气氛。服务人员开始发筷子，满桌的美味佳肴早已使客人们流了口水。方知主动介绍了自己，频频与乡亲们碰杯，并说了很多以后少不了麻烦乡亲们，城里有什么事儿别客气、一定尽力效劳的话。边吃边聊，边聊边喝，方知发现，所谓的乡亲，很多都不是纯九连农垦的户。有上班退休，拿着工资到郊区种花、种菜养老的，有从外地迁到九连维持生计的，有儿女在城里上班，买了庄园，把老父老母安排在这里颐养天年的。方知的对面，就坐着一位县委书记的父亲，一直满脸皱纹地盯着方知微笑。像是在说，我儿子也是当官吃公家饭的，还是一位县太爷哩！方知能感觉到，那是乡村父辈特有的一种面容，他在老人沧桑的脸上，读到了父亲的感觉，一半是慈祥，一半是骄傲。

如果说进入庄园后方知对自己的身份一直隐隐地感到有些唐突，不过现在他瞬间改变了这一想法，原来九连是一个什么人都可以居住的地方，五湖四海，杂烩于此。自己不过是茫茫人海里的一点一滴，没什么大惊小怪的。如果非要找出一点差别的话，那就是年龄。自己刚刚四十几岁，正是干事业的时候，不应过早移情山水，纵情乡野。不过，他认为，就像当初率先买私家车一样，这一次又证明了自己的先见之明——只要不影响工作，早一点觉醒，闲暇之时远离浮躁，远离城市发展中滋生的一些生活陋习，偶隐乡野吃种绿色果蔬，锻炼身体，陶冶情操，岂不又是一次创新生活的典范，先行一步的楷模！况且，实践证明，自从进了庄园，自己每天精神饱满，身体与日健朗，思想也积极豁达很多，看问题不钻牛角尖了。可喜的是，这种阳光心态还带到了课堂上，给时下就业压力大的学生们带去生活的勇气和希望……

想到这，方知倒有几分暗喜了。不过李丹父亲台上的一番话，又使他心情突然沉重下来。婚礼背后，暗隐着农二代多少值得思考的问题。不读书，没出路；读大学，供不起；举债供，毕业又面临着找工作难、回报无望的境地，这确是一步险棋呀！农家难以承受，多少灵慧的农村青年，早早就离开了心爱的校园，辍学打工去了。这些年，农民变得如此现实，也是不得已而为之。过去计划经济时代，农村凭考学走出了很多人才，现在反倒减少，失学率越来越高，农家子弟的上升通道越来越狭窄，这是很不正常的现象！

方知想到自己老家有一门远房亲戚，家里男孩子读书好，父亲在一次拉沙子时，被倾覆的沙坑砸死了，是爷爷起早贪黑靠着放牛，挣几个钱供他上的大学。开始那些年，他每次回家探亲，父母都免不了向他夸赞，这个孩子读书如何如何好，羡慕的样子仍在眼前浮现。可今年春节回家，却听说这个孩子大学毕业后一直没有找到合适的工作，现在跟农民一样去打工了，干上了搞建筑的力气活儿，爷爷去年硬是窝囊死见马克思去了！

　　现在农村早早辍学的青年极其普遍，像夏小林和李丹这样的早婚现象也极平常。想到比夏小林还大的方卓正在读书，将来还要考大学、甚至读研究生，还要念很多年的书，想想李丹父亲的哭诉，方知的心突然揪紧了。命运啊，农民的命运仍然是随波逐流的代名词！

> 邻居有子得骏马，
> 挚友亲朋聚杯塔。
> 欢喜公婆乐忘食，
> 忧伤亲家话泪洒。
> 自古男娶新房置，
> 何时女嫁红旗插？
> 春生万物天生意，
> 兵随将令草随刮。

　　帮助富贵从酒店往火车站、客运站送客人，车里等人的闲暇，怀着复杂心情，方知在手机上摁下了这首诗。回到家，把李丹父亲热泪盈眶的场面饱含同情地学了一遍。尹红说这有什么奇怪的，姑娘辛辛苦苦养这么大让人白拣去了，孤苦伶仃的父亲能不掉几滴眼泪？方知说我说的不是这个意思，我是说农村孩子没成年就不读书、去结婚，实在太可惜，这样下去农民的素质猴年马月能提高？尹红说提不提高与你有什么关系，你不是已经逃出来了吗！方知说那是过去，要是现在，我也出不来，学费、生活费这么高，家里穷得叮当响，哪有钱供我念书！毕业了再不分配工作，谁敢冒这个险？我上大学时，每学期学校还给三十八元的奖学金，加上师范生的伙食补助，不花家里一分钱。现在一个大学生每个月生活费上千块，农民要不土里刨食，要不风雨飘摇去打工，挣那么几个血汗钱，供不起啊！

　　方知感慨万千，尹红瞄了一眼方知，没再出声，她理解丈夫的感受。

十一

方知对林大的同事们封闭了购买庄园的消息。他的考量是人多嘴杂，不知哪一个乌鸦嘴汇报到校领导那里，治自己一个不务正业之罪，得不偿失。不过得到了世外桃源一样的好去处，又不像金崇才们一样想借此发财，总要有人欣赏，就像婴儿出生后，父母总希望有人来夸奖一样。毕竟，拥有庄园生活，是他追求新生活的又一浪漫之举。

自从他自印了诗集之后，他走进了江城的文学圈，参加了几次作协组织的文学研讨和采风活动，相识的文友越来越多。他有意在文友聚会时，透露了购买庄园的消息。如他想象，消息一出，文友们都赞赏他的眼光，称赞他是敢于吃螃蟹的人，说现在城市有钱人赶时髦，买高层，疯狂地向高处发展，越高越值钱，越高越有身份。方知却反其道而行，向郊野发展，买庄园别墅，过绿色生活，真有远见卓识。此乃陶渊明转世，仙人呢，仙人！并纷纷嚷嚷着要去庄园一游。方知夫妇也很愿意邀请文友们，到庄园分享绿色恬静的生活。当然，也有那么一点儿炫耀的意思。

每次文友们要来，他都和尹红提前到园子，把里里外外收拾干净，预备好农家果蔬，招待文友们。一波一波，一伙一伙，每个双休日，便是文友们在庄园快乐相聚的日子。樱桃红了，请文友来；门前那棵杏熟了，请文友来。每次文友们前来，都带上烧烤的牛肉，其他都去园子里摘。大棚里的一些蔬菜下来得早，比如小白菜、生菜、香菜、小葱、韭菜、黄瓜、西红柿、辣椒。上的都是农家肥，什么鸡粪、猪粪、牛粪，甚至人的粪便——农民叫大粪，清一色儿的有机肥。化肥一点不上不说，农药更轻易不用，除非生了腻虫，也选副作用极小的品牌，并严格控制使用量和安全期。老仇临走时，还给留下了几只下蛋鸡，文友们来了就到鸡窝里去掏，掏回来就上锅蒸鸡蛋焖子。每次都张罗满满一桌子，文人们个个吃得尽兴，喝得高兴，常常是从中午开始喝，直喝到日头落山。有时，不愿意离去，就一同到九连的林荫小路上转圈，遣酒消食，回来坐下来再喝，直到月升蝉鸣才醉醺醺地离去。

数伏前夕，文友们又到庄园聚会。文友老万一杯白酒、一瓶啤酒下肚，对方知直言不讳，说："方知啊，你这庄园可是一个创作的富矿啊，你可千万不能白白浪费呀！"方知说："万哥你放心，我一定谨记教导。不管文笔如何，一定努力记录，记录这乡土味十足的田园生活！"一个文友说："都不用写别的，你就把园子里的动物们写明白喽！什么猪啊、鸡啊、猫啊、狗啊、喜鹊啊、麻雀啊、燕子啊、鸽子啊……听说还有野鸡，把它们的生活乐趣都真实地记录下来，用文字打造成一个动物乐园，你的书和庄园就名声大噪啦！"文友们调动丰富的想象，纷纷帮助他展望美好灿烂的创作前景。其实自从有了庄园生活，他就认识到了由此带来的创作灵感，并已暗操旧业，开始摆弄起诗文来。等大家说完，晕乎乎的方知马上举杯碰了一圈，然后把一杯啤酒干掉，说道："好吧，我刚写了一首词，没什么词牌子，就当顺口溜吧！我愿意朗诵给各位，助助酒兴，各位指正！"大家纷纷叫好，并一起鼓掌。方知清清嗓子朗诵到：

初伏三日至，樱桃已凋，残果深红密腹；杏儿刚熟，早有初黄风落；李子泛红，十五抢先一步；萝卜白菜，赶时播种不过；草莓果蓁，能否梅开二度？

盛夏双休节，文友到此，小园人嚷狗吠；叹为观止，院内烤锅架起；自种果蔬，胜过客带肉美；饮酒赋诗，尽抒胸中快意；鸡鸣猫戏，一派农家乐趣！

众人鼓掌，老万说好诗，好诗！乡野气息多浓啊，完全可以拿到报上发表！方知说万哥过奖了，写得不好，容我慢慢练习。老万提议说，为方教授重返文坛祝贺一杯，大家唱和着将一杯啤酒又干了。

喝完这杯酒，老万提议，说庄园主刚才抛砖引玉，大家也别浪费了这风景，一家朗诵一首，否则罚酒。大家同意。有人说万哥那你是老大，你得发挥好模范带头作用。老万迟疑了一下，说好，便朗诵起唐伯虎的《桃花庵歌》来：

桃花坞里桃花庵，
桃花庵下桃花仙；
桃花仙人种桃树，
又摘桃花换酒钱。
酒醒只在花前坐，
酒醉还来花下眠；
半醒半醉日复日，
花落花开年复年。
但愿老死花酒间，

不愿鞠躬车马前；

车尘马足富者趣，

酒盏花枝贫者缘。

若将显者比隐士，

一在平地一在天；

若将贫贱比车马，

他得驱驰我得闲。

世人笑我太疯癫，

我笑他人看不穿；

不见五陵豪杰墓，

无花无酒锄作田。

　　大家打着拍子，随声附和着。听着老万口中的"桃花庵"，感受着饮酒赋诗的田园生活，都如同进入了仙境一般。

　　老万朗诵完，饮酒祝贺朗诵成功之后，一位女诗人主动说，我随便想了几句，说给大家助兴：

千姿百态李花开，

六只彩蝶舞翩跹。

纤纤玉手巧变换，

倩影穿梭飞李园。

　　大家鼓掌说，好！女诗人把一位男诗人的兴致挑逗起来了，自告奋勇，接上说：

宛若桃花尽风韵，

虹韵典雅迷万花。

艳若桃李尽怒放，

霞光甜美春心洒。

　　编诵两段之后，一位脖子上挎着相机的诗人抢着接道：

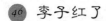

篱笆栅栏处处景，
葵杆灵动触春华。
交相辉映黑白卷，
耕园云影美如画。

　　文友们当场互动，自编了三段，大家听得津津有味。有个文友懂古诗，评价说虽不合律，押韵也不规范，但是符合此情此景，这就是好诗！大家说真正的诗人是你，你必须朗诵一首自创的。懂古诗的文友沉思片刻，说那我就朗诵几首，送给方知和尹红夫妇。然后先朗诵了两首名曰《鸡鸣思》的诗道：

鸡鸣表动睡沙泥，
退市居园暂两离。
志得悠闲修病骨，
常思百姓每餐衣。

市喧志乱昼笙歌，
野静耕忙夜婆娑。
踌躇堂前思农紧，
分身乏术两蹉跎。

　　接下来又朗诵了一首名曰《栽秧图》的：

鹊低唤唤太阳西，
猫伴依依玉米移。
夫灌妇栽黑盈绿，
菜园常悸李园鸡。

　　接着又朗诵了一首《锄草偶得》：

诗园隐鸟藏流日，

授蕊招蜂恋这年。
多洗清风安意躁，
常锄荒草净心田。

朗诵完，大家拍手叫好。有人不依不饶，非要这位诗人再朗诵一首。诗人也没推托，又朗诵一首名曰《别园春深》道：

远望杏红红似火，
坐迎李绿绿如宾。
别园处处春深尽，
初夏将临景正新。

不愧是诗人，真人不露相，写得好！大家举杯祝贺。该最后一位文友了，他说高手满座，我实在没脸朗诵，自愿罚酒。大家不允，没办法，他沉思了片刻，朗诵了一首《晚兴》：

歇樽回记紧，
聊以慰心灵。
勾月悬天体，
迟鸦唤落星。
早禽先入架，
归客笛鸣清。
群树朦胧影，
孤邻压水声。
蜘蛛旋结网，
谋划捕蚊蝇。
穷巷无连吠，
倾园散碎风。
近伏烟火少，
简素柴荆轻。
巧妇烹家种，

馋猫待肉星。

信微知友饮，

市噪乱亲朋。

居远锄霞近，

欢然恬静生。

以低昂、悠长的声调唱诵完一首五律诗，文人们都醉了，不用再劝，酒就全干啦。文友们尽兴，方知自是心花怒放，最后又乘兴吟了一首聚会的压轴诗：

鹦鸣求友向五湖，

四海贤达聚草庐。

树下闲说文章事，

酒干常使夜蝉无。

十二

老仇临走时，给方知留下了六只母鸡、一条小京巴狗和一只白色的波斯猫。京巴狗聪明伶俐，对新主人格外的殷勤，跟屁虫似的形影不离。猫亦如此，很快与新主人打得火热，树上树下，窜来跳去，屋里屋外，形影不离，尹红和方卓也非常喜欢。自从有了猫和狗，方知不得不从食堂带些吃剩的鱼、肉和骨头。开始时还有些难为情，时间久了也就习以为常了。他不主动带，食堂的师傅、服务人员们还会主动给他装上，他就替猫狗表示了谢意，然后到园子对京巴狗和波斯猫偷偷地献殷勤，搞得人和动物一片和谐。有饭局时也是一样，他一改以前从不打包的习惯，也不避讳客人，将剩鱼剩肉悉数带回庄园，坐在一旁看猫狗们享受，心里格外的舒坦。有时到园子不及时，波斯猫就趴在大门的墙头上等。方知带来鱼肉了还好，要是没带鱼肉，波斯猫可不吃别的，而缠着方知的大腿"猫呜，猫呜"地叫唤，要好吃的，弄得方知心酸酸的。好像孩子在家饿了一天，家长啥也没给带回来，有一种亏欠感。有时带回来鱼喂猫，京巴狗拴着吃不到，就在一旁龇着牙，对猫"哼——哼——"地使劲，好像在说"给我吃，给我吃，再不给我吃我就咬死你！"吓得波斯猫也不敢吃了，躲得老远，堆缩着。方知就把鱼肉挪到狗看不见的地方，让猫单独享用。都吃饱了，狗和猫就在一起蹦蹦跳跳地玩。波斯猫凑到狗跟前耍贱，京巴狗经常冷不防就扑猫一下，波斯猫"嗷"的一声窜上墙头，狗是眼望墙头心不甘。可是过一会儿，猫又凑到狗跟前，不长记性。特别是没人的时候，它俩相互为伴，互不孤单。

一天，京巴狗竟然挣脱绳索逃脱了，他就开着车去找，庆幸在大街上找到了，就小心哄上车，拉回来重新拴上。不几日，京巴狗又挣脱绳索，他又去找，这次没上次幸运，没见着影儿。他寻思大鱼大肉地喂着，狗又是人类最忠诚的朋友，京巴狗不会不回来的。可京巴狗真就没再回来，不知被狗贩子掠走了，还是在马路上遭遇了不测。为此尹红和方卓伤心了很久，都埋怨他粗心大意，既然发现跑一次了就应该加强管理，不致再跑第二次，聪明人怎么能两次被石头绊倒？方知有苦难言。其实，最伤心的是他自己，很多时候一个人到庄园劳动，都是京巴狗跟在身后做伴，增添了不少乐趣，免去了一个人劳作时的孤独。京巴狗丢失后，波斯猫也很伤心，经常"猫呜，猫呜"孤独地叫唤。

方知请夏富贵分析京巴丢失的原因，富贵漆黑的脸露着白牙说："方哥不是有一句话吗，说猫是奸臣，狗是……富贵又说了半句话，方知急忙接上说狗是忠臣。夏富贵说对呗，忠臣就是轻易不会走，我分析这狗是发情了，没准儿哪天还给你领回来一条母狗。"方知说："你别逗了，听说过母狗能招来公狗，没听说过公狗能招来母狗的。"富贵说："那是过去的说法，现在啥年代了，母狗也有主动上门的。"说到这，发现自己说走了嘴，富贵忙称回去浇树地，转身离去了，头也不回。方知好笑，心想夏小鬼这回说了真话，李丹亲自送上门，虽然他同样有望子成龙之心，可是在省去二三十万的彩礼费、白捡个儿媳妇这个既得利益面前，他小农意识武装的头脑瞬间倾斜了——竟然放弃了儿子的学业，还以迅雷不及掩耳之势，把李丹娶进了家门！

这是农民的狡黠，也是农民的悲哀！

听说儿子买了庄园，母亲就在乡下给孵了笨养的鸡雏，并帮助精心饲养了两个多月，一次给方知打电话说鸡大了，太能吃。家里还养了不少，管不过来，就催促方知抓紧把鸡运回庄园，不然快养成大鸡了。母亲孵了一辈子鸡雏，出壳率、成活率双高，远近闻名。尹红说："老太太鸡雏都是随出随卖，哪有给养两个多月的，还要白送你。老太太心里一定有笔账，要是对别人，还不得要大鸡的价钱？你赶快去拉回来吧，占老人便宜没够！"方知心想也是，别让老人太劳累，就趁着星期日驾车回去运，趁机给父母带了很多好吃食，尤其是园子里的红樱桃、大黄杏和早李子，拉上满满几竹筐，回到家把母亲喜欢得不得了。

方知又把果子分送给了左右邻居们一些，乡亲们都很惊讶——原来城里的大学教授不光在课堂上教书，还能搞果树种植。那一定是公家拿钱搞的果树园，要不好不容易逃出庄稼院儿，还能再去种地？那不是傻蛋嘛！后院邻居张大娘，很纳闷，品尝了方知带回来的果子，又到父母家看望方知，通过东拉西扯地闲聊，透露实情。方知说："种地多好啊，上班有啥意思！"张大娘说："还是上班好，吃香的、喝辣的，到月拿工钱，不像农民撇家舍业去打工，挣的都是血汗钱，碰上老板好的还行，碰上那缺德的主儿，工钱都赖着要不回来！你看现在的农村，哪有几个人。走了多半个屯子，剩下的都是我们这些老幼病残，咋办，种地也不挣钱呢！"方知怕张大娘误会，急忙解释说："我上学出去得早，种地没种够，就买了一块园子找一找当农民的感觉，走到哪，我都是咱农民的儿子嘛！"一番话，把张大娘说笑了。临走，方知又将留给母亲的果子再抓上半口袋给她带上。张大娘半推半就，紧着夸果子都甜，然后乐颠颠地离去了。

方知在老家住了一夜，为了找一找小时候日夜偎依在父母身边的感觉。这些年，他时不时就要回到老人身边，汲取父爱母爱的营养。每次回来，他都和老父亲唠一唠。家长里短，家史村史，特别是现在村里的人员情况。父亲说每年到了春节，屯子里还能热闹一阵子，很多外出打工的都回来过年，过完年又都走了。尤其到了夏天，是人最少的时候，整个屯子里静悄悄的，就像唱空城计一样。方知说他进村子时，到处郁郁葱葱的，根本看不到人影儿，可能留守的一些人也都在地里忙活。已近耄耋之年的老父听了，打开话匣子，感慨地说，他当生产队长那年月，早晨钟一响，上工的人冒面似的，一年四季人欢马叫，现在连个狗叫都听不着！方知说国家现在有个统计数字，进城务工农民达两个多亿，原先总说十亿人口八亿农民，现在是十三亿人口，城市乡村各占到一半了，农村能不显得空吗！父亲问这么多人进城，将来国家咋安排呀？方知说国家认识到了这是天大的事，正在想办法，已经提出了"三化"建设的思路，就是城镇化、城市化、城乡一体化。先从医疗开始，慢慢养老问题、孩子上学问题、就业问题等等都要解决，听说有的地方户口都放开了，不分城市农村，都一样。父亲说那农村这些地咋办，谁来种？方知说农村不在搞什么农业农机专业合作社试点吗，一些地方农民都入社了，就是把地包给合作社，比包给个人贵得多，农民还能腾出身子出去打工，另挣一份钱。父亲说那还挺好，咱们这里不知道啥时候搞？方知说电视新闻上报了，很快的……方知知道父亲关心这些的用意，老人家是惦记着在外地打工的儿子。其实，他何尝不惦记在外打工的兄弟，说句不夸张的话，整个农民的命运，他都一直关心着，他对自己说，谁让自己脉管里流的是农民的血液！

头天晚上，方知的母亲就催促父亲帮助她给小鸡们打了预防鸡瘟的药，说这样保险，就不会得鸡瘟，运回庄园就可以放心养到老秋，杀着吃肉了。预防鸡瘟，方知母亲是位高手中的高手，一般兽医都不行！老太太相信科学，她对方知说："咱家的鸡不得鸡瘟就是预防针打得及时。前些年家家户户养的鸡一开春就得鸡瘟，一死就绝根儿，咱家的鸡就没事儿，活蹦乱跳的，过年有鸡肉吃，全屯子人都眼馋。后来看着怪可怜的，咱家的鸡药使不了，我就给左邻右舍也打上。你说怪不怪，打药的鸡就不死！后来都信你娘的，跟咱家一样，家家一年给鸡打两遍药，开春一回，秋天一回，屯子里就不再闹鸡灾了。"方知佩服母亲有本领，不过也像小孩似的在母亲面前发牢骚，说："你可别提鸡药了，这些年我给你往家里买过多少回鸡药！一打电话说我要回来，你不要吃不要喝，就是要小鸡药。凤凰县城西街的那家兽药店，道都让我跑平了，两口子都认识我。那次那个说，又回来啦，给老太太买鸡药？这次要打多少鸡的？这次这个说，是要预防鸡霍乱的，还是要预防鸡瘟的？买了多少年，这次我一问兽药店才知道，人家说整个凤凰县城、整个凤凰县的农村，也没有像你们家老太太这样精心，总这么按时买鸡药的！"母亲说："这家伙，还求你啥了，就是给买几回小鸡药，还翻翻小肠。不给买拉倒，不介我就自己坐客车去城里买，反正小鸡不能干挺着。到时候都死喽，你们一个个冲我要小笨鸡，我拿啥当啊！"一句话，说得方知无地自容，马上把话拉回来，说："我的亲娘啊，行行行，还是我给你买吧！"尹红后来听了也批评方知，说："你也是，吃人家鸡、拿人家鸡，买个小鸡药还磨叨磨叨。以后你别总让人家老太太张嘴要，回家就主动买，把老太太伺候乐呵比啥都强。"方知说："你就知道装好人，还不得我一个人去落实。"尹红挑着眼皮说："你不是远近闻名的孝子嘛！"

早晨四点钟，方知就随着母亲起床了。母亲把他领进菜园子，菜叶上闪着露珠，菜园子里到处还是湿漉漉的。母亲如数家珍，黄瓜、辣椒、茄子、西红柿、卷心菜、大白菜、大萝卜、胡萝卜、毛葱、大蒜、粘玉米、香瓜、香菜、芹菜、菇娘、向日葵、倭瓜、角瓜、冬瓜、丝瓜、草莓……母亲的菜园像个展览馆，应有尽有，绿的、黄的、红的、紫的、粉的，满园子洋溢着无限的生机。这时，太阳脱离了远方山隘的母体，露着红脸蛋出来了，给菜园镶嵌上了一层金边。在鱼鳞瓦盖红砖房的掩映之下，整个菜园金碧辉煌，晶莹剔透，活像一个仙境中的蔬菜王国！母亲一样一样地向方知介绍着。要知道，现在介绍的人和听介绍的人跟以往的心情都大不一样啦——过去是母亲向儿子显摆菜园管理得如何如何好，现在则是乡下种菜的老太太，在给城里的大学教授讲课哩！过去回家参观母亲的菜园，是给母亲炫耀的机会，让母亲高兴，收获一点辛劳后的满足感。现在，方知则用心听、用心记，为什么？因为他自己也有了一个庄园，万分需要母亲手把手地传授种菜真经，这可比电话里口口相传效果好得多！方知越来越感到，自己买庄园消遣，却发挥了母亲的种菜长处，给老人增添了快乐、提升了价值感，真是锦上添花、一举两得的好事！

　　提前，父母用拦鸡网缝好了丝袋子，怕小鸡撒到院子里不好逮。早晨趁小鸡没出架，就抓好放入轿车的后备厢。又担心小鸡被憋闷死，临走时，方知的母亲一遍遍嘱咐，要走一会儿就停下来看看，放放风，别闷死。方知说知道了，知道了。然后又拿上一些母亲种的绿色菜蔬，塞了满满一车，才依依不舍地离开了家乡。还没出村头，捷达的后备厢就开了，而方知却浑然不觉。站在屋后目送儿子的母亲，见此情景，吓坏了，撒腿就追速度渐快的轿车，一边追一边喊，一直追到村头，也没追上轿车。老太太没放弃，又向回跑，跑到家里，来不及将气喘匀，就给方知打手机，告知险情。方知接到母亲的电话，已经快行驶到离家五里路的乡政府驻地了。他惊慌着停下车，打开后备厢一看，小鸡安全无恙。这才发现母亲怕小鸡捂死，在后备厢上垫了一块旧布条子，想留些缝隙给小鸡透气，却差点弄巧成拙，闹出公路上追鸡、撵鸡的笑话。后来母亲电话里说因为追车，腿疼了好几天。方知每次想起年过花甲的母亲在村口追车的情景，就激动。可怜天下父母心！那会是多么惊心动魄的场面啊……一位矮小的乡下老太太，在村头奔跑着追赶一辆飞驰的轿车，那充满力量和勇气的瞬间是从哪里迸发出来的呢？那应该是人类最美丽的奔跑！方知再不敢怠慢，一路上小心翼翼地，时不时就停车下来看一看——看一看母亲的牵挂。方知把这一车的乡愁和父母的爱稳稳当当地运回庄园，打开后备厢、抖落掉粘在丝袋子上的鸡粪，将五十只鸡撒向了园子——刚开始，乡下鸡们像村姑进城似的，显得怯生生的，可是也就一袋烟的工夫，"村姑"们即飞跳起来。寂静的庄园，一下子沸腾了。

十三

常言道，看花容易绣花难。方知虽然是林大副教授，可是果木管理需要实践来验证，譬如果木的品种、嫁接、栽植、剪枝、施肥、灌溉、病虫害防治，以及日照和气温对果木的影响，等等。对于方教授来说，可谓不是门外的门外汉。种菜他可以问母亲，可伺候果树，眼下只有两个人他可以相求：一是金崇才，二是夏富贵。夏小林结婚时方知和金崇才见了面，听说方知买成了庄园，金崇才仅仅是闪现出一丝尴尬之色，很快就直面以对了。金崇才对方知说，还是你买的这块园子好，独门独院，果树正是旺果期，你也不指着它挣钱，拿笤帚上炕，省心烙印的，不像金山买福建人的那块，新房裸地，今年新栽树，起码等三年才能挂果，说不定那时候就动迁了，闹个白折腾！对金崇才的厚颜以对，方知虽有几分不悦，不过觉得他所说的也有一定道理，加之老乡相处多年，不能因为他暗地里将福建人的庄园转卖给小舅子而伤了和气。毕竟，庄园生活已经开始，与金崇才的庄园就隔着几趟房，有个大事小情，免不了麻烦人家。婚礼上，方知主动与金崇才碰了一杯酒，说现在新买的庄园非常好，以后还请金兄多关照。金万能借坡下驴，满脸堆笑地答应道，有空儿一定领着你嫂子登门拜访。

老狐狸虚情假意，不敢指望。来九连时间短，地皮还没沾到，熟悉的人又没几个，方知眼下能寻求帮助的，也就夏富贵两口子。尹红的工作比较忙，他相对清闲，给学生上完课，处理一些杂事，中午在食堂吃口饭，就可以带着猫狗食去"别园"了。每次到了之后，都先前园后院地检查一番，看看有无异常，畜禽是否安好，然后喂过猫狗鸡鸭，便进屋午休。下午，如果学校没课，就留下来给果树地锄锄草，浇浇水。

林子里有三百多棵李子树，夏富贵说绝大部分都是"三号李子"。老仇搬家时，留下一个小册子，叫《李树栽培图诀200例》。他放在床头，没事儿就翻看翻看。李子营养丰富，含碳水化合物、脂肪、蛋白质、多种维生素和钙、磷、铁、各种氨基酸，但民间有"桃养人，杏伤人，李子树下埋死人"的说

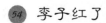

法。方知上网一查，药王孙思邈说："不可多食，令人虚。"《滇南木草》上说："不可多食，损伤脾胃。"李子品种众多，世界上分六大类，什么中国李、美洲李、欧洲李、杏李、樱桃李、乌苏里李，共500多个品种。我国主要栽培"中国李"，北方主要栽培玉皇李、香蕉李、大黄李、晚红李、美丽李。他的庄园有几棵叫"十五号"，是早李子，有几棵叫"晚黄"，是晚李子。绝大部分是"绥李三号"，也叫"绥满三号"，九连人都叫"三号李子"，优点是个头大、甜度高，缺点是成熟期短。才十几天的工夫，摘不下来就裂纹、落地，容易腐烂。起初栽种的果农很有远见，不同品种不同成熟期，人们可以分批享用。

夏富贵介绍说："这些李树都是用樱桃树嫁接的。"方知说："怪不得一些李树根上又长出了樱桃树，那是老根发芽啦。"富贵说："杏树好认，就是园门旁那棵大家伙，不过这地里有两棵小树我不认识，不知道老仇从哪儿蹅摸来的，他叨咕过，说挺金贵，我没记住叫啥名。"方知说："那两棵叫桑葚，果实手指肚大小，开始是绿色，然后变成红色，熟的时候变成紫黑色，甜甜的。"富贵说："还是大学教授懂得多。"方知说："二十四孝里有一个叫'拾葚异器'的故事，说的就是桑葚果。东汉末年，王莽篡位，兵荒马乱，民不聊生，加之当时有一帮将眉毛染成红色的'赤眉军'，出没不定，搜刮粮食和财务，就像强盗一样经常骚扰百姓。当时有一个人叫蔡顺，是个孝子，很小就失去了父亲，独自赡养瞎了的母亲。家里没吃的，就去山上摘桑葚果，黑色甜口的装在一个筐里，留给母亲吃；红色酸口的装在一个筐里，自己吃。他上山采桑葚果的时候，遇见一伙赤眉军，要抢他的财物，还要抓他去充军，结果发现蔡顺不仅身无分文，还将桑葚分两个筐装，便问他原因。蔡顺说出实情后，赤眉军被蔡顺的孝行所感动，不仅没有抓他去充军，反而赏给他一匹马和三斗白米，回去赡养瞎母亲。"富贵说："方哥不说我还不知道，桑葚果还有这么多讲究！"方知说："哪里，伺候果树还得向你学习呀！"经常与富贵这样隔着篱笆攀谈，方知还真掌握了很多管理果树的经验和窍门，有时实在听不明白，就请富贵和兰香两口子跳过墙来，帮助示范。有一次，烈日炙烤，李树叶子旱得无精打采，家家都打开水泵浇地。方知的庄园里两眼井，灌溉李林专用的，老仇向他介绍了井的用法，当时讲得非常详细。现在，他通上电，倒进引水，却怎么也压不出水来，毒辣辣的烈日下晒得他满脸淌汗，手也磨破了皮，急得团团转。没办法，他就找来夏富贵。富贵检查后，说井抽子胶皮垫坏了，就剪了破车带换上，然后压了几下，水就像龙王爷吸的一样上来了，把李林浇了个透，小鸡也在水里玩得过了瘾。那边，白亮亮的地下水哗哗地浇着，这边，富贵晃着手里的废井抽子胶皮垫，揶揄方知道："伺候果园子真不是大学教授干的活，难为方哥啦！井抽子胶皮垫坏了漏气，你就是累死了水也压不上来呀！"方知的脸红一阵紫一阵的，很尴尬，连声道谢。

有时，尹红下班来就帮他铲一会儿树地，边铲还边发牢骚，说："都跟你混成农民了，这大热的天，打着空调，往楼里一猫，多美，遭这罪呢！"女人心，大海针，游移不定是女人的天性。方知知道尹红也就发发牢骚，所以岔开话题说："你知道农民为什么天一亮就起来铲地吗？"尹红说："你不用跟我说这些，我也不是农民！"方知说："这是有讲究的，是为了躲避太阳晒，干到九十点钟就收工，下午三四点钟再出来，一干到眼擦黑儿。你说农民聪明吧，这都是人类与大自然长期斗争积累的经验！"有时农活干累了，太阳晒，蚊子咬，尹红就磨叨买庄园后悔了。女人一会晴一会阴的，方知也不在意，说："到哪去找这好地方，练骨修心，时间长了，咱俩就成佛成仙了。《世说新语》中说魏晋时期会稽境内的东面有座山，很多名士厌烦了勾心浮躁的生活，纷纷到山内归隐，远离尘世，饮酒作诗，豁然自达，并形成一种潮流，史称'会稽东山'。咱们的庄园也在城东面，虽然没有山，但有林子，就叫'江城东林'吧。"尹红当时把嘴撅起来说："你自己出家归隐成佛成仙吧，我和女儿过我们的人间日子！"

虽然方知对于庄园里的劳动还很陌生，一切处于学习阶段，可是这里所富有的诱惑力、磁性和神秘感，仍使他流连忘返。有时一个人在地里锄草，望着眼前密实的李林，如果听不到相邻村路上的车鸣、远处间或传来的狗吠，以及手机骤然响起的铃声，他真有一种远离凡尘，"会稽东山"的感觉。特别是突然来电话，有人说些烦心事儿，打扰了宁静的时候，他就想彻底关机，享受恬静超然的生活，可他几乎做不到，总担心人世间有人有事找不到他。人啊，有几个能真正做到超凡脱俗！

据夏富贵讲，农垦系统土地承包后，分得此园的第一户农民就是种地的能人，园子伺候得干干净净，后来李园流转的第二茬、第三茬庄园主也都是"好把式"，到了老仇的手里伺候得更干净、利索。现在到了他手里，虽然有些吃力，可伺候得还算及时，经常得到富贵两口子的夸赞。望着眼前葱翠干净的果园，方知有些得意，暗暗为自己继承了祖宗的农耕灵性而自豪，更为自己勇于开辟庄园生活而自得。

一次，他正在休息，陶醉在劳动后的快乐里。身后的响动打破了他的沉醉，他循声回头望去，响动来自东邻何成家一片枯黄的李园里。何成早年买了园子，从乡下将父母接来赡养，自己在外干木匠活养家。这些年父母岁数大了，干不动庄稼活，孩子在外地念书，媳妇又去陪读，园子就撂荒啦。方知轻轻地起身寻觅，一只野鸡正在草丛里探头闻声。方知起身的动静打扰了那尤物，"嗖嗖嗖"地向林子深处跑走。何家的李树枯死了多半，野鸡"竞走"的样子被跟在后面的方知一览无余。它时而昂首阔步，时而摇摆几下红色的桂冠听听周围的声音，褐色的羽衣若隐若现。此时在方知的世界里，除了欣赏这突然出现的、难得一见的尤物，其他一切都凝固了。他悄声尾随，心中充满无限的惊奇和喜悦。他甚至不愿去想过一会儿它将何去何从，他只迷恋眼前大自然久违的赠予！

其实，关于野鸡，他这个山沟里长大的孩子小时候是常常见到的，只不过几十年来工业文明的大发展，使这个称为"雉"的飞禽与人类渐行渐远，以致变得陌生。野鸡从李园的南端向北侧行走，离住宅区域越来越近。只是何家的李园此时无人，南北一片杂草。最后，野鸡钻到了一处废弃大棚的墙角下，高墙阻断了它的去处。它停顿了一下，片刻完成了思索，"嗖嗖嗖"，以最快的速度钻进了东侧的草丛里。方知傻站在那里，一直等它再次出现。后来的几天，他一直都在寻觅野鸡的身影。一个午后，方知正在给李树施肥，忽然听见野鸡"嘎嘎"的叫声，他急忙攀附篱笆墙向何家李园寻找，居然又看到了它的倩影！他急忙举起早已经准备好的相机，将树根下天使一样的东西拉近，再拉近，"咔嚓"！永远留下了野鸡藏身树下朦胧的魅影。夏富贵说叫唤的是公的，园子里肯定有母的在抱窝。公的是给母的站岗，叫声的意思是："别来，别来，这是我的地盘！这是我的地盘！"

庄园里居然发现了野鸡！方知有些陶醉了，高兴得像个孩子，逢人便说，见人便讲，怕人不信，还以照片证之，听者无不称奇。为此他还作诗一首：

锄歇草侧野鸡行，
鹊落枝惊扰禽鸣。
偶隐李林听犬吠，
懒应庭外扣门声。

除了"偶隐李林听犬吠"，远离一下喧嚣的世界，方知还找到了另一种感觉——回归。虽然满园的李子，与老家盛产的大豆、小麦、玉米、马铃薯等农作物有着很大的差别，可毕竟都是乡村生活，他在田园里寻回了从前的感觉，甚至认为自己穿越时空，回到了过去在乡下生活的时候。那个年代，家庭困难，一贫如洗，家里姊妹五个就靠父亲一个劳力挣工分养活，要是没有母亲的省吃俭用、勤劳持家，要是没有大哥早早下来务农，和姐姐出嫁的支撑，自己哪能读到大学！

记得读初中时有一年放暑假，自己帮助生产队抢收小麦，别人割 12 个苗眼，自己这个少年郎算半个劳力，割 6 个苗眼。午后的骄阳毒辣辣地炙烤着社员们，汗珠子擦掉一把又一把，没割多久握镰刀的手就打了血泡。那一刻，他真正感受到了课本上所说的劳动人民的苦难。他强忍着太阳的灼烤和汗水给皮肤带来的钻心难挨的刺痛，咬牙去坚守一个倔强少年不堪落后的自尊心。后来，是突然来临的乌云救了他——只见北方的天空，半边天的乌云压过来，一条黑龙的半个尾巴探出乌云的边际，摇摆着，搅动着，将黑压压的乌云推进到麦田的上空。不一会儿，狂风发作，倾盆大雨带着山响逼近撒腿逃跑的人们。刚刚还是热火朝天收割的场景，顷刻已是秃尾巴龙王爷唱戏跳舞的大舞台。闪电道道划过，雷声清脆瘆人，毒辣的太阳瞬间不知躲藏到何处，一场初秋的暴雨落得酣畅淋漓，劳累的人们得以短暂的休息。方知甚至想，是龙王爷保住了自己坚持不下去的面子，没让父老乡亲看自己的笑话。

还有一次，深秋时候，与父亲和叔叔去田里割黄豆，因为不会使那股劲儿，手被扎烂了，鲜血淋漓，一条垄割下来已是伤痕累累，半死不活，一头栽倒在地头边……那时，恨不得一下子逃出农村，再不受务农之苦。现在是怎么了，自己吃穿不愁，却要回归农耕生活？对！是回归！也叫依恋，抑或对乡愁的依依不舍！困难时期，一家老小在一起过苦日子，艰难前行。几十年过去了，乡愁日烈，当年的一切越来越珍贵，甚至生活里的吵闹都成为记忆中最美好的东西。现在，庄园的一切既陌生又熟悉，生活中的景象与骨子里的情结不断咬合，虽无双亲和兄弟姊妹在身边，可是朦朦胧胧的，也找回了当年务农的一些感觉。像走失多年的孩子，又回到了母亲的身边！

人的背景就是人生的密码。一个人的背景是解开不同价值观之谜的总钥匙。如此我们对教授的超凡脱俗之举就好理解了——走进庄园开始农耕生活，与其说是远离浮躁的一种人生境界，还不如说是农民情结在作怪，是为了一解乡愁之苦！凡是农村走出来的人，谁会没有这种感受呢？人啊，谁能摆脱自己的出身！

十四

能与心爱的人走进婚姻的殿堂，是多少青春少女的美好梦想。实际上，为了这个梦想，青春少女们可以不顾一切。李丹就是其中的一个。她不顾父亲的反对，早早弃学与夏小林结了婚，现在正在蜜月之中。起初，夏富贵什么也不让他们干，他们尽情地享受新婚的快乐。夏小林也兑现了他当初的诺然，初秋之际骑上摩托车，载上李丹，调大车载乐曲的声音，一路歌声嘹亮地游览了湿地保护区，欣赏了仙鹤的放飞。

这便有了故事开头，小两口与众不同出现在湿地保护区的一幕。

"我们的爱情就像仙鹤一样忠贞不贰。"李丹说。

"我永远不会成为消失的公鹤，不会让你忍受孤独之苦。"小林说。

"可是，我不愿总这样待下去，你看咱爸咱妈整天忙忙碌碌的，我想下地帮帮他们。"对农活并不陌生的李丹恳求着。

"那我要先问一下咱爸咱妈，看看老人家舍不舍得让你这个怀孕的新媳妇下地干活！"小林的话说得李丹心里暖融融的，她顺势给了丈夫一个甜甜的吻。

夏富贵知道了孩子们的心意，他严肃地对儿子说："现在不仅是下地干活的问题，将来你们自己要找出路，光靠这十亩果园，养几头猪能维持生活吗？眼下李子要熟了，等把李子处理了再说吧。"

夏富贵对儿子、儿媳将来的出路早有考量。眼下，虽说没过彩礼就将媳妇娶进了门，亲戚朋友都说自己占了大便宜，可是将来的生活怎么办？在一个屋檐下对付，终究不是长久之计。将来有了孙子靠什么养活？种地又不是孩子们的长处，再说现在种地也挣不了几个钱，这事还需要认真研究啊。生活变化得太快了，当初只是一门心思供孩子念书，盼望将来能有个出息，现在孩子突然娶了媳妇，成了家。对孩子的前途，富贵非常迷茫。让孩子们像父辈一样走上打工之路？他一百个不愿意。可是他已经隐约感觉到，那可能是两个孩子的唯一选择。

这天，方知来到了庄园，像农民检查庄稼长势，照例先进李园子转了一圈，越往深处走，他越感到惊讶，满园的李子开始挂红啦！只见翠绿的叶子，再也掩不住泛红的果子，俨如上妆美人的红脸颊，微风之下，婀娜婆婆，香唇摇曳，低吟婉唱。一处，两处，三处，处处，无数处的红脸蛋挣脱了叶子的包裹，在太阳下闪着浅红色的光芒！踉跄着脚步，哈着腰，贪婪地欣赏到尽头，方知的心情彻底被激荡起来了。他转身回望，李园像被他刚刚抚摸、亲吻过似的，羞答答沉浸在一片绯红之中……

怀着喜悦，稍作冷静，方知十分清楚，李子即将成熟了。进入李园后，他将第一次面临李子收获——这个对果农而言，不，对他而言，也是一年之中最沸腾的时刻了。

这时，他才发现夏富贵也来到了李园。他隔着篱笆急迫地问："兄弟，我看这李子快熟了，这么多李子怎么出手啊？"

"咋出手……这玩意咋说呢，咋卖的都有。"富贵仍是一句话不说透。

"往年怎么卖？"

"跑市场，批给小贩子，咋的能合上，咋卖！"

"老仇说一棵树能摘四十斤果，这园子三百多棵树，就是说能产一万多斤李子，他说一斤至少能卖八毛，那就是小一万哪！"

夏富贵白牙一露，扑哧乐了，说"方哥啊，耳听是虚，眼见为实，别着急，马上就能看出高低，卖得越多不是越好吗？"

方知不好意思再追问，心里却七上八下的。心想富贵兄弟呀，邻居住着，有啥话不能直说吗，非说半句留半句的，这种习惯性的谨小慎微有意义吗？只能给人留下一种不真诚的感觉！你就说一斤根本卖不上八毛钱，我也不能再找老仇算账去！

又过三天，他再到庄园，发现有很多熟透的李子落在了地上，夏富贵的园子里正在热火朝天地摘李子。他急忙喊住富贵，大声说：

"兄弟，开始摘了？"

"开始摘了。"

"咋卖呀？"

"跑市场。"

"多少钱一斤？"

"还不知道呢。"

方知思忖了一下说："兄弟呀，你先到市场上卖一次试试，如果行我明天

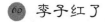

也开始摘果，麻烦你一起捎去卖。方哥初来乍到，不知道怎么出手，兄弟还得多帮忙啊！"

"能信着？"

"我还能信不着老弟，咋卖你说了算，只是别落地损失了。再说，运到城里，能让市民吃上我伺候的甜李子，那是一件多有成就感的事情！"

听了方知的漂亮话，夏富贵把目光移开了，去看树。方知猜得出来，富贵是在考虑能不能应承。对工薪族而言，几个卖李子钱无所谓，可是对果农来讲，这可是一年的主要收成。迟疑了片刻，精明的富贵又想到了他和方知两家之间"东墙"的归属问题，说那行，方哥你明天听我个信儿。

第二天，正是新一年教学工作开始的日子。上午方知正给新生上课，夏富贵打来电话，说李子到市场上批发一块钱一斤，问卖不卖。方知当即说卖、卖，我马上找人去摘。下午，拉着休假在家的尹红和她的两个好姐妹，四个人到园子热热闹闹地摘了一下午，二十箱一千多斤李子就摘下来了。太阳落山的时候，富贵和夏小林开着农用三轮车进了院，一箱一箱地打包、过秤、装车，他们要在天黑前把这一切全部安排妥当，第二天起早就运到水果市场批发。富贵说："方哥我明天早晨三四点钟给你打电话。"方知说："有事？"富贵说："你没啥事早晨起来呗，咱俩一块去批发。"富贵的话把方知吓了一跳，万万没料到富贵会提出这么可笑的问题！我去卖李子？那一瞬间，方知意识到富贵把自己同果农一样对待了，他立刻产生了不悦之感。不过，不悦之感瞬间过去，方知马上从果农的角度去考虑问题了：富贵多藏了个心眼，担心自己去卖李子，卖多卖少说不清楚，所以才……想到这，方知倒吸一口凉气，第一次领略了人们为什么送他"夏小鬼"的绰号，确实有那么点儿精明、谨慎、甚至狡黠的意味。当然，夏富贵突然提出来的请求，也使他入园以来第一次清醒地认识到一个本来就不该混淆的问题：夏富贵是位农民，身份不同，想法不同，如果还一样看待，就大错特错了。何况自己还是一名有点文化、有点清高的大学副教授哪！尽管他从心底里希望立即、马上地消除这种因身份不同带来的思想隔阂，可那是不现实的，也是不可能的。那是客观存在的，就像一堵墙，真实地摆在那儿，想挪开，简直是异想天开。还是父亲常叨咕的那句话，什么蔓结什么瓜，什么阶级说什么话，尽管他也是农民的儿子！

想到这些，他尽量真诚地对富贵说："兄弟呀！既然交给你了就是相信你，你不用多想，该咋办咋办。卖上价钱了，方哥感谢你，卖不上价钱，方哥不挑你，当然也少不了你的油钱和操心费。"话说到这个份上，夏富贵没再提出异议，然后一个油门，三轮车"突突突"的就开出了院子。夏富贵着急回去，把当天摘下来的李子装车，然后早早睡一觉，明早天一亮就赶往城内的水果批发市场。那里是水果的集散地，天南地北的水果应有尽有，市民每天吃到的水果，几乎都从那里批发而来。

第三天上午，夏富贵给方知打来电话，说二十箱李子都批发出去了，不过有一半卖了一块钱，一半卖了八毛钱。说批发李子的越来越多，小贩子见机压价，不降价出不了手，要是在手里捂一天，就烂箱了，更没人要了。方知一再感谢说这就心满意足、阿弥陀佛了，并说下午还去摘，明天还捎去卖。

下午又摘了二十箱，第四天上午夏富贵来电话，说李子卖出去三分之二了，五毛钱一斤，剩下的有给三毛钱一斤的，问方知卖不卖，他说他剩下的三毛钱一斤卖了，不卖拉回来就烂了。方知说卖吧卖吧，一切由你做主，并商定先不往下摘了，看看行情再定，反正红透的已经摘得差不多了，还能挺几天。自打果下来，方知每天下班都拉着尹红到园子来一趟。正是紧要关头，不能眼见红灿灿的李子瞎在地里。又过了两日，方知与尹红到了园子，发现夏富贵家又在摘李子，三轮车装满了，纸箱摞起山高，车胎几乎被压扁了。夏富贵和兰香，夏小林和有身孕的李丹，正俩人一伙的分坐在阴凉处休息。夏家的果树林，李子刚被摘下来一茬，明显稀疏了，剩下的李叶被初秋的晚风吹得刷刷作响，仿佛母亲在哭泣刚刚被掠走的孩子。

尹红敏感，给方知使了个眼色，方知心领神会。扶着那堵常常使富贵不安的"东墙"问："富贵呀，又摘下多少箱啊？"

"多少箱……没查，有他妈四五十个，不见起。"

又是没准话，方知继续问："现在啥价啦？"

"啥价，咋说呢，我看是一天一个价。昨天李老太太过来学，他们家邻居卖到一块五，还有卖两毛钱的，听说脑血栓骑三轮车拉着老伴，到城边子零卖，卖到三块钱一斤！"

"差这么多？"

"可不是，到哪儿说理去！"

尹红躲在方知身后，一人高的砖墙那面看不见，听到这里，用手轻轻碰了碰方知，方知明白尹红的意思，又问："我刚才进地看了看，李子又有能摘的了，你看咋整，今天晚了就算了吧，要不明天摘些，麻烦你再捎去卖？"

夏富贵没应声，起身走过来，边走边从口袋里掏出一个旧牛皮纸信封，信封上记满了李子帐，找到单记一边的方知家的李子数，趴在墙头上说："这是我给你卖李子记的数，统共四十二箱，一千八百九十斤李子，一块钱的五百九十斤，八毛钱的六百斤，三毛钱的七百斤，共卖了一千二百八十块钱。一个纸箱一块钱，进场费一箱两块钱，去掉一百二十六块钱，还剩下一千一百五十四块钱。"说完，一双麻麻咧咧的黑手，蘸着吐沫，一张一张专心数了一遍，然后连账带现金一起交给了方知。

"你先别忙着给我，等卖完了一起算！"

"方哥，我不是不帮你卖，现在李子价实在不好掌握，你说这卖多卖少的不好。"

"我不跟你说过吗，没关系！我也不在乎这点钱，我们家就是没人卖，怕扔在地里可惜，你还是辛苦辛苦吧！"

"那可是真辛苦，早晨一亮天我就得去，去晚了还怕抢不着地方。你别看一箱收两块钱的占场费，那还抢呢，没别的地儿批呀！"

"人很多吧？"

"人山人海，天南地北，全江城的水果就靠这一个地方进进出出的，可热闹啦！"

在江城居住已经十几年，这样一个水果批发市场对于方知夫妇来说，还是一个陌生之地。说句实在话，对于学着果农的样子，去市场批发李子，方知做梦都没想过。所以眼前这个邻居，像救星一样。如果代卖李子泡汤了，他几乎无路可走。没办法，只能厚着脸皮去争取。那一刻，方知感觉到了所谓世事艰难的含义，一名果农也不是那么好当的！他收起一千块，把余下的一百五十四块交到夏富贵手上，更加真诚地说：

"这是给你的操心费！"

"我咋能要方哥的钱呢！"

"挺辛苦的，也别白费劲！"

"邻居住着，啥辛苦不辛苦的，这钱我不能要！"夏富贵显得挺坚决。

"这钱你必须拿着，就当给你的油钱！"

"你可拉倒吧！"说完夏富贵转身就走，逃离了"东墙"。

见此情景，方知迅速把钱装进那个记账的旧信封里，"嗖"的一下，信封在空中画了个一弧，飞过"东墙"，落进了夏家的院子里。方知接着大声喊一句"谢谢你啊，兄弟！"怕富贵再推脱纠缠，就拽着尹红转身躲回屋里了。

十五

"人家为啥不给你卖？怕担嫌疑！"回到屋里，尹红说。

"我知道。我不是在争取吗。你说咱也不在乎这几个钱，可扔在地里咱在乎啊，不仅心疼，也让人笑话！"农民的儿子说。

"你不在乎人家在乎呀！你别忘了夏富贵是农民，一分一毫都要算清楚！"

"农民怎么啦？算小账怎么啦？那叫朴实！不像你们城里人，嘴上装大方，心里比谁算得都清！"

结婚这些年，为了给农民争口袋，两口子没少吵。

"行行行，是我错了。你还是研究怎么卖李子吧！"

"咋卖，你总不能让我开着车，拉李子上市场去批发吧！"

"你说对了，我看行。"

"我一堂堂的大学教授，到市场去批李子，你不会是神经错乱了吧！"

"人家是上得厅堂，进得厨房！你是上得讲堂，进得市场！农民儿子的优秀本色，有什么大惊小怪的！天亮你就去，那地方，谁认识你啊！"

尹红一番话，说得方知无言以对了。不过，他想，大学教授去卖李子？真是要多可笑有多可笑！

天气预报上说，下周江城将有一场大雨。进城后，方知从来没有如此紧张的关注天气情况。过去在农村，父母几乎每天都关注天气，啥时候有雨，啥时候天晴，靠天吃饭的农民要时刻掌握着。进城后，与农耕生活远了，刮风下雨也就不太在意了。现在，联想到大雨会对熟透的李子造成致命的打击，方知心里就憋得慌，吃不好睡不香的，不是为卖李子那几个钱，要是被大雨摧残喽，损失喽，他打心眼里不能原谅自己。在农村这要被说成是败家子，不会过日子，让人瞧不起的……心中装着卖李子的难题，趁着天黑，夫妇俩漫无目的地又摘下了几箱熟透的李子，装进轿车的后备厢，返回了城里。第二天一大早，天刚蒙蒙亮，没惊动妻女，方知一个人起床悄悄下了楼，发动着车子，鬼使神差地，真就去了城西水果批发市场。

　　江城尚在一片静谧之中。行出有十几分钟，按照夏富贵的描述，从北向南的主大街上下来，车子向右一拐，进了坐落在路北的水果批发市场。入了大门洞，方知想起了夏富贵说的进场费，便下意识地摸摸口袋，确认带零钱了，便放心的向里处开。可是一路顺顺畅畅的，没人拦车收费。这时，经过长长的门洞，一个偌大的水果批发市场展现眼前，人声也嘈杂起来。他把车停在了靠近门洞的地方，心里琢磨初来乍到，还是步行进去问问规矩，以免唐突。下车才发现，刚才路过的门洞拐角处确实设有一个收费的窗口，收费员手里掐着一把零钱，正拦住一辆尾随后面的农用三轮车查箱，方知丈二和尚摸不着头脑，心想莫非见自己开的是轿车，不像批发水果的，收费员便放行了？他疑惑着向里走，一个繁闹的水果集散地越来越热闹了。路两侧是两排简易板房，停满了大货车、小货车、厢货车、农用三轮车，路边还有数不胜数的电动车、人力三轮车，甚至自行车。小贩子站在车厢里，叫喊着香瓜甜，嚷嚷着苹果贱，地摊上一堆堆、一处处，到处散发着水果的馨香，也夹杂着水果腐烂的醉人气味。水果商们大多蓬头垢面，衣衫不整，有的扯着嗓子叫卖，有的向前来批发水果的小贩子比划着，有的则大口吸着香烟，哈欠流星强遣困意。

　　别有洞天！方知现在的感觉用这四个字完全可以形容。作为这个城市的市民，平素里买水果，经常与路边冷摊、室内超市打交道，也偶尔打听一下水果产地，可对江城这么大的水果集散地，的确听所未听，闻所未闻，今日一见，到处使他好奇不已——现在交通真是发达！这些瓜果有省内地产的，运到江城最远不过一天一夜的路程，主要是西瓜、香瓜、李子、沙果之类。其他水果很多运自于省外，如河北、辽宁，抑或来自于遥远的南方，如海南、福建和云南，品种齐全，应由尽有，只有没想到的，没有看不到的。除了常见的苹果、鸭梨、橘子、橙子、葡萄，一些南方的水果如榴莲、芒果、荔枝、龙眼、柚子也充斥其间。很明眼，这是一个水果的王国，是名副其实的水果大集！陶醉于自家庄园的杏李樱桃，已经比一般市民幸福几倍、几十倍的方知，现在心头兀自滋生了一种坐井观天、小巫见大巫一样的挫败感！

　　"请问，李子怎么卖的？"来到一个农用三轮车前，佯装上水果的小贩子，方知问。

　　"一块钱一斤，包了便宜！"

"你这李子怎么开的？"

"三号李子，嘎嘎甜，少一块三不卖！"

连续问了几个，市场上销售的都是三号李子，价格一块到一块五不等。不过相同一点是，家家纸箱上码的清一色儿都是大个李子，红彤彤的冲击眼球。方知这才醒悟，怪不得摘李子时，夏富贵反复强调纸箱上面要码大个的，带霜的，原来摆在市场里销售确实光彩照人！问好了价钱，方知就开始寻找买李子的。从买到卖，角色的瞬间转变，他自己都有些暗笑了。

"哥们儿，我车里有几箱李子，自己家小园产的，卖给你吧！"

"大哥，买李子吧，自己家庄园产的，李子好，便宜！"

连续问了五六个小贩子，不仅没谈成，甚至没一个给面子过去看一眼，方知有些恼火。心想与市场里的比，自己的要数上乘，昨天摘时，特意交代尹红挑好的摘，箱里底上下一样，一点儿没掺假，怎么就遇不到买主呢！这时，他又来到一个批发李子的小货车面前，只见小货车周围挤满了水果贩子，有打听价的，有砍价的。

"一块二，全包了！"一个买李子的喊道。

"少一块三拿不走！"车上卖李子的手里攥着钱大声应道。

"一块二毛五，怎么样，你也别死扛价，你看现在都几点了，今天你批不出去明天就得烂！"说完，批李子小贩有意挑个烂李子比划着。

"哪有吃饭不掉饭粒的，行了行了，你别扒拉了，这么扒拉多少钱我也不能卖！"

"嘿，臭卖李子的还来劲了，你不卖，我还不买了，好李子遍地都是！"

叫嚷完，批李子小贩把夹克衫往肩上一搭，趾高气扬地走了。

一个老太太，站在人群后面看火候。见小伙子气哼哼地走了，急忙拨开人群，弯下腰仔细翻看纸箱中的李子，一双皱巴巴的手，一看就是常年站街卖水果，风吹日晒造成的，与水灵灵的红李子反差极大。方知抬头看了一眼，见老大娘的方脸盘同样布满皱纹，不过一双眼睛炯炯有神，紧紧盯住李子看。在老太太手攥李子掂量着，正犹豫不决之际，方知用手轻轻地触碰了一下她的衣襟，小声说："大娘，我车里有几箱李子，自家庄园产的，比这好，便宜些卖给你。"老太太一点儿反应没有，继续翻看李子。方知以为自己害羞声音小，人声嘈杂，老太太没听见，就又轻轻扯了下老太太衣襟。这次没等他说话，老太太却头也不回地，用肩猛地耸了他一下，方知还想继续努力，老太太却像中邪似的，连续用力耸了他几下，然后双手紧紧攥住钱袋，撒腿跑开了。很显然，老太太把方知当成了贼！难怪，一身干干净净的上班族服饰，说话轻声细语，哪里像大声嚷嚷着批发李子的！

又攀谈了几个水果贩子，不是没人搭理，就是被误解，没办法，垂头丧气的方知拉着那五箱李子，悻悻地离开了这个格格不入，本来就不属于他的世界。

十六

水果批发市场碰了壁，方知只好多方联系找销路。他打电话给金万能：

"金大哥，你的李子怎么卖的？"

"小贩子来收的。"

"多少钱收啊？"

"一块钱一斤，包地，净树。"

"有这好事！还收不收？"

"昨天晚上已经装满车，运往省城了，听说批完再回来收，到时候我通知你！"

方知一听，嗓子眼儿一下冒烟了。心想这只老狐狸，利益面前，又只顾自己了，也不事先说一声！他又找出脑血栓的电话号码，拨过去：

"是高大哥吗？我是小方。"

"有事儿吗？"

"你家的李子怎么卖的？"

"上街零卖的！"

"行情怎么样啊？"

"好点的三块，差点的两块五、一块，啥价都有。"

"你帮我注意一下，有收李子的通知我！"

形势所迫，方教授甩开膀子推销李子了。白天，他身在课堂，心中却牵挂李园——难怪，满园红彤彤的李子，等着他找买主呢，并且，时间是如此的紧迫！如不马上卖掉，用不上十天半月，可怜的果儿们会"啪啪"落地，随后腐烂发霉，一年的收成，白白浪费，不被果农笑掉大牙才怪呢！

他在心里对自己说：不可以！我也是农民！农民最受不了的就是把庄稼

扔在地里！他的内心深处，隐约有一种东西在支撑着他的这种思想……那是很小的时候，母亲就领着他和哥哥姐姐去野外拣庄稼。这块地拣完拣那块地，小麦拣完拣黄豆、拣谷子，落雪了，还要到地里翻苞米趟子，遛苞米棒子。自己生产队拣完了，就到其他生产队去拣。有时地里的庄稼没收完，看地的社员不让，撵得到处躲藏……开春了，大地还没化透，就冒着料峭的春风，跟随母亲去大地里刨冻土豆，一镐一镐，震得胳膊发麻，腰酸背痛。遛回来的冻土豆堆在屋里化透剥皮，一筐一筐登梯子送到房顶晾晒，晒干了推到米坊打粉子，回家蒸豆包、擀面条，使全家人没挨饿，安全度过了口粮不够吃的苦日子。改革开放后，农村分田到户，日子好过了，母亲却一直未改拾荒的习惯。一年深秋，大地金黄，他返乡看父母，正赶上家乡收获大豆。因奔家心切，他乘坐同学的尼桑轿货车下了公路，抄了近道，当穿过草甸子泥泞的路，一上坡，居然碰见了拾荒的母亲！主人把金黄的大豆割完拉走了，灰色的大地上，到处裸露着镰刀割过的豆茬，矮小的母亲胸前扎个围裙，围裙上缝一个兜儿，一哈腰一哈腰的，将遗落的大豆枝拣起来。远远望去，母亲的身影与大地融会成了同一个颜色……见此情景，当时自己双眼就湿润了，跟跟跄跄地把母亲从黄豆地里劝扶出来，把一捆豆枝放进车厢，搀扶母亲进了驾驶室，一路走，一路流泪劝，说："娘啊，咱现在日子好过了，别再像过去那样吃苦受累了，年岁大了，身体要紧，走出十几里地拣庄稼，风吹日晒不说，双腿浮肿病又该犯了。"说得母亲在同学面前有些不好意思，可当时答应，后来依然月朦胧，鸟朦胧的，秋天还要去拣庄稼！担心母亲身体，他常常为此苦恼，后来不得已，还特意买了保温饭盒和保温水杯拿回去，免得母亲荒山野岭到处捡庄稼，冷着，饿着。母亲高兴，"咯咯咯"地乐，说："还是我儿子心疼我，我得干哪，不能坐吃山空，拖累你们！"现在他终于明白了，母亲身体上累，可是精神上愉悦，如果眼睁睁地看着粮食白白扔在地里，她会寝食难安，更加地痛苦。这是农民对收获的真诚和敬畏，对土地深深的挚爱！

方知在娘胎里就跟着母亲享受收获的快乐。现在，对收获的热爱，从他的骨子里钻出来，演变成一种力量，迫使他按部就班完成教书育人的使命，便急急忙忙跑出教学楼，去发挥释放了。他放下讲台上的尊严，开车穿行于江城的大街小巷。他要去搞个市场调查，亲自研究研究李子的需求和行情。转一圈下来，他发现，大大小小的摊床上都摆满了李子，大都卖到四五块钱一斤！买李子的市民络绎不绝，很受欢迎。这给了教授以极大的鼓舞。后来他干脆放下面子，打开后备厢，向水果摊直销起来："自己家庄园的，看，多好的李子！""留下吧，价格可以商量！"凭着一股虔诚和执着的劲儿，经过与十几家水果摊床和超市洽谈，终将五箱李子售罄。世上无难事，只要能坚持。怀揣着李子钱，他一个电话打给上班的妻子：

"老婆，你猜，我卖了多少李子？"

"都卖了？"

"当然！"

"像那么回事！继续努力！"

第一批李子的自销成功给了方知以极大的热情。晚上，夫妻俩又摘回来五箱，第二天又顺利卖掉了。第三天，又摘回来五箱，结果第四天下起了雨，街上买水果的人寥寥无几。驾车穿梭大街小巷推销，却没前两天幸运，只卖出去一箱，价钱还由一块降到八毛。又过了一天，雨没停的意思，担心车里的李子烂掉，夫妻俩就焦急的商量对策。怎么办？亲朋文友同事，街坊邻居，包括小区里的清洁工，能送的都送了，总不能跑到大街上发李子吧，还不被人当成精神病！尹红突发奇想，说要不咱化整为零，把箱中李子分装在方便袋里，每袋十斤，直销给市民？

迈过了一道槛儿，又面临二道槛儿。方知被老婆一个又一个突破自尊底线的建议，搞得晕晕乎乎。

"你是说让教授站到大街上卖李子吗？"

"你已经这样了，还在乎什么！"

"我什么样了，你还真把我当果农对待啦！"

"我不是那个意思。"见丈夫有些急了，尹红急忙把话拉回来，"我看小区凉亭那大爷大娘多，老人好拣个小便宜，你看早市上买菜斤斤计较的基本都是岁数大的。你就便宜点卖给他们，给钱就卖，烂也是烂了，卖几个算几个。"

方知无语了……中午下课，他开车躲进一个僻静人稀的胡同，一个人悄悄将李子分袋装了，然后开车回家。他坐车上思忖了半天，还是脚步沉沉的下了车，拎着一袋样品，像兜售的小贩子，径直去了小区凉亭处。八月的江城，一栋栋火柴盒似的楼房被临近中午的骄阳毒烤着，小区里的丁香花开得正盛，草坪稠密，柳阴遮蔽，大爷大娘们在树下乘凉出来，正要回家吃午饭，听说有卖李子的，背着手的，踱着步的，哼哼着小曲，就颤巍巍的围拢了上来。一番品尝之后，人人都夸李子甜，李子好。问起价钱，方知说一袋十斤，十块钱一袋，合一块钱一斤。大爷大娘们异口同声嚷嚷着贵。这个说早市才卖八毛，那个说李子正大面积上市，臭！你一言，我一语，七嘴八舌，逼得方知脸发热，头冒汗，浑身不自在。没几个回合，就撑不住降价了，从一块降到八毛，从八毛降到五毛，也就是五块钱一袋，被老人们疯抢着买光啦。捡了便宜，大爷大娘乐颠颠地拎着李子各自回家了，丢下方知一个人傻站在凉亭旁，手里攥着一团皱巴巴的李子钱，半天才醒过神来，觉得好笑，"噗嗤"一下，竟自己乐出声来。

不过，通过此番与大爷大娘交易，倒也使方知得到一个消息：家附近的早市上有卖李子的，自己何不去试一试？现在，不用逼迫引导，方知满脑子卖李子思想，销售李子的自觉性和热情空前高涨。第二天一大早，他就夹杂在蔬菜水果贩子中间，到早市上叫卖李子了。自从业余埋头耕耘李园，很久不逛早市了，又熟悉，又陌生。早市里熙熙攘攘，人喊车鸣。他勉强找一个空地儿停稳车，交了占地费，李子并不搬到地上，而是遮遮掩掩的，在后备厢里半露着。开始，他一张讲台上侃侃而谈的嘴巴，像被502胶粘住了似的，张不开，傻呆呆守着李子看热闹。慢慢地，一些逛早市的市民前来询问，他被倒推着，也就一声比一声大的叫卖开了。碰到熟人，就急忙扭头避开，避不开的，就送上一兜李子。由于李子好，价钱又便宜，很快，他拉来的几箱李子就卖光了。

这天，方知拉着李子，又去水果床子联系批发了。早市上买李子的人虽多，可熟人也多，方知感到难为情。到水果摊批发就不同了，毕竟悄悄地进行，既卖了李子，又不失面子。

"明天给我送八箱！"一个菜市场卖水果的大汉看完样品，向他要货。

"好，明早八点前一定给你送到！"

他和尹红喜出望外，下班到园子，挑个大红透的，现买现吃的，一气儿摘回来八箱李子，第二天早晨不到八点，就开车送到了水果床子。大汉腰里挎着卖水果的钱袋子，到捷达车后备厢里验过货，说道：

"这李子也没霜啊，这霜咋都碰掉了呢，没霜不好卖啊，不像新摘的，我不要啦！"

当头一棒，方知顿时恼火，可还是忍耐着解释说：

"这李子多好啊，里外一样，一点儿没掺假，昨晚天快黑了，摘得急，有的霜不小心碰掉了，但那也不是大问题，价钱也不高，你还是留下吧！"

"我不留啦！"说完，大汉转身要进屋。现在正是早晨摆水果摊的时候，他要进屋往外面搬水果，门前摆放水果的架子都搭好了。

"你说不要就不要啦！"懵懵懂懂卷进了卖李子的漩涡，一段时间郁积了火气，现在遇到了爆发口，方知厉声道："昨天是你说要八箱李子的，辛辛苦苦贪黑给你摘来了，你怎么能说不要就不要了呢！我这李子有什么毛病你说，李子上霜少那算什么毛病，你这不是鸡蛋里挑骨头嘛！"

站在大街上，嘴喊、手比划、脸涨红的样子，方教授一时乱了方寸，没了斯文。

大汉乃市场一霸，见方知大嚷，面子哪受得了，也光着头、涨红着脸，一手把白汗衫搂起来，露出白花花的肚皮，一副鬼神不怕的样子，一手指着方知喊起来，反反复复一句话："你的李子就不好，就不好，就不好，怎么的，你还讹上谁啦！"

两个人你一句我一句，各说各的理儿，不一会儿，周围挤满了看热闹的人。开始，方知从心眼里接受不了大汉的食言，心想这等不讲诚信的小生意人，市场里的无赖，要好好地教训教训他。可是看热闹的人越围越多，他不由滋生了羞愧之心，自己毕竟是名老师，为人师表，怎么能与卖水果的吵架于街头呢？反倒是卖水果的大汉，话越说越难听，后来竟满嘴脏话。搞得方知骑虎难下，很尴尬。这时，从屋里急匆匆走出来一个穿蓝色长褂的妇女，看样子不是大汉的老婆，就是大汉的雇员，她一边往回推大汉，一边给方知使眼色，叫方知赶紧走。有了台阶，方知慢吞吞好像不情愿的样子，转身上了车，鸣笛清开了围观的人群，一个油门，便恼火着离开了。

本想送完这八箱李子，自己就可以回学校了。现在，李子没推出去，反倒惹了一肚子气，方知窝着火，又一家一家的到水果床子推销李子去了。这家留两箱，那家留三箱，价钱降了又降，临近中午，总算推干净了。回来跟尹红学，尹红半天不语，最后对他说："真是难为我老公了，不过，这都是你自找的！"

遇到了挫折，并没有阻挡住方知推销李子的脚步。这时他真正像一个农民了。要用一句话来形容，那就是痛并快乐着。他继续走街串巷，推销李子。他坚信，李子不能瞎掉，会一点一点卖出去。这天晚上，他来到江城最大的一个公园门口。往日，他经常和尹红带着方卓，一家三口到公园散步。可自从购买了庄园，再也无暇光顾。现在，旧日的"游客"分明不是来重温风景的。路灯下，一家挨一家的水果床子磁铁一样吸引了他。他停好车，一家一家联系卖李子。不一会儿，小摊主陆续从玻璃水果棚里钻出来，借着路灯的光亮，围着后备厢翻看。这个说这李子还不错，那个说这李子不好，这个问多少钱一斤，那个要再降些价钱，反反复复，总算有两个小摊主决定买，条件是被雹子砸出疤痕的挑出来。货到地头死，方知同意了，并把箱子搬到地上让她们挑拣。一位年岁大些的妇女挑拣出几个有疤痕的李子，就折了箱子，结完账，急忙回玻璃棚子卖水果去了。傍晚时分，公园散步的人渐渐多起来，问买水果的人接连不断。

把李子钱揣起来，将空箱塞进后备厢，方知又回来，只见剩下的那位水果女已折了箱，抢似的，快速挑拣着，差不多挑出半箱了，小的，带疤的，全都甩进了方知的空箱里。

"你不能这样挑！"方知前去制止。

"不是说把坏的都挑出去吗！"水果女对他叫喊。

"哪有那么多坏的，这小李子一点伤没有，都让你给挑出来啦！"方知顺手抓起一把给水果女看。

"那小的没法卖！你看，没几个好的，都是带疤的！"

方知朝水果箱子里瞄了一眼，挑选出来的都是大个李子，方知立刻说："要买就一收，不买就算啦！"

水果女哪里肯干，便与他争执。只见方知抱起水果女的箱子，"哗"的一声折回了自己的纸箱子，大小李子重新掺和在了一起！这突如其来的一幕，显然把水果女吓着了，刚才还在叫喊，现在却傻呆呆站在那儿，怀里挎着钱袋，看着气冲冲的方知，嘣不出一句话来。这时，方知麻利地收拾完，并在开门上车的一瞬间，回过头来狠狠扔给水果女一句话："我就是回家倒掉，也不卖给你！"

说完，"啪"的一声关上车门，一脚油门，驾车离开了。

面对挑肥拣瘦的小贩子，方知一时难以理解。尹红说，你以为人人都像你那么大方啊，一边上着班，一边玩着庄园，到月拿着工钱，卖水果的整天站在街头，风里来，雨里去，挣那么几吊子辛苦钱，不容易！

方知心想，不急，这样下去，自己早晚沦落成卖水果的了，真是环境改变人哪！

 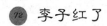

这天，他来到园子，望着果树上已经全部红透的李子，心急如焚。不赶快出手，李子就要落地了。这时，尹红来电话，说小姨子尹桃下午从外地来串门。方知心头一喜，心想，这回救星来了。

十七

经过几天的折腾，庄园的李子也销售过半了。况且，大个的上等李子已经寥寥无几。尝尽了销售李子的酸甜苦辣，方知开始敲退堂鼓了。他对尹红说，我一个大学教授，能放下身子，做到这个程度可以了，咱也不为挣钱，成本卖回来了，剩下的，谁要谁去摘吧！没等尹红表态，小姨子尹桃却插话说："扔掉可惜，不行我去卖！"

尹桃是做小生意出身，摆摊驾轻就熟。尹红说你算了吧，不给他卖！方知开始也不同意。而尹桃，好像一身好武艺没地方用，嚷嚷着要去。方知就新买了一个电子秤，往街头一放，尹桃便蹲在旁边像模像样地卖起李子来。

开始，尹桃在姐夫家附近的一个菜市场门口，与倒鱼的、卖姜蒜的、销售蔬菜的一字排开，守株待兔，蹲着叫卖，每天也能卖回来一二百块。虽不是特别的抢手，但毕竟有了一个直销窗口。这也是方知许久的愿望。农民生产的瓜果蔬菜为什么不能直接卖给市民呢？非得由二道贩子甚至三道贩子中间谋利，一边宰菜农，一边宰市民。农民辛辛苦苦干了一年，却挣不过忽忽悠悠的小贩子，市民们又很难买到价格低廉纯绿色的新鲜货，这中间缺一道连接的桥梁！

市场经济的博弈中，方知意识到了几分扭曲，几分不公平。

"这是亟待解决的问题！"他边摘李子边激动地说。

"现在谁管这些事儿，都是爹死娘嫁人，个人顾个人。"尹红不屑一顾。

"这事儿政府应该来管，农民和市民产销直接见面。可以成立瓜果蔬菜直销联盟，村一级组织和社区之间进行合作，签订一个合约，果蔬上市后，直接送进社区，社区负责分发。就像订单农业一样。以销定产，以需定种。现在是麻杆打狼两头害怕，一面是农民担心卖不出去，一面是市民担心吃不上绿色廉价的果菜，直销就解决这个问题了。"

方知说得津津有味："还有一个办法，就是干脆将果树或者菜地化整为零，分割成若干地块，直接租给市民来自己种。来不了的可以委托农民管理，付给劳务费。不仅能吃上放心菜，还能假日去休闲劳动，锻炼身体，享受乡野生活，岂不美哉快哉！"

"是个好办法！不过太理想化了，别说观念跟不上，还不把水果蔬菜贩子的饭碗给打碎啦！"

"我看产销直接见面是趋势，也符合市场经济规律。当然，历史前进的脚步从来都要触碰到一些人的利益。"

"行行行，你就别讲大道理了，快点摘，尹桃该等着急啦！"

这天是星期六。临近中午，方知拉着新摘的李子回来，市场里人声鼎沸，明显比平时多起来。在尹桃李子摊的左右，不知什么时候，又冒出几份卖李子的，农户人家常用的人力三轮车——倒骑驴，用来摘李子的白色乳胶漆桶，这些到庄园后熟悉的物件，方知一眼就认出来了。还有跟自己庄园一样一样的红李子，个大诱人，满街飘香。看来，李子大面积成熟，销售期集中，等不及小贩子，果农开始上街直销了！卖李子的扎堆，街口出现了竞争的局面，走货慢不说，价格也一跌再跌。由每天能卖一二百块，降到只能卖几十块！再说时间一长，李子被扒拉软了，黑了，没人待见，收摊时只好给钱就卖。方知焦急，尹桃比姐夫更急，再怎么发挥卖货练就的一副好嗓子，使劲地喊，可也难以控制售量下滑的局面。

形势所迫，方知打起了"游击战"。星期日，他拉着尹桃转战江城各个街口，哪里人流多，又没卖李子的，他就把轿车停下来，从后备厢里抱下一箱李子，找一个空地儿摆上就卖，也引来不少路人纷纷购买，效果比固守一处好上几倍！这一天，姐夫和小姨子的"游击战"打到了火车站附近，把尹桃"布置"在站前市场的外面蹲守，自己便回学校上班了。中午，尹桃来电话，说一伙不明身份的人不让她在那里卖了。小姨子人生地不熟显然吓着了，电话里带着哭腔。方知急忙开车赶到，尹桃正蹲在路边呕吐，面色发灰，显然是紧张而致。按照尹桃的描述，方知又到市场里打听得知，原来那几个人是市场里的"恶霸"，谁要是不给占场费，就别想在这里消停地卖货！方知想去派出所报案，被尹桃拦住了，她劝说："你别报了，你不做生意不知道，流氓地痞欺行霸市，收占场费是规矩，我们那儿也一样，他们背后有靠山，你告不赢的！"听说妹妹卖李子受了委屈，尹红大呼大叫，对方知说："李子就是烂在地里，也不再让我妹妹去遭这罪！"没办法，经过一番联系，方知总算联系到一份收购李子的小贩子，留足几棵树的李子吃送，余下的，以极其低廉的价钱一次性全部卖掉了。

向左邻右舍讲述了自己卖李子的遭遇，邻居们感受都非常激烈。脑血栓说："那天他与老伴到市里卖李子，碰到一个老哥，用自行车驮两桶李子卖，晚上剩了大半桶，碰到一个想捡便宜的城里人，要一毛钱一斤买！"说到这，脑血栓黄牙一龇，好像方知就是那个想占便宜的城里人，使劲瞪着一双白眼对他说："那家伙，可把卖李子的老哥气疯了，直接把半桶李子倒进了沟里！然后说李子就是倒扔了喂王八，也不让你白捡去！"

夏富贵也说，有一天去市场批发，头一天没批完，第二天李子就烂了，倒垃圾堆有他妈八九箱，垃圾堆上的李子倒得跟小山似的！

现实与理想永远有着天壤之别。起初享受庄园生活的浪漫情怀，经过卖李子的艰难淘洗，在大学教授的心头一时间消失得无影无踪。不过，农民们在市场经济大潮中的艰辛、卑微，乃至被愚弄，他却耳闻目睹，亲身感受了！这使他越来越深刻地认识到，我们这个多灾多难的国家，改革开放几十年，一切还在重组转型之中，旧的机制打破了，新的运行规则还远远没有建立起来，在利益高于一切的时代，生活中的不公平竞争充斥在每一个角角落落！对于弱势群体的农民而言，一切苦果，他们只能默默吞咽和忍受，在忍受中期盼着公平的有尊严的美好明天早一点到来……那么，像自己这样一个出身卑微的农家子弟，目前能有稳定的工作，尊严地活着，已经是相当相当的幸运了。

十八

一场收李盛宴在紧张、欢乐、纠结和体验中一忽儿过去了。

半个月，对于平素在工作岗位上，不知不觉就会度过的短暂时光，此番，着实给方知夫妇留下了深刻记忆。用销售李子的劳动所得，去火锅店正式请尹桃吃了一顿涮羊肉，然后依依不舍地送走，深秋就光临庄园了。一场秋雨一场寒，没来得及烀的粘玉米已经老得啃不动，黄瓜、豆角、西红柿秧开始枯萎，昨日满园翠绿的李树叶子，现在已经像枫叶一样开始飘落，林地里铺上了厚厚柔柔的一层，踏上去使人有一种轻飘之感。凋零来得太快，还没来得及好好享受一下只有盛夏到初秋的季节，松嫩平原才能看到的瓜果满园、蔬菜满地，到处散发着劳动成果的喜人景色，收获就过去了。

收获的季节过去了，对于农民而言，一年也就过去了。这是多么令人伤心的事情。方知这才深深醒悟，原来守在闹市里对季节的变换不甚敏感，但在乡野里则不同。在这里每天、每时每刻都能感觉到时间飞逝。原因很简单，对于最能代表季节变换的庄稼，城里人是麻木的。农民，抑或从农民手中批发菜蔬的菜贩子，什么时候将蔬菜运到市场上叫卖，城里逛早市的老年人早一些尝到了，才感觉到季节已变换。可城里的年轻人知晓季节变换的时候，这个季节差不多已过去多时了。有些季节，比如初秋，城市的年轻人还在盛夏里徜徉，可是，那个叫作立秋的节气已悄然来临。这时，城市的夜晚仍是满街消暑的碰杯声，可是乡村朦胧的月光下，已是蛐叫蝉鸣了。更可笑的是，城市始终被农村哺育着，如同婴儿，从来是农民给什么，就吃什么，什么时候给，就什么时候吃。从这一点上讲，城里人似乎过得挺悠闲，除却疲于奔命和竞争的因素，城里人不用被季节追赶着，对季节变换感觉不明显，不需为季节的变化去操心太多。一年四季照例是朝九晚五，可能面对的永远是办公桌、电脑、互联网和电话，以及审美疲劳的面孔，还有重复性的工作，有时感觉混混沌沌、冗冗长长的，但毕竟是风吹不着，雨淋不着，冬天冻不着，到月拿着工钱，去买一些农村供应来的米面油和菜蔬，家家户户关进楼里过日子，岂不优哉？这是多少农户人向往的生活。这也是多少城里人乐此不疲骄傲的生活。应该说，从农村挤进城里，过上这样的生活，方知从肉身上感受到了无限的满足——不用再去受田间劳作之苦；从灵魂上感受到了无上的光荣——有几个农民能够真正实现农转非进城的梦想，目前上亿农民虽然离开了土地，可充其量是寄住在城郊或棚户区，在城市的边缘飘荡！

现在，他的思想有了很大的改变，农村人向往城市是因为对城市的好奇和舒适；可是城里人对农村的不屑一顾却造成了人类应该对农耕生活——这个供应我们身体营养大问题的忽视，乃至体验的缺失。方知想，自己是农村生活和城市生活都经历过的人。而纯正的城里人，对农村生活不甚了解，是典型的"三季人"，失去了很多乡野生活的乐趣和体验，如农业、林业、牧业、渔业、四季、五谷、乡风、农谚、野采、野烧、野猎等等，这些无尽的乡村乐趣和体验——与成长记忆同在，给一个人的生命注入了很多面对大自然时练就的诸如勇敢、坚韧、真挚等营养一生的优秀品质。自己现在利用业余时间回归乡野，说是寻找乡野生活的快乐，不如说在寻找和弥补进城这些年对农耕生活的丢失。不仅找寻到了，特别是因为种菜养殖的问题，经常请教乡下的母亲，如同在父母身边从事农耕生活一样，使自己得到了一种农村生命成长的延续，满足不如说是一种乡村情结上的心安绪定。并且，因为经常穿梭于乡野和城市之间，角色不断转换，使自己对农耕生活与工薪生活的深刻不同有了更直接更深刻的理解。

春去了夏已尽秋意凉。一年，恍如就要度过了，真有一种一直用劳动的双手在抓着时光，以为时光抓得很紧很紧，一觉醒来，却发现时光已突然离去，毫不留情。没有了季节的参照和逼迫，城里人就没有为此忧伤的机缘。天生日月，道法自然。子曰：逝者如斯夫，不舍昼夜。这都是没有办法的事情。如果有一天，城乡真正的一体化了，城市乡村不分身份，任何人可以随意穿行，摒弃芥蒂、利益和欺蒙，建立平等、共建、共赢，大家一起享受四季，一起享受绿色，一起享受现代社会和人类发展的健康果实，那该是多么令人向往的城乡一体化啊！

面对方知的伤感，尹红不置可否。她的骨子里可没有什么农民乡愁、情结之类。她直截了当地对丈夫说，眼前的问题是，秋天过去是寒冷的冬天，庄园如何过冬，猪羊、鸡鹅可以宰杀，看家的狗、抓老鼠的猫又怎么安置？

"招个住户吧！"料想到冬季封园，自己还要帮助照看，夏富贵"真诚"建议道。

"看房的好找，踅摸一个！"脑血栓微笑着，露出一口黄牙说。

尹红说："招啥住户啊，你老家儿女们打工都走了，就剩留守老人了，把方卓她爷她奶接过来住吧，两把火并一把火，省得你老惦记往乡下跑，娘还会种菜，咱们也省不少心，再说离得近了，咱们星期礼拜也有个去处，来年开春娘要是呆惯了，就留下来，不愿意呆，再搬回去。"

原来尹红打的是接公公婆婆到庄园长住的主意！年龄大了，妻子对婆婆的感情越来越深，方知体会到了，方知母亲也体会到了。可之前尹红几次想接公公婆婆到庄园，方知一直不赞成。原因很简单，父母在故乡的土地上生活了一辈子，一步也离不开，尤其十几年前，自己省下楼房装修的钱给老人建了新砖房，他们住着敞亮，更不愿离开。多少次他想接二老到城里住一段，夏天，娘说农活忙走不开；冬天，娘说家要看着，不然贼偷了！反正就是离不开，就像钉子钉住了一样！再说，出去打工的兄弟和嫁到外乡的姐妹如果节假日回来，把老家给搞没了，到庄园来跟父母一起团聚他倒巴不得，但毕竟"故乡"已经不是原来的故乡，自己怎么交代？自己的乡愁浓，他自然也考虑到了兄弟姊妹对故乡的感情！另外庄园买的是使用权，说不定啥时候就动迁了，倒是可将老人接到城里楼房住，可他们在农村生活习惯了，到城里小住可以，长住一定不习惯。权衡利弊，方知对此事一直缄口不谈。现在，妻子又把这事儿提出来，他心里热乎乎的，考虑着冬天先来住半年，住不惯春天再搬回去，也是个不错的办法。于是，他一个电话挂回去，探探娘的口吻。

结果不出所料，被娘一口否决：不去！

方知苦言相劝，说娘啊，你来吧，不来园子没人看；娘啊，你来吧，来了我可以将城里的楼房租出去，陪你住，一年租金一万多块！娘啊，你来吧，天天我给你买好吃好喝的，有工夫就领你逛商店……听说楼房一年能租一万多块，自己不来就损失了，勤俭持家一辈子的娘竟然犹豫了，后来答应与方知父亲商量商量。

第二天，方知刚到学校，娘来电话说：你爸说去。

方知大喜过望，心想不抱希望的事儿居然成了！然后即刻和娘约定，趁现在天还没冷下来，各自准备搬家的事宜。方知开始张罗请师傅改暖气、扒火炕、买煤，等等，一切都围绕父母要来庄园住进行。娘呢，几乎一天跟他通一次电话，中心话题就一个：跟他商量老家的东西怎么安排。他开始一直说好办，娘你就把缸里的水淘净，别冻裂了，到时候我开车去接你，把门锁好，把鸡拉着，就搬过来了。娘问他那冰柜怎么办？他说通着电不动。娘说白菜怎么办？他说能卖就卖一些，搬家时再拉过来一些。娘说两缸酸菜怎么办？他说成缸的酸菜没法运，也卖吧，没人买就送人吧。娘说……娘说了很多，事无巨细，该提的都提到了，方知想"这老太太，真麻烦，临时搬过来住一冬天，有那么麻烦吗"？再后来，娘突然有一天不来电话，他反而担心娘那边出现什么变故，这边白忙活，就主动打过去。几次通话，他逐渐发现，我的娘啊，一直在忙活她的劳动成果——今天说白菜卖了一些，挺贵的；明天说酸菜打算匀给谁谁谁，他打工回来不走了，正好酸菜没腌，他还答应要几只老母鸡。方知说行行，您别累着就行。再通电话，父亲说娘不在家，又去屯子东头联系卖小公鸡去了。方知说不是说好杀了留着吃肉吗？父亲说你娘怕放在冰柜里丢了。方知开始有些不解了，老家最值钱的东西也就是新买的冰柜了，锁门关窗户，有什么怕丢的？几只冻鸡还能丢了？再通电话，他又"重申"，娘啊，你就把冰柜电通着，门锁上咱就走人，没关系，千八百块钱，丢不丢没关系！方知感觉自己有些不耐烦。再通电话，娘说："我想把冰柜放后院你三叔家，可三倔子不给放，啥家里，还不如两方氏人！"还说想用三叔菜窖储存一些白菜，三叔也没有同意。方知的母亲在电话里委屈着，抱怨着，方知有些恼火，心想三叔不支持娘就是不支持他侄儿我呀，三叔原来不这样，他怎么了？离家许久，已经很难理解农民狭隘一面的方知，不好直接跟三叔理论这些鸡毛蒜皮，抑或老辈人间的磕磕绊绊，只有迁怒于娘了："我不是说了冰柜就锁在屋子里吗，你咋不听话呢！你要是这么折腾，这家还没等搬呢，就把你累坏了！"从那次开始，后来几次通电话，为了娘安排老家东西的事情，他和娘都说不拢，甚至吵，开始的时候娘是电话里答应，背后自己却"小心"地安排。再往后娘干脆就直截了当地告诉他："就是一个菜叶、一个柴禾棍儿我都得料理好，不介我不能撒手就走！"

尹红几次批评方知跟娘好好说。方知说怎么劝她也不听，还没等来呢，你看把她累的，我是心疼娘，怕家还没搬就把她累病喽！对娘的"所作所为"，方知甚是不解。就在他纠结的当口，几天之后，娘来电话说："你爸说，不去了，去了庄园没人陪他看纸牌。"

用父亲当挡箭牌，方知的母亲终于对他下了最后"通牒"。方知无法再分辨，只好打消了接老人来住一个冬天的念头。

天气越来越冷，看庄园的人还没有着落，方知决定亲自回老家做父母搬来住的工作。一进家门，方知的眼泪却一下涌上来了：只见娘和年逾古稀的父亲把屋里屋外打理得妥妥帖帖，没事了，每天父亲就出去和乡亲们看一场纸牌，娘在家里看家、做饭、喂鸡、缝衣……小日子过得温馨、红火。见证父母幸福生活的一瞬间，方知突然理解了娘"撒不下家"的原因！是啊，这是双亲生活了一辈子的地方，多少个日日月月，娘和父亲在这一亩三分地上谋划着，劳作着，从来没大手大脚过。过去困难时是这样，现在日子好过了，仍然是这样。故乡对于老守田园的父辈而言，既是他们守候的家，也是他们赖以生存的整个世界！

想到这，娘在电话里放不下的坛坛罐罐、小鸡白菜、一草一木，方知一下子都想通了。其实，他和尹红开始就犯了一个方向性的错误——不是到了摊在床上无法动弹的地步，哪个老人愿意离开生活一辈子的故土？

故土难离的心情，如同落叶归根一样急切啊！

父母不来，看来，要认真面对找人看园子这个当前紧迫的问题了。多方打听了解到，九连因地处郊外，房多人稀，规矩是找不到租房的，只能找看房的，并且要付给一定的看屋费，还要负责给买取暖煤。尹红说："你去咨询一下金大哥，他不是万能吗，一定有办法。"方知去了，金崇才摇头说不好找。金花爽快，答应帮助问一下。后来金花在电话里说找到看屋的了，可是不白看，得给人家工钱。方知想，自己李园是买来休闲的，没有收入，工薪阶层雇人看屋难以承受。不比在九连购买庄园的大款、大腕，还有一些官员们，财大气粗，有的盖起了小洋楼，有的砌起山高的墙，墙头上还有铁丝网，豪宅里养着藏獒等名犬，常年不见主人只听狗的嗷叫声，虽然与农民们生活在同一片土地，却距老百姓于千里之外。更有甚者则在高墙内轰鸣着机器，开着"黑加工厂"，在耕地上偷偷地干一些见不得人的勾当。比起城市的"精英们"，自己可谓捉襟见肘。可一天比一天凉，方知有些焦急。尹红说："那就贴张广告，碰碰运气！"方知只好照办，打印了广告，在公路旁的公交站点，找水泥电线杆贴上去，上面写着"免费招住户"的字样，并附上联系电话。令人惊喜的是，只过了一天，就有一个柔声细语的女子来电话，说要住房子。方知惊喜，约好下午到庄园洽谈。

下午两点，方知开车准时到了庄园，西侧村路上一对男女正向他张望，看样子是租房的。男的中等身材，六十左右的年龄，戴顶"一把撸"帽子，黑上衣，蓝裤子，脚上一双铮亮的黑皮鞋，双手一副白手套，扶着自行车。虽然紫铜色的面孔布满了皱纹，小眼深陷，衣着朴素，却也干净、利落，尚有几分男人的精气神。女的是个小人坯子，身量一米五十左右，戴一顶白色毛线帽子，扎着粉围脖，上身是碎花的白褂子，脚上穿一双红皮鞋。面相姣好，浓眉杏眼，看上去也就三十七八岁的年龄，应该是一对父女。不过父亲帮女儿找房的可能性不大，因为女儿正是相夫教子的年龄，不可能尚无栖身之地。那就是女儿帮父亲找房了，母亲可能在，也可能不在，在与不在，父亲这把年龄倒挺适合看家护院。

方知一边猜测，一边将"父女"让进院里，领着他们前后左右瞧看了一遍，然后引到屋里，又把室内居住环境介绍了一番，说："西屋是床，东屋是炕，有暖气，有卫生间，很方便，厨房有煤气罐，也可以搭一口大锅灶，烧现成的李树枝子，买煤钱都省下了……"

方知极力"推销"着自己的庄园。反复介绍了几遍，双方开始坐下来商量。显然，两人都相中了，决定留下来。方知见两个人爽快地答应了，反而觉得不自然，心生疑窦，心想两个人不会是一对野鸳鸯，找房非法同居吧？考虑租房的安全，没再拐弯抹角，便直接问了两个人的关系。结果使他始料不及——原来此二人是一对半路夫妻！方知感觉脸有些发热，自己差点没把夫妻当父女，闹出笑话！调整了一下情绪，又重新打量了一下眼前的男女，从面相和谈吐看，不像不三不四的人，就答应下来，把房子租给他们住，不收租金，只是提出了一个条件——这个条件开始想都没敢想，那就是开春后有些农活他们要帮助干，比如给李园剪枝、施肥、浇水、伺候菜地，饲养猫狗和鸡鸭等。为了使租房人不认为这个条件有些过分和牵强，房东主动敞开心扉，动情地说：

"我买这个庄园不是为了挣钱，就是找个清静的地方，种种菜，养养鸡鸭猫狗，锻炼锻炼身体，享受绿色生活。城市现在太浮躁，整天吃啊，喝啊，唱啊，跳啊，不吃不喝，不跳不唱这日子就过不下去了似的，中午喝，晚上喝，半夜出去夜宵吃烧烤还要喝，有时早晨起来还得喝二两，双休日不是喝酒就是打麻将，刚富起来的中国人，过去穷怕了，吃不上穿不上，现在可下有机会享受啦！可是俗话说没有吃不了的苦，只有享不了的福，你看现在到医院看病的人，多如牛毛，过去哪有这多病人！你说没病吧还都有病，你说有病吧又都没什么大病，这就是亚健康，亚健康人群不断在壮大。你看我这身体，十五年前到江城时走路生风，健壮如牛，现在很多器官都出了问题，也是亚健康的表现。"

半路夫妻对年轻房东的言论频频表示赞同，也感兴趣于大学教授的生活，尽量在言谈中多了解一些他的情况，以判断房东的脾气秉性，也好相处，为此听得津津有味。

"现在城里的有钱人，不少卖了多层买高层，所谓改善居住条件，有的还倒腾楼买高层投资，不管什么目的，交百分之三十的首付款，开发商与银行签订协议，帮客户贷百分之七十的款买高层已经成为一种时尚。有一套高层住宅的城里人牛气冲天，到处显摆，那高层真好，我家是二十层，他家是二十八层，地热，采光好，眼界开阔，一览众山小，每天都将江城的全貌看个够。殊不知，高层有什么好，对于发达国家而言，高层就是贫民窟，真正的有钱人都去购买庄园别墅了！有花、有草、有绿色蔬菜，接地气，像咱这庄园一样，锻炼身体，陶冶情操，这才是人类的聪明之举！"

说到这里，方知感觉到自己话说得没边没沿了，可是在急找安居之处的半路夫妻面前，他的自信心始终没减，宏论无法停止，不过语气有些缓和：

"当然了，人刚富起来，这也是要经历过的一个阶段。住平房时，盼着上楼房，楼上楼下，电灯电话，是困难时期多少人的梦想。现在楼房住上了，自然要向高层发展，将来高层住够了，到了一定时期，该向庄园别墅型的住宅转变了。住高层是一个必不可少的阶段，但不是人类改善居住环境的终点。庄园别墅型的住宅才是人类的最终选择，有山有水，有花有草，符合道法自然，与山水大地融合的生存规律。我现在走的是一条捷径，贷款高层我也买得起，可是我不买，我直接贷款买一个庄园，别墅咱不敢说，起码有了别墅的功能，甚至比别墅的有些功能还要强。还是那句话，有些事情，别等，早办晚办都得办，我看晚办不如早办，早办早经历。就像我当初买车时，江城没几台私家车，没上牌照的新车开回学校时，同事都跑着下楼看，像看大猩猩表演似的。我的观念就比较新。很多条件比我好的都没买车，他们的理论是买车不如打车方便、省钱，现在觉悟了，买车了，孩子上大学走了，每天车从单位开到家，再从家开到单位，最多也就接送爱人上下班。我呢，接送孩子上学一年多了！一家人早早享受了有车的方便。何况，没有车，也不会有现在的庄园！汽车使地球村变小了，距离变近了，没车的城里人认为到九连就是到农村，很遥远，可是实际才十公里的路程，开车十五分钟就到了，也就一袋烟的工夫。有的还说成天跑那得多少油钱，我说每跑一次十块钱的油钱，可是你一天抽一包烟多少钱？去参加一个锻炼项目多少钱？去游泳，去健身房，一次十块钱都下不来。人啊，生活质量高低，有钱的因素，但也与观念新旧有很大的关系！"

一番高谈阔论之后，方知最后把拉回来继续说："除了当地农垦的职工在这里安身立命不谈，到这里买庄园的人想法也是千差万别，不一样。有的是来挣钱淘金的，发展养殖业，比如养猪、养鸡，发展种植业，扣大棚种植茄子、辣椒各种蔬菜，发展果树经济，李子、葡萄、樱桃、苹果、黄杏、桑葚，种什么的都有，而有的，甚至在这里开一些黑加工厂，可以说每个人都有自己的想法。当然也不乏城里退休了，愿意种地锻炼身体的大爷大娘。我呢，跟大爷大娘差不多，但也不完全一样，我们还在上班，只是业余时间到这里休闲、锻炼身体的。"

如同课堂上给学生摆龙门阵，方知一番话，小媳妇听明白了应有之义，翻了翻浓眉大眼，顺应着，不乏关心地说："这就对了，别和他们喝，身体都喝完了，啥是自己的？身体是自己的！"

方知见两个人听进去了自己的思想，便切入要害："所以说我买这庄园不是为了挣钱，你们来了咱们两家就在这里生活，你们常驻，我们星期礼拜、业余时间来，锄草剪枝、种菜养鸡，菜果下来两家吃，全都是上农家肥，纯绿色，多好啊！上哪去过这种神仙日子！"

方知对看园子的安排设想，动之以情，晓之以理，对方没有提出什么异议，便应允了，并说搬家时要带过来一些鸡鸭饲养，方知也表示了同意。双方商量好，择日写个租房合同签了，就可以搬家。回到家里，方知高兴地把招到住户的情况跟尹红学了，尹红差点没跳起来：

"天呢！你说什么，一对半路夫妻，男的比女的大二十多岁？老牛啃嫩草，办结婚证没有啊，别让警察抓住，咱说不清楚！"

"我看是两个正派人，都同居六七年了，说是给男方弟弟看草原，闹僵了，急着找房住，不然，不给报酬人家也不能干。"

尹红死死盯着方知，像丈夫自己找个小女人养起来似的，满脸的狐疑。

十九

老孙搬来的破烂可真不少，大车小辆倒腾了好几趟，锅碗瓢盆能放几张席，鸡鸭鹅也足有上百只，旧板条子破木头卸了一大堆。这些个陈物活禽的运进庄园，再一引火做饭，炊烟袅袅，老孙头上习惯地缠个白毛巾，忙里忙外，庄园的生活气息瞬间浓烈了。目睹眼前的变化，方知的心中顿时生起了感慨：唉！这就是人间烟火啊，万千普通百姓家的日子，就是这样过的呀！

不过与平常百姓家不同，眼前搬进庄园热热闹闹过日子的这一对，却是相差二十几岁的半路夫妻！对于他们的结合，他兀自产生了无尽的猜测和神秘之感。让他不理解的是，虽说存在就是真理，可这个世界是怎么了，一个三十七八岁、正是生理旺盛期的女人怎么就嫁给了一位年近花甲的老人？况且老孙只是一个工厂的退休工人，没什么大钱，又没什么文化，又没什么长相。听说两个人在一起同居了六七年，方教授百思不得其解。但他很快发现，老孙别看岁数大，可身体好，又能干，赶上园子埋葡萄，老孙不讲任何条件，进园子就干，用麻袋背了几十袋子的李树叶子，覆盖在门前那几十棵葡萄上。

李林灌溉封冻水，老孙几下就将地下水压上来，手里拎个铁锹满园子小跑，一会儿为水开路，一会儿挖土掩坝。园子里养的小笨鸡要杀，老孙就把鸡麻利地杀完，收拾得干干净净的交给房东。冬季来临，小媳妇说火炕不热，老孙就冒着严寒扒炕疏通；烟囱不好烧，他就几乎每天上一次房顶，冒着房顶积雪多，人踩上去容易滑落的危险，去清理吸烟机上的烟霜。小媳妇抱怨屋子冷，他就在厨房搭了一个大锅台，每日用李树枝子把大锅烧红了取暖。老孙还烧得一手好菜，每顿饭都是老孙做好了端给小媳妇吃。渐渐的，方知明白了老牛能吃上嫩草的道理——要么有钱，要么有身体，要么有一个好脾气，要么就像老孙一样能干、会干、体贴入微，即可将小媳妇一样的懒女人养住！

唉！懒惰是女人的悲哀，有时，也是女人的福气。

有一次，方知礼拜天放假，照例去庄园，趁小媳妇出去上茅房，因为好奇，不禁问老孙：

"你们俩在一起几年了？"

"六年多了。"

"她结过婚？"

"结过。"

"离婚了？"

"离婚了，俩人过不下去了。"

"那你们俩是……"

"朋友介绍的。"

"你们俩相差多少岁？"

"二十二岁。"

"她当初就同意了？"

"我老伴得病没了，当时我才五十出头，她不为别的，只为找个能给她交老保的人。"

老孙说，老伴是患肺癌去世的。老伴勤俭持家，能干，给他生下了一儿一女，现在全结婚分出去单过了。自己一个工人家庭，没什么背景和积蓄，嫁姑娘、娶媳妇，强维持，唯一的楼房也给儿子结婚用了。聊到自己的家庭窘况，老孙表现出自卑的神情。经过一个时期的交往，看得出来，老孙的内心是一个自尊心很强的人，并且富有好奇心和浪漫情怀，凡事愿意研究。闲谈时，他不止一次对方知说，他一直怀疑老伴得肺癌与家里开小吃部有关系。

老孙说那些年家里困难，就在城边子开了一家烧饼铺。烧饼铺生意红火，可地方狭小，通烟不畅，老伴经常被呛得大声咳嗽，他怕老伴熏出毛病，开到第六年就不干了，可是老伴还是得肺癌去世了。每次说到老伴，老孙都表现出深深的不安和歉意，他说老伴跟他感情很好，不出现意外，完全可以陪他白头偕老。

对于老孙的遭遇，方知当然表示了同情，不过同情心很快被羡慕心取代了。他算了一下，当初小媳妇嫁给老孙的时候，也就三十出头，一个工人，少得可怜的工资，却抱得美人归，一过就是六年，这般艳福不知是几辈子修来的！小媳妇呢，年纪轻轻就被前夫抛弃，孩子也被前夫带走了，自己孤零零下嫁给一个老头子，想想就可怜。可是有一句话说得好，可怜之人必有可恨之处。一个懒女人落到这般田地，也是自作自受。不过，她嫁给老孙，老孙对她细心呵护，关怀无微不至，并且给她交养老保险，却也是掉进了一个不是福堆的福堆！

方知胡思乱想着，上茅房的小媳妇开门回来了，脚上趿拉一双棉鞋，身上裹件红羽绒服，得得瑟瑟对方知说："你那破卫生间冻了，不能用！"没等方知说话，她边洗手边对老孙喊道："老孙啊，你这两天多烧点，把坐便烤化喽，咱们还得在屋里上厕所，这外面冰天雪地的，冻屁股！"

听了这话，方知一下想到了老孙弟弟的草原。于是他调侃说："我说小嫂子啊，现在嫌冻屁股了，在草原那几年更冰天雪地的，你不也熬过来啦？"小媳妇老段比方知年龄小，可从老孙那论，方知有时叫老段，有时叫小嫂子。听了这话，小媳妇娇嗔地斜了方知一眼，见老孙在，没好多说什么，就钻进屋里暖和去了。

方知问老孙坐便器怎么冻了，老孙说前几天他和老段出一趟门，去看她在外地念书的闺女，庄园几天没烟火，坐便器就冻了，没事儿，只要靠排烧几天，就缓过来啦！

听老孙这么一说，小媳妇好像想起了什么，又从里屋钻出来，用一张乖巧的嘴对方知说："碰上我们家老孙你就是有福，我们家老孙啥都会干！"方知点点头。她又说："你不信？这是真的，我都没见过像我们家老孙这么能干的男人！我们原来给他弟弟看草原，那家伙，荒无人烟，连个电灯都没有，别说看电视了，到冬天那间破草房嗖嗖的风，夏天蚊虫满天飞，老孙领着我在那里住了六年！有一年寒冬腊月，赶上羊下羔，他在草棚子里拿个手电筒蹲了一夜，冷了，就点一堆火取暖，那条件一个羊羔也没糟蹋！要不说他弟弟不够意思，没有老孙，他那草原还说不上整成啥样哪，别说还养着一群羊啦！"

"都是过去的事儿了，还提它干啥。"这事儿显然碰到了老孙的痛处。

"太气人了，一分钱生活费不给，亲兄弟也不能这样啊，老孙总说帮他弟弟，弟弟不会忘记他，你看怎么样，最后天冷了，硬是给你撵出来了吧，整得连住的地方都没有，要多惨有多惨！"

老孙沉默不语，只是坐在厨房的地上剁鸡食菜——入冬后，老孙自己钉了一个雪爬犁，天天去雪地里拣白菜叶和萝卜英子，每天拉回来一爬犁，剁碎了喂鸡，不仅省料，鸡又撒欢儿吃，自己的几只鸡也跟着沾光。小媳妇的一番话，倒是提醒了方知。原来，是弟弟把老孙和小媳妇撵出来的急，不然，不会一分钱看房费不给，就无条件搬进来。不仅人要过冬，就是老孙带来的那上百草原养的鸡鸭鹅，大冬天的，到哪里去喂养？看来，吉人自有天相，小媳妇说得有几分道理，自己找了一个好住户，有老孙帮助打理园子，庄园生活会顺顺畅畅、滋滋润润地进行下去。

二十

初冬的一场大雪，封住了九连。九连呈现出一片肃杀的景象。这与春夏秋三季形成了强烈的反差。春暖花开，夏盛荫翠，秋红满园，唯独这冬季，给人以漫长的寒冷、凄凉和沉寂之感，但也显得格外安静。多数在九连买庄园的城里人，宰杀掉鸡鸭猪鹅，请客、送人、冰冻保存，向邻居寄养好猫狗，倒掉缸内的水，封好窗门，锁将军把门，便躲到城里猫冬了。生活在九连的果农们，为生活计，却极少在热炕头上懒洋洋地过上一个漫长的冬天，多数要外出打工，挣几吊子过年钱。有上公路扫大街的，有到牛棚清粪的，有到自来水厂打短工的，有的干脆做一块牌子，去公路上当向导。也有的背井离乡，到外地出卖一个冬天的劳力。

冬日里，方知每个双休日都要驾车去一次庄园，这是他每个礼拜天的"必修课"。因为在他心目中，庄园已经不是简单的外在形式存在了，而是连接乡愁的桥梁纽带，萦绕心头的一种牵挂了。它，能使乡愁得以延续。一周不去，心里头都空落落的。每次来，车停在门外，"嘀嘀嘀"的按三声喇叭，

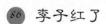

老孙就从门孔里探出头来，见是东家，即打开大门，像欢迎贵宾视察似的，将车子迎进院里。然后陪着东家东瞅瞅，西望望，看看有无异常和需要解决的事情。而每次来，方知都先推开木栅门，走到园子里的鸡架，俯身仔细看看从乡下母亲那儿拉来的十几只母鸡，是肥是瘦了，打没打蔫了，饲料营养够不够了。在他的心头，眼前的鸡就是乡情的再现，母爱的重温！再说，开春时，还指望这些精灵们下蛋呢。每次，见几只大母鸡给老孙养得肥肥胖胖，方知的耳畔，就响起小时候在老家，春天母鸡开张下蛋的声音，趴在鸡窝里，"嘎达嘎达"个没完。那宛如天籁般的声音，是那样的清脆、美妙、富有感染力。困难的岁月，熬过漫长寒冷的冬日，一开春，此起彼伏的"嘎达嘎达"声，从村子西头飘到村东头，像前进的号角，使生活充满艰辛的人们，贫瘠的心坎里又燃起了一丝希望……

"夏富贵得了一个大胖孙子。"一个礼拜天去庄园，老孙对方知说。

"是吗！"方知很惊讶，"夏富贵好福气，白捡个媳妇，这又得了一个孙子，真是双喜临门！"

"孩子刚生下来不几天，夏小林就出去打工了。"

"干啥去了？"

"听说是去饭店当服务生。"

"噢——"方知睁大了眼睛，夏天干农活晒黑的，冬天又恢复了白皙的面孔，开始表现出一丝惊讶，随即平静下来，"能行，小林长得一表人才，人也机灵能干，是一块当服务生的好材料！"

"夏小鬼跟他儿子说了，媳妇给你娶到家了，孩子帮你养着，但你不能在家白吃白喝，一呆一个冬天，得出去挣钱养家糊口。"

方知没再出声，他内心深处忧虑的事情终于发生了——这样一个三代农家，仅靠这不挣钱的果树是维持不了生活的。夏小林走这一步，也是早晚的事情。外出打工，是绝大多数农家子弟的命，自己当初如果不考学出来，要么去当兵，要么也得去打工！有时逢场合到酒店吃饭，一群群、一帮帮的男女服务生，白白嫩嫩高高矮矮的，多数都还是不满弱冠的孩子，哪个不是来自农村？城里哪家舍得把孩子送到酒店去伺候人？即使没工作，也情愿在手心里攥着，宅在家里当啃老族！

一个人的命运如何，很多从上一代，甚至上两三代开始就冥冥注定了。想到宿命，方知越发感到自己是多么的幸运！

夏小林人机灵，长相好，先是在城里的酒店当服务生，端盘子，后来嫌挣得少，就跑到一个装修公司搞起了楼房装修，城里、外县到处跑，也渐渐淘到了第一桶金，不断地寄回来补贴家用。后来搞装修赔了钱，就趁李丹能撇开孩子，又双双去了省城，分别在两个酒店当服务员、领班之类的，包括保底工资、奖金和开瓶费，一个月也有几千块钱的进项。家里夏富贵和兰香原本两个劳力，现在就剩一个半了，那半个，只好被照顾宝贝孙子占去了。

对于农家子弟生活的颠沛流离，城里人当故事听，有的也感叹，可是仅此而已。他们更加关心的是绿色生活。对于方知的庄园生活，有谈不完的话题。一天，老万来电话，对方知说夏天总跑到庄园去叨扰你，冬天回城我们该多请请你，也算礼尚往来，明年我们好有脸再去啊！方知说万哥你说这话就见外了，我的园子就是大家的园子，随便去闹。喝酒时，大家的话题总是离不开庄园。席间，方知还不时将手机上存储的庄园照片拿给文友们传看，大家喜欢的不得了。没去过的，都吵着闹着要去。一次，一个女文友说：

"我有个想法，你们看怎么样？"

"什么想法？"桌上的人一下静下来，全部盯着她。

"现在买的菜，都是上化肥、农药的，电视上说有的超标很多，对人体健康十分不利。"

女文友的话只开个头，就说不下去了，酒桌上的人都像被什么东西刺了一下，无法控制情绪，纷纷声讨，这个说：

"对！现在的东西哪有不上化肥农药的，要不怎么会有那么多人得病上医院呢，你看那医院挤的！"

那个说："现在的农民都狼心狗肺了，挣钱挣疯了，把上农家肥的留着自己吃，上化肥农药的卖给城里人吃，小品里不也演过吗，农民还看城里人热闹，说城里人真扛祸害，干吃也整不死！"

方知想替农民解释，可是根本插不上话。那就任凭大家声讨吧，现在农副产品吃着不绿色，也着实令人担忧。声浪刚降下来，女文友想继续接着说，方知说不好意思我拦你一句，然后一本正经地说：

"大家说的有一定道理，现在的粮食作物很少有不上化肥的。三十年前，也就是农村刚刚分田到户那个时候，农民一般还不认化肥呢。可是现在，农民已经离不开化肥了，确实，不上化肥不打粮食啊！现在的物价这么涨，可

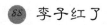

是粮食的价格上涨的不快，种粮成本却不断在增加，种子、化肥、农药、机耕费、人工，样样都涨价，如果再不上化肥，粮食产量上不来，种地搞不好就得赔钱！国家虽然取消了两千六百多年的农业税，还给种粮补贴、农机补贴、种子补贴，出台了很多惠农政策，可是种地还是不如外出打工挣钱。但是粮食总要有人来种，农民不种粮食，城里人吃什么？粮食稳，天下安，农业在国民经济中的基础地位到什么时候也不容动摇！可是农民也要生活，现在农村都是留守老人在种地，不使用农药锄草，根本伺候不过来呀！当然，现在一些菜农做得是有些过分了，通过庄园生活我了解一些。比如市场上卖的小葱，看上去嫩绿嫩绿的，那很多都是浇化肥水浇的。按理说浇些化肥水保证安全期也无妨，可是第二天上市，头天晚上还浇化肥水，就过分了，为了小葱好看，分量足，昧良心毒害人，不应该。果树都得喷药，不喷药生虫子，可是有的果农，把刚喷完农药的李子或葡萄，第二天就摘下来上市，或者装箱外运，人吃了肯定有害。这都是我亲眼所见。不过这都是个别的。现在种地没有不用化肥和农药的，这个大家都知道，如果科学处理，达到安全期，人吃了是没问题的。比如大白菜，露叶就要喷农药，不喷就生蛾子，一天就被蚕食没了，活不了，长不成大白菜。再比如李子，一年要及时喷几次农药，要不被什么红蜘蛛了、腻虫了、食心虫了、卷心虫了就给糟蹋了，就吃不到好李子。还有黄瓜，如果不喷农药，就会枯叶子、长斑，结不了几茬黄瓜就枯萎了。类似的还有很多很多。也就是说，一些化肥农药是必要的，如果科学处理，保证安全期，适当使用，对人体是没什么危害的。"

"看看，我们的方庄主说得头头是道，原来你不仅是教授，还是个地道的农民啊！"老万带着几分醉意揶揄着。

"要不咋一贬低农民方教授就不乐意听呢！"一个幽默的男文友边说着，边用一只手习惯的遮住半个脸，做鬼脸，嘻嘻地看着方知，极幽默可爱。

方知无奈，只好转移话题说："好啦好啦，大家静一静，还是把我们女士的高见听完吧！"

女士文友好脾气，放下茶杯，抿嘴笑了一下，清清嗓子，接着说："那好吧，你们都说够了，我就接着说。我前几天看到一篇报道，说是武汉郊区的菜农，将自己的菜地分成若干份，租给市民种菜，如果周末没时间来，农民就帮助管理，并收取一定的费用。市民想种什么菜自己说了算，一色儿上农家肥。我看这个挺好，自给自足，吃着放心，还锻炼了身体。"

大家对女文友的话题表示出极大的兴趣，不错眼珠地听她讲。

"前几天还有一个报道，哪个城市我忘记了，说城市社区街道与菜社农民搞联合，事先签订一个协议，订好种什么菜，什么价钱，除了上必要的农药外，不上化肥，一律用农家肥种植。菜下来农民负责运到社区，居委会负责发放，居民不仅吃上了放心菜，由于直销，还避免了菜贩子从中渔利，市民买菜的价格也便宜了，菜农的收入也增加了不少，这叫还利于民，农民，市民。"

女文友的一番话，醍醐灌顶，点醒了梦中人，大家刚刚消停的话匣子一下子又打开了，这个说："我怎么听上去跟到了共产主义社会似的！"那个说："那多好啊，吃菜放心，少得多少病啊！"

老万刚才已经醉意朦胧，猛地被"绿色话题"刺激醒酒了，将右手在桌上习惯地比划几下说："这好办呢，方知不是有园子吗，你就别一个人种了，挺辛苦的，我看大家一起去种，人不用太多，把你那几亩菜园子分个五七八份的，一人分两条垄，种什么自己定，交租金，没时间去可以委托老孙帮助种，大家掏工钱！"

老万话题转得太快，大家来不及反应，都没应声。方知听了老万的建议从心里头高兴，这种城乡联合——要么租地给城里人种，要么签协议直销的想法，他琢磨很久了，为此他还与尹红争论过。作为庄园主，他觉得自己应该先表一个态，因此他说："我看这个主意不错。本庄主非常欢迎各位，就看大家有没有这个兴趣，凑不凑这个热闹！如果加入联盟的人多，我的菜地不够用，我可以帮你们去联系，九连的菜地到处都是！"

接下来，大家就开始纷纷议论了，对到庄园租地种菜这个既新鲜、又近在咫尺的理想进行了一番规划和憧憬。女文友见自己的提议得到了大家的拥护，便率先发表感言说我要领养几棵李子树，到时候我自己去剪枝，去摘果，并做一个木牌，写上我的名字，挂到果树上。我还要建一个网站，专门拍摄和记录果树从剪枝、开花到结果的全过程！又一个女文友急不可耐地说，我就种两垄菜地，半垄黄瓜，半垄西红柿，半垄辣椒，半垄茄子，地的名字就以我的名字起，叫"杰地"、"杰垄"，并写一个告示牌：他人不许入内！女生们叽叽喳喳地说完了，男生开始发言。老万说，我就种一片鲜花，什么茉莉，牡丹，梅花，菊花，玫瑰，水仙，君子兰……品种齐全些，我的花园的名字就叫"万花朵朵"。话音刚落，那位幽默的文友马上接着说，你那太麻烦，现成的花你不采，你学我，我就负责伺候地，"杰地"的费用归我拿，"杰地"归我来伺候，啥时候需要啥时候到，必要的话我可以住到园子天天伺候……幽默鬼荤素搭配一番话，把大家逗得前仰后合。

二十一

这天，方知照例到庄园"视察"。可是车喇叭摁了一阵子，也不见老孙来开门。打电话，老孙说在金崇才家，马上就回来。等老孙骑着自行车，滋滋地驮小媳妇美回来，一打听，他是带着老段去找金花看外病了。方知有些丈二和尚摸不着头脑，问老孙："金花会看外病？这是什么时候的事儿？"老孙笑呵呵说："你和金万能是老乡都没听说？现在金花看外病老有名了，可神了，整个九连传得沸沸扬扬的，不少外地病人都千迢百里来。昨晚老段折腾一宿，说啥不睡觉，就说她死去的妈找她，吃完早饭我领她到金花那儿瞧看，这家伙，屋里屋外全是人，大车小辆的，哪儿来的都有，最远还有内蒙古的呢！"方知说："小嫂子好点没有？老孙说你说怪不怪，去时候浑身哪儿都难受，没精打采的，金花就给捏把捏把，叨咕叨咕，就见好了！"方知看了小媳妇一眼，关切地问："小嫂子好些了吧？"这时老孙把大门打开了，小媳妇边往里走，边娇嗔地说："没啥事，这一阵子就睡不好觉，总梦见我妈，就像被啥缠住了似的，金花那么一叫，那么一捏，我感到浑身轻松多了。"方知说："要我看哪，你去看病就是解解心疑，你是让老孙大哥给娇惯坏啦，闲着没事儿，啥都想，你看老孙大哥，能吃能干，啥病没有！"小媳妇说："你媳妇你不惯哪？我嫁给一个老头子，他要不疼我早颠啦！"方知扭过头对老孙说："看来，金花还真会看病，你看小嫂子，精神头来了，病好啦！"三个人说笑着，开门进了屋。坐下，方知又从老孙和小媳妇口中，详细了解了关于金花看外病的情形，越听越惊讶，连连感叹，是吗？我这老乡又发财了！是吗？金花啥时候学到了这等本事！

老孙说的一点没错。我们这位辞去乡信用社主任职务，抛妻弃子，领着相好的舞厅小姐逃到九连过起快活日子的金崇才，从来没有陶醉在温柔之乡里睡大觉，而是依靠乡信用社主任——这个农民心中财神爷一样的职务淘到的贪腐之财，进行了不断的投资和扩大生产。快六十的人了还像个棒小伙子似的，天蒙蒙亮就下地干活，一直干到天黑了，月亮升起来了才收工。金崇才先是建起了猪舍，搞起了养殖业，最多时生猪规模发展到五百多头。由于这些年生猪的价格极不稳定，时高时低，高时养猪户盲目跟风，生猪存栏急剧增加，供大于求，导致生猪价格急剧下降，加之玉米等猪饲料价格不断攀升，猪粮比严重倒挂，使养猪户出现了大面积亏损的现象。依靠对市场的准确预测，以及冷静跟进，小步慢跑，见利就走的策略，在猪海沉浮中，虽然其他养猪户叫苦不迭——方知所在大学就有一个退休的老教授，养猪赔得稀里哗啦，可精于算计的金崇才却依然稳立潮头，创下了不菲的收入。金花自己就半调侃半吹嘘地对人常讲：

"那家伙，比谁都奸，怪不得人们都管他叫老狐狸呢！"

当初就是看好了金大哥的这个精明劲，金花才死心塌地地跟了他。为了养住小自己二十岁的金花，除了照看金蛋子，稍微累一点、脏一点的活儿，金崇才都不让金花伸手。过着像宝儿一样有人哄、有人伺候的神仙日子。金花闲来无事，加之三十几岁正是如狼似虎的年龄，看着白头发越来越多的金大哥，慢慢地，心情兀自忧郁起来，身体也常常有不适之感。心想自己初中没毕业，家里困难就出来挣钱，供弟弟金山上学，不得不到舞厅陪舞卖唱，当"三陪"小姐，身心受到了噩梦般的蹂躏和摧残，往事不堪回首。要不是遇到金大哥，把自己"赎"出来，还不知沦落到啥地步。弟弟金山不争气，自己卖身挣钱供他念书，他却念不好，也回家种地，成了庄稼人。要不是金大哥出钱帮助娶了媳妇，到现在还得打光棍！是金大哥给了自己新生，并救了她穷得叮当响的家。为此她一直对金大哥心存感激。私奔这些年，她死心塌地跟他过日子，感恩的心，从来没动摇过，也再没产生过一丁点杂念。虽然金大哥一大把年纪，很多时候满足不了自己的生理需要，她也不怪他，只要能与聪明的金哥厮守，即使像宫女一样，早晚与相好太监对食，做名誉上的夫妻，她也心甘情愿了。何况自己和金大哥还有了一个爱情的结晶，金蛋子今年都六岁了，看着孩子生龙活虎的一天天在长大，她就更有了安慰。一段时间，她感觉自己的例假有些不正常，快两个月了还没有来，莫不是又给老金怀上了？她有些担心，她与金哥商量过，只要金蛋子一个，将来供他上大学读书，有个出息，不再要二胎。到医院去查，医生说没怀孕，可是说她得了一种既不是性病，又不是正常妇科病的怪病，只是给开了一些消炎药，说服一段时间复查再定。她回来偷偷地大哭一场。哭够了，冷静下来，她隐隐感到这一定是在舞场时做的孽。当年自己二十岁左右如花似玉的年龄，每天当"三陪"女，纸醉金迷的，啥人都接待过，身体糟蹋得够呛，严重透支了，现在身体下部的不适与当时的不检点，一定有着直接的关系。想到过去那梦魇般的痛处，金花既觉得对不起自己，又觉得对不起金大哥，内心深处无端滋生了无限的忧伤。整日里吃不好，睡不香，身体也日渐消瘦了。金花本来是一个快言快语的女子，有了打击，就写在了脸上。一天，邻居家来了一个看外病的，就建议她过去瞧瞧。有病乱投医嘛，金崇才也催促她去看个究竟，说看不好也看不坏嘛！谁知道这一去，就看出事端来：那巫医说她是鬼魂附体，招了没脸的，解决的办法只有一个，就是干巫医这一行，同他一样"出马"看外病，一来身体能好，二来"出马"看病也能挣大钱。开始金花不同意，她从小到大不信鬼不信神，是个无神主义者。可是金崇才却看出了门道，这是一个无本而万利的买卖！就怂恿金花说："你去试一试，不试怎么知道管不管用？"磨蹭了几天，金花见自己病快快的没个好转，在金崇才的一再怂恿之下，也就同意了，真就干上了看外病的营生。这一干，就放不下了。金花脑子聪慧，花五百块钱在看外病的老先生那里学到了看外病的三招五式，一段时间就历练得十分娴熟，加之早年在舞厅时练就的一身能说会道，见风使舵，左右逢源的本领，见什么病人说什么话，望闻问切，缕杆一爬，却也露了几回大脸。一次，老家来人请她，说有一个在外做官发达的人想回家修祖坟。可由于年代久远，葬在荒郊野岭的祖坟怎么也找不到。请她回去帮助算一算，找一找，有重谢。金花当时听了心中不觉好笑，你说现在的人都咋地了，科学这么发达，怎么还相信这巫医神汉呢！开始本不想去，这要是找不出来，那不是丢人现眼吗？金崇才却不这么看，说："啥叫现眼？啥叫露脸？猴年马月都过去了，坟包早就摊平了，骨头渣子早都烂净了，棺材板子上哪找去找？咱去了咋说咋是，只要你给一个说法，你就是挖出来一个兔子坑说是他们家祖坟他们也得信！是不是不重要，相不相信才重要！"金花听金崇才这么一说，也有几分道理，就说："去行，可是我不能自己这么去，我要风风光光地去，要有风水先生的派头！"金崇才说："那好办，我把银行里余下的存款都取出来，我去买一辆新车，我开车拉你去，你看怎么样？"

老狐狸铁了心，舍出血本也要促成这一本万利的买卖！

夫妻团结的力量能将地球撬动起来。这一天，金崇才提回来一辆崭新的奇瑞牌轿车，早年在部队时，金崇才就用公家车学会了驾驶。现在，逃过几次排查，听说自己在信用社时那些麻烦事儿已经了了，没留下任何"案底"，不用顾及，他就像齐天大圣孙悟空被压在山下五百年，长长地出了一口气，便大摇大摆地拉着小媳妇回乡给人看风水了。到了凤凰县城，熟人引路，出城不到半个小时，就来到县城东南面的一处野草已经枯黄的草甸子。正值上午十点整，那里已经聚集了很多车辆和修坟人家的亲朋好友。只见一个年过半百，穿一身灰色西装，打着一条蓝色领带，头发油光透亮干部模样的人，在几个当地风水先生的前呼后拥下，左查查，右看看，好像在找什么丢失的东西。金花一看就明白了几分，明摆着祖坟尚未找到。金崇才停好车，给金花打开车门，金花红妆粉黛，下了车，颤巍巍地挎着包走了过去。只见此时的金花，少妇的风姿尽显在深秋金色的阳光之下，一身量身定做的旗袍，外批一件深色的风衣，随风摆动，楚楚动人，她头戴着一束小白花，细腻的肤色配着一双扑闪着的大眼睛，更是勾人魂魄。领路的熟人跑在前面向那位修坟的主人介绍，这就是江城一带有名的风水先生金女士。主人与金花握手，像见了救星，连说欢迎欢迎，并将这些日子请遍了本县的风水先生，到处寻祖坟而不见的过程详详细细地介绍了一遍。金花同情地说："可不是呗，谁家摊上这事儿都闹心。那叫祖坟呢，忘了祖宗下一辈还想好啊！"主人连连点头称是，说："金女士您说得对，要不能大老远的把您给请来，就是掘地三尺，也要将祖坟找到。只要您将祖坟给找到，看见没有——"说到这，主人从手提包里拽出来一沓万元现钞，说，"这就是您的出马费！"金花瞄了一眼，佯装没看见，说："大哥你提钱多没意思，你能找到我，是我们的缘分，现在要紧的是找到祖坟，让金氏家族的人心安！"金花善解人意，说得主人有了笑模样。说完，在主人和家族老亲少友的陪同下，金花就围着这块荒地转悠开了。转了足足有一个多小时，也没看出个端倪。甩在后边撇着嘴，尚未领到赏钱的几位当地风水先生，便开始窃窃私语了："哼，什么风水大仙，也不过如此！"

眼看中午十二点修坟的吉时快到，金花心急如焚。心里嘀咕着，这是一片积水侵蚀的荒坡，这家的祖坟一点儿踪迹没有，看样子是找不到了。她有些沮丧起来，都是金大哥，非让自己来，这下看咋收场！这边金崇才也为金花捏一把汗，不过他早有打算。找不到，也不能治金花什么罪，不收出马钱，开车啪啪屁股走人！

这时，主人在金花身旁急得团团转——这么大张旗鼓地操办，要是连祖坟都没有找到，丢人现眼不说，那也太不吉利了！

"怎么样？金女士？"

"你多少年没回来烧纸添坟了？"金花反问道。

"有些年了，这些年工作忙，回不来，一直是在城里烧。"

"不是我说你们这些当官的，再忙也不能不回来祭祖啊！没有老祖宗保佑，你们的官也当不安生啊！要想当官保平安，一辈子不能忘祖先！"

"是是是，这次就想回来好好修缮一番，弥补一下。"

"你们家有家谱吗？"

"有。"

"家谱上记录了多少代人？"

"到我十三代！"

"你还没死呢，怎么能上家谱，不算！"

"那我爹还健在，我爷没了，到我爷那辈是十一代！"

"你还记不记得埋在这儿的祖坟是从第几代开始的？"金花心里有数，小时候听父辈讲，北大荒这个地方，都是从关内闯关东过来的，跑马占荒也就一百多年，最早的祖坟都在关内，埋在这里的祖坟也不过四五代。果不出所料，主人说是第六代。金花掐指一算，十一代减六代，是五代，五代人一百年左右，葬在这里水浸土掩，不见踪迹实属正常。她突然想起了来之前金大哥的一番话，对，她何不给主人来一个点石成金！想到这，她佯装用手指算了片刻，然后用手一指："你们看，在那里儿！"

只见荒地头稍高一些的荒坡处，除了几棵柳树在摇摆，什么也没有。

"能是？"主人问。

"能是。"

"挖！"主人将信将疑的一声令下，早已候着的挖掘机就开上去挖起来。

快十一点半了，挨着那几棵柳树根旁边，挖出了一个直径十几米的大坑，也不见棺材的踪迹。主人急了，"金女士，怎么没有？"

"你说有什么？"

"棺材！"

"你当官当糊涂了吧，上百年哪，什么棺材还能囫囵个保存呢，能留下几块棺材渣滓就算阿弥陀佛了！你看——"金花说到这，用手又一指，"你看那坑底下，全都是树根子，木头渣滓，那就是棺材的遗物！"

主人将信将疑，还要下去仔细查看，金花看了一下手表，说："都快十二点了，吉时马上就要到了，还不赶快立碑修坟！"

一句话提醒了主人，主人就不再坚持，尽管家族里还有人执意要下坑去看个究竟，主人还是大声吆喝着，不一会工夫，在挖掘机、推土机的作业下，土填上了，一座新的土丘形成了一座新坟。在新坟的周围，主人命人砌起了"城墙"，立了碑，并在十二点准时燃了万响的鞭炮。随着"噼噼啪啪"的鞭炮声，五服之内的孝子贤孙"唰"的跪倒一片，齐刷刷的磕头，有人还低低的抽泣起来……见此情景，金花心脏怦怦地乱跳不止，紧张得再也坚持不下去了，就急忙躲回到车里，双用手捂着心口窝，对金崇才说："你可坑死人啦，多悬！"老狐狸微微一笑，说："媳妇，你别说，我看你还真是干这行的料！"

拿着一万块的赏钱，从此金花名声大震，前来看病的人络绎不绝。金崇才乐享其成，就是到了十冬腊月，九连的农户在猫冬，他却不用施肥浇水，家里生生长出了一棵摇钱树！

二十二

冬天里，九连的果农们冒着严寒继续为生计奔波着。像其他城里人一样，方知也回城猫冬。从开始庄园生活，一个夏天和秋天的劳累，都要在冬天里找回来，肌肉松弛，思想放松，他觉得这样的候鸟生活真是一种智慧的选择。双休日，特别是寒假来临，闲来无事，便和文友们一场场地出去喝酒论文。酒场多了，锻炼少了，透支的身体本来在庄园生活中有所改善，可是封园后仅仅一个冬天，就又出了问题。首先是腰椎、颈椎僵硬酸麻，偶尔眩晕。再就是心脏也出现了早搏和供血不足的症状，酒后更加明显，相随而来的还有胃酸泛起，凌晨空腹痛。五脏六腑的针刺刀扎，方知认为如果呆在庄园，各种病症就不会卷土重来。每每前夜忘情的一场大酒，早晨躺在床上忍受胃部的剧痛，心慌盗汗，他都暗自反省。原以为回城休整，现在看却犯了致命错误。保健专家讲得有道理，锻炼保养贵在坚持。一番刻骨铭心之后，他不止一次对自己说：酒不能喝了，我要尽快重返庄园生活！可江城不同南方，南方四季如春，这里的冬季却十分漫长，他越盼望春天，春天来的就越慢，时间像停止了一样。他心急如焚。没办法，人在江湖，酒场又无法全部谢绝，去了又无法一杯不喝，在东北人"酒品看人品"观念的笼罩下，他只好拖着亚健康的身体，小车不倒尽管推，继续充当着"酒英雄"的角色。终于，在春节返乡与亲朋好友相聚，返回后又在一场场庆贺新春的文友、同事、学生的聚会中，他被酒击倒了，不得不到医院挂起了点滴，"酒英雄"开始疗伤。窗外街道上渐渐洋溢起的春天气息，室内洁白的病房，温柔体贴的护士，都随着治疗心脏和胃肠的点滴药液，清醒剂般一滴一滴输入了他的躯体……半个月治疗期里，他的脑子里充满了无尽忧伤，以及早日回归田园的向往。为排解郁闷，在"滴答滴答"声中，他在病床上用手机写古诗，每天一首。

小窗寄语一：

一生长短几人知，
绿女红男放浪时。
苦辣酸甜皆有序，
寅吃卯谷忌先支。
乐修心智应为首，
常练身躯不可移。
慢慢旅途躯骨伴，
多凡大错小常识。

小窗寄语二：

咫尺胸膛万里藏，
鲲鹏欲展远苍茫。
东接春信排冬日，
西钓秋风寄夏阳。

小窗寄语三：

冬眠楼市里，
夏种乐园蔬。
偶得一文小，
常生大自如。

小窗寄语四：

春醒还青籽复埋，

其成坐享谷难来。

梦都镜里花千树，

不遇园丁也废材。

小窗寄语五：

百川瀑雪千伏事，

十里春阳万念兴。

待看秋红滴李色，

自犁盛夏早图腾。

……

每写完一首，他就短信发给尹红，共写了十几首的《小窗寄语》。通过丈夫在病院上发来的这些意味深长的古诗，以及医院探望时的闲聊，尹红十分理解丈夫此时复杂的心境。尖刻的尹红并没因此客气，而仍是奚落道：

"喝喝喝，这会儿不讲究了，你是不碰南墙不回头！"

这话过去尹红没少对方知说，可每次方知都有解释的，什么不去不好了，去了不喝不好了，不回请不好了，回请不主动喝不好了，反正总有个道理。现在，他自知理亏，沉默不语，也无法怪罪妻子不给自己面子。

"消停点多好，从打到庄园劳动后你身体强多了，上楼'腾腾'跑，一点不费劲儿，上园子这大半年，从没听你叨咕这疼那疼的，没庄园恋着你就撒欢地喝，怎么样，不听老人言吃亏在眼前吧！"

"成天跟你那些哥啊姐啊的白天黑夜地喝，这回还喝不喝了，晚上我再给你找几个朋友喝点？"

"酒是穿肠毒药，色是刮骨钢刀，你是咱家的顶梁柱，你倒下了我们娘俩咋办？乡下的老人怎么办？你歇歇吧，天快暖和了，点完滴赶快研究种地！"

一番话说得方知无地自容，一句也没反驳。他心里清楚，妻子的嗔怪，虽然话狠了点，可火辣辣的话语中体现着真挚的关心。尹红说得对啊，自己考学拔出那穷山窝，多么不容易，这些年，父母兄弟姐妹为他自豪，当成"顶梁柱"，生活有奔头，活得有尊严；亲戚朋友把他当成榜样，教育儿女。自己上班后也一直谨小慎微，恐怕有了闪失，跟家里没法交代。这些年对家里虽没什么贡献，只是老宅倒了，给父母建了一个新房，还是借钱盖的，不像老家凤凰县城的一些成功人士，有的给家乡修路，有的帮乡亲致富建企业，有的，听说还用直升机往回运石料，修"活人墓"……不论怎样，城里有一个上班的亲人，对乡下家里人都是个安慰！如果自己这个"1"直挺挺地立着，家里人这些后面的"0"，就活得有精神，如果"1"轰然倒塌，"0"就会萎靡，尤其老父老母，打击将是致命的……这就是穷人家孩子的命，身上肩负的东西太沉重，不敢任性和造次啊！这些年，很多农民子弟依靠打拼，有权了，有钱了，便把持不住，声色犬马，物欲横流，触犯了法纪法规，轻的摘了乌纱帽，重的进了监狱！这些"精英们"，谈起来之不易的成就，哪个不是溢满悔恨的泪水？自己算什么，不过一个教书匠，尽职尽责的教好书，不误人子弟，对父母和家庭负起责任，业余时间有个良好的爱好，进行一些诗文创作，到庄园锻炼一下身体，陶冶一下情操，也不啻为人到中年时的一种人生感悟和境界追求啊！可是，怎么一回到这闹市，就把持不住了呢？刚刚好起来的身体，一个冬天，就又喝得病快快的……想到这里，这个善于反思的农家子弟，仿佛看到了父母妻女都在盯着自己，使这个责任感本就很强的五尺男儿，浑身猛的燥热不安起来。伴随着惭愧，一股责任感油然而生，他在心里坚定地警告自己：不能再这样任性下去啦……

身体渐渐康复了，一番刻骨铭心之后，时令终于挨到了农历春分。此时的方知，如同浪子回头，又开始在楼上研究"种地"了。

方知虽然在农村种过地，可是对于育苗这样技术要求较高的农活，除了残存一些模糊的印象，究竟怎么育已经说不出个所以然来。春节全家返乡过年时，母亲一遍一遍地叮嘱他，到了春分前后，第一茬旱秧子就要育上了，不然就迟了。热热闹闹地过完年，临走，母亲将她留起来的黄瓜籽、柿子籽、辣椒籽、茄子籽、角瓜籽、倭瓜籽，分出一些一包一包地包好，并在纸包上做好标记，让方知带回来，其中柿子还分红柿子、黄柿子、绿柿子三个品种。方知喜欢得不得了。这些菜籽商店有卖的，比母亲拿的还全，不过那不一样，老家的菜籽包含母爱、乡情，攥在手里就有感觉，使他这个游子浸淫在浓郁的乡情之中。小时候，柿子刚泛红，母亲就看着摘下来，放到小柜里上锁捂着。那时候农村困难，根本看不到苹果鸭梨什么的，饿的时候没零食打牙祭，放学回来，母亲就从怀里掏出钥匙，打开父母结婚时的唯一家具——求木匠自己打的紫红色国松小木柜，翻出几个红透的大馒头柿子，一个掰开两半，分给孩子们吃，柿子的甜香，夹杂着小柜的木香，那是世上最香甜，味道最独特的柿子。进城后，市面上再也买不到老家那样的大馒头柿子。几十年过来了，生活越来越好，母亲仍然保持着节俭的生活习惯，就是各种菜籽，也很少去买，每年到秋天都是自己留，母亲说大馒头柿子籽连续留到现在，足足有三十年！

按照母亲在电话里的指导，春分这一天，大地虽未解冻，可庄园的大棚扣上快一个月啦，里面的土暖化了，他就将尚且潮湿的土挖回一些，装满花盆，浇透水，然后打开母亲用旧报纸给包来的菜籽，蓦然间，父亲的笔迹展现在眼前，铅笔头子在纸上歪歪扭扭地写着："黄瓜2009，2010"、"红柿子"、"黄柿子"、"绿柿子"、"小黄柿子"、"倭瓜子"、"角瓜子"、"大辣椒"、"小辣椒"、"菜椒"、"茄子"、"臭菜"、"婆婆丁"、"春生菜"、"秋生菜"……望着父亲的"大作"，一股暖流涌遍方知的全身。已至耄耋之年的老父，虽然只读过两年私塾，却能赶上现在的小学文化。由于"练笔"机会少，平时就记个豆腐账，红白喜事礼尚往来什么的，才华施展不出来，字迹明显的生疏了，不过大部分都还写得正确，只是"瓜"字写成了"公"字上面加一个"人"字，方知看后不禁笑了，心想父亲真能造，字典上都没见过！

清点完菜籽，将种子轻轻地、匀称地洒进花盆湿土上，再洒上筷子厚的干土。品种多，怕忘记，就插上火柴棍儿做记号，并将种子的分布图随便画在一张纸上，以便小苗生长浓郁了对照辨别，以免移栽大地时闹出张冠李戴的笑话。然后用塑料膜密封严实，放到窗台上见阳光，一周左右，湿漉漉的塑料膜下面，像变魔术似的，种子就变成了一株株绿芽，拱着、争着扑向这个世界！打开沾满水珠的塑料膜，一盆一盆绿盈盈的生命，像天使一样，在房间里跳舞，陡然给整座楼房，不，是给冰天雪地围绕的整座城市，顷刻间带来了勃勃生机！依然寒冷的初春，在暖融融的楼房里，种着乡情、心情，方知整整一个冬天的郁闷心情一下子打开啦，沸腾啦……自己又开始了绿色健康充满活力的庄园生活，尤其想到，那种下去的，哪里还是菜籽，那是割舍不断的乡情和父母之爱的时候，他感觉自己像又回到了父母身边，在家乡的田野里、菜园里，像少时一样，紧随父母的左右，一招一式像模像样地学习着，劳作着，嬉戏着，与大自然亲密的融合着……

自从各种秧苗像士兵一样齐刷刷地来到这个世界，方知哪里还睡得着懒觉，早晨起床的第一件事，就是去阳台查看秧苗的长势，适时浇水，用一个小本记录下一茬一茬秧苗播种、出苗的时间，并随时向乡下的母亲报告秧苗的长势。一天早晨，尹红披着衣服起床做饭，见丈夫穿着睡衣在阳台忙活，便细声说了一句：

"农民，典型的农民！"

二十三

方知庄园有个旱棚子，虽然只有一铺炕大小，却是相邀春天提前到来的宝地。它的意义，毫不逊色于五亩地果园。李园品果待盛夏，菜棚吃菜在早春。旱棚子不像温室大棚，需要捂防寒被，烧火炉，即使经受严寒，一年也能进行三四季的生产，常年供应市民蔬菜。旱棚子简单，不用生火，费用低廉，也能比大地提前一个月吃上新鲜蔬菜。刚过了正月十五，方知就三天两头给金崇才和夏富贵打电话，询问蔬菜大棚是不是该扣上了，恐怕晚了失去作用。对于没经历过的事情，人们往往过高估计它的难度。当一个礼拜天方知和老孙将大棚扣上之后，才发现，这是一个极其简单的过程：将塑料蒙在砖墙之上，下面以竹竿拱起，上面用柔软的电线勒紧，周围边边角角再用土袋压实就大功告成了。半个小时的工夫，却抢了一月春光。老孙说塑料大棚能暖地，早早达到栽种的要求。

春分育的西红柿秧子，已经移栽到了纸筒里，半个月长到了两寸高，方知问老孙能不能栽，老孙说能下地了。他说你怎么知道呢？老孙说早年自己在单位职工农场种过菜。他还不放心，又一个电话打给乡下的母亲，娘说能栽了，他这才深信不疑，然后心情激动的，从楼上将绿油油的西红柿秧苗——这春天的使者，一株株请下楼来——楼道里遇见邻居，邻居都投来惊异的目光。年岁大的，一眼能看出是蔬菜秧子。年轻的，就挠头了，问方知养的什么花？得知大学教授在楼里种蔬菜，无不惊讶。小心翼翼端下楼，他先将秧苗放进车后备厢，怕冻坏喽，就又挪出来放进座位上，然后慢悠悠的运往庄园。一路上，方知热血激荡着，心潮澎湃着，驾车的手脚都有些颤抖。平时十五分钟的路程，这次竟走了半个小时，像娶亲的仪式，喜庆而庄重……车窗外，往日冰冷的人群车流，仿佛也被"赶春"的仪式感染着，一切都变得温存美好起来……他觉得现在自己是这个世界上最幸福的人，迎娶春姑娘拜天地一样的愉悦之感萦绕心头。"春姑娘"运到庄园，老孙早在大棚里起好了垄，整齐划一，宛如一幅墨迹未干的图画。避开墙角挡风遮阳的地方，方知按照娘交代的——脚踩上去，脚前一颗，脚后一颗的距离，在垄台上刨出碗口大的小坑，撒上鸡粪做底肥，用剪子剪开纸筒，连泥坨带柿子秧一块栽进去，然后慢慢浇透水……嫩苗回归土地，就像野孩子一下扑进了母亲的怀抱，哭着，笑着，被奶水一样的地气滋养着，很快就相融一处了，不用缓苗，三五天的工夫，新绿便充盈了整个大棚，大棚里一片生机。接下来，春天的脚步更近了，天气更暖了，不用再回楼里，方知就在大棚里又育上了粘玉米、香瓜和西瓜，种上了小白菜、生菜、香菜、小萝卜菜。接着将楼房育的黄瓜、辣椒、茄子苗，陆续"迎娶"下来，移栽到大棚里，还挤出巴掌大的地方栽了几垄早土豆。老孙笑着说竟瞎扯，这能结几个土豆！方知说玩呗，就是结一个，咱吃的也是早的！

前前后后忙了一个多月，包括老仇留下的韭菜与大葱，蔬菜大棚已被方知和老孙搞得一片生机盎然，绿意盈盈。

有一天尹红来"视察"丈夫的劳动成果，掀开大棚一看，不禁大声惊叹道："啊！原来春天藏在大棚里啦！"

方知对尹红说："别瞧不起农民，没有农民的辛勤劳动，哪有你这绿色的惊喜！革命是干出来的，不是说出来的！"

老孙也帮腔说："小品咋说的了？土地是妈，老天是爹，只要种啥啥都结！"

尹红的团脸蛋掠过一丝绯红，摘下腕上的挎包，从里面掏出一个塑料袋，从塑料袋里麻溜地拽出一个油汪汪的烧鸡，两个香喷喷的猪蹄，大声说："农民伟大，劳动光荣，小菜园种植成功，来，犒劳一下成功者！"随即，尹红招呼方知和老孙，进屋洗了泥手，换了脏衣服，又叫来悠闲地看着电视剧的小媳妇老段，点火炒了两个青菜，将烧鸡和猪手掰开装了盘，准备了一桌午餐，然后斟满去年秋天自酿的小烧勾兑葡萄酒，主人夫妇和看屋的老夫少妻，就听着窗外的犬吠鸡鸣，热热闹闹地喝酒话桑麻啦！

李园的雪尚未融化，九连勤快的人家，就踏雪剪枝了。方知看了，怕被果农落下，也打算雇人剪枝。尹红说："啥都雇人得花多少钱哪，你和老孙自己剪呗！"方知说："不会剪哪！"尹红说："不会就学呗，夏富贵和兰香两口子都会剪，可以当老师。"方知说："这可不能开玩笑，关系一年的收成。"他便电话找金花帮忙，雇了个剪枝师傅，知根知底，两个工就剪完了，李林像"理发"似的，一下疏朗了许多。老孙把剪落的枝条拣起来捆好，垛上，晒干当烧柴。

这天，夏富贵和兰香也在给果树剪枝。见方知雇人剪了枝，一身绿裤子、

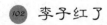

黄棉袄、红围巾、白口罩的兰香，隔着篱笆问道：

"方哥，你这树花多少钱一棵剪的？"

"五毛钱一棵，三百棵树花了一百五十块。"

"贵倒是不贵……可没剪利索呀，这不糊弄人吗！"兰香手持剪刀指着方家的李树嚷嚷着，"你看中间这些小枝子，根本没剪，这样憋风，憋风不愿坐果，坐果也长不大！"

"噢……剪得不行？"懵懂的方知，脸上发热。

"剪枝很关键，剪不好耽误坐果。"头戴鸭舌帽的富贵火上浇油。

"问题严重啦，有什么补救的办法呢？"教授苦笑了两下。

夏富贵瞄了一眼兰香，两口子就默契地跨过铁丝网篱笆墙，进到方知的园子，双双伸手帮助重新剪起来。特别是兰香，一边修剪，一边还讲解道理，什么春剪、夏剪，什么开心、回缩、疏枝、换头，什么轻截、中截、重截，什么并排枝、垂落枝、中间枝都要剪掉，李树剪枝舍不得不行，要敢下剪子，越狠越好……教授变成了小学生，农民成了大教授，方知难为情的在一旁傻呆呆地看着，也不时照葫芦画瓢剪几下，嘴巴上还故意给自己找台阶下："骏马能历险，犁田不如牛，坚车能载重，渡河不如舟！"富贵说："方哥你说这顺口溜是啥意思，我听不明白。"方知说："就是说明一个道理，这人呢，各有各的长处，没有谁高谁低之分！就像那长颈鹿和山羊，长颈鹿个头高能够着树上的叶子吃，可是钻墙洞它就不如小山羊了，论教林业理论我是老师，可论伺候果园实践经验哪，你们夫妻俩就是我的老师！"一番话，把兰香逗乐了，说："方哥真有知识，一套一套的！"重新修剪了几棵树，方知看出了门道，说："谢了谢了，有空儿我自己再重新修剪修剪。"一身绿裤子、黄棉袄、红围巾、白口罩的兰香，像一朵野花似的，说："方哥是林业大学的教授，脑袋灵，一学就会！"说完，两口子相帮着翻回自己的园子，又给自己果树剪枝去了。

理论在实践面前吃了败仗，方知感到脸上火辣辣的。一股不知从哪儿冒出来的劲头，驱使他自己要去修剪一番，并且像个真正的农民一样，这时只有一个念头，自己的果园伺候得不能比别人家差！因此，有时间他就反复翻看床头上老仇留下的那本《李树栽培图诀200例》，有些口诀都能背下来了：

修剪方法第一例，短截程度分三种。

轻截中截和重截，截后效果大不同。

轻截截去一小段，剪口下留次饱芽。

形成较多中短枝，枝势缓和成花多。

修剪量小损失小，刺激生长分枝少。

觉得准备好了，他就信心满满地一个人跑到庄园，换上那双干农活穿的农田鞋和一条旧裤子，找一件旧棉袄穿上，寻一顶旅行社赠送的小红帽戴上，再戴上手套和口罩，尽量把自己裹得严实些，然后冒着料峭的早春之风，硬是将三百棵果树又重新修剪了一遍！不注意脸被划出了血印子，手被剪刀磨起了水泡，他也咬牙忍着，一天剪不完两天，两天剪不完三天……断断续续一个人修剪了半个多月！有时候一个人剪枝，头顶春阳，脚踩残雪，寒风习习，母鸡下蛋，公鸡打鸣，喜鹊登枝，白猫缠足，远听犬吠，近有马嘶，开始寒战，后来冒汗……有时一个人恍恍惚惚仿佛置身于三界之外，甚至产生了"无我"的感觉，身体不在了，感觉麻木了，我是谁？在这里干什么？教授、农民、抑或小文人的这些字眼，不断在脑海里上演蒙太奇，后来统统溜掉了。一切都显得不重要了，世界仿佛静止了……只看见眼前的剪刀上下翻飞，只听见枝条"咔嚓咔嚓"剪落在地，有时他咬牙切齿，恨不得立即马上剪掉这枯枝残条，有时剪开树皮里的绿盈，他又为在春发之际，亲手断送了这些蕴含生命的小枝杈，而兀自生出了缠绵的恻隐之情！

人啊，就是这样矛盾的被大自然洗礼着！一天剪枝赶上清明节，电视上，道路上，到处弥漫着祭奠亡灵的气息。晚饭后，方知作了一首律诗《清明》，以表对剪落枝条的祭拜之意：

香鸡产蛋众禽鸣，

惊鹊喳喳剪径轻。

犬吠车行应不尽，

雀飞鹅唱和难停。

孤身雪影招枝伴，

断树德留将子擎。

残果无怜弹落去，

瘦怀小祭在清明。

尹红看了诗，笑对丈夫说："你与大自然融为一体了，对自然界的生命都有了恻隐之心，快成佛成仙了，难得啊！"

有时候老孙和尹红也前来帮忙，直到将满园李树修剪得满意为止。

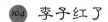

兰香见了，忍不住咯咯咯地笑，并偷偷地对夏富贵嘀咕："这个方教授啊，还真是一个要强的人！"

夏富贵带着酸味揶揄着说："他咋的，他不也是农民的儿子嘛！要不是多喝了几瓶墨水，讲种地，他不是我的个儿！"

果树剪完枝，转眼到了五一劳动节，土豆栽子能下地了。老万领着另外三位文友，趁着双休日，前来帮忙。当然，也是惦记着租一块菜地种。李园东侧的一块菜地狭长，小四轮进不来，方知就雇了一个马犁起了垄，自己留足了，剩余的分给了四位文友租种。老万对方知说："耕地挺珍贵的，我也不种花看风景了，过些日子，你育的柿子、黄瓜、辣椒、茄子大地能栽了，就通知我们来栽。"其他三位文友也交代了自己的种菜计划，然后主动地，一人交了一千块钱，用来支付租地、粪肥、灌溉和老孙帮助伺候的费用。方知开始推托，说："第一年免费，咱们先试试，如果可行下年再来真的动实的。"老万说："那不中，就这么定了，谁也不差这千八百的，关键是要保证蔬菜不上化肥，不多洒农药，纯绿色的，吃着放心。"方知说："必须的必吗！"然后领着大家到地南头，指着一堆热气升腾的鸡粪说："鸡粪都快沤好了，咱们不上一粒化肥。"文友们听了，一下都乐上眉梢。尤其那位女文友，也顾不上臭烘烘的气味儿，也一同咧嘴笑起来。

分完了地，栽完土豆，方知见日已中午，就张罗着点火烤肉。将烤锅支在院中间春阳足的地方，老孙帮助点着炭火，几个文友就围坐下来烤肉。方知给大家介绍过了老孙，老万邀请老孙一起吃，老孙腼腆着说不愿意吃烤肉，婉谢了，转身进屋给小媳妇做饭去了。老万说："老孙挺有艳福，我刚才进屋瞄了小媳妇一眼，挺漂亮个人，配老孙真白瞎了。"其他几位文友说万哥你啥意思，有想法了？老万说："我这么大个作家啥样的美女没有，眼前不就有一位嘛！"说完将唯一一位女文友，就是上次在城里酒桌上提议自己种菜吃的女文友的酒杯斟满，举起杯说："来，陪万哥干一杯！"受了刺激，女文友没喝先醉了，脸上泛起绯红，将酒在樱桃小口上抿了一口，放下杯，笑盈盈地说："万哥，你别往我这引呢，过些日子，草长莺飞了，该铲地了，你不就有机会了吗，大家说是吧？"大家异口同声说那是那是，跟着起哄。老万说："今天方老弟李园开园，闹春耕是讲究仪式的，广东客家人闹春耕时知府、县令都要与黎民百姓在一起"鞭牛闹春"，场面很热闹。今天大家地分了，土豆帮助栽上了，现在就喝酒庆春耕。"说完让方知把老孙叫出来，说："孙大哥你辛苦了，我们隔三岔五来种菜，就是图个乐趣，干不了多少，一年的收成全靠您老人家，来，我先敬你一杯！"老孙碍于面子，喝了一杯啤酒，并表了态，端出蒸好的鸡蛋焖子，然后碗里端着老万给小媳妇夹的烤肉，又进屋陪小媳妇吃饭去了。大家还想借机开老万的玩笑，老万抢着说："你们就别拿我开涮，我看大家今天成了地主都很高兴，我就给大家讲个段子吧，助助酒兴！"大家说好，便鼓掌。老万说："我一段一段地讲，你们得配合我总结有什么启示。"

老万说："女浴室起火，里面人乱作一团，赤裸身体往外跑，只见大街上白花花一大群，一老者大喊'快捂住'，众裸女突然醒悟，但身上要紧部位有三处，手忙脚乱捂不过来，不知所措。这时老者又大喊：'捂脸就行，下面都一样！'此事的重要启示是什么？"有人附和道："在特殊情况下抓工作不可能面面俱到，要抓住重点。"

老万说："少妇报案：'我把钱放在胸衣内，在拥挤的地铁内被一帅哥偷走了…'警察纳闷了，'这么敏感的地方你就没觉察到？'少妇红着脸答：'谁能想到他是摸钱呢？'此事的重要启示是什么？"有人附和道："让客户的钱在愉快体验中不知不觉地被摸走，是商业模式的最高境界。"

老万说："一公司在小便池上贴上条'往前一小步，文明一大步'，结果地上仍有许多尿渍。后来公司认真吸取教训，重新设计成'尿不到池里说明你短；尿到池外说明你软'，结果地上比以前干净许多。此事的重要启示是什么？"有人附和道："给客户的投资建议一定要具体，确切，中要害。"

老万说："某日，女秘书神色凝重地说，王总，我怀孕了。王继续低头看文件，淡淡一笑说我早结扎了。女秘书愣了一会媚笑道，我和您开玩笑呢！王抬起头看了她一眼，喝了口茶说我也是。此事的重要启示是什么？"有人附和道："在江湖上混的人，遇事不要慌，先让子弹飞一会儿。"

老万说："男子去提亲，女方家长：请自我介绍。A说：我有一千万。B说：我有一栋豪宅，价值两千万。家长很满意。就问C，你家有什么？C答：我什么都没有，只有一个孩子，在你女儿肚子里。AB无语，走了。此事的重要启示是什么？"有人附和道："核心竞争力不是钱和房子，是在关键的岗位有自己的人。"

话闭，文友们笑喷了。随即又是一番狂饮乱喝，好不热闹。

这时，东邻何家肃静的园子突然传来机械的轰鸣声，打断了大家的笑声。

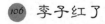

方知起身望去，只见在主人何成的指挥下，一台挖掘机正在损毁李林。

二十四

送走了客人，尹红催促方知快去何家问个究竟。方知心里早急了，进了李园，急匆匆来到东侧的篱笆前，大声呼喊何成。这时，挖掘机像一头发疯的大象，正在何家的地里一棵一棵的将李树连根拔起。年轻司机如同骑在大象身上的英雄，愉快地进行着一场屠杀——恶狠狠地将地球养育了十几年树龄的孩子，在母亲的肌肤上撕裂！驾驶室里大音量传出时髦的歌曲，年轻司机一边驾驶挖掘机，一边跟着唱和，脑袋还随着节奏不停地摇摆——

摇吧摇吧

死了都要爱恋

我们是年轻的一代

我们不惜将一切伤害

……

放绿的李树眼睁睁被连根拔起，方知的心一阵疼痛。挖掘机噪音干扰，喊了半天，何成才过来。红光满面的脸庞镶嵌着一双牛一样的大眼睛。

"挖掘机声太大，听不见。有事吗，方哥？"

"你怎么把李树挖啦？"

"栽葡萄！"

"栽葡萄？"

"你没听说吗，要动迁啦，葡萄动迁费给得多！"

"什么时候动迁？"

"听说动迁补偿文件都下来了！"

"噢……怪不得这几天九连的路两侧，很多庄园忙得热火朝天，都在抠李子，挖葡萄沟呢，原来是动迁闹的！"

听了这个突如其来的消息，方知酒意全消。

"还和一帮文友租地玩绿色呢，人家都奔动迁费下去了，我看你咋办！"尹红直截了当。

方知没有发表自己的意见。躺在床上打算午休。自从开春进了庄园，东屋火炕留给了老孙和小媳妇，有时候来干活，他和尹红就到西屋床上休息。

他想，其实一段时间以来，他就有一种预感。江城经过九连通往省城的公路，一年来已拓宽成双向八车道，公路两侧寒冬腊月都在移栽珍贵树木。江城东扩的楼盘在不断崛起，节假日出城，常能看到公路两侧新楼开盘时人山人海，鞭炮齐鸣的热闹场面。汽贸城、家具城、皮革城都渐渐向九连逼近。那天，他到路北的饲料店买鸡饲料，饲料店的老郭说，今年路北先动迁，建楼盘，明年，最多三年你们路南也得动迁。听后，他没太在意。现在看起来，无风不起浪，这并非民间谣传。必须要去打听个究竟了——因为这已威胁到了他的庄园生活。他找出了九连作业区主任黄帆的电话号码：

"黄主任吗，我是九连的住户方知啊！"

"方知……噢，方教授啊，你好你好，有事吗？"

对方传来了慢声拉语的声音。方知与黄主任见过两次面，第一次是没进入庄园之前，一年冬天金崇才请去吃杀猪菜，老黄也在场。第二次是年初到作业区交提留款，又和黄主任见了一面。黄主任是个瘦高挑，说话一字一板，待人温和，尤其对城里人，态度热情，看上去是一个经验丰富的农村干部。

"听说庄园要动迁？"

"都这么传，哄哄很长时间了，也没个准信儿！"

"是农垦动，还是地方动？"

"这不一直闹纠纷吗。九连在收费站里面，离市区比较近，原来归地方政府管理一段，后来由于债务大去年又划回农垦管理了。去年通往省城的公路要拓宽，市政府准备将公路两侧五百米宽的地方都占了，农垦不同意。听说两家打官司打到了省里，还惊动了国务院。据说国家原来批准江城拓宽这条公路的时候，允许两侧各占五百米，农垦让步了。"

"五百米，一里地，政府占了干什么用？"

"建汽贸城，招商开发楼盘，现在的土地多紧张啊，国家不是规定十八亿亩耕地红线不能突破吗，咱们的耕地都让国家卫星拍照备案了，你有一点风吹草动上面就知道。"

方知如梦方醒——怪不得公路两侧有人在偷偷搞建设，原来是为动迁获得高额补偿做准备！

"什么时候动啊？"

"没说，不过看这架势，时间也不会太长。"

"我的庄园距公路一千米，能不能动啊？"

"市政府动迁占不到你那里。不过农垦这边也在组织制定下一个五年发展规划，听说小城镇建设要达到一定的规模。你没看六连那边正在建楼吗，将来要消灭平房，住户都集中上楼。"

"这么说，动迁是早晚的事情？"

"小城镇建设是大势所趋，家家自来水，室内厕所，温泉洗澡，统一供热，比住平房优越多啦！"

"那农民靠什么生活？"

"土地补偿款给几十万，上百万，干点啥不挣钱！何必守着这些烂李子一年到头白干！"

方知在和黄主任通电话，尹红在一旁仔细听着。她见丈夫又把话题扯到农民生计问题上去了，心想这跟咱们有多大关系，就急着提示方知问问葡萄补偿的事儿。

"黄主任，不好意思，我再问您一件事，我看大家都在挖李子，栽葡萄，说动迁费比李子树高，有这回事没有？"

"那当然啦！"电话里黄主任一字一板的口气，突然变得有些惊讶，可能是对这位大学教授反应迟钝的感叹吧。"李子树动迁一棵树才给二三百块钱，三年以上的葡萄一棵就给二百多块，何况葡萄是密植，一棵李子树的面积能栽三棵葡萄！六连那边上楼的住户，听说有一家栽了十亩地的葡萄，光动迁费就得了一百多万！"说到这，黄主任说我来客人了，有事再联系，就把电话挂了。

撂下电话，方知坐在床上迟疑了半晌。他在脑海里在对黄主任刚才的一番话进行着快速的回顾。尹红坐在的跟前，眼睛直勾勾地盯着丈夫。"说呀，什么情况？"

"农垦在制定下一个五年发展规划，据说三五年内这地方要动迁。咱们的好日子不长啦。"

"怎么办？"

"啥怎么办，不还有几年吗，咱们先享受着再说！"

"家家都多栽葡萄，瞄着动迁款，咱们栽不栽？"

"谁愿意栽谁栽，咱们才不凑这个热闹！清净一天是一天！"

恼火着说完，方知就出门进园子，"哦—哦—"的轰鸡去了——几只老母鸡，正由那只大红公鸡领着，连蹬带刨的，撒欢祸害着刚刚栽下的土豆田。

这时，老孙也从屋里休息完出来，与方知唠起动迁的事儿，两个人面面相觑，不置可否。

二十五

春耕来临，九连一片繁忙的景象。抬头仰望盛开的白里透红、高贵热烈的满树杏花，低头欣赏一簇簇红霞般的樱桃树，远望农田里无暇欣赏风景，正忙着闹春耕的农民，方知吟咏道：

> 李吐初芽咧口发，
> 樱娇含媚满身霞。
> 眼前已是春耕紧，
> 多少农人忘杏花。

没过几日，李花也开了，出现了杏、李、樱桃竞相绽放的热闹场景。身临仙境般的李园，望着满园雪白如瀑的李花，他又情不自禁地吟咏道：

> 李花非礼花，
> 老树正焰发。
> 临晚云遮月，
> 倾园雪复家。

金崇才把精力全用在了动迁准备上，猪场砍了，仅剩的一头母猪最后产了一窝水灵灵的猪仔，为了弥补福建人庄园转手给小舅子，对方知留下的歉疚，借机白送给方知一个猪仔。方知揣着明白装糊涂，连声道谢。进了阳历五月，他就欣喜地把猪仔装进口袋里，一拱一拱地拉回来。老孙见了，一句话没说，拿起斧锤就钉了一个猪食槽子，并把猪仔扔进老仇废弃的兔圈养起来。然后，两个人又你扯我拉的，把园子里的菜地用拦鸡网圈上，将各种蔬菜秧子陆续地栽上，应种的二茬、三茬粘玉米、旱黄瓜、油豆角也都在方知母亲的指导下赶节气种上，西瓜和香瓜也扣上了地膜，并栽植了一些地瓜，顺着篱笆墙边种了一溜向日葵。到了芒种，方知又将纸筒里长出十厘米高的倭瓜、角瓜、冬瓜秧移栽到园子里，春耕就圆满结束了。此后每逢节假日，租了菜地的几位文友就陆陆续续结伴到园子锄草、浇水，伺候自己的园田地。更少不了带些烤肉之类的吃食，到大棚里薅些蘸酱菜，劳作之余欢聚一番，诗情画意中享受着田园生活的惬意。蔬菜下来时，文友们就自己来摘，有时来不了，方知就将水灵灵的蔬菜瓜果摘下来，装进后备厢，回城时捎给文友们。小小的庄园，几乎打造成了文友们享受绿色生活的天堂。

　　一天，老万给方知来电话，说要为省城一家有名的刊物赶写一部中篇，问方知能不能到庄园住一段时间。方知说："求之不得，您到小园创作，泥土生辉啊，正好老孙请假，陪小媳妇去外地了，看望她先方孩子，你就到园子住一段吧，写作、看园子一举两得。"老万经常光顾庄园，对庄园的情况十分熟悉，没用方知怎么交代，大门钥匙口袋里也有，就又拿了屋门钥匙，买了一些必要的生活日用品和吃食，绰号"酒迷糊"的老万，怕方知留的酒断溜儿，就自己又带了些，便住进庄园关门搞起了创作。

　　老万住进园子的时候，正值盛夏之际，隐藏在茂密的李园和平房里，不仅消热避暑，而且眼看着一天一个变化，即将收获的李子，以及大面积下来的青菜，犄角旮旯疯长的杂草，无不使人充满激情。除了猫狗陪伴，以及鸡鹊偶尔的鸣叫，又无人打扰，静静的如同世外桃源，老万文思潮涌，进入了紧张而有序的创作之中。每天两顿饭，睡到日头一竿子高起床，第一件事是到李园里转上一圈，呼吸一下清新空气，听听鸟鸣，活动活动筋骨，然后给猪鸡猫狗添食——几乎每天都将这些牲畜饿得嗷嗷叫。然后想吃什么就到园子里去摘，辣椒、黄瓜、香菜、生菜摘回来蘸酱，西红柿、茄子、豆角摘回来在煤气罐上烧炖，或者煲汤，有时又到鸡窝摸几枚鸡蛋回来蒸炒，加上自带的熟食和高超的烹饪技术，生活搞得像模像样，十分的开心。像作家路遥一样，每天早晨从中午开始，吃完便开始写作。老万早年下过乡，熟悉农村生活，又擅长打乒乓球，坚持体育锻炼，身体比较健朗，吃完饭时至午后，他坐在电脑前一气儿就能写到天黑，像农民种地一样，低头耕耘七八个小时，一般情况五六千字，多时一天下来洋洋洒洒近万言，一部以新时期兴办农业农机专业合作社带头人为原型的中篇小说，行云流水一般向前推进着。写作几十年啦，老万感到从来没有这样顺畅过。到了晚上，喂完猪猫鸡狗，他就加一样新菜，将剩菜热热，看着电视上的天下大事喝上两杯，然后累了就休息，有时睡一觉酒醒了就再写，直到午夜，甚至天明……日复一日，酣畅淋漓。

　　一天晚上，自己小酌了几杯，迷迷糊糊之时，只见一名年轻的几乎赤身裸体的女子站在门前发呆，她的身材很曼妙，水灵的大眼睛，乌黑的长头发，却满脸布满了忧郁。他有些难为情，却又忍不住偷窥的欲望。那一刻，他说不清自己究竟是一个偷窥者，还是一个被偷窥者。我可以进屋吗？她不等他回答，径直走进房间，在沙发上坐下来。她好像对这里一切都很熟悉，沉默了一会儿，才开口说话。她说她很喜欢他的小说，包括正在写的这部中篇，并说出了其中的几个细节——她似乎很熟悉。他完全蒙了。没有任何人知道他写的这部中篇，这部还没有收尾的作品从来没有出过庄园，也从来没有向外人谈起过。他说你怎么知道的？她浅浅地笑，说这不重要，可以给杯水吗？他站起身，冲了杯咖啡递给她，她喝了一杯又一杯很浓很苦的咖啡，说了很多很多话，一直说到很晚。她始终没有谈及她是谁，是如何来到这里的。当他下决心要追问到底的时候，一阵电话铃声将他从梦中惊醒，是方知来的电话。方知说："万哥这几天辛苦了，我省城两位大学的老师放暑假，明天结伴要来湿地保护区，看丹顶鹤放飞，顺便到我的庄园采风，他俩一位是著名小说家，一位是著名诗人，明天是礼拜天，又是'七夕节'，有的文友建议在李园搞一次'七夕诗会'，大家也趁机也与两位名家见一面，万哥你说这么安排好不好？"老万说："谁这么有才啊，提这么好的建议，我双手赞成，你那两个老师全国都很有名，我听说过，搞吧，正好今天我小说也杀青了。"放下电话，老万心想怪不得有美女出现呢，原来七夕节要到了，我这是哪辈子欠下的情债，这会儿又来找我！不过梦中这个美女还真有气质……想到这，他打算美梦重温，再会她一会，可再也没睡着，只好拽下被子起床，并喃喃地抱怨方知电话来得不是时候，搅了他的桃花梦。

早晨送尹红上班，夫妻俩在路上商量诗会的有关事宜。尹红说："通知要早点发，大家好有个心理准备。"方知说："我想低调一些，有选择地请几个人，不过于张扬。"尹红说："这次与以往请文友到庄园不同，都知道你那两个老师是名家，又第一次搞'七夕诗会'，挺诱人的，我看好歹都通知到，扔一屯不扔一邻，反正庄园桌椅板凳齐全，多个人多双筷，既然搞了，就大大方方的！"驾车的方知扭头看了一眼妻子，目光里充满感激，说："那行，我回家就拟个通知，相识的文友都发到。还有一件事儿，咱俩都琢磨琢磨，小说家老师书法好，我打算趁机求他题个字，你看园子起啥名好，晚上回家咱俩碰一下。"尹红说："行。"把尹红送到到位，方知和女儿都放暑假，但方卓数学不好，还要去补，不能太贪睡，就叫起来吃饭，然后送去补课了。再回来，方知喘口气，稳稳神，才开始在手机上起草"七夕诗会"的通知：

　　柴扉掩良梦，鸡鸣沾露耕。李红下仙女，七夕邀诗翁。苞米熟了，李子红了，七夕来临了。值此佳日，李园夫妇盛邀各位才子佳人欢聚耕园，品尝家种，把酒唱诗。时间是明天（周六）下午三点，文友们可自行联系搭车，亦可乘201路公交终点下车，上车告知接站。同时请备"七夕"主题诗歌一首，可长可短，可合作，可朗诵他人之作。现场大家相互唱和，李园主人将以李易诗，回赠甜李子若干。能参加请回复，谢谢！

通知写完，方知先发给尹红看了一遍，尹红说行，方知就群发给文友了。不料消息一出，得到积极响应，除在外地出差旅游的，十有八九回复参加。晚上，方卓学习累，两口子边忙活女儿愿意吃有营养的晚餐，边商量了分工。方知早晨负责接站，陪同两位老师到湿地保护区观赏丹顶鹤放飞，中午在路上吃，然后回庄园休息。休息好了起来转，文友到齐了，就烤肉，酒喝开了"七夕诗会"就开始。尹红负责庄园诗会聚餐的准备，主菜还是烤牛肉，是两位老师特意点的，说江城的烤肉天下一绝。尹红说："这样也好，简单，好办置。"方知说："你先跟那家肉嫩料香的'马家牛肉'预约好，明天我们一起去接站，路上顺便取了，我陪两位老师去保护区，中途把你送到庄园，正好老孙大哥和小媳妇明天也回来，加上万哥也在园子，你让他们帮你扣土豆，掰苞米，摘青菜，还是'三炸一焖'，蘸酱菜，纯绿色，大家都喜欢。"尹红说："喜欢喜欢，不把我累死了你是不消停！庄园这几天不知让老万祸害啥样，我明天去光搞卫生这一项，就得半天！孩子还得一个人扔在家！"方知哄尹红说："付出总有回报嘛，客人走了，明天回来我请你和女儿吃火锅！"

吃过晚饭，两口子又开始商量起园名。方知说："南方园林多，如苏州有拙政园、留园、定园，扬州有何园、个园，南京有瞻园，等等，不胜枚举，多数是达官显贵退隐之后休养生息、安度晚年的地方，四季景致也好。咱们庄园活动半年就封了，再说咱小家小户，只是个上班族，无非业余时间去种地休闲，要不是老师们来，珍藏墨宝，机会难得，从来也没打算起什么园名。既然要起，也不能太俗，可也不能太不知深浅，搞个什么留园，定园的。"尹红说："那是，太张扬了不好。"两个人商量来，商量去，想了很多名字，比如百果园、野鸟园、休园、静园、快乐园什么的，不一而足。但怎么也定不下来。难怪，不消说园名乃示人的大事，仅是给庄园起名带给这个家庭的幸福感，也足以使夫妻二人举棋不定啦！

夜深了，夫妻俩园名还没定下来。在房间学习累了的方卓蹦蹦跳跳出来了，贴着父亲的脸瞧一下，拥抱着母亲看一下，眨着眼睛说："你们俩干啥呢？有啥问题我帮你们解决！"尹红说："对，我姑娘聪明，让姑娘给起个名！"方卓去了趟卫生间，出来说："谁像你们俩年纪轻轻就去种地，你说我爸吧，农村出来的，像我爷我奶，农活没干够，有恋农情结，可我妈就让人不理解了，你咋也愿意干农活呢，我看耕种得还挺快乐的，干脆叫'乐耕园'可否？"

此话一出，方知和尹红几乎同时表态，说大姑娘的建议太好了，咱们的庄园就叫"乐耕园"，起名人：方卓！

二十六

七夕之日，蓝天白云，秋意方浓，满园的李子泛红，累累挂满枝头。老孙的小媳妇老段听说家里要来客人，让老孙摘一兜早熟的李子，找个理由逛街躲清闲去了。经过尹红和老万、老孙的一番料理，庄园小院儿里外打扫干净，苞米焆上，烤肉桌备好，自种的西瓜、香瓜、葡萄和红李子摘下来一些，洗净摆桌，一切就绪，只待贵客盈门。

中午，方知拉两位老师回了庄园，介绍与尹红、老万、老孙认识，尹红说："西屋是床，东屋是火炕，两位老师随便住。"两位老师先对庄园赞赏了一番，当然抢了火炕，就午休了。休息好起来，一边尝李吃瓜，品茗吐雾，一边听方知介绍庄园生活的情况。两位老师边听，边频频点头，对眼前这个优秀的学生，不沉迷于醉生梦死的城市夜生活，远离浮躁，到城郊锻炼养生，一致表示了赞赏，肯定说这是一种很健康的生活方式，对当今城里人很有引导价值。然后你一言我一语的，谈起当年与方知一个班的一个男生，因为酗酒，年纪轻轻就过早离世了。另有一位男生因为图慕浮华，争名夺利，结果被牵扯进了一起案子，逃了，至今四五年音信皆无。方知插话说："是，当时听说这个同学去世的消息，对我打击也很大，我就想，改革开放后人们的生活富裕殷实了，可是生活方式不健康，透支了身体，没有一副好身板，幸福感和生活质量也不会提升。"小说家老师虽年过六旬，却一头乌发，容光焕发，看上去五十几岁。他手捐香烟吸一口，指着桌上方知的作品剪报说："你看你这多好，参加劳动身体好了，上班精神头也足了，利用早晚和寒暑假，就把庄园打理了，一解乡愁不说，又将自己的田园之乐和社会之思，写成了很多接地气的好作品。"方知说："写得不好，两位老师多指点。"一旁陪着聊天的老万插话道："方知很勤奋，这几年没少写东西，成绩也不小，庄园真成了他创作的富矿！"诗人老师盘腿坐在火炕上，一边翻看方知的作品剪报，一边夸赞说："这些随笔写得确实不错，猫猫狗狗、种菜植树的，语言像泥土一样朴实，生动细腻，有生活，又透着几分哲理，特别是文章中的一些田园诗，堪称画龙点睛之笔，读上去有一股陶靖节之风……"说着，诗人老师竟抑制不住的，朗诵起方知的《随兴六首》来：

一

潜牖微风醉，
荷锄铲作回。
读床诗圣古，
猫妇两依偎。

二

林鸟枯枝闹，
声甜难译翻。
鸡鸣田树里，
远对和声全。

三

浅梦万空寂，
近秋风凉意。
路平听车勤，
林密隐鹅唉。
窗影妇独舞，
天蓝云全去。
庭园割韭菜，
已闻盒香气！

四

夜酒晨靡蓁，

携妻避市喧。

乐园藏两日，

恍若变神仙。

锄饮餐家种，

修行赖自然。

赋闲强健体，

地远不心偏。

五

樱桃红挂久，

余杏尚绵甜。

早李别枝落，

瓜香裸草间。

菜盛邀至友，

葫圆吊酒仙。

洒汗酿天义，

终得诗田园。

六

伏中蝉入夜，

风晚渐生寒。

剥煮青苞谷，

收拾湛露衫。

邻遮灯下树，

童泣星河天。

能感光阴长，

阑珊历历年。

一口气朗诵完，大家异口同声称赞。诗人老师激动难消，说："桃李不言，下自成蹊，诗歌好差，高下立判！"小说家老师说："你又开始王婆卖瓜了，你的学生吗，没有一个差的！不过话又说回来，三千年读史，不外功名利禄；九万里悟道，终归诗酒田园，方知夫妇俩这种生活方式，的确值得我们反思和借鉴。"小说家老师见尹红进屋来，特意强调了"夫妇俩"，把尹红也说得满面春风，笑着说："几位老师先别唠了，文友们都到齐了，一帮在院里等着呢！"于是，方知和老万便张罗着，陪同两位老师到园子里采风。男男女女，二十几号人，流水一样，打开木栅门涌进园子，园子里一下沸腾了，惊得鸟雀家禽齐鸣不止。尤其爱惜皮肤的女士们戴着太阳镜，打着太阳伞，五颜六色，交相辉映，给果红叶翠、蓝天白云的李园格外增添了耀眼的色彩。

　　大家三三两两的，迁顾着赏花望景。不时还合影留念。方知陪同两位老师，边欣赏，边介绍庄园的果树菜蔬。白发苍苍、风度翩翩的诗人老师问："这么大的园子老孙一个人能伺候过来吗？"方知说："我和尹红早晚也来劳动，锻炼身体。"诗人老师对旁边的尹红赞不绝口，说："方知你娶了一个好媳妇！"这时走到李园的中间水井处，大家争着坐在水井旁的木椅上，在李林掩映下，与挂着压水把儿的水井和镶在地下的水缸照相，别有情致。小说家提议大家与方知两口子合影留念，老万便把大家吆喝在一起，在水井开阔处站成长长的两排，留下一个文友拍照，然后再换下尹红拍，又合一张，算作"七夕诗会"的纪念照。返回时，方知领两位老师特意看了园子东侧的一条菜地，说："这是几个文友分别租种的，有空儿就自己来种，锻炼身体，保证吃上纯绿色。"小说家说："有眼光，将来这是一个方向！憋在省城，真羡慕你们的生活！"方知说："这就是您的家，什么时候来都欢迎，可以在这里住着搞创作，放我们手里浪费了，要是老师在这里一定能写出大作品。"两位老师同时说哪里哪里，以后少不了叨扰。这时走回院里，太阳西斜，三点已过，院里烤肉桌已经摆好，尹红问："开始吗？"方知征求两位老师的意见。两位老师虽然水果吃饱了，不怎么饿，可见来了这么多文友，只能客随主便。方知示意尹红和老孙张罗烤肉，转身对小说家老师说："能否给庄园题个园名？"小说家老师说："没问题！"方知高兴地引两位老师进了西屋，西屋桌上早就备好了笔墨纸砚，小说家老师说："题什么？"方知说"乐耕园。"小说家老师说："这个名字起得好！"然后大笔一挥，众目睽睽之下，以"蚕头燕尾"的隶书，写下"乐耕园"三个圆润大字，并草书落了雅款，署了笔名，然后从包里取出名章，手掌慢压，小心盖上。大家鼓过掌，老万招呼方知和尹红举着字幅与小说家合影，文友们又是一片掌声。

题完园名，方知请两位老师到院外烤肉。院里放了三桌，两个大桌，一个小地桌，方知请大家随便坐，自己与老万陪同两位名老师在院里的主桌坐下，二十几号人三桌正好坐满。老万私下问方知："这么两位名家莅临江城，宣传部和文联作协的领导怎么没出面呢？"方知说："这是两位老师的意思，不让请，一来双休日打扰人家不好，二来官场上繁文缛节的，嫌麻烦，说和文友们在一起随便。"方知接着说："今天你就是主陪，两位老师就交给你啦，我要照顾好文友们。"老万说："应该的。再说在你这里麻烦了十几天，中篇都写完了，我也放松一下，你张罗你的，两位老师就交给我了！"

在老万的张罗下，烤肉顺利地进行，酒也喝得开心。第一杯白酒干完之后，大家建议诗会开始，不然天晚了。有两位文友是江城的著名播音员，一男一女，自然被请上来当主持人。他们先给两位老师敬完酒，各自分了任务，一同唱和开场白之后，"七夕诗会"正式开始。首先站起朗诵诗的是那位喜欢做鬼脸的文友，他说："今天特别高兴，准备不充分，权当抛砖引玉。"说完，就正式朗诵起来：

> 七夕算什么
>
> 牛郎织女鹊桥相会
>
> 七夕算什么
>
> 历史的演绎
>
> 历史的传说
>
> 千万年过去了
>
> 人们还抱着那失去的美好
>
> 匆匆忙忙的聚
>
> 匆匆忙忙的会
>
> 七夕算什么
>
> 算作两情相吸相引
>
> 算作异性期盼过的节
>
> 当风把你托起
>
> 托上蓝天
>
> 你才看到脚下的地平线
>
> 才看到下面是个大大的圆
>
> 要知道

七夕并非是牛郎织女的会

更是我们畅叙友情的会

祝捷的会！

男诗人边朗诵，边做鬼脸，把大家逗得捧腹大笑。大家共同举杯，庆祝他朗诵成功。接下来女主持人问："下面谁献诗？"大家都不应声。突然有人提议由老万朗诵。大家便鼓掌。一鼓掌，老万就坐不住了。他向后推推凳子，站起来，说："好吧，我还真写一首，这十几天，不仅是这十几天，得说从打进入乐耕园这两年，我们羡慕乐耕园的美好风光，接地气的乡野生活，其实从我内心深处，更羡慕方知和尹红两口子共同耕耘的这种心情！可能大家也感觉到了，一边上着班，一边种着地，这可不是谁都能干得了的，这里说有一个乐耕园主修养的问题，还得说有妻子的鼎立支持！"

老万一番话，说得大家频频点头，表示赞同。"我今天上午写了几句赞美方知两口子的诗，希望大家给予掌声。"大家鼓完掌，老万说，"我请男主持人朗诵一段，女主持人朗诵一段。"

脸庞宽阔的男主持人接过诗稿，声如铜钟地首先朗诵道：

当两个人的情感

变成了一条银河

生活就充满了千朵浪漫

万般诱惑

你听，那蛐叫

你听，那蝉鸣

像不像天上的街市

那吵闹的灯火？

瘦削苗条的女主持人，接着以百灵般的声音朗诵道：

听，蛐叫呢

听，蝉鸣呢

黄瓜架下

我们仰望

仰望神秘的星空

寻找，寻找牛郎的倜傥衣着

乐耕园里，我们倾听

　　倾听织女的爱语窃窃

　　哪个不期盼哪

　　哪个不祝愿哪

　　期盼吧，祝愿吧

　　真是有情人

　　只要有春的花

　　何必非要秋的果！

两个人最后合诵道：

　　朋友

　　举杯吧

　　当两个人的情感

　　变成了一条银河

　　生活就充满了千朵浪漫

　　万般诱惑

　　干杯！

　　两位主持人朗诵完老万的诗，大家齐声喊写得好，朗诵得更好！喝完庆祝酒，老万建议省城来的两个老师给大家出一个节目。小说家老师说："别看我不会写诗，不过诗人是现成的！"说完就带头鼓掌请诗人老师出节目。诗人老师并未扭捏推脱，掐掉手里的香烟，起身给大家礼貌地鞠过躬，没有开场白，直接朗诵一首词《乐耕园·七夕》道：

　　雨后初霁，

　　一束阳光披蓝羽，

　　时有雄鸡鸣墟里。

　　李满园，

　　今夜或将仙女诱？

　　斗室贵客，

　　妇烤自种蔬，

　　弄一桌锦绣！

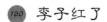

最后一句，诗人老师故意用手在桌上划了一圈，拉着长声，才把"锦绣"诵完，大家捧腹，一起鼓掌，说不愧是大家，写得真棒！接下来，文友们醉意都上来，诗兴也被调动起来，不用主持人点名，就抢着朗诵自己的七夕诗作。院子里一片欢声笑语。一位老大姐没来得及准备诗歌，竟自告奋勇，出了一段舞蹈节目，她抢来身边一位女文友身上的红披肩，裹在头上，打开手机音乐，边唱边跳，搔首弄姿，还不时贴近老万挑逗几下，风骚的举动，逗得大家前仰后合……

场面稍稍安静了下来，女主持人站起来说一位女文友因为外地出差，不能参加，表示很遗憾，特意写几句话发回来助兴，并委托她给大家朗诵一下：

> 李子红，玉米熟，
>
> 乐耕园，诚邀请。
>
> 知日作，红晚耕，
>
> 滴滴汗，硕果丰。
>
> 心底宽，共享羹，
>
> 贤仙聚，夫妇情。
>
> 今生缘，前世牵，
>
> 且珍惜，且前行。
>
> 人在外，心在园，
>
> 耕园会，情永恒。

女主持人朗诵完，两位老师和文友们拍手叫好，呼着喊着，又开始喝酒。这时夜色来临，老孙打开院灯，为各桌换了新木炭，尹红打开墙角的大锅，拣来热腾腾黄灿灿的烀粘苞米，香喷喷的鸡蛋焖子，以及烀茄子、土豆、倭瓜，客人们都伸手抢着啃起来。啃完，又轮流给方知的两位老师敬酒，乐耕园的七夕之夜，沉静在一片欢乐的海洋之中。热闹的场面，恐怕牛郎织女听见了，都要忍不住来凑一凑！

老万酒喝得最多，对方知夫妇连连道谢，反复说李园真是一个能产生灵感的宝地！然后借着醉意就交代了头天夜里的梦，还抱怨方知电话搅了他的桃花梦。大家一听，全都目瞪口呆，随即都说万哥有艳遇了，这是美女来给你送信儿，说不上哪一天真人就来了！其中那个习惯做鬼脸的男文友想象力丰富，说该不会是狐狸精吧，一部现实版的《聊斋》就要上演啦！说完这名文友做了一个妖怪状的鬼脸，又将大家逗笑啦。

大家说说笑笑的，酒喝得尽兴，又有鬼故事，又有到黄瓜架下听牛郎织女约会的，直饮到月升蛐鸣，方才离去。临走，尹红还将事先摘好的红李子，给每个人装上一兜儿，带回家去尝鲜。方知安顿完在江城宾馆住的两位老师，还未到家，一个凤凰县城的高中同学来电话，说几个高中同学下午一起去湿地自然保护区看了丹顶鹤放飞，晚饭吃完了，刚从洗浴中心出来，想邀方知一同去吃夜宵。方知说："同学来了为什么不早告诉我，晚上我请吧！"随即定好到江城最大的新时代烧烤店喝啤酒。方知虽然在李园酒底儿挺厚，但因乐耕园"七夕诗会"成功举办，人逢喜事精神爽，老同学又突然聚会，他格外高兴，就放开了喝，直喝到午夜时分。

第二天早晨，方知强打精神起床，到宾馆陪两位老师吃完早餐，又劝两位老师说来一趟不容易，到附近的景点转一转。两位老师说明天都安排了活动，就不留了，你也累了，好好休息一下，下次咱们省城见。依依不舍的把两位老师送上返回省城的火车，方知打了个哈欠，刚要开车回家休息，手机突然响了，一接通，里面传来老孙大哥憨憨的声音："方知吗，你赶快来园子一趟吧，昨晚下雹子，把李子砸了！"

"下雹子了？严重吗？"

"你来看看就知道了。"

老孙没直说，方知感到了问题的严重性。

二十七

早晨的江城，还浸泡在大水里，俨然成了一座水城。昨夜这场大雨落得酣畅淋漓，新闻播报说足足下了三十五毫米，三十年不遇！多处路段被封堵，积水成灾。方知昏沉沉地驾车赶往庄园，通往省城的公路有一座桥涵，积水严重，已经无法通过，他只好绕道南面的立交桥，从另外一个方向驶往九连，一路涉水而行，惊心动魄。这场猛雨严峻考验着这座城市的排水系统。眼前的情形是，有的轿车已经成了船，车主正在水里挽着裤脚推着车；有的车抛锚水里了，正找来车往外拽着；路上的交警明显多起来，指挥着拥挤的交通，到处是警示牌；晚点的公交车上挤满了上班一族；车载广播里的话题只集中在两个词上："暴雨"、"大水"，据说有的市民已经开始抢购方便面、矿泉水……这么大的雨，方知居住江城十几年了，还是第一次遇见。大雨来得太猛，加之城市排水系统不顺畅，一座百万人口的城市被击打得晕头转向！据说南方最近一个时期也是洪涝灾害不断，被水淹的城市比比皆是，包括京城也是惨不忍睹。不过听说江西古城赣州的"福寿沟"水利工程，排水系统仍沿用宋代留下的，排水效果却很好，同样也遭遇了暴雨，城市竟然没有被淹到！宋代的技术显然没有现在发达，可是现在的排水系统怎么就赶不上千年以前呢……方知驾车在积水中慢慢地游着，飞舞的思绪天南地北地想着。这时，他又想到昨夜那场大雨，当时雨下得确实挺大，可没注意到冰雹啊……他们醉眼蒙眬地从时代烧烤店出来，已经是凌晨。嘈杂的烧烤店门外堵满了人，被瓢泼大雨隔住，街道上全是积水。待雨停了，尚未消尽，焦急的晚归客哪还等得及，纷纷驾车或打出租，一拨一拨离开了。

一场大雨过后，烧烤店午夜的灯火显得格外耀眼。客人们晃晃悠悠奔家去了，他也上了同学带来的"三菱"大吉普车。没走几步，就搁浅在马路中央，变成了水中船。司机显然没见过这阵势，吓得水中停车，幸好没熄火。一会儿工夫，水就淹没了车轱辘，车体被积水击得来回晃悠，一车人的心都吊到了嗓子眼！足足等了半个小时，大水才撤了，大家七嘴八舌的支招儿，司机挂上一挡，大踩油门，汽车像被龙王爷拽着了尾巴，"哼哼"着逃离了低洼处，然后如潜龙归天，在大水冲刷过的街道上飞跑起来。到了旅馆，发现宾馆门前也积满了水，车子不敢过去，只好重新找一家旅馆住下。安顿好同学，他辗转回家已经子夜，不过，昨夜雨很大，可没见下雹子啊，难道是老孙搞错啦？

九连的村路上漫着积水，一片片李林像被洗车的水枪冲刷过，往日翠绿的叶子明显褪色发白，在风中摇曳着。打开车窗，水腥味弥漫着扑鼻而来，方知打个喷嚏，昏沉的脑袋一下被刺激清醒了。随风传来的，还有李林"唰唰"的呜咽声，母亲的失子之痛。当他下了公路，太阳已经升起来了，九连村村通公路上聚集了很多人，三三两两的，交头接耳说着什么。方知顿时感到了异常气氛，这是不祥之兆——往日，果农藏在庄园里忙碌，大街上人影稀少。夏富贵站在路口，正和北邻脑血栓两口子说着什么。方知把车停在路边，急忙问：

"什么情况？"

"这回省事不用卖啦！"脑血栓提着一条病腿，翻着厚嘴唇，露出一口黄牙，调侃着说。老伴本来满脸麻子，现在更显得一脸沧桑地看着他。

"这么严重？"

"进园子看看吧，满地是果，都是秃尾巴老李干的好事！"脑血栓又龇出一口黄牙说。

"这是没辙了，年年遭雹子，啥时候是个头啊！"夏富贵一改含蓄的风格，直接埋怨道。

"啥时候是个头，没头！我都在这儿住十多年了，你见有几年没遭雹子！"脑血栓终于没心情再调侃，没好气地接茬道。

"这里年年遭雹子？怎么能呢？"方知手掐车钥匙，一脸的茫然。

"咋不能？！你没听说嘛，这里是秃尾巴老李回家给它妈上坟的路，一年一次，龙王爷路过的地方你说能好吗！"脑血栓煞有介事地说。

"真是怪事，年年一趟线！早晨八连来人说，八连那边就没遭雹子，雨下得也挺大，离九连也就有一里多地。"夏富贵附和着说。

秃尾巴老李给它妈上坟？下雹子一打一趟线？果农们形容得逼真，方知不觉心里发颤。虽然他是个无神论者，可那一瞬间，也对自己的笃定有了怀疑。怪不得昨夜没见下雹子，那是九连下城里没下！看来自己喝得迷迷糊糊也没记错！方知一阵眩晕，不仅是酒精作用，果农的七嘴八舌，更搅得他心里乱七八糟的。无心再和邻居谈论，深一脚浅一脚的，穿过积水的胡同，他急匆匆进了庄园。大门"铁将军"雨后锈蚀了，老孙半天才从里面打开。他来不及与老孙细谈，就径直进了园子，推开李园白色木栅门的一瞬间，虽然有心理准备，可眼前凄惨的一幕，还是把他给惊住了：昨日累累泛红的果实消失得无影无踪，替代的是满园的泥水，七零八落的果枝！是残枝上悬挂的伤李子，树根下、低洼处、草丛里砸掉的李子！这时，一阵微风吹来，受伤的李林"唰唰"如哭泣，诉说着不尽的哀怨……

目睹眼前的惨状，能想象出昨夜惊心动魄的肆虐场景：电闪雷鸣，风雨雹灾裹挟而来，树枝被"咔嚓咔嚓"的折断，果实被"噼啪噼啪"的摇落，乌云里的"秃尾巴老李"急速而过，威风凛凛地去给母亲上坟去了……

老孙在一旁说昨夜的雹子得有鸡蛋大，早晨鸡架棚顶上还有没化净的雹子！

方知突然有些神情恍惚，半天才镇定下来。他沿踩着地势高些的硬地儿，钻进树林里察看了一圈，眼前的惨状与昨日"七夕诗会"庆祝丰收的情形产生了极大的反差，甚至自己的味觉中还残存庆祝的酒气，眼前却是一片狼藉！这使他的心口陡然堵上了一块大石头，压得喘不过气来。这与他平时庄园里劳动时的感觉有着天壤之别。劳动时是快乐的呼吸，累得气喘也使人愉悦。现在是憋闷，有一种说不出的憋闷。一个夏天辛苦的汗水，就这样付之东流了。即将成为市民口中的鲜果，一霎时被上苍夺走，一场收获的盛宴戛然而止，往日的喧嚣也难以重现了！农民最大的悲哀不是失去锦罗绸缎，而是失去自己的劳动果实。因为那其中饱含着汗水、呵护和梦想。方知从来没有过这种感觉，小时候在老家跟着父母参加播种、收获时没有过，现在作为上班族，按月拿着薪水，过着养尊处优的生活，更不可能有过。这是一种全新的击打灵魂一样的生活体验！他突然感觉自己萌生了一种从未有过的痛苦之感，并且这种痛苦之感很快演变成了一种悲天悯人的情怀——自己尚且挣着一份度命的工资，可九连靠天吃饭的果农们怎么办？一夜之间，收获的盛宴陡然变成了噩梦，他们的痛苦要比自己多上一万倍！

方知不敢再想下去，残局如何收拾？这样的损失能有什么补救的办法，比如补贴，比如保险，比如……站在院子里，他迷茫的远眺已经晴好的天空，从几朵随风翻卷的白云中，寻找着秃尾巴老李的踪迹。这个小时候听父母讲神话故事，就听说过的有着传奇经历的龙王爷，孝敬母亲却以糟蹋苍生为代价，如若这般，这不是犯浑吗……

查看一圈出来，遭受打击的方知，跌跌撞撞的，心情沉重到了极点！老孙看着房东的表情，好像自己没管好园子似的，一遍一遍对这场不幸进行了无以复加的描绘。老孙说凌晨他起来察看水情，发现鸡窝都被水淹了，那只趴窝的老母鸡，领着一群鸡仔从鸡窝里跑出来，冒着水淹死的危险，在水里半蹲着，驮着几十只小鸡仔，后背上，翅膀上，挤满了，那场面，使人感动！

方知没一点儿责怪看门人的意思。老天发威，谁能挡得住！他边听老孙介绍水情，边又来到街上。这时，垃圾堆旁已经堆满了烂葡萄。南邻葡萄园的小柱子，正推着独轮车，愁苦着脸往外推倒快上市的葡萄，一车接一车的，瘸媳妇跟在后面哭泣。

方知尾随着小柱子和哭泣的瘸媳妇来到南面的葡萄园。邻居住着，遭遇了雹灾，他要去安慰一下。进了院子，几千棵葡萄架被砸得稀巴烂，已没了往日壮观的景象。葡萄沟里灌满了雨水，污浊中倒映着葡萄架的影子；青翠的葡萄叶子，被砸出一道道口子；裸露在外的葡萄串子，已是伤痕累累。方知上前抚摸一串受伤的葡萄，发现里面的葡萄粒足有三分之二没有砸到，对小锁子说不要紧，露在外面的砸坏了，里面的还能卖！小柱子的公鸭嗓有气无力地回答说："不行了，今儿早晨我请师傅来验过了，说葡萄不摘掉，伤树，来年就不结果啦！"方知连说那太可惜了！小柱子说贪上了，有啥办法。这时，小柱子瘸媳妇停止了哭泣，对方知描述说："昨晚雨下得吓人！半夜时，我被吓醒了，小柱子穿上雨衣，拿手电筒到园子里看，回来时差点摔倒，我就知道出事了，我急忙下地把他扶上炕，半天才缓过劲来。那不是雨浇的，一个农村人出身，在地里干活多大的雨、多大雹子没碰到过，那是吓的，干一年了，到出钱时候遭一场雹子，谁看谁不迷糊！我现在还晕呢！"

　　说了一些安慰的话，方知又来到后院的邻居脑血栓家。脑血栓的庄园当然也遍地狼藉。见方知来了，脑血栓让方知进屋，方知说不了，径直奔了园子。脑血栓老伴正在泥地里挑拣烂李子，脸上的浅面麻子倒是与满地的烂李子融合了。方知的心顿时又绷紧了。一想起脑血栓老两口，蹒蹒跚跚地伺候果园不容易，一年到头却换来这个结果，他有一种说不出的痛。他不能自已的，心里浮起一个声音对他说，你应该去为果农们去做点什么。脑血栓的一句话提醒了他："小方，你在城里认识人多，你去给问问，咱这果园子能不能上农业保险？"方知很惊讶："受这样的雹灾场部一点不管吗？也没有保险？"脑血栓牢骚道："谁管呢，经常受灾，没看谁给赔一分钱！"方知有些不解，在他的印象里，农业保险已经开始普及了，去年回老家，他就听说老家一个乡的大豆受灾，保险公司还给赔付啦。怎么，果树没上保险？他不假思索地应道："这样，我回城里与保险公司联系一下。"

　　天晴了，巷道晒干了，能走车进人了，一台尼桑轿货车，拉着九连作业区的工作人员，在主任黄帆的带领下，挨家挨户的录像、拍照，查看损失情况。这一举动，使绝望中的果农一下看到了希望——就像孩子在外面被人欺负了，终于有家长出来管一管。

　　方知的怜悯之心也有了一点温度。

　　可黄帆许下一堆愿，领人前脚刚走，脑血栓后脚就骂开了：

　　"都是做样子的货，没一个办真事儿的！"

　　夏富贵劝脑血栓说："生那闲气干啥，你看我，他们乐意咋拍咋拍，咋照咋照，我连寻思都不寻思！"

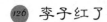

得知场部只是做做样子，一点儿真格的不动，什么补贴啊，保险啊，统统的沾不上边，方知的心一下又凉透了。

他想这都什么年月了，老百姓还要靠天吃饭！

果农们习以为常，苦水自己往肚里咽。初来乍到的方知，却心有不甘。回到学校，他查到一家农业保险公司的电话，打过去询问，女业务员态度和气地解释说，果园保险的险种还没开办，因为损失没法统计。方知问将来呢？女业务员答复说不清楚。

方知嘴上说声谢谢，却一下摊在椅子上，双眼直直地看着棚顶的天花板发呆。朦朦胧胧的，天花板上显现着"农民"、"农村"、"农业现代化"一些字眼，像蒙太奇镜头一样，在他眼前一个一个的滑过。接下来，"秃尾巴老李"的形象又恍惚出现了——马头、鹿角、狗爪、鱼鳞、鸟翼、兽足，这华夏民族的"图腾"崇拜，随着蛇形躯体上下左右摆动，速度越来越快，顷刻间他的脑海里电闪雷鸣，翻云覆雨，鸡蛋大的雹粒从天而落，一齐向他砸来，他感觉自己的脑袋要被砸碎啦！

他本能地用双手护住头，想闭上眼睛安静下来，这时，夏富贵、脑血栓、小柱子和小柱子媳妇哭哭啼啼的形象又出现在他脑海里，果农们站在李园旁边，眼巴巴望着龙王爷肆虐李林而无奈的表情，使他更加的沮丧和迷茫起来……

下　部

二十八

　　一场冰雹，把方知夫妇刚刚建立起来的美好庄园生活给搅乱了。方知的心情，跌落到了从未有过的低谷。对于方知而言，这是从来没有过的人生体验，既与果农们不完全一样，又是纯粹的城里人永远体会不到的。他既是受害者中的一员，又是上班一族对灾难现场的目击者。作为受害者，他与农民们一样，忍受着劳动成果收获之际，被剥夺收获的权力带来的那种无法名状的痛苦——从春到夏，从夏到秋，给李林剪枝、喷药、锄草、施肥，并且常常憧憬着秋天来临时硕果满园的丰收景象，这一切却瞬间化为了乌有！更糟糕的是，这场突如其来的梦魇不是转身就可以溜掉，眼前的问题是满园砸得稀巴烂的李子怎么办？就像一名责任心再差的导演，也要为一个故事的结尾负责，不管你愿意不愿意，不管那结局是多么的悲惨！

　　因为生活与遭遇，如同观众与故事，不管如何交错、撕裂、碰撞和激荡，最终都要各自按照自己的逻辑脉络向下发展，尽管有时候显得是那样的冰冷和无情。

　　重构乡愁大厦的行为是浪漫而宝贵的，但它也容易崩塌。一半用乡愁浇筑的心灵大厦倾斜了，甚至将另一半上班族的光鲜心理也给暂时覆盖了，不管表面上方知如何安慰尹红——这不算什么，也就损失了一个月的工资。可他内心的深处，却无时无刻不在牵挂那些依靠庄园吃饭养家的果农，夏富贵、小柱子、脑血栓……他们本就捉襟见肘的生活，怎么办啊，今年他们注定要勒紧腰带过日子了……他的心头突然缠绕上了一层阴影，庄园生活使他刚刚沉寂一些的心境，又被搅得浑浊和浮躁起来，以致认为自己生活的这个世界，本就没有什么世外桃源，一切的一切，都还是一团糟。本来他是想趁放暑假在家休息的时机，将李子处理掉——找一个小贩子，给上差不多的价钱就一次性批发出去，前几天都邀人来谈过了，现在却要处理这些烂李子！

老孙大哥一直与他心连着心。对于这一点，方知丝毫不怀疑。因为伺候李园付出的辛劳老孙一点也不比自己少！老孙是勤劳的人，不会干面子活，每次他到庄园来，老孙不是在铲地，就是在喷药，总是头缠毛巾，汗流浃背的迎接他。忙这忙那，任劳任怨的样子，谁见了都会心生感动。将心比心，方知也经常给老孙带上一些好吃食，老孙愿意吃肉，他就经常买一只烧鸡，或酱牛肉之类的犒劳老大哥。现在，一反面带笑容、满怀喜悦迎接他的常规，老孙平素一双豆粒大炯炯有神的眼睛，目光呆滞地盯着他看。他清楚，那是老孙通过房东的脸色，在判断对这场突如其来灾难的反应程度！要知道，对于一名收入有限的退休工人而言，对这次突如其来的雹灾，对经济损失的反应远比一名在职的大学副教授反应强烈得多——虽然跟他没有一毛钱关系。可事实是，与房东一样，看屋人所受的精神打击丝毫不浅！

老孙的小媳妇是一个十分机巧的懒妇。见此窘状，只是甜言蜜语、闪烁其词对房东说了几句安慰话，便照旧穿着一身招摇的蓝色碎花裙子，躲进屋里了。憨厚的老孙却始终陪着方知在李园里东瞧瞧、西看看，帮助方知估算着损失。方知手里拿着烂李子对老孙说：

"孙大哥，邻居们都说是秃尾巴老李的缘故，这话你信吗？"

"怎么说呢，都这么讲。开始我也不信，可是九连确实年年遭雹子，周围一里之外的几个连队就砸不着，你说怪不怪？"

"邪门了……"，方知丝毫不信，他是个无神论者，可心里也犯嘀咕，一直想从科学的角度去寻找大自然规律性的蛛丝马迹，却很茫然。

"我看还能挑出一些好的，不行就找人挑好的拣吧，好歹也能卖几个钱。"老孙建议道。

"怎么拣呢？再说怎么卖呢？咱们既没车又没闲人呢，嗨，真是坑人！"一提到卖李子，就刺痛了方知，使他不由想起去年初来乍到卖李子的遭遇。"原来我寻摸今年把整片园子一次包给小贩子，就是少卖几个钱，也行，省心呢！"

听方知这么说，老孙没再说什么。他又蹲下来，挑看被大水冲到一处的一堆挂红的李子，半晌，又说："要不咱酿李子酒？"

方知吓了一跳，说："什么？酿李子酒？这东西也能酿酒？"

老孙说："啥都能酿酒。就是把角瓜发酵了也能酿出酒来。我给我弟弟看草原的时候，那里有两棵樱桃树，红透了吃不完我就摘下来酿酒，味道可好了！"

"是吗！"方知感到口里一股酸水向外溢。

"家里还有，走，你尝尝！"

方知紧忙随老孙进屋，老孙从橱柜里捧出一个小坛子，拿酒杯倒出来一些殷红殷红的樱桃酒，方知呷了一口，甜中带辣，辣中带涩，涩中弥漫着一丝芳香，品尝完，他几乎喊出来："好喝！好喝！"

"这都放两年了，刚酿出来的时候那颜色鲜红鲜红的！"

"李子比樱桃的甜度高，酿出来能不能比上樱桃酒的味道？"

"没事，我看只能强，不能差！"

见有了讨好房东的缝隙，小媳妇从屋里出来了，插话道："反正李子砸坏也不好卖了，拣回来就酿呗，没准儿老孙就能给你变废为宝！"

"小嫂子说得对，我去买口大缸，明天咱们就酿李子酒，天无绝人之路，说不定就酿出一种名酒来！"

死灰复燃一般，方知的心里重新又有了光亮和热度。第二天，他就买回来一口大缸和几袋冰糖，拉着尹红和放假在家的女儿方卓，一起到园子拣李子酿起酒来。尹红拎个竹编小筐，专挑没砸坏的李子拣，单装箱送人或者出售；方知端个塑料筐，单挑砸破皮儿和砸裂的拣，用小推车推回来酿酒。老孙领着方卓，把拣回来的破李子放到大盆里洗掉沙土，然后削去坏处，在帘子上淋干水，倒进大缸里，一层李子，一层冰糖，一大缸足足装了十几箱李子，用去几十斤的冰糖。最后找一块石头洗净压在上面，用塑料封严，就等着出酒了。

"需要酿多长时间？"尹红问。

"十天就能出酒。如果李子肉没酿净，就放些冰糖再酿十天，过滤干净剩余残渣就行了。"老孙胸有成竹。

十天后，老孙找出了酿造樱桃酒时用过的纱网笊篱，在方知的帮助下，将大缸里的李子核一瓢瓢过滤到大铝盆里，李子酒过滤到一个小缸里，颜色橘红，鲜艳诱人，方知迫不及待的尝上一口，微涩中甜甜的果汁味。老孙说现在还不能叫李子酒，还要在阴凉处沉淀一个时期，才能困出酒味。之后每隔十天半月，两人便将李子酒过滤上一遍，反复多次，直到一丁点儿沉淀物没有。一次，文友请方知吃烤羊腿，方知就灌些李子酒带上，文友们尝过了，连连叫好，老万竟尝出了苦、涩、香、辣、甜五种味道，并富有诗意地总结说简直是喝李酒、品人生！没等到春节，十几箱李子酿出的几十斤李子酒，就被抢喝没了。尹红说要知道李子酒这么好喝，砸坏的李子不如全酿酒，何必几百棵树只卖几百块钱，让水果贩子捡了便宜。方知说谁知道李子酒这么受欢迎！老孙见试验成功了，信心十足的插话道：没关系，来年多酿呗！

看房人的妙手回春，不仅使方知夫妇摆脱了李园丧失收获这突然的打击和伤感，而为着李子酒带来的毫不逊色的浪漫情怀，倒对庄园的未来生活更加充满了信心和期待。

二十九

收拾完残秋，当城里人封上门窗，返回城里越冬的时候，果农们心中的阴影却挥之不去，仍被那场突如其来的梦魇纠结着。要么卖不上好价钱，要么遭遇雹灾，很多被种植李子搞得生活窘迫，对致富丧失信心的果农，为着生计考虑，不得不想着法的寻找打破困局的渠道了。

这里我们不能不提起一个看似不起眼，却对本故事的转折发挥重要作用的人物——李老太太。李老太太的最大特点就是消息灵通。方知做梦似的买成老仇的庄园，就归功于李老太太。没有李老太太那天傍晚的指引，方知夫妇十有八九与老仇的庄园失之交臂了。生活就这样充满了偶然性。李老太太之所以消息灵通是因为她的腿勤、嘴勤。老太太六十出头，后找的老伴儿是农垦的退休职工，有工资收入，七十多岁身体非常硬朗，双方儿女都不在身边，老伴儿拿她当个宝儿，饭不用她做，衣不用她洗，鸡鸭鹅狗不用她喂，李园也不用她伺候，可以说嘴上含着怕化，板上供着怕翻，每天晚上还要陪她喝个三两二两的。没什么事儿，李老太太就东家走走，西家串串，听听闲话，传传消息，渐渐人们送她一个绰号——顺风耳。这绰号送给李老太太也是恰如其分。大街上随便刮来一阵风，飘来一句话，都能传到她耳朵里，并很快添枝加叶地传出去。方知驾车去庄园，几次见她手掐着旱烟卷儿，一个人在大街上东张西望。每次碰到她，方知都鸣一下车笛示意，以表对介绍老仇庄园的谢意。李老太太可没想那么多，传递消息只是她的嗜好。不过她认得方知的车牌号，每次听见笛声都摆摆手微笑着回敬，很给力。像李老太太这样的人我们的生活中比比皆是，有时候平添烦恼，有时候又很可爱，生活中没有了这些鹦鹉，虽然少了很多麻烦，可又让你失掉了一些可能对你有价值的信息，抑或是这些闲暇时的东家长西家短，以及闲言碎语所给单调的日子带来的小小作料。因此对于顺风耳们，我们还是采取包容的态度。

立秋之后，果农开始忙活大秋了，对地里的秋白菜、马铃薯、红小豆和玉米等少量的农作物，如期收获，尽量做到颗粒归仓。唯有在土地上不断地劳作和收获，才能缓解和医治千百年来靠天吃饭给他们带来的痛苦。这天，夏富贵"突突突"地开着他那辆破三轮，正和兰香往家里拉他那二亩地的红小豆，路上邂逅了遛街的李老太太。

"我说富贵呀，你咋还整那破玩意呢，还不抓紧挖沟栽葡萄，这回要动迁了！"李老太太三步并作两步，把夏富贵叫住说。

"有信儿了？"夏富贵停稳了车，急切地问，他正为砸烂的十亩李园犯愁。

"你没听说呀，栽葡萄给的可多了，比李子多几倍，抓紧把李子砍了栽葡萄吧！"

说完，不容夏富贵细问，又一溜烟似的来到脑血栓家，说："老高啊，你咋还在家里睡大觉呢，还不把你那破李子砍掉栽葡萄，要动迁了！"

没等脑血栓转过弯来，她又旋即来到小柱子家的葡萄园，手指尖夹着旱烟卷，一边指着葡萄架比划，一边对小柱子嚷嚷，很有范儿，好像她能够收拾旧河山似的。

"你那葡萄栽得太稀了，一米才一棵，两垄之间整那么宽的垄沿儿干啥呀，你说现在动迁一平方米给几棵？"

小柱子正用刀砍葡萄沟沿上闲畦夹种的秋白菜，一手抱着白菜，一手举着菜刀——又风吹日晒了一年，脸晒得跟地皮一个颜色。小柱子不假思索回答道："几棵？两颗一大关！"

李老太太好像知道他猜不着似的，脑袋摇得跟拨浪鼓，拉长声音说，"不——对！你再往下猜！"

"三棵，不可能啊，要是一米栽三棵，那葡萄能长开吗，也不能结葡萄啊！扯淡，扯淡，不现实。"这回轮到小柱子晃脑袋。

"三棵？三棵都不对，是四棵！你不信？"李老太太大嗓门地嚷嚷完，"吧嗒吧嗒"猛抽了两口旱烟卷，然后朝地上"呸"了一口，也不见有一点儿唾液——到处"送信儿"，她嘴里早就干渴了。

"别扯了，说梦话呢！"小柱子土生土长的农村人，小时候爬房檐掏雀窝，上山打野鸡，下水抓蛤蟆，钻园子偷瓜果，啥世面没见过，满脑子狡黠的思想，不是个听风就是雨的主儿。再说他也知道顺风耳嘴上没把门的，说话没根儿，所以他根本不信。

"你不信？不信你自己问去！"

李老太太说完，一甩剂子走了，好像受了莫大的委屈。

顺风耳的话像长了脚一样在九连流传开了。虽然李老太太说话没有可信度，九连无人不知，无人不晓，可自从李子被砸之后，果农们纠结的心理变得脆弱敏感，李老太太的话使他们在黑暗中仿佛看到了一丝光亮，哪管什么真假，无不闻风而动，到处打听求证，找场部问的，到市里托人探听消息的……难怪，这关系到果农们的生计啊！

方知也坐不稳凳子了。他关心的不是补偿，而是动迁对他庄园生活的威胁！这一天，他找到学校的唐教授，唐教授是博士毕业，研究的是城市规划，每次市政府搞市政规划，都要向林业大学借人到规划组，这些年每次唐教授都是抽调对象。唐教授说市政府前不久确实出台了一个动迁补偿方案，不过那是专门用来指导江城东扩的，不知道农垦动迁能不能参照执行，照葫芦画瓢。方知说你方便就给我印一份。唐教授说没关系，这是一个向社会公开的方案，就给方知印了一份。方案一到手，方知就急不可耐地看起来，并且越看越发的目瞪口呆：

葡萄：1 年生陆地定植补偿费为 35 元每株，棚室定植补偿费为 28 元每株；2 年生陆地定植补偿费为 100 元每株，棚室定植补偿费为 80 元每株；3 年以上生陆地定植补偿费为 208 元每株，棚室定植补偿费为 280 元每株。

尤其注意接下来的一段：

棚室葡萄每亩密度不能超过 2700 株，陆地葡萄每亩密度不超过 670 株，超出部分不补偿。

李老太太这次传播的不是谣言，而是确有其事！只是有一点儿出入——

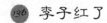
126 李子红了

准确说是棚室比陆地的葡萄动迁补偿高出四倍！棚室葡萄亩密度两千七百株，每亩六百六十平方米，算下来每平方米达到四株，而陆地每亩六百七十株，算下来每平方米只一株！

方知有些晕。别忘了，他也是林业大学的一名副教授，虽然他教的专业不是果木栽植管理，一些林业种植的基本常识他还是掌握了的。更何况，他还是一名实践者，他进入庄园算起来已有两年了，对果树的栽种也有了一些实践经验。他的庄园里老仇留下的葡萄虽然不多，只是门前的几十棵夏黑、小蜜蜂、巨峰和马奶等老品种，用来自给自足，可是他想，一米的距离栽上四棵葡萄，不仅长不开，更谈不上结果！方知百思不得其解，又一个电话打给唐教授，想深入了解，谁知唐教授讳莫如深，并未透露原委，只是强调现在全市动迁就按这个方案执行。方知疑心重重地把方案复印了几份，发给了庄园的邻居们。他想，不管什么原因，这个文件对果农而言都是个天大的好消息！

李老太太见了，努嘴说："等你们看到文件，晚三春了，听我的没错，我老太婆的消息灵着呢！"

三十

金崇才的嗅觉当然比顺风耳灵敏。因为他与连部主任黄帆煞费苦心相交多年。他到九连后，认识到自己人生地不熟，只有拉一个靠山，办起事来才方便，不吃亏。因此就主动与黄帆拉关系，隔三岔五，他就请黄帆到路边的土菜馆喝上一杯，临走，还要给揣上两盒烟。有时，他还打的拉着老黄到市里下馆子，酒足饭饱之后，免不了洗洗澡、泡泡脚、按按摩……一条龙服务。到了杀年猪的时候，金崇才第一个要请的客人也是老黄。方知就是在没买庄园之前，到金崇才庄园吃杀猪菜时认识黄帆的。交下黄帆之后，确实给金崇才出了不少力，天下没有免费的午餐嘛，何况是老狐狸！一次喝酒间，金崇才似乎很随便地谈起了庄园过户的事儿。老黄说这事包在我身上。不久，就给拿来了新的土地经营承包证。上面明晃晃地标着他金崇才的名字。金崇才深知买庄园过户的难度，便偷偷塞给黄帆两千块钱好处费，黄帆认为自己有功受禄，便欣然笑纳了。从此，金崇才只要有事找到黄帆，黄帆便是一路绿灯，连部能办的，他当即就办；不能办的，他就到场部，甚至到农场管局托人办，几乎有求必应。比如搞养殖业办执照，建猪舍搞批件，争取国家养猪补贴……有钱能使鬼推磨，靠着金崇才的一点儿小恩小惠，黄帆就屁颠儿屁颠儿的给金崇才跑腿儿去，没少费心思。

九连要动迁当然是黄帆主动给金崇才通的信儿。那天，场部的连部作业区主任会议刚散，一出门他就拨通了金崇才的电话：

"老金啊，我是老黄，我在场部刚开完会，有个好消息告诉你，你的庄园快动迁啦！"

金崇才正在吉林。金花看外病声名远播，传得神乎其神，不仅省内主动上门看病的人络绎不绝，远来的和尚会念经，她也跑到省外一些城市去给人看外病。现代人说起来也怪，除了一些疑难杂症人类还无法攻克，现在医院的科学技术可以说包治百病，为什么还要像古时候一样去找巫医神汉？过去说是愚昧，现在就不好轻易下结论了。医患关系紧张、治疗费用昂贵、假药泛滥成灾、信誉道德缺失，现代生活节奏快、压力大，精神抑郁，心理扭曲，等等，也不能说没有关系。这次，她就是给吉林一个大老板去看病，据说这个大老板在长春开了一家很大的酒店，资产上亿。老婆担心他在外面养二奶，得了抑郁症，怎么看也看不好。金花去了两次，就妙手回春，给医治好了。这个大老板感激不尽，也垂涎金花的美貌，便出手阔绰地赏给金花一台红色的奥迪轿车。金崇才虽然也参出了一点其中的味道，不过财迷心窍，还是欣然地接受了。对于金钱至上者而言，自尊心有时不值一文。

现在，两口人正乐颠颠地开车在返回的路上。

"有啥好消息啊？"金崇才一听是老黄，急忙找个安全地方将车停下来，他知道，此事非同小可，要认真对待。

黄帆在电话里的一番话，使金崇才有些眼花缭乱了：

"为打造社会主义新农村，利用国家发展城镇化建设的机会，场部70%居民要上楼；并且要硬化路面，建文体中心、医院、幼儿园、人民公园、图书阅览室、老干部活动中心！

"这是好事啊！怎么动迁呢？"金崇才疑惑地问。

"根据搬迁户的意愿，可购买场直楼房，也可在永久保留的居民点安排宅基地建新房。同时，为了解决搬迁户养殖的后顾之忧，农场还将建立奶牛小区、养鸡小区、养猪小区，提供就业岗位。"

"九连啥时候搬迁？"金崇才关心的是自家的所在地。

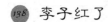

"九连在收费站里面。距离市区太近了，如果动迁九连首当其冲，不会超过三年！我要跟你说的不是九连，而是你的庄园！"

"我的庄园怎么了？"老狐狸两只耳朵一下竖起来了。

"我听领导传达的精神，公路两侧五百米归市政府动迁，这个信儿准啦！你的庄园距离公路不到三百米，在动迁范围之内！"

"政府啥时候动我的庄园？"金崇才急迫地问。

"目前情况还不清楚，不过看样子会很快，一有消息我第一时间就通知你，我还有事，先这样！"

黄帆过去对金崇才透露过，农场归农垦系统管理后，企业负债率很高，各项事业百废待兴。前些年因高速公路建设要通过九连，涉及征地拆迁，加之一些历史遗留问题，矛盾层出不穷，集体上访事件不断发生，影响了企业发展。现在，根据黄帆的描述，借着国家发展小城镇建设的春风，农场也在制定规划，确立形成了以城带区、以区兴城、城区一体的新的企业发展格局，规划相当宏伟，相当有气魄，口号也相当响亮——三年的变化要超过六十年！

憧憬着农场的发展蓝图，金崇才马上意识到了这条消息的分量。他开着金花利用巫术和美貌给他挣来的奥迪车，一改稳健的驾车风格，加大油门，在高速公路上急驰，恨不能一下飞到家。因为，他要把自己的庄园好好规划规划，大干一番了。他回到家做出的第一个决定是：猪不养了，统统卖掉，一头不留！金花不解，邻居们更是丈二和尚摸不着头脑。更反常的举动是，猪不养了，他却将猪舍拔上去一米多高。猪舍拔高后，他又在大地上建起了八栋温室大棚，然后将十亩地的边边角角全部栽上了葡萄。金崇才对黄帆的话坚信不疑，因为他对庄园动迁早就有所风闻——公路的北侧，九连已经开始建设农业科技示范园区，他专门去查看几次。面对在建的一栋栋 70 米的一层小别墅，每家每户一亩地的蔬菜大棚，一亩地的育苗温室，并以低廉的价格对外出售，敏锐的金崇才当时就嗅到了两个信息：其一是如此低廉的价格是一个投资的良好时机，小别墅将来增值的空间很大；其二是他毗邻公路的庄园早晚要动迁，即使江城东扩拓宽道路动迁不到这里，农垦城镇化建设也得动！他第一时间对这个千载难逢的机会做出了反应，他赌上家底购买了两套路北农业科技示范园区的别墅。现在，他马上按照动迁补偿的标准将猪舍拔高，并在耕地里建起了八栋温室大棚——动迁时，这要获取高于耕地几倍的动迁补偿款！这一切他都是悄悄进行的。他认为大张旗鼓不是明智之举。如果邻居们都来跟风，被上面发现了就会采取措施制止这种目的性很强的套取动迁款行为。趁着邻居们还没反应过来，他要先走一步。为此他豁出去了，起早贪黑，不顾命地干活、建设，为了掩人耳目，他尽量不用雇工，靠极少的投入来完成这一项一项艰巨的扩建任务，极具隐蔽性。靠着自己军用体格和对金花的怜香惜玉，他在外面干得热火朝天，却只让金花留在屋里给他做一口热饭，晚上偶尔陪他喝上一杯用野葡萄浸泡的白酒。酒间他经常发挥当年任信用社主任时练就的好口才，当着金花的面，生动地勾勒了美好的明天——等庄园动迁了，赚上一笔巨款，就领她走出这蚊虫叮咬的荒野，搬进城里，住进楼房，让她享受城里人一样的日子，再办个佛堂，清清爽爽看病挣钱。生活环境好了，还有个营生干，女人的心就拴住了。其实，精明的金崇才心里一直打鼓，自己年岁越来越大，金花正是好年龄，眼下房事虽勉强维持，说不准哪一天这个小自己二十岁的女人给自己戴上绿帽子！看着金大哥为了自己的美好生活费着脑子，累着身子，金花常常感动得眼含泪花，体贴入微地侍奉金大哥，可是金大哥毕竟年龄大了，加之整日劳累，体力难支，经常是倒下来便鼾声大作，一觉就是天亮，起床后，又一心一意地干活去了。

三十一

夏富贵得到九连要动迁、葡萄补偿高的消息，连续几晚没睡好觉了。尽管他也对庄园动迁后上楼的生活进行了反复的憧憬，但不像金崇才，对未来的生活已经考虑成熟了。毕竟，金崇才是个当过乡镇信用社领导、见过世面的人，经济实力也不是夏富贵一样普通的果农可以相比的。夏富贵眼下能考虑的，只是动迁的战役，多弄一些动迁款。至于以后一家人的生计，他心里还没有谱，只能走一步，看一步，不行，父子俩就加入打工的大军，中国上亿的农民不都靠外出打工活着嘛！现在，他正立在门前的李林里发呆。时令快到秋分了，李树的叶子渐渐演变成了暗红色，像枫叶一样迷人。太阳西下了，李树叶子与挂在枝杈上的夕阳争红滴血。盛夏里繁茂的景象，日益变得稀疏了，萧条了。一阵微风吹过，听得见叶子砸落在地的声音，大地已附着上了薄薄的一层。被冰雹砸烂的李子，因忙着秋收来不及清理，挂在树梢上的已腐烂发霉，黄昏来临，像躲在空中的刺猬。树根下聚集的烂李子腐烂得更加彻底，俨然变成了一堆堆骷髅，正接受叶子对它的掩埋——往日，绿叶扶持果实茁壮成长，现在又不得不舍身埋葬它！富贵的心情像那落叶一样糟糕透顶。这个一直以为自己很聪明的农民，从来没有过现在这样的心神不宁。怎么办？一千多棵果树啊，八九年的树龄，正是旺果期，按每棵树生产三十斤计算，三万多斤李子啊，能说砍就砍掉吗！这些年，自己和兰香流下的汗水能将李园浇透。剪枝、施肥、喷药、锄草，样样手到，哪棵树枝剪多剪少了，哪棵树是什么品种，他能说得清清楚楚，不差分毫。何况，李园年年放养上百只的大鹅，大鹅喜欢吃草，省去不少铲地的力气，粪便又给李树地增加了肥力，一举两得，良性循环！都是老天爷闹的，动不动就下雹子，李子几乎年年有雹伤——这个秃尾巴老李！你孝敬父母我们不反对，可你从哪走不好，非要从这娇气的李园路过！也是这动迁闹的，葡萄补偿怎么比李子高出好几倍？这叫我们如何是好……他一会儿怨天，一会儿尤人，脑海里一片迷茫，有什么用啊！一切都要靠自己下决心……他蹲下来，从兜里掏出卷尺，缠绕李树距离地面半米高的根部，连续量了十几棵，直径均在十五厘米以上。他在心里默算了一下，每棵直径超过十厘米的李树动迁补偿三百八十元，一千多棵李树补偿不到四十万元，而栽上葡萄，十亩陆地允许栽六千七百棵，如果三年后动迁，每棵葡萄将得到二百零八元的补偿款，那就是一百四十万元，是李子的三倍多！如果再扣上大棚，每亩地允许栽两千七百棵，是陆地的四倍，十亩地能栽两千七百棵，补偿款就将得到五百六十万元！李子和葡萄的动迁补偿相差如此悬殊，地上一个，天上一个，鬼都会动心！可是——真舍不得伐呀，想到朝夕相处多年的李园，瞬间会被毁掉，他一屁股瘫坐在地上，双手抱住头，不愿再去想那凄惨的景象……

"吃饭啦！"他像在梦境中一样被兰香叫醒，怀着既充满希望又充满焦虑的复杂心情，双脚像踩在棉花上，跌跌撞撞地进了屋，却又出了屋，恍惚中差点忘喂西侧猪圈里那几十口快要出手的肥猪。要是栽葡萄，还指望用卖猪的钱，去雇来挖掘机，挖掘掉李树，以及买苗买肥的费用。到了猪舍，发现兰香已经给猪填满了精料，猪正在撒欢地吃着，他心里一动，眼上一股热浪涌上来，每天干完外面的农活回来，两口子有个不成文的约定，兰香负责做饭，他负责喂猪，现在兰香把猪喂了，他知道那是老婆对他表示了极大的理解——让出时间，让他好好考虑是留李子还是栽葡萄这关系全家生计的大事！

晚饭胡乱吃一口，富贵对兰香说："明年把李子砍掉，栽葡萄吧。"

"你拿主意了？"

"拿不拿主意不在咱，这是大趋势嘛！"

"算过了？"

"算过了，得差十几万！"

"算准了？"

"差不了，动迁文件上明摆着！"说完，他又翻出方知给他印的动迁补偿文件，与兰香一项一项又核对了一遍。结果与他自己算的不差上下。

富贵是个心细的人，兰香从不怀疑。可砍李子栽葡萄是天大的事，她无法不上心！

"你打算啥时候挖葡萄沟？"

"明年春耕忙，今年秋天就得抢挖出来备着。"

"那么多葡萄沟，咱俩能挖过来吗，不雇钩机就得雇人！"

"李树根那么结实，不雇钩机你拿手能抠掉啊！"

见富贵说话带着刺儿，兰香没再搭腔，她理解丈夫此刻糟糕的心情，这是一个多么艰难的决定！从打老家搬迁到这里，这些年与这些果树结下了多么深厚的感情啊，一枝一杈，都留下了积年累月的心血和汗水，谁能不揪心！兰香现在又心疼李子树，又可怜自己的丈夫，从打嫁给了眼前这个能事的男人，从老家搬迁到这里来过活，一切事儿都由丈夫做主，她对他非常的信任，这是一个既聪明家庭责任感又强的男人！这些日子丈夫就没怎么睡觉，她能做的，就是尽量多给他一些体贴和爱，可是，他即使睡不着觉，也不碰她，她几次示意他，他也不为所动，唉，都是这动迁闹的，把正常生活都打乱了……

第二天大早，夏富贵两口子又来到地里，把整个地丈量了一遍，和头天算得几乎一样。富贵还不放心，就把葡萄园的小柱子请来，说兄弟，你种葡萄有经验，给我算算，我这十亩地能栽多少棵葡萄。小柱子也不出声，拿起卷尺就帮他量，忙活一身汗，最后出来的结果与他自己量的一模一样，栽的棵数也几乎不差。他还不放心，进屋里呼啦一口饭就去联系钩机，现在，九连的李园里到处是钩机作业的轰鸣声。他随便在附近叫住了一个司机，就引到自己的庄园，让钩机师傅再给算算，能挖多少道葡萄沟，连刨李子树一起需要多少费用。算完发现，跟自己算的也不差分毫！

富贵还不放心，心想这上千棵的李树没那么容易砍掉！现在，他又旮旯胡同的转起来，他要到其他人家取取经，看看大家是怎么干的，没有调查就没有发言权嘛。走街串巷，东张西望，眼前的九连秋收已经结束，家家李树地里铺满了黄叶子。夏日茂密得看不见人的李林，现在从这头一眼就能望到那一头了。一些人家在院子里收拾残秋，做着过冬的准备。一些人家开始搂地里的李树叶子，准备大地结冰时浇灌封冻水。有的葡萄园已经开始热火朝天的雇人埋葡萄。当然，那些将李子砍掉，正用钩机挖葡萄沟的人家是他最想光顾的。转来转去，他钻进离家已经很远的一条胡同，一户人家挖葡萄沟的模式引起了他的注意——从栅栏看进去，只见这家在李树带中间挖起了葡萄沟，李子树却没有抠掉！机敏的富贵马上意识到，这是间种，这是间种葡萄！哎呀！自己怎么就没想到，这家掌柜的可真有头脑，在李树地里间种葡萄一举两得，既不耽误栽葡萄，又不伤李树，天才！也就是从那一刻起，富贵甚至有了一丝自卑感，人们都叫自己"夏小鬼"，看来，人外有人，天外有天，比自己鬼的大有人在啊！他像偷了人家的东西，怀里揣着小兔子扑腾腾地跑回家，把兰香拽到李园，气喘吁吁地道出了自己的意外收获。

兰香听了，反问道："那葡萄能长开吗？"

"你怎么死心眼啊，李树带中间的葡萄沟不按正常的距离挖，正常一米二，咱只挖到 90 公分宽，宽度与两行李树间的空隙处对齐就行，李树剪枝的时候再剪狠一些，活着就行，反正结多少果无所谓，不是被雹子砸，就是稀烂贱，能透风保证葡萄长就赢啦！"

"那么窄的小地方，栽啥葡萄能长啊！"兰香感觉夏富贵疯了。

"栽山葡萄贝达，它皮实，抗折腾，还不用咋伺候，树苗也便宜，底肥也不用上牛粪，成本低，洒几把二胺它就长去吧。这样葡萄沟挖一锹深就行，也省去不少人工。"

"当年能活，第二年，第三年呢，到时候不动迁咋办？"

"我看用不上三年，这地方就得动迁，如果到时候真的不动迁，也有办法，再把李树砍掉，只留葡萄！"

面对一向含蓄、做事沉稳，现在却急不可耐，机关枪一样"嘟嘟嘟"把自己的想法都亮出来的丈夫，兰香一时醒不过腔来。对丈夫有些疯癫的超出她预料的设计，说不出对，倒也觉得是个没办法的办法。嗨，自己对丈夫一向非常信任，他说咋干就咋干吧。过了几天，待李园里的树叶落得差不多了，两个人就把地上的树叶子搂干净，开始自己挖葡萄沟。他们要赶在上冻前，把葡萄沟挖起来，准备明年春天栽葡萄。

三十二

过了小雪，大地上飘落了积雪，尹红说："把那头肥猪杀了吧，把文友们和左右邻居们请过来吃一顿，也省着老孙大哥一天冷冷呵呵地喂养它了。"老孙说："现在杀行了，肉能冻住了。"母亲在电话里说老家也陆续开始杀年猪了。方知说："那就礼拜天杀吧，请个杀猪师傅。"老孙说："不用，我会杀。"

星期六上午，方知就开车拉着尹红和女儿方卓，带上白酒，买了啤酒、青菜，来到了庄园。往日静谧的庄园已是人声嘈杂，热气腾腾。夏富贵正帮助往外面倒脏水，见方知一家进院，说："方哥你看都几点了，你这个东家好像是请的客人似的！"尹红羞红着脸说："可不是咋的，叫他早点他就是不早点。"夏富贵说："嫂子我是跟我哥开玩笑呢，他早来了有啥用，伸不上手，呆着怪冷的。"方知说辛苦辛苦，笑呵呵径直进了屋，厨房里全是热气，看不清人。氤氲中只见老孙穿着他那件油渍麻花的黄军袄，挽着袖子，头上戴顶"一把撸"帽子，正在地中央临时搭起的案板上给肥猪褪毛，白花花，咔哧咔哧的。见此情景，小时候农村杀年猪的景象一下子就浮上了方知的脑海！多么陌生而熟悉的场景啊，杀年猪，那是贫困时期农村的一场盛宴啊！小时候，家里困难，杀不起年猪，一年到头拉扯大的一口肥猪，父亲要赶着牛车，顶着小雪拉到公社，到收猪点交生猪任务，卖出钱来开付完饥荒，才能办些年货。那年月养猪吃不起粮食，他和兄弟姐妹们就轮流到野外割猪食菜，什么苋菜、灰菜、车轱辘菜背回来炖一大锅，然后盛进院中央的一口大缸里，大缸的旁边放一个猪槽子，到了喂猪的时候，添上几水舀子，上面再洒拌一些糠面，吃屎算细粮、饿得精瘦的克朗猪，听到"唠唠唠"的叫猪声，就甩起尾巴嗷嗷叫着跑过来，清汤清水的猪食也"吱吱"的喝，虎狼一样的吞咽。临近卖猪的前半个月，为了能卖上等级，就添加一些麦麸子和豆饼催催膘。猪要卖上等，也要走关系。他清晰记得有一年家里去送猪被人压了等，二等变三等，他至今脑海里还对那个个子矮矮的，嘴巴上留着一撮小胡子，胳膊上戴着套袖，手里攥着剪子，专管给猪验等级的公家人印象深刻，耿耿于怀。

卖完猪，父亲做的第一件事就是到供销社给奶奶买上一斤油茶面，用黄纸袋包着，外面殷出了油印子，香气扑鼻……

几十年的事情，很久远了，又像发生在昨天。现在，自己吃喝不愁，还拥有庄园、杀年猪，在与当年一样的气象里，怀着不一样的心情享受乡野生活，一股喜悦的泪水直往方知的眼眶子里涌。脑血栓在给烧开水，小柱子正准备灌血肠的材料，何成给老孙打着下手，拽着猪腿。方知说大家辛苦了，今天大碗吃肉，大碗喝酒，多喝点，我陪你们喝，不喝好不行下桌，不行耍赖。方知吆喝完又给每个人点上一支烟，然后把车上的酒菜卸下来，搬进屋，换好干活的衣服，就与大家一起忙活起来。尹红把里屋的一张折叠桌子支起来，洗菜、切菜、拌凉菜。方卓没见过杀猪的场面，这边看看，那边问问，还不时地做着鬼脸，发表一番言论说：这也太残忍了吧，好可怜的猪啊！现在的青少年，个性强，不愿与人交往，却都爱惜动物，对动物的感情不亚于甚至超过对人的感情。方知说这就是猪们的最好归属，实现了它们的"猪生"价值。这时候夏富贵和小柱子进里屋坐在火炕上灌血肠，鲜红的血浆，大小猪肠子上下翻腾着，方卓说："好恶心啊！"夏富贵说："丫头，吃时候就不恶心了，你没听俗话说帮帮忙、吃血肠吗，就从这来的！"方知问老孙下午一点能不能准时开饭，老孙说："没问题，你不按一点通知的客人吗，就一点开饭！"方知擦擦手又打电话催促了文友们一遍。临近一点，满屋飘溢着杀猪菜的香味，外面看家的大狼狗叫起来，文友们陆续赶到了，在门外叫喊着来人看狗开门。大狼狗对老万熟悉，不咬他，他先引着大家进了院。一进屋，老万说："真好，有过年的气息啦！"然后说老孙大哥辛苦了，诸位师傅们辛苦了，说完从口袋里掏出了中华烟，给每个人点上，然后帮助大家把带来的烟酒等礼物搬进来，陆续就座。火炕热得烫屁股，城里人都想坐一坐这难得的火炕，为了抢坐，大家吵嚷半天。里屋炕上一桌，地上一桌，招待文友们，选老万当桌长；外屋一桌，招待邻居们，选金崇才当桌长。下午一点整，客人们坐稳了，外面冰天雪地，室内却暖融融的，斟满酒，香气扑鼻的杀猪菜宴席便正式开始了……

这些年，人们生活富裕了，吃大鱼大肉属家常便饭了，山珍海味也不足为奇，可吃上一顿原汁原味绿色的农家杀猪菜，反倒使人们感到无比新鲜。东北的名菜之一杀猪菜好吃也罢，方知喂养的猪是纯粮食绿色的也罢，反正大家吃得异常开心，先是悄无声息"吧唧吧唧"的吃菜声，然后张罗喝酒。

在喝白酒之前，方知先让大家品尝了自酿的山葡萄酒，李子酒，大家赞不绝口，女文友们抢着喝，都说不喝白的了。先生们不同意，老万说你们啥意思，自酿的李子酒、葡萄酒好喝，可今天咱们干啥来了，就是来吃杀猪菜、喝喜酒来了，不喝点白酒说不过去！女文友们经不住老万的一番好言相劝，也都满上了白酒。打完酒官司，方知首先举杯敬酒：

"今天庄园杀猪，文友们前来祝贺，我和尹红表示欢迎！你们的到来，小园增色，蓬荜生辉。两年来，庄园生活给我们带来了很多快乐。他不仅是我家的乐园，更是文友们的乐园，是体验乡野生活、激发创作灵感的宝地！庄园的价值，已经远远超出了经济价值的本身，是城里人走向乡野绿色生活的一块试验田，今年几位文友自己掏腰包，在园子里自种绿色菜蔬，你们说，大家玩得高不高兴？"

"高兴！"包括老万在内来此种菜的四位文友异口同声。

"大家吃得满不满意？"

"满意！"

"好，新的一年即将到来，预祝大家新年快乐，万事如意，干！"

主人说完，老万接着说，他对方知夫妇把庄园办成文友们的乐园给予了充分肯定。说到种菜的乐趣、绿色菜蔬的味道和安全性，更是赞赏有加。特别是自己的小说已经发表，反响较好，还获了奖，庄园功不可没，自己独守庄园创作的日子使人难忘！说到这，有人起哄，说半夜敲门的美人更难忘吧？老万说人生苦短，马瘦毛长，该忘的忘，不该忘的坚决不能忘！说完，大家哄笑着相互碰杯，然后一口干了。接着老万张罗着让大家依次说话碰杯，还没说到一半，人们的酒劲就上来了，皆抢着发言，抢着敬酒，没了顺序，好不热闹。

第一轮酒的热浪方消，方知招呼外屋的尹红进里屋给文友们敬酒，自己则端着酒杯碗筷下地来到了外屋，与尹红打个穿插，换了位置，给邻居们敬酒。方知本来酒量不大，此时明显带几分醉意。他多情地说：

"我的好邻居们呢，还有老孙大哥，大家受累了！没有你们的帮忙，我方知过不上这世外桃源一样的乡野生活！你们说，我来的时候会干啥，别看我是大学教林业的，可给果树剪枝啊，防治病虫害啊，我是理论上的巨人，行动上的矮子，你们都是我的老师，没少麻烦大家！还有什么压水浇地啊，卖李子种菜啊，包括看家护院，现在是老孙大哥来了，否则哪样不是仰仗各位。远亲不如近邻，这两年我对这话是深有体会，有你们在，就是站在讲台上讲课，我的心里也踏实！感谢大家了，向你们致敬，来，干一杯，我先干为敬！"

吃了一口菜，方知舌头有些发硬，接着说："今后大家有什么需要我帮助的，尽管说，我一定尽力而为。你们的事儿就是我方知的事儿，我和你们心连着心。我也是农村长大的孩子。农村的苦，农民的难处我知道，不到万不得已，农民是不会给人添麻烦的。农民多好啊，生活朴素，为人质朴，任劳任怨，礼尚往来，互相帮助，咱们中华民族的稳定、发展和繁荣，很大程度上是依靠农民来支撑的！因为老家有健在的父母，那是两个活神仙，我们当儿女的宝贝儿，我每年都携家带口回老家过年，出来几十年了，年年如此。经常听城里人讲，过年没意思，大门不出，二门不进，放放炮仗，上上饭店，就算完了。农村有意思啊，一些打工的回来了，亲戚朋友一年能见个面，相互拜拜年，吃吃饭，打打牌，虽然没有扭大秧歌的了，不过年味、人情味还挺浓，每次回去我都一解乡愁！回到城里心就能安稳一阵子。可城里不一样啊，人情味淡哪！到江城工作这么多年，我总是转向，不分东西南北，总是别别愣愣的，没有方向感，客居他乡一样的感觉！"

说到动情处，这个地道的农民子弟已经是眼含热泪了！撂下伤感的话题，方知浑身带着缠绵的乡愁又勇敢地给自己满上了一杯白酒——已经喝两杯了，再喝就是第三杯，他平时也就一杯的量。老孙在一旁劝阻，却拗不过酒醉了、心碎了的方知。这时尹红敬完酒从里屋出来了，看着方知的窘态，不容分说，抢下白酒就折进了自己杯里，然后给爱人倒上了一杯啤酒，然后说大家别介意，他喝多了。尹红清楚，这些年跟方知过日子，只要是与农民在一起，方知就激动，啥酒不让喝是不行的。方知没再耍性子，举起啤酒接着说："这两年我到庄园心热乎了，还是农民好啊，跟你们在一起我踏实！来，干喽！"

方知敬完邻居，邻居们又回敬他，又喝了几杯的啤酒。憨厚的老孙担心方知喝多酒误事儿，就劝他回里屋陪客人。方知说："没事儿，人逢喜事精神爽，我感觉还不要紧，我还要与金大哥单整一杯，没有金哥，我就不会买庄园，金大哥是我庄园生活的领路人！再说了，没有金大哥，咱们今天就吃不上这笨猪肉，这是金大哥送给我的猪仔！"金崇才说："咱俩是老乡，多少年的关系，说这些就见外了，我喝了，你就别喝了，再喝就多了。"方知刚要喝，尹红担心方知酒后说出不合时宜的话来，就一把夺了杯子，说："金大哥我陪你喝。"就一口干了。金崇才一脸堆笑着，本来如死人幌子一般的黄脸皮红一阵紫一阵的，那是金崇才又开始小人之心度君子之腹了——当初他把福建人的庄园暗地里卖给了小舅子，做下了不讲诚信的事，就像当初撇下发妻领着小媳妇逃到这里逍遥，虽然是一贯的秉性，喜欢把幸福凌驾于别人的痛苦之上，不过内心深处，也总会心有余悸，不踏实，不自然。

人啊，即使做不到从善如流，可少做恶事，总还是活得坦然！

老孙担心大家都喝多了，去大锅里又给每一桌换盛一盘热乎的杀猪菜，然后坐下来说："大家多吃点，我跟你们说，吃上这猪肉真不容易，这猪差点没跑喽！"听老孙这么一说，小柱子把话接过去了，说："那是呗，你这猪，不叫我那天晚上帮你，黑天半夜的就跑没影了！"大家问怎么回事？老孙说："都怨那猪圈，那哪是猪圈呢，那是兔子窝，猪小的时候还将就呆，长大了有劲了，猪一拱圈就架不住了。那天晚上就拱出来了。我刚躺下，就听外面有动静，我拿电棒出来一照，妈呀，大肥猪拱出来了！跑到园子南头的栅栏边上正往外拱，我当时吓一身冷汗，心想这要是跑到园外大道上去，黑灯瞎火的肯定跑没影儿，上哪儿找去，得赶紧往回截！可是咋赶也赶不回来，它不听我的！我穿个短裤急出满脑袋汗。后来没办法把小柱子折腾来，我们两个人才慢慢把大肥猪哄回圈里去。后来这事儿我没敢跟方知说，心想这猪要是跑喽，我咋向房东交代呀！"小柱子说："是，是，当时我看把老孙大哥吓坏了。"方知说："还有这事，没事儿，老孙大哥，就是猪拱圈跑丢了，我也不能怪罪你呀，谁让我拿人家老仇养兔子的圈养猪了！来，老孙大哥，你辛苦了，咱哥俩再干一杯！"说完把一杯啤酒又喝了。喝完迷迷糊糊的方知觉得应该回到里屋照顾文友了，夏富贵、何成、小柱子三个人摽着他，不让他走，每个人又与方知单喝了一杯啤酒。脑血栓过去喝酒把身体喝坏啦，现在滴酒不敢沾，只是在一旁嘿嘿笑，看热闹。杯刚放下，小柱子带着公鸭嗓子说："方老弟，我还真有事求你。"方知说："你尽管说。"小柱子说："不是我找你，是我弟弟找你，明天我弟弟让你给他个打电话。"方知不假思索，说："行，我有他电话。"然后就回里屋照顾文友去了。从下午一点开喝，喝到掌灯时分，客人们又开始三三两两的拍照，最后照了一张集体相，这才依依不舍的醉醺醺地离去了。临走前，尹红还给每位客人带上些杀猪菜回家。方知喝了很多啤酒，反而有些醒酒了，还特意让金崇才给金花，夏富贵给兰香，分别包两块烀好的熟肉带回去尝鲜。送走客人后，方知问老孙："今天怎么没看到小嫂子老段的身影。"老孙说："老段进城给人家当保姆挣钱去了，实在呆不起了，一周才回来一趟。"方知说："这样挺好，免得在家闲着，人的精神不好，出去干点力所能及的，又赚钱又散心。"然后说，"老孙大哥你养这口猪不容易，挺辛苦的，给你留下一角子肉，前槽后鞧你随便挑，留着过年吃。"另外交代尹红把烀好的熟肉和血肠，多给老段留一些，等她回来吃。老孙说："谢谢了，你们也走吧，剩下的我来收拾。"

三十三

夏富贵拿了猪肉，乐颠颠地回家去了。本来想邻居住着，帮助把猪杀了，吃些新鲜肉，喝几杯酒就回了，没想到方教授还热情地给兰香带些熟肉回来，兰香一定很高兴。一进门，孙子正在炕里玩耍，孙子不仅会爬了，有时还能试着站起来走两步。兰香却坐在炕沿上哭泣。富贵放下手里的肉，带着酒劲儿，边脱棉袄边大声问兰香怎么了，兰香哽咽着一时说不出话来。富贵有一种不祥之感。他吆喝兰香说："你别哭了，天掉下来有地擎着，哭啥，哭能解决问题我陪你一起哭！"见丈夫急了，兰香擦干眼泪说：

"小林来电话说，李丹跟网友跑啦。"

"什么，跟网友跑啦？你咋知道的？"

"小林说李丹走三四天了，跟李丹一个酒店干活的服务生说的，李丹可能是会网友去啦。"

夏富贵的头顶像猛地泼了一盆凉水，一下子醒酒了，心想八成要出事，现在这网恋害死人，前段时间回老家，听说村里有好几个在外地打工的小伙娶的媳妇都跟网友跑了，扔下孩子送回老家，爷爷奶奶帮助照顾，莫非李丹也走了这条道儿？

乡下人娶个媳妇容易吗，我咋能吃这样的哑巴亏！富贵的火"腾"的一下窜上来了，像一头发疯的叫驴，借着酒劲就给儿子挂了电话。小林一听是父亲，就又将话复述了一遍。他说："爸你别难过，我和李丹的缘分到了，走就走吧！"

"你说啥？走就走了？你咋说得那么轻巧呢！那能行嘛！"富贵怒斥儿子道，"小林我告诉你，咱老百姓娶个媳妇不容易，不能说走就走喽。不行，就是追到天涯海角，你也得把她给我找回来！"

"……爸，没那么严重，今天咱们先不唠了，等明天你醒酒了咱们再商量。"说完，电话"吱吱"的忙音了。

出了这种尴尬的事情，富贵的心口像堵上一块大石头。现在的年轻人是怎么了，怎么说闹离婚就闹离婚呢，都是这网络坑害人，男男女女千迢百里说勾搭就能勾搭上！这事怎么也让自己摊上了，想当初没花几个钱就把李丹娶到家，人们都羡慕自己拣了一房儿媳妇，这两年自己始终沾沾自喜，这事儿要是传出去，丢人呢！富贵从来没吃过这么大的亏，打心眼里感到屈辱，没面子，越想心里越没缝儿，一闹腾，酒劲就上来了，躺在被窝里"嗷嗷"一夜也没怎么睡觉。中间吐了一次又一次，搞得兰香不停地给他擦洗……兰香知道，精明的丈夫从来不吸烟，不多沾酒，知道保养身体。要不是碰上闹心事儿，这点酒是不会呕吐的。好不容易把富贵哄睡，兰香点燃一支烟，盯着睡熟的孙子红扑扑的小脸蛋，双眼又溢出了泪花。女人心细，她有几次就感觉不对劲，秋天小林回来过一次，李丹就没回来，小林说她那个酒店不放假。他俩同在省城酒店当服务生，可是不在一个酒店。很长时间了，李丹也没来电话问问孩子的情况，女人要是不变心，咋能连自己孩子都不惦记？造孽呀！要是离了婚，孩子这么小，可咋整啊？

互联网给人类带来了亘古未有的便利，同时也将新的不幸降临到了人间。网恋，眼下多么时髦而普遍的现象。原本夏小林与李丹就是自由恋爱，感情基础甚笃，要不是网络闹腾的，两个人好好打工，挣钱养家，即使没念书成才，干不成什么大事业，也能依靠勤劳的双手，创造美满幸福的生活。农村青年这样的范例比比皆是，怎么能说分就分了呢？信息时代啊，很多事情与传统大相径庭，谁能说得清楚！专家们不常为该继承什么，摒弃什么一直争论不休嘛，何况夏富贵和兰香这样地地道道、没什么文化，整天在地里劳作，几乎与外界不怎么接触的农民！

第二天，富贵早饭都没吃，也没征得儿子的同意，一大早就坐上客车奔赴了省城。他要去帮助儿子找回儿媳妇，他不相信一个大活人说走就走了！上车后，要不是因为找不到小林打工的酒店，他事先都不想给小林打电话，来个突然袭击，逼他乖乖去把媳妇找回来。当爹的心里清楚，碰到了女人有外遇这种事情，几个男人能咽下这口气！老话说杀父之仇，夺妻之恨嘛！给小林打了电话，果然，小林劝阻他不要来。他说我都上车了，你让我跳下去啊！我中午就到，你到汽车站接我！下了车，小林接他去了汽车站旁的一家拉面馆，早晨没吃饭，饿得心慌，他先一声不吭地吃了碗手拉面，然后向服务员要了一壶白开水，慢慢听儿子沮丧地学着事情的经过。

"她工作的酒店在哪里？我去问个究竟！"

"酒店怎么会知道，这是私事儿。再说，她都走好几天了，酒店有规矩，早该把她除名啦！"

"那你给她打过电话没有？"

"开始打过，她关机。这两天没挂。"

"再挂！再挂！"富贵不放过一线希望。

小林又沮丧又茫然地对父亲说："有这个必要吗，她既然选择了离开，那她就不会回头。她就是回了头，爸，我还能要她吗！"

夏富贵一改刚才急促的口气，语重心长地说："小林哪，爸知道你心里不好受，可你要听爸一句劝，别耍孩子脾气，咱农村娶一房媳妇得花多少钱，再说扔孩子咋办！"

"爸你放心，将来我在外边打拼几年，再给您找一个相当的，这两年你和妈在家辛苦点儿，帮我照看一下孩子，我将来赚钱了一定好好养你们的老……"说到动情处，一向坚强的小林眼圈一下湿润了。

无论如何劝，小林坚持不给李丹打电话。好端端的媳妇跟人家跑了，男人的自尊心阻拦他过不去这道坎儿！富贵抢过手机，说："你告诉我号码，我给她挂，我就不信两天半她就不理我这个公公啦！"

拗不过父亲，小林只好把号码告诉了富贵。一拨，还是关机。富贵也绝望了。看来自己跑这趟省城也要无功而返了。

爷俩在汽车站含泪告别，富贵神情恍惚地上了返程的客车——他没心思在儿子那里住上一夜，看看儿子的工作生活环境，和繁华的省城，他急着赶回九连，第二天，又马不停蹄地坐上客车，去了李丹的娘家，他要去找亲家好好唠一唠，好端端的一桩婚姻不能就这么散了……

三十四

夏富贵匆忙赶到李丹老家的时候，正是小兴安岭即将大雪封山的季节。周边黑土地上的农民，因为距春节还有一段时间，打工的尚未返乡，留守的老人们和少有的壮汉，收拾完残秋，将大豆和玉米赶上价卖给小贩子，算完账，留够过河钱，余钱存进乡镇信用社，剩下的时间，就是赶集买买年货，参加有来往人家的婚礼和杀年猪宴席，然后就开始猫冬，老婆孩子热炕头，过上了长达半年的神仙日子。亲家的村子也一样，除了几个破草房上懒洋洋地飘着几缕炊烟，以及一竿子高的太阳光洒在村庄的房顶、街道和柴垛上，场院里鸟雀在觅食，几乎不见人影儿，听不见狗吠，静悄悄的。到了村子另一头的李丹家，在院门处就听见院子里传来嘈杂的声音。进院一看，原来亲家正忙着搬家。看到富贵一脸的忧郁，亲家问发生了什么要紧事。富贵就把经过复述了一遍。当然，他只是说李丹不知去向，孩子在家哭哭啼啼地想妈妈，至于与网友出走的事儿，他只字未提。亲家听了很吃惊，说李丹没回娘家，也没来信儿，这段时间忙搬家，也没跟女儿联系，他还以为两口子在省城酒店打工呢！亲家说先搬家，等人散了咱俩再细说。富贵没再说什么，就夹杂在前来帮忙的村民队伍里一同帮助搬东西。

亲家的两间破草房歪斜着，屋里屋外破破烂烂没什么值钱的东西，除了送人和扔掉的，一小四轮车就拉下了。富贵跟在帮忙村民一起上了四轮车，便“突突突”颠簸着出了村子。不一会儿，就上了平坦的村村通公路，笔直的杨树带矗立在水泥路的两侧。半个小时工夫，四轮车晃晃悠悠开到了公路旁。这条公路富贵很熟悉，连接江城和所属东北部几个县区。每次他回老家都要走一走这条二级公路。四轮没上公路，而是向右转弯，眼前是刚刚铺好的砂石路，看得出来是初冬封冻时，还没来得及打好的水泥路面。这时已经是上午十点整，太阳闪着金光，格外耀眼。紧挨着公路的北侧，一栋栋两层小洋楼浮现在眼前。淡黄色的墙体与阳光交相辉映，海市蜃楼一般。富贵有些晕眩，不晓得来到了什么地方，这种场景好像在西方的电影里看过。小四轮“突突突”吐着烟雾开进了一栋小洋楼的院里，亲家说到家了，招呼富贵下车。富贵眼睛直勾勾的地盯着矗立在眼前的小洋楼看，只见有十几米高、二十几米宽，上下两层，光鲜气派，高贵富态。宽敞方正的院子已经铺平了沙子，周围焊起了一人多高的铁栅栏。小洋楼的左右，都是一家挨着一家的小洋楼，一模一样，齐刷刷的如城里的标准化小区。村民们帮助往楼里搬东西。亲家对富贵说这就是我的新家，你楼上楼下随便看看。富贵恍恍惚惚感觉自己像在梦中，梦里来到一户陌生的大户人家，往日贫薄、孤苦的亲家，摇身一变成了大户人家的富东家……亲家跟他说话，他才惊醒这不是梦，并感到一股极大的气场猛地向他压过来，哪里还敢袖手旁观，把自己当客人，他急忙与村民们一同往屋里搬东西，比装车时干得还卖力气。一边往屋里搬东西，他一边对小洋楼室内的情况进行了一番仔仔细细地观察。一楼前屋铺着乳白色的瓷砖地面，搭了一铺青砖火炕，炕沿边的瓷砖上一块挨一块的镶嵌着"福"字。向后走过四五米的走廊，是厨房，一口大锅炉，一个气罐小灶子，显然都没启用。上了二楼，二楼有一个卧室，一个客厅，也有一个卫生间，在已是充足阳光的照耀下，显得更加整洁亮堂。

像刘姥姥进大观园，富贵晕乎乎地下了楼，只见亲家正拎一个大马勺进了厨房，拧一下自来水，"哗哗"地放满锅，然后"啪"的一声打开煤气罐炉灶，点火烧起水来。夏富贵明白，农村搬家有个令儿，就是搬家搬锅，主人要亲自把锅拿进来点着，烧上水，预示着有锅有饭，财源不断。

"大家先点烟抽上，时辰一到，马上放炮！"此刻的亲家跟换了个人似的，原本黑黢黢的方脸盘，红光焕发，精气神儿十足，屋里屋外地张罗着。富贵来到院里，看到院里的鞭炮已甩着尾巴架在了竹竿上，两个村民一个远远的擎着长竹竿的把子，一个手里夹着烟卷，守候在鞭炮引信的另一头。院子里聚集了很多人，脸上都洋溢着笑容，相互交谈着。到了十一点五十八分，人群里有人大喊一声：

"良辰吉时到，放鞭炮！"

话音一落，"噼噼啪啪"地鞭炮就点燃起来了……

放完鞭炮，亲家把乡亲们让到路边新开的一家挂着一对红幌儿，也是两层楼的饭店，招待乡亲们燎锅底、喝喜酒。全村子在家的村民都到场了，也坐满了三桌。村里的支部书记、村主任，乡里主管城镇化建设的副乡长也都应邀而来。嘈杂声中，迷迷糊糊如同进了世外桃源一样的夏富贵，这才渐渐明白过来，原来亲家是沾了搞城镇化的光，才住上了小洋楼。对这一切，夏富贵太过陌生，也太想了解个中缘由。亲家刚要与他攀谈，突然外面有人喊：念喜嗑的来啦！亲家说那样，待会客人走了，今晚你住下，咱老哥俩唠上他一夜。

亲家仍然把自己当家里人，一股暖流涌上夏富贵的心头。

这时候，院里念喜嗑的已经唱起来：

竹板一打唱天仙，
我带领八仙贺喜来到东家府门前。
南至南海南极子，北至北海老陈禅。
陈禅老祖爱睡觉，两觉睡了八百年，

八百年他睁开眼，西北角下红了天，
……

汉钟离头领班，上身就把红袍穿，
手里拿着烽火扇，
张果老后边就把毛驴牵，
渔鼓就在怀中抱，千歌万曲唱不完。
蓝采和手拿两块阴阳板，
一块正来一块偏。
瘸拐李手里拄着宾铁拐，
身背葫芦一瘸一拐赶的欢。
曹国舅本是一位美公子
手拿横笛吹的欢。
何仙姑本是一位裙衩女，
身上就把花衣穿，
龙凤彩裙腰中系，
足下登的彩云莲，
笊篱扛在肩膀上，
五湖四海捞个干。
……

大车拉，小车搬，
拉到东家阁老府，荣华富贵万万年。
中八仙贺喜归天去，
再把下八仙一位一位往下搬，
前头走的罗圣主，后跟柴王和鲁班，
和合二仙走得快，后边又来二位仙，
杜康造酒刘伶醉，二人携手上了天，
玉皇大帝心欢喜，封他二位陪酒仙。
上中下八仙贺喜归天去，
后跟刘海撒金钱，
金钱撒在阁老府，
富贵荣华万万年。

李子红了

念喜嗑的是一位瘦削的老汉，头上戴一顶狗皮帽子，腰间扎一圈红绸子，身上挎个旧得油渍麻花的帆布包，竹板打得"啪啪"响，嗓子洪亮，底气十足，山羊胡随着唱腔上下抖动。喜嗑唱得圆全，乡亲们听了无不鼓掌喝彩，主人高兴了，多给了几块赏钱，又安排加了一把椅凳，留下来喝喜酒。乡亲们喝得尽兴，一直喝到太阳西斜，暂时没搬进楼的，就呼着喊着，跳上四轮车"突突突"的回村去了，吵闹声惊飞了房檐上归巢的鸟。已经搬进楼住的，连喊带叫送走了客人，也与富贵和亲家打了招呼，晃晃荡荡各自回家去了。带着心事儿，富贵不仅没心情放开了饮酒，同时想如果李丹与网友私奔了，自己与亲家就没啥关系了，哪还有理由留下来，所以也张罗着走。亲家说就我一个人，这么大的洋房，一个人冷丁住进来孤单，你就陪我住住，趁机咱哥俩也好好唠唠。富贵不好硬走，只好客随主便，在新房火炕上沉沉睡了一觉。一泡尿憋醒了，便出门方便。亲家说楼里有厕所，富贵说使不习惯。出了楼，只见天色已晚，西北风"嗖嗖"地吹着，小兴安岭余脉与嫩江平原接壤的大地远处，又圆又红的太阳就要落山了，公路上急着奔家的大小车辆东北西跑，公路旁的杨树带上，隔三岔五地挂着喜鹊窝，几只喜鹊正登在窝旁的树枝上，一边"喳喳"地鸣叫，一边警惕地东张西望。他回头望去，亲家入住的新农村楼群折射着夕阳金色的光芒，楼顶的烟囱排列成行，像火车头一样，有力的向前奔跑，浓烟则不断甩在身后。富贵想，小洋楼上挂烟囱，真是别有一番景象……

晚上，两个中年汉子将剩菜热了几样，边喝边叙谈。

"怎么样，我这楼房？"亲家拔出了穷窝，恨不得满天下人都来夸夸他的新居。

"那还说啥，一步登天，玉皇大殿也比不上啊！"富贵打心里夸赞。

"这都是沾了城镇化建设的光，我们村正在搞新农村建设试点！"亲家喜滋滋地说。

"怎么个搞法？"

"原来三个村集并，新建的居民楼区，按照三个村中心位置，又挨公路设计的。原来的平房一平方米顶一平方米上楼，多退少补。我家的两间破草房你见了，才六十多平方米，这个楼房是二百多平方米，分作两户，我住东侧这一百多平方米，自己又添补不到一半的楼款，不过没多少，才几万块，上面给贴补了一部分。"

"可是，今天给你搬家，我看小四轮开了半个多小时，离村子不近乎，将来……"富贵疑虑家远种地不方便，可又习惯地没把话说完。

亲家明白了他的意思，解释说："现在我们不种地了，都以股份形式入了农业农机专业合作社，合作社集中了几千亩地，村子里几乎都入社了，连片种植，统一耕种，统一销售，清一色儿的大农机作业！"

已经习惯了以家庭为单位的农业生产，对夏富贵来说，农机合作社可是个新生事物！他一头雾水，急切的问："亲家，你别急，慢慢给我介绍介绍，你们村子入社是咋回事？"

亲家端起酒杯跟他碰了一下，咂了一口，脸上溢着骄傲，胸有成竹地说："农机合作社说白了，就是农民把土地折成价，入股，粮食由社里统一买卖。农民土地优先分红，还有参加二次分配的权利。入社的好处，就是农民一起致富，抗风险能力强。土地承包责任制是一家一户闯市场，风险大，不扛折腾。"

"今年收成咋样？"富贵像听山外的传说，急忙问。

"今年我和李丹两口人十二亩地，比自己种，多收入一倍还多！"

"为啥呢？"富贵不解。

"开始我也不信。去年村子里有一些入的，我没入。后来搞明白了，咱们自己种地的时候比较封闭落后，技术、信息、资金都不行。入社后，农民种地'三不管'，社里统一负责筹集资金、买种子化肥农药和粮食销售，降低了种地成本，社里聘请大学生村官负责技术，与村镇银行签订了信贷扶持协议，还有负责信息和跑销售的，年初就签订了大豆、玉米和马铃薯的销售合同，叫什么订单农业，就是说，粮食种下去，就有人包销了，就看到挣钱了，不像过去，农民各自为战，单打独斗，力量单薄，走向市场没经验，深一脚浅一脚！今年我们村百分之九十六的村民都带着命根子一样的土地入了社。根据市场情况，合作社果断调整了种植结构，有一半的土地由大豆改种玉米，虽然遭遇了严重春旱，由于合作社使用大机械作业，出苗率远远高于使用小农机，秋天卖粮一算账，一垧地比往年种黄豆多挣两千多块！担心春旱减产的农民一下子都乐起来了，跟周围没入社的村屯比，我们的收入是最好的。哪有这样的好事，种地籽种、化肥、机器啥都不用管，秋天回来领钱就行了。再说入社的农民，还能放心出去打工，我们村有的农民就全家搬到县城做生意，还有人准备在村里搞蔬菜种植和养殖业，我就打算去养猪。"

"真是不错……可是，要是碰上差年头，靠啥分红啊？"夏富贵又想起了今年庄园烂李子的厄运。

"保险公司要在我们这儿开办农业保险试点，保费合作社统一上交，年头出了问题，保险公司担着，咱农民是旱涝保收，秃头丁子，没冒！"

李丹的父亲是名高中生，平时有读书看报的好习惯，知识面广，观念比较新，看得出来，当年把李丹送到城里读书，是有缘由的。一般的农民，没这个眼光和魄力。他的话题越唠越远，从城镇化、城市化，到城乡一体化，这目前搞得如火如荼的"三化"建设，还唠到了更加时髦的话题，那就是南方个别省份的农村，还试办起了家庭农场……社会主义新农村的前景被这个单身的农民描绘得一片光明。

"亲家，你说这农民住惯了平房，养个鸡鸭猪狗，还能种些青菜吃，我看楼房可没这些地方，能习惯吗？"富贵神情忧郁地问。

"世上的事没有一成不变，十全十美的，那都是老习惯，慢慢就好了，想养想种总是有办法的，广阔天地，大有作为吗！再说，就是不上楼，过去咱们农村那种独门独院的日子就快消失了，这是大趋势，现在一个屯子一大半硬劳力出去打工，闲置的房子歪歪斜斜的，早已没有了过去生产队时热热闹闹的样子。"

"那是啊！现在屯子的人都快走光了，老家已经不是过去的老家了。"自从到九连谋生，每年回老家富贵都会有这样的感慨，并且愈来愈强烈。

两个人正说着，大学生村官进来了。这位眉清目秀的小伙子进屋就抢话到："我是夜猫子进宅，无事不来！"

李丹的父亲急忙起身相迎，将大学生村官让到桌前，坐在自己的位置上，并将他与夏富贵相互介绍了，然后说："兄弟来了，有什么指示？"

"没有！没有！老哥，你今天刚搬家，我特意过来看看，有没有什么困难需要组织帮助解决的？"

"谢谢！谢谢！暂时没啥困难，有困难少麻烦不了你啊！来，一起喝酒！"亲家给大学生村官满上酒，又找把新椅子坐稳了。三个人复又开始把酒叙谈。寒暄一番之后，亲家当着大学生村官的面，对富贵说："大学生村官可是咱们的宝贝儿，没有他们不管的事，大到经济大发展，文明新村的建设，小到谁家有个大事小情，头疼脑热，他们都关心。这小伙子，人好，又精明，又能干！"

"老哥过奖了，我们初来乍到，对农村的很多乡风民俗还知之甚少，还不擅长与农民沟通，有时候说话办事有急躁情绪，容易误解，请你们多多谅解，容我们慢慢来！"

"要不是你耐心做工作，我哪能也入合作社呢！包括这上楼，也都有你的功劳！对了，你视野宽，见识广，你看这农村将来总体上是个什么形势，给我和亲家介绍介绍。"

大学生村官谦虚说不敢不敢，然后起身敬酒，干完，又给两个人倒上，自己也满上，便以温和的口吻，唠起了对农村发展形势的看法：

"的确，'三化'建设是大势所趋，也符合农村、农民、农业的实际情况。正月过后，农村的壮劳力都要外出打工了，留在农村看家的，都是一些空巢老人，留守儿童。城里六十岁的人已经退休回家享受晚年生活了，可咱农村的六十岁以上老人却仍然承担着'壮劳力'的角色，种地、管家、接送孩子上下学，忙得不亦乐乎……我在报上看到过一首诗，写得挺符合农村实际的：青壮营生外打工，老闲留守弱务农。遗屋雪掩冰凌吊，满腹乡愁向远松！"

"尽管如今种粮收入不算少，政府陆续出台了粮食补贴、良种补贴、农机补贴等一系列支农惠农政策，以提高农民种粮的积极性，但城市的生活更吸引年轻人。现在农村青年人都想搬到城里住，享受城市人的生活。据国家统计局发表的报告显示，二〇〇二年至二〇一一年十年间，中国城镇化率平均每年增加一点三五个百分点，城镇人口平均每年增长两千零九十六万人；到二〇一一年底，中国城镇化率已达到百分之五十一点三，全国农民工总量达到二点五亿，而且仍在逐年增加！"

"大量农民都进城了，城镇化和工业化加速推进了，导致中国粮食供需处于'紧平衡'，用咱们农村的话说，就是将打将。造成这一现象的原因，一方面，快速的城镇化在消耗大量优质耕地的同时，也使农村青壮年劳力大量分流，劳动力价格持续上涨，粮食生产却后继乏人。另一方面，随着经济迅速发展和收入增加，中国人的饮食结构快速改变，许多家庭肉类支出的比例已经超出了主粮的支出，使喂牲口的饲料粮需求猛增。粮食需求增加了，种粮的农民反而越来越少了，为此，农村劳动力大量向城镇和工业部门转移，成为制约粮食生产的关键因素！解决明天'谁来种粮'的问题，已是当务之急！"

"土地的适度规模经营是平衡农工收入和留住农业经营者的重要手段。同时，新型农民应是未来种田主体。要增强种粮的吸引力，采取多种措施，让种田农民'现代化'。一方面，要引导大中专毕业生投身现代化农业，打造规模种地新军。另一方面，鼓励进城务工农民返乡当职业农民，培养现代农业从业者。"

"在鼓励农民种粮的同时，还需要推动农业的高效化、集约化发展。如今农民为了提高粮食产量，化肥、农药使用量偏高，影响了粮食和土壤的质量，不利于农业的健康持续发展。粮食安全的内涵不仅仅是产量的安全，还包括粮食的质量安全和农业的可持续发展。"

大学生村官的一番介绍，有一定理论理想色彩，对"三农"的前景勾勒得十分美好，富贵和亲家不完全懂，但也欣慰的频频点头。

大学生村官最后说："城镇化不是农民都进城，进不了城的，就留在农村住楼房，入住干净整洁的新建社区，不比城里差，这就是人的城镇化！江苏有个新桥镇，搞城镇化建设十年了，就是按照'工业向园区集中、农民向集镇集中、农田向种养大户集中'的办法，农民不用进城，统一集中到了镇子里，就地变成了新市民，住楼房，与城市居民一样享受统一的医疗、养老保险政策。现在流行一套顺口溜总结得比较形象，将来我们新农村的美好明天是穿得暖，吃得香，有房住，有领导，能医病，能养老，有权益，冤屈少，有欢乐，风气好，山水美，污染少！"

听了亲家和大学生村官的介绍，夏富贵酒不醉人人自醉了。他这才明白过来，为什么九连要动迁，原来农垦也在走城镇化发展的道路。在亲家的小洋房里，亲家俩躺在暖融融的被窝里，摸着黑，你一句我一句唠了半宿，直到亲家有了鼾声。大脑太活跃，富贵迷迷糊糊的，做了一个又一个不着边际的梦。第二天，亲家在公路上帮他截了客车，他就急急忙忙返回九连了。临别，俩人约定，李丹一有消息，马上互相转告。一路上，他耳畔反复回荡着大学生村官对新农村美好未来的描绘。同时，亲家宽敞气派的小洋房，像雕刻在脑子里一样挥之不去。联想到明年庄园即将改栽葡萄，如果动迁，也能住进回迁楼，倔强而精明的富贵，几日里因李丹出走带来的糟糕心情，渐渐被希望所取代了……

三十五

小柱子的葡萄园是他弟弟十五年前购买的。后来弟弟领着媳妇在江城摆了一个水果摊，挺挣钱，就商量通了在老家种地的哥哥，来帮助打理葡萄园。小柱子的媳妇是个瘸子，人比较刁钻，不好相处，百般不同意。拖了几年，小柱子的一双儿女都不愿念书，家里地不够生活，加上弟弟几次的劝说，瘸媳妇就通了，带着两个十七八岁的孩子到了九连，大点的姑娘到弟弟的水果摊帮助卖水果，小点的儿子买个三轮车跑早市卖菜，他和瘸媳妇给弟弟伺候葡萄园。亲兄弟，明算账，讲好了供吃供喝，一年再给些工钱。开始一年一万，后来一万五，现在涨到两万。头些年哥俩合作得还算好，一个在家种葡萄，一个在城里卖水果，产销一条龙，间或，看准时机再贩卖些时令瓜果，两家人捆在一起干得很心盛。到年末算账，弟弟能一分不差的把工钱全部存到银行卡上交给哥哥。有时收入好了，还多给存个三千两千的，算作奖励。过年时，再杀上两口猪，一大家子人，请上城里的朋友、打工的老乡和邻居，欢聚在一起，热热闹闹地吃上一顿，倒也投来不少赞许的目光。种葡萄的，卖水果的，跑早市的，一幅城乡接合部农民兄弟忙忙碌碌的和谐生活图！

　　弟弟的水果床子也越开越大，把水果摊挪到了江城繁华路段买下的门市房里，再不用站在大街上风里雨里地叫卖。可是天公偏偏不作美，一场雹灾，打雷下雨工夫就使葡萄园损失了五六万块，弟弟卖水果挣的钱贴补了葡萄园的损失，就再拿不出两万块付给哥哥的工钱。生活费有了困难，身为兄长，小柱子心里有困难嘴上没法说，毕竟是自己的亲弟弟遇到了困难！可瘸媳妇不是好惹的，牢骚满腹，常常磨叨闺女出门子了，儿子也二十多了，该说媳妇了，一年累死累活的，两万块的工钱都挣不到手，猴年马月能攒够说媳妇钱？这样下去还不得打光棍！瘸媳妇的担心也有道理，现在农民娶一房媳妇"三金"在外，彩礼少则一二十万，多则三四十万，明码标价！另外，原先要草房，后来要砖房，现在进城打工成婚的都要楼房了！儿子娶媳妇是家中大事，农村过去有句老话——老儿子娶媳妇大事完毕，是说一个儿子娶不上媳妇，老人就不能消停，死都闭不上眼。严峻的现实搞得小柱子左右为难。为了挣几吊子过年钱，葡萄园冬闲的时候，他就到外面找些打扫牛棚的零工，或者做一个牌子到通往省城的公路上当向导，想好维持一个冬天，来年开春实在不行就搬回乡下去。他清楚这只是稳稳瘸老婆的权宜之计，兄弟情深，这么大块家业，哪能说走就走。

　　小柱子弟弟看到了方知给他印的动迁文件。他跟九连作业区的主任黄帆也认识，也打电话进行了咨询。研究来研究去，他发现自己十亩地庄园栽的葡萄太稀疏了，也不是稀疏，就是都按标准栽的，生产葡萄没问题，可按动迁文件给的棵数算账，自己就亏大啦。这还真让李老太太说着了！另外他还发现，自己这十亩地的葡萄如果扣上大棚，那就更不得了——身价倍增！陆地一亩补偿六百七十棵，大棚一亩补偿二千七百棵，多出四倍，这可不是小数目，几百万啊，那是一个什么概念，百万富翁！再说扣大棚的成本钱还单算另给，这是一笔多么划算的买卖！这个靠着自己的打拼，混进城里的农民，一想到当初自己从农村拿着卖房的几千块钱买下的荒滩野地，现在居然要换来几百万，他兴奋得连续几个晚上没睡好觉。他清楚，在这个城市里，唯有赚到大把大把的钞票，才能给打工人争来些尊严！人生在世，还有什么比尊严更重要的呢？自己当初进城，先是在九连的荒滩野地里种地，日出而作日而息，种果树、种蔬菜、养猪、养鸡啥都干过，积攒下几个钱又在城里开了水果摊，现在居然有了自己的门市房，这是过去连做梦都不敢想的事情！开始进城经营水果摊时举目无亲，见谁都矮三分，短三尺，有时碰上个地痞无赖，变着法收费的，敢怒不敢言，磕头作揖，花钱免灾。尤其城管来了，满街卖水果的像耗子见猫，东奔西跑，东藏西躲，常常是水果滚落满街，狼狈之极……买了门市房以后情况就明显改善了，他发现左右邻居对自己的态度一百八十度大转弯儿，自己走路腰杆也硬了，有个大事小情，一切都好办多了。如果葡萄园动迁自己再弄个几百万，买个楼房住上，再买上个轿车开开，我看城里人谁还敢说我们是屯迷糊，泥腿子，瞧不起我们种庄稼出身的农村人！

经过多次的测算、商量，这个现在把尊严看得比金钱还要重要的农民小业主，做出来一个自认为比夏富贵还要英明的决定：扣大棚！他先后请来三拨扣大棚的师傅到葡萄园测算，结果一致，把大棚扣下来至少得花费十万块！葡萄园受了灾，单靠卖水果维持两家人的生活，哥哥一家人的工钱还没挣出来，每次到葡萄园他都不敢正面看瘸嫂子一眼！现在到哪去掂对这笔巨款？这个年轻时长得眉清目秀、大眼睛、大个头的五尺男儿，十几年进城谋生风雨飘摇的艰难经历，与绝大多数农民一样，过早出现了衰老之相，头发花白，皱纹爬满了额头——我们要知道，农民进城经受生活风雨的捶打，不知要比在家种地高出多少倍！因为他们来自贫困的底层、文化缺失的底层、文明不相融的底层！更糟的是，他们的困难不仅仅在于还一时无法融入和改变这个世界，而在于迟迟走不出长久城乡二元结构，给他们带来的自卑心理的阴影！农一代如此，几乎没有希望改变了，这种自卑的心理阴影又传染到了从来没有种过地的农二代、农三代身上！越是在城市无情的钢筋水泥面前，这种自卑就显得愈加强烈！虽然，那鳞次栉比的高楼大厦，不断拓宽的街路，是进城务工的农民亲手一块砖、一锹泥地建设的，可归根结底，城市的辉煌与他们有什么关系呢？那么，接下来的失落、排斥、碰撞和阵痛就是难免的了……中国城乡整合的历史性变革，就这样翻江倒海般的前行着！

搞不到扣大棚的钱，这些日子的一切算计都会是竹篮子打水一场空。小柱子弟弟在脑海里将自己这些年积攒下的人脉统统过滤了一遍，这时他才发现，除了进城的农民，不相识几个能给他办事儿的城里人！过去一直模模糊糊认为，自己俨然融入了这个城市的大家庭，现在看来，自己还只是一个局外人，与城里人还格格不入！这样关键的节骨眼儿，能帮上自己一把的人一个也琢磨不出来，为此他又痛苦，又自卑……

几近绝望的时候，他想到了银行贷款。对！何不寻求一下银行贷款呢？可是要贷款也要找熟人！这年头，没有熟人不办事嘛！就在这个时候，他想到了方知。他与方知接触虽然不多，而且只是关于庄园里的一些零零碎碎的小事儿，可他隐约感到这名大学教授与自己有一个想通的地方，也许，因为同样出身农村吧。试一试吧，自己实在想不出其他办法。方教授庄园家杀猪请了他，因有事他让哥哥参加了，并趁机给方教授捎个信儿，说他有事要找方教授。他有方知的电话号码，可他不好意思主动打，他要看看方知的反应。

可爱的农民兄弟啊，再有难处，也不忘保留自己可怜的一点儿自尊心！

方知也是农民。他的内心深处始终珍藏着农民的朴实和真诚，特别是与农民交往的时候，这种近乎天然的性情与品质，就毫不保留地全然表露出来。就像原野上的泉眼儿，寒冷的冬天里，不论如何的冰封雪盖，泉水也会热气腾腾、抑制不住地汩汩向外喷涌，并且永远是那样的纯净和甘甜！尽管喝醉了酒，他对小柱子的话也牢记在心。第二天上班，就打电话给小柱子的弟弟：

"噢，兄弟，你是说你想贷款吗？"

"是啊，方哥！"

"兄弟，你又想干什么大事业？"

"我想扣大棚，你前段时间不是给我一份文件吗，我琢磨了，还是扣大棚合算，我那十亩地葡萄如果扣上大棚动迁能给几百万！"

"噢……是这样。"方知对两点有些始料不及，一是这个动迁文件对农民如此的重要，动迁真能得到几百万的补偿吗？二是小柱子的弟弟会找自己贷款，要知道，他对银行信贷这个领域，也是陌生的。看来，小柱子的弟弟实在没别的出路了。想到这里，他回答说："这样吧，我找人给你咨询一下。不过，我听说贷款需要担保……"

"这个你放心，方哥，咱自己有门市房，值几十万呢，可用它做抵押！"

"好，我先找人问一问，什么情况我尽快给你回信儿。"

方知一个学生的父亲在工行的一个支行任信贷科长，学生早就对他显摆过，说有贷款方面的事儿他可以相帮。当时他还暗自一笑，心说这个社会，没有关系不办事，潜规则都传到下一代心里了。尹红听说小柱子家要贷款扣大棚，不同意方知帮这个忙。她说的也不无道理，真动迁行了，要是不动迁呢？再说了，现在说扣大棚给补偿多，到时候政府要是变卦了呢？再说了，谁知道他贷款干什么？一连串的问号，说得方知也接不上话茬。不过，以他的直觉，小柱子的弟弟不是那种不三不四的人，加之心底里对农民的同情，第二天，他还是找到那个学生，让他帮忙问问他父亲。谁知，一问，就成了。学生他父亲说，让贷款人直接去找他。后来小柱子的弟弟十万元贷款下来，还给方知打来电话，说事情办得很顺利，银行现在贷款服务态度可好了，可不像过去门难进、脸难看、款难贷了，银行客户经理都有贷款发放任务，贷款不是求他，是他求咱们！他在电话里说过几天要请方知喝一顿，以表谢意。方知说酒就不喝了，你还是把扣大棚的事儿好好谋划谋划，到时候贷款别有什么闪失就行了。小柱子弟弟保证说方哥你放心，开春我就把大棚扣上，到时候动迁整上几百万，我第一件事就去把贷款还上，然后第一个要感谢的人就是你，你可是我们全家人的大救星！

三十六

猪杀了，客请了，冬天里，了却庄园的最后一块心病，方知夫妇还感觉到有什么不对劲的地方，两人一碰头，发现问题出在老孙的小媳妇老段身上。

"小媳妇怎么没回来吃肉？"尹红问。

"老孙说老段去城里当保姆了，听说是照顾一个病人。"

"不对，好像这里有事儿。"女人的第六感使尹红产生了怀疑。

"我也感觉到了，连续几周去都不见小媳妇人影儿，按理说家里杀猪她应该回来，莫不是照顾的病人离不开？"

"我看没那么简单，能不能……"

"不能吧，如果那样老孙能接受得了吗！"

"现在这人，多现实啊，啥接受了接受不了的，老牛吃嫩草，本来就是不把握的事儿，活该！"

"但愿不能……"小媳妇另攀高枝？方知不愿往下想。这有同情老孙的因素，也夹杂着朦胧的对浪漫的老夫少妻生活风景一样欣赏的情怀，当然，最主要的，还是这桩本不牢靠的老少配如果散伙了，随之而来的则是看门人能否安心住在庄园，这个关系自己今后庄园生活的具体问题了。

转眼，新的一年来临了。江城的上班族们，顶着寒风，匆忙做好一年的收尾工作，大餐小聚地喝上几杯辣酒，就一觉睡过两年，沉沉地享受着三天的元旦假期。身后的一年，不管苦辣酸甜，都渐行渐远了。再有一周左右，林大的学生也陆续考完试，即将放寒假了，暂时离开这个增长知识和才干的地方，加入"春运"的队伍，回到天南地北日思夜念的父母身旁。过去，与纯粹的城里人一样，方知会好好睡上几觉，洗洗澡，陪家人逛逛街，再一起到小餐馆吃上一顿美食，假期就圆满度过了，然后上班他会在妻女给新买的日记本第一页上，像往年那样，如果过去的一年没有什么值得总结的大事情，就简单写上"旧年圆满结束，新年顺利开始"的字样，就去安排所负责的学生复习考试事宜了。自从有了庄园，就不一样了——他还要到这个承载心灵的地方，给看门人带上礼物，角角落落安顿一番，一切，才能真正地开始。虽然多了一件事情，可他深知，精神家园安顿好了，灵魂之根稳健地扎在旧年的岁月里，心底没有空虚、忐忑和遗憾之感，才能心安绪定地踏上新的征程。

这好像一个庄严的仪式，那一刻，他的心情无比愉悦和清爽。

元旦上午，风和日丽，前几天刚下过一场大雪，大地披上了一层厚厚的银妆，阳光洒在积雪上显得格外耀眼。年终，单位分了米面油，方知匀一些，驾车拉着去庄园看望老孙。同时，他还惦记一件事儿，就是查验车库的耗夹子打着老鼠没有。入冬前，花费几千块，给车库沾上了苯板，安装了电动门，一来捷达车城里没库，冬天寒冷时可在这里放几天，二来也装饰装饰，老仇建的车库红砖暴露，铁皮门移位关不严实，看着不舒服，尹红凡事讲究，来一次嘟囔一次。可沾上苯板以后，老鼠又出来作妖，肆无忌惮，车库里墙根儿处的苯板，让老鼠嗑咬得像爆米花儿似的，一堆一堆，鸡饲料袋子也嗑得大窟窿小眼儿，叫人恼火。更可气的是，电动门"哗——"的一开，有了动静，老鼠"蹭"地就钻进苯板墙里，不出来，跟你捉迷藏。你耐着性子等，半天，这东西从洞口探出头来，贼眉鼠眼地死盯着你，跟你叫板。你用铁锹把子砸它，它"嗖"的又缩回去，在墙里"咚咚咚"来回跑，像跑火车似的！开始，他和老孙用砖头瓦块封堵洞口，不行。浇水冻冰封堵，也不行，你这边堵上，它换个地方又嗑一个洞，又是一堆"爆米花儿"！买来一个捕鼠器，捕住两次，可耗子个大，成精了，竟然撞开笼门逃跑了。娘听说了，说你那耗笼子不好使，别用了，小样的，还治不住它！于是回家时娘给他拿了一只耗夹子，还显摆说它可是功臣，从开春到秋天，一共打死一百五十六个大耗子，很自豪的样子。当时他想，缴获战果时母亲一定很快乐，因为快乐了一百五十六次，所以娘才能清楚记住打死了一百五十六个耗子！自从新式耗夹子拿回来，下几粒玉米或瓜子当引子，每周都能夹死一个大耗子。老孙说你们家老太太真有一套，早听她的，开春老太太送咱们那一筐小鸡仔，也不会让耗子搬家，影儿都找不着！

　　捷达拐进庄园胡同，照例，他鸣笛叫老孙出来开门。可按了半天，除了尹红新要回来的大狼狗"汪汪汪"叫了几下，其他没一点儿动静。打电话，老孙也不接。方知下车，从大门的锁孔向院子里望去，只见老孙的自行车孤零零支在院子里。大狼狗见是主人，先是"蹭"地钻回门旁的窝里，然后又蹦跳出来，紧摇尾巴盯着主人。敲了半天，还不见老孙开门，他就回车取来钥匙把门打开。他与老孙有个约定，他和文友每人只配一把大门钥匙，来种菜时，老孙和小媳妇偶有不在家，自己能开院门进来，不影响干活。房门钥匙就没必要给文友配制了，主要是为了避嫌。方知进院直奔房门，可房门插着打不开。他绕到窗前手挡阳光向屋里看，只见老孙一个人躺在炕上，一动不动。他敲了几下窗户，老孙也不动弹。这时，他有一种不祥之感，快步来到屋后偏房西侧的窗户下，那里的窗户虚掩着，是为了防备万一留的后手。这个秘密只有他和老孙两个人知道。他跳进屋来，一股刺鼻的农药味扑面而来，他急忙闯进里屋，眼前的情形使他惊呆了：只见老孙躺在炕上口吐白沫，旁边倒放着墨绿色的乐果瓶子！

　　老孙喝药啦！眼前的情形使他无法做出其他判断。

　　他慌乱着上前喊："孙大哥！孙大哥！"老孙只是哼哼两声，就又没了动静。老孙还有气儿，要马上送医院抢救！他上前拽过老孙的胳膊，想把老孙背上轿车，可老孙的身体太沉了，这个平时干起农活来小伙子都赶不上的花甲老汉，现在却重得像一麻袋粮食，让方知无能为力。这里离江城又太远，打120救护车要很长时间，怕给老孙耽误了，方知急忙打电话把夏富贵喊来，两个人跟跟踉踉，把老孙弄上轿车，大门都没来得及锁，就飞车直奔城郊的一家医院。路上，方知想，去年深秋到现在，被弟弟撵出来，老孙领着小媳妇无处可去时住进庄园，前后才一年多，怎么出了这事儿！突然发生的事情，使方知的思绪既急迫，又纷乱……

后座上，夏富贵抱着老孙，一声接一声的呼唤，老孙躺在富贵的身上，像孩子似的反应着微弱的声音。富贵一边唤着老孙，怕他睡过去，一边自言自语道："咋还喝药了呢，昨天我还看见他喂鸡呢，有说有笑的！"

那一定是老孙大哥在强装笑脸！方知猜出了八九分，却没法向富贵挑明。

其实，精明的富贵也猜到了。

该死的小女人，这都是半路夫妻闹的！

车到了医院，把老孙送到急诊室抢救，值班大夫急忙给洗胃清肠，挂点滴驱除毒性。抢救间，方知向大夫介绍说老孙喝的是乐果，不多，也就一瓶底，秋天给李树喷药剩的。大夫说幸亏喝得少，来得及时，才保住了性命。老孙很快苏醒过来，方知给老孙的儿女打电话。不一会儿，在老孙退休的工厂当工人的姑娘儿子，都还穿着蓝色工作服，陆续匆忙地赶到医院。大姑娘一进屋，见父亲捡回一条命，"哇"的一声就哭了，边哭边自责道："爸呀，都是我们做儿女的不好，没照顾好你！"憨厚的儿子则俯在父亲的床前，满脸憋得通红，说不出一句话来。母亲去世十几年了，父亲把唯一的楼房给儿子结婚占了，自己净身出户，半路找个小媳妇出去打游击，做儿女的，也感觉不妥，可都是普普通通的工人，没啥能耐，只能得过且过。谁知搭伙过了六七年，儿女们战战兢兢快要习惯这种生活，以为半路夫妻可以白头偕老的时候，他们担心的事情还是发生了！

老孙彻底苏醒过来后，身体还很虚弱，胃肠受了刺激，大夫不让进食，只能打葡萄糖维持。见房东、邻居、姑娘儿子都来忙活自己，自尊心很强的老孙眼角里一下溢满了羞愧的泪水……

不出所料，老段的确另攀高枝了。回到庄园后，带着虚弱的身体，老孙对方知和盘托出了事情的原委。小媳妇是跟城里一个死了老婆的单身干部好上了。老孙说，开始是给这位五十多岁就患病在家休养的干部洗衣做饭，后来两个狗男女就钻进了一个被窝！老孙说老段干活的地方本来离家不远，可两个多月才回来换一次衣服，他就感觉有点不对劲儿。方知说情况是否属实，这事可不能随便开玩笑。老孙说千真万确，那天杀猪我打电话找老段回来吃肉，她撒谎说病人离不开，我就有预感。第二天我就把杀猪菜送到她干活的楼里，也想趁机看个究竟。开始送老段上门当护理工的时候，那个干部的家我去过一次。这次去正好遇见她和那位干部在楼下菜市场买菜。我躲起来一看，那个干部哪还有病，病早好利索了，两个人嘻嘻哈哈的就跟两口子一样，明白的是老段在骗我！我当时真想上去把老段砍喽，这个忘恩负义、水性杨花的女人，看我岁数大了，榨干了，喝净了，没啥油水了，就把我撇下了！我窝囊啊，我想不开，这六七年我在她身上付出多少啊，我成天把她当成宝养着，一丁点儿罪都没让她遭着，我只管让她看风景、享清福，屋里屋外一切活儿都是我一个人干！

"他俩在一起不一定就过上了。"

"那天她专门回来一趟，把事儿跟我挑明了，把该拿的衣服也拿走了，那个干部就在外面出租车里等着她！"

老孙一边伤心地述说，一边流着苦涩的泪水。

方知对老孙说了很多宽慰的话，然后对来庄园陪他的女儿说你多陪你父亲几天，别让他再出现什么意外。老孙的女儿说方哥你放心吧，我会照顾好我爹的，你不用惦记。方知临走，特意把电话号码留给了老孙的女儿，并偷偷嘱咐说把那什么刀啊，药啊，都藏一藏，受到这么大的打击，防止老孙大哥再想不开，出意外。

交代完，从庄园出来，方知的心头像打碎了五味瓶，说不出是什么滋味……从打老孙领着小媳妇进了庄园，一年时间了，他和老孙结下了很深的友谊，庄园的活计多亏了老孙给撑着，他才过得如此舒坦。老孙心灵手巧，为人真诚。往年园子里种些绿色蔬菜，鸡蹬狗刨，叫人心疼，没办法，只好将鸡圈起来养着，既费料，又不愿下蛋。今年老孙说，这么大块树地小鸡不能溜达，太可惜，不行，我帮你钉拦鸡网。一连几天，他给老孙大哥打下手，一米一米的先钉竹竿，然后又一个一个的在竹竿上拴拦鸡网，足足圈出一百多米长的菜地。从此，鸡鹅可以撒欢的觅虫吃草，菜园也免受"侵略"，安全了，今年菜地获得了大丰收，土豆、地瓜、苞米、豆角、黄瓜、西红柿一应俱全，纯绿色、无污染。特别是，在老孙的帮衬下，文友们忙起来没时间伺候租种的菜地，老孙地旱了浇水，荒了铲草，才获得了收获，使文友们一起享受着庄园的绿色生活。每次想到这些，方知的心都暖暖的。虽然房子是租给老孙的，可为了住着更温暖、更舒服，方知舍得花钱给房子换塑窗，维修房顶，打水泥地面，支葡萄架，翻盖狗窝，给车库包苯板，还计划明年再盖一栋新猪舍。从春到夏，老孙帮他将本就很周正的庭院，修建得越发井井有条，更加可人、迷人。老孙什么农活都会干，木匠、铁匠、瓦匠，样样干得像模像样，再棘手的活儿也难不倒老孙，不用寻思，张嘴就来，伸手就干，条条是道。今年秋天要不是老孙想出了酿制李子酒的好办法，秃尾巴老李给母亲上坟落下的冰雹，会将他的一园李梦砸得粉碎，是老孙力挽狂澜，妙手回春，使砸烂的李子变成了美酒佳酿！老孙还烧一手好菜，做的"扒茄子"，炖的笨鸡、活鱼、狗肉，样样叫绝。有一次他问老孙咋做的，老孙说有时连葱花都不放，把自己气个倒仰儿！老孙烙的饼香软可口，百吃不厌。老孙搬到庄园后，过去一个赶马车的邻居，趁到庄园给老孙送大萝卜的机会，特意让老孙给烙一顿饼吃，说只要吃一次老孙烙的饼，车脚费就免了。老孙很会讲故事，学事情绘声绘色。因为性格耿直，老孙在工厂与领导"对着干"的陈芝麻烂谷子，反反复复跟他絮叨，本应腻歪，却百听不厌。看得出来，每次讲老孙讲完都出了一口恶气，还有那么一点显摆自己当年很英雄的意思。尤其想到在园子劳动，饿得饥肠咕噜时，常常听老孙隔着李树林，从院子方向，老远喊来一声低昂、粗犷的"吃饭啦——！"方知的眼窝就止不住湿润了……

像老孙这样的老年人，在中国每年以几千万的速度增长。他们用大好青春推动了改革开放，也拖带着这个活力四射的国家不得不进入了老龄社会。善始善终是中国人的"五福'之一，方知多希望老孙大哥能有个稳定的家庭，晚年幸福。可是，上帝和生活原本给他的就是一枚苦果。六七年的光景，对于年近花甲的老人来讲，这是最后一段好的时光。老孙用自己勤劳朴实的汗水，由起初的胆战心惊，硬是将这枚苦果浸泡成了甜蜜的生活，谁料又瞬间成为泡影！留下的，除了苦涩，还是苦涩……

生活啊，就是这样折磨着不甘寂寞、心存美好的苍生！

三十七

现在九连最高兴的人当属李老太太。不仅自己道听途说来的庄园要动迁的消息得到了认可，大大树立了自己的威信——平时老伴儿总是用揶揄的口吻说她几句风凉话，讽刺她捕风捉影的本领，这次得到认可之后却对她无话可说，殷勤有加，而且关键是她和老伴要上楼居住啦！过去，上楼的美事儿都让城里人占了，八辈子也没敢想会轮到我们这些地老八！一天，她午睡起来到街上闲逛，晒晒深秋的暖阳，转着转着就转到了北侧通往省城的公路旁。只见路北老郭家的饲料店门前聚集了很多人，一些穿制服的夹在其中。她急忙穿过公路上的车流过去看热闹。看后她兴奋不已：老郭家的饲料店在动迁！平时是东拉西扯，没事聊闲，现在却关系着自己的住楼梦，她发挥能打听的特长，急匆匆地东瞧瞧，西问问，最终得知是市政府在动迁，为的是落实与农垦达成的公路两侧市政府各占五百米宽的协议，老郭家饲料店临着公路，正在动迁范围之内。眼前的情形是，一名穿深蓝制服的动迁干部表情严肃，指挥着、吆喝着办事员一项一项地进行现场确认。办事人员有男有女，有掐尺量的，有拿本记的，有查看房证的，有与郭饲料核对的，一会儿测量路边的房屋，一会儿丈量房屋后面的李园，一会儿盘查李子棵树。包括车库、猪圈、狗窝、鸡架、菜窖、水井、院墙、小菜棚、水泥地面等所有地面附着物，包括水泥地面，逐一核实记录在案。九连作业区的主任黄帆陪同着，拖着个瘦高挑的身材东跑西颠，前后忙活，笑容可掬，十分殷勤、不厌其烦地向围观农民宣传动迁政策，解答疑问，在组织与农户之间发挥着重要的桥梁纽带作用。当得知郭饲料的十亩地动迁能换来两栋楼，另外还有几十万的补偿款，李老太太不敢相信——顺风耳第一次感觉自己的耳朵失灵啦！她去追问郭饲料，满身玉米糠的郭饲料满脸堆笑，说那没错！都签字画押啦！她还不相信，就又去问黄帆。黄帆笑说这可是真金白银，前期动迁的几户钱已经拿到手了。她问路南啥时候动？黄帆说不会超过三年，大娘你就等着住楼房吧，现在回迁房的地址都选好了，目前正在开发商招标，来年开春就要建楼啦！

李老太太乐颠颠地跑回家，两条腿像踩在棉花上，飘飘欲仙。她把正在扫院子的老伴叫住，以最快的速度公布了这一消息。老伴仿佛没听见，仍然没撂下手里的扫帚。显然，他对顺风耳经常不靠谱的话早已习惯了，还是老办法，沉默以对。顺风耳急了，上前一把夺了他的扫帚，沙哑着嗓子大声吼道：

"你个老棺材瓤子，我不骗你，这回是真有好事啦！"

"……"

"你咋就不信呢，我说咱们有好事啦！"

"……狼真的来了？"老伴儿依旧是揶揄的口吻。

"啥狗屁狼来了，是天大的好事来了，咱们要上楼！"

要不是老骨头不禁折腾，顺风耳恨不得跳起来，"我跟你说，老头子，道北郭饲料家正动迁呢，说咱这里三年内也要动！"

"三年……哼，都说几次了，又是三年。"老伴儿依然不屑一顾，继续扫院子。

顺风耳急得嗓子冒烟，她不容分说，也不知哪来的一股子力气，一把将老伴拽进了屋里，摁到了炕沿上，气喘吁吁地说："我跟你说啊，现在郭饲料动迁给了两栋楼，格外还加几十万，咱们家这块地方虽然没郭饲料家的大，但少说也有他一半大小，咋的也能给上一栋楼，另外加上十万二十万的现钱。我跟你说啊，这楼，这钱，咱俩谁也不能给，咱俩就上楼享受，然后拿着钱出去旅游，溜达溜达，也过过像城里人一样的神仙日子！"

老伴儿开始听不进去，见顺风耳说得有鼻子有眼，几乎冰封的心慢慢融化开了，其实，他早就惦记着上楼住一住，一把年纪，也享受享受现代生活的滋味。他现在住的平房条件落后，周围环境脏乱差，到了雨季，小巷常常积水成河，出门就是一脚泥。他和邻居们早就盼望能拆迁上楼，上楼多好啊，天堂一样的环境，不动烟火、室内厕所、有线电视、统一供热供气……可动迁喊了多年，一直也没变成现实，随着年龄越来越大，他越来越觉得这辈子住楼房是一场空欢喜了。现在，带着重新被燃起的希望，当然还有疑惑，他要亲自去打听打听，老伴的话没准儿啊。老汉笑盈盈地来到九连作业区办公室，也就是动迁人员的临时办公点。刚迈进门槛，他就迫不及待地拉起工作人员的手，问起了他最关心的拆迁问题。工作人员详细、认真介绍了拆迁工作的意义和相关政策。一番话，使他连连夸赞政策好，并激动地说："没想到自己活了七十多岁，还能赶上这么美的事！"好像房屋动迁已经也开始。他认真与黄帆进行了攀谈。黄帆殷勤地，给这位为农场发展做过贡献的老职工倒上水，老汉不吸烟，他自己点上，然后一字一板的说："有句老话，说不怕儿女晚，就怕寿命短。我现在改一下，就是不怕住楼晚，就怕寿命短！老大哥，咱们九连就要改天换地喽！过去咱们九连人口多、环境差，既影响居住，又影响咱农垦人的形象。随着农垦城镇化步伐的加快，这种现状将永远成为历史……"

这一次，老汉信以为真了——因为通过黄帆主任的介绍，初步可以确认，农场的城镇化建设的确如火如荼的开始实施了。

现在，老汉不放心地，又来到正在施工的农业科技示范园区现场查看。工地上热火朝天，工人们有的支铁管，有的架大棚，有的运材料，忙得不亦乐乎。一栋栋的新建大棚、温室、工作间即将封顶，农场发展围城经济的重头戏——打造都市观光农业的宏伟蓝图正在紧张地建设之中。

从农业科技示范园区的工地出来，他又来到温泉水打井工地现场，只见井架子耸入云天，电钻轰鸣作响，头戴钢盔的工人们正在清理井下打上来的泥沙。据打井师傅介绍，温泉水打出来以后，回迁楼全部接通，家家户户都能使上三十四度的温泉水！

从温泉工地出来，老汉感慨万千，黄帆的话重又在耳边回荡："让这里的百姓告别破草房、旧砖房，告别以往晴天一身土，雨天一身泥的苦日子。交通、入学、通讯、就医、文化娱乐等设施样样齐全，生活哪点都不比城里差。同时，要农户真正享受城里人的生活，不仅仅是让他们住进漂亮的楼房，重要的是还要解决增收问题，实现在家门口创业、就业，彻底改变农民千百年传统的生活习惯，提高生活质量，跨入现代生活方式……"

随着建设北大荒的大军，辗转到九连，老汉在这儿埋头种了一辈子地，如今土快埋到脖梗了，却要迎接新的生活，他也能像城里人一样，每天到场里新建的休闲广场去健身，到职工活动中心甩上几把扑克，读上几页报纸，日子过得优哉乐哉。想到这，老汉晕晕乎乎感觉像在梦里一样，眼里含着泪花，脸上溢着幸福！

晚饭时老两口相互交换了消息，双双感到风烛残年生活又出现了新的希望。那天夜里，顺风耳做了一个梦，梦见九连新盖的一座现代化生态小城拔地而起，小区赏心悦目，道路四通八达，老年活动中心宽敞舒适，温暖如家，自己和老伴正往新楼搬家，儿女们都回来帮忙，场面好不热闹……

夕阳无限好，只是近黄昏。不过这破天荒要住上楼房的希望，俨然成了两位古稀老人心中最美丽的一道风景啊！

三十八

像南下过冬的丹顶鹤一样，冬天退守回城里，方知两口子又恢复了城市生活。上班，下班，两点一线，偶尔再与同事、同学、文友到酒店吃喝，到歌厅唱歌……人就是这样，厌倦了一种生活，就试图开辟另一种生活；经历了另一种生活，就又试图返回原来的生活。其实，人这一辈子就是在重重复复折折腾腾中度过的，不折腾没滋味，经历了才觉得没白活。而到后来才发现，生活常常又回到了原点。尽管，现在的原点，已经不可能是起初的那个原点了。假如起初的原点不发生任何变化，可人经历了一番风雨之后，再站在起初的原点上思考生活，感受也完全是两个样子。何况一个人不能两次踏入同一条河流呢！

正当方知暗喜自己比果农优越得多，寒冬腊月能猫在暖融融的楼房里，享受养尊处优生活的时候，林大的一次教授评定，又使使他再次对庄园生活心驰神往了。

学校在办公网上公布了新一轮职称评定的校级评审结果，其中申报副教授、副研究员等副高级职称的达六十四人，结果只有二十三人通过了校级评审。令人费解的是，在这轮评审中，很多学术科研业绩评分排名靠前，甚至第一的教师却落选了，一些业绩评分很低的人却在名单之中！学术科研业绩排名第一的教师与方知关系甚笃，意外落选之后，方知能做的，只能是酒桌上的安慰。

"要是科研不行，我们可以努力，要是教学不行，我们可以改进。但现在真的不知道该怎么提高了！"

"可是很多在基本条件上都涉嫌造假！什么论文、著作、科研成果、项目、奖励、专利，很多都是走关系花钱买来的！"

"既然按关系、按行政职务评审，那学术科研业绩还排哪门子的名！当官的都评上教授了，谁来搞科研！"

方知是过来人，深深领教过学校教授评审中的暗箱操作问题。优秀教师说的一点不差，过去评副教授条件符合了陆续都能评上，现在如果不走关系，如同评教授一样难！当初他就劝他要去走走关系，可是他说自己上面没有关系，就是有也不去走，凭什么？自己学术科研成绩第一，他要是评不上，其他人还有资格评上吗？方知劝导说时下光靠业绩好有什么用，没关系一切等于零！方知对此早已心灰意冷，但毕竟幸运地靠实力晋升了副教授，不能看着业绩比自己高很多的好友固执下去，吃眼前亏。他常有一种光天化日黑白颠倒，朗朗乾坤是非难辨的切肤之痛！自己进入庄园生活，不能说不是一种独善其身的逃避。可好朋友的遭遇，他只能善意妥协，好言相劝，说什么识时务者为俊杰，现在人只看结果，不重过程，胜者为王，败者为寇，不管你是采取什么手段上来的，上来就好，云云。这番话，要是几年前，他是说不出来的，因为那时他还没把这个世界想得这么糟！现在，这番话像是对好朋友说的，又像是对自己说的，抑或更像是对这个世界说的……

优秀教师跟当年的自己一样，说什么也听不进去，结果……难怪，他不仅学术科研业绩排名第一，而且教学水平也是得到公认的，他怎么能想得通！

"我要去告状，我要去申述！"优秀教师一杯酒下肚就醉了，激动地说。

"有用吗，搞不好以后你会很难做人！"

方知将烂醉如泥的可怜的优秀教师送回家，自己辗转反侧，难以入眠，非常的痛苦。现在的一切是怎么了，怎么糟到这个样子！本末倒置，真伪难辨，人心不古，世态炎凉……很幸运！自己早早觉悟，没有在评审教授的问题上纠结，要知道，评教授比评副教授更有讲究，否则自己同样身受煎熬！

让方知隐隐感到不安的是，作为教书育人的大学校园，这个样子多么可怕啊，学生们是祖国的希望，面对身边发生的种种不平，他们还会相信规则能战胜潜规则吗？还会相信正义能战胜邪恶吗？还会相信德厚传家久，诗书继世长吗？

在满眼欲望的城市里，我们在追逐名利的同时，也迷失了自己！

还是庄园好啊！只闻花香，不谈悲喜，读书种田，安度朝夕。阳光暖一点，再暖一点，日子慢一些，再慢一些，享受宁静、自然、公平，你劳作了，一定就会有收获。小苗浇过水的就会苗壮成长，没浇水的就会枯萎；锄过草的就会苗壮的成长，没锄草的就会草欺苗萎；施肥的就会苗壮成长，没肥料的就会瘦削单薄；栽下的马铃薯种子就会长出绿色，开着白花，残剩的就会被遗弃在角落发芽发霉，直至腐烂——

丢弃墙角的一半
变成了腐烂的泥土
苍蝇横飞
惨不忍睹

种在地下的一半
已经绿苗冲天
正朝气蓬勃的
奔往收获的秋

一筐土豆
两种命运
缘于平常的背后
有一双看不见的手

被优秀教师的命运影响着，方知恨不得马上冲出使人憋闷的城池，尽快回到自己的庄园！

春节即将来临了，春节之后，就是春天了。春天来了，他就又能拥抱大自然了！

北方农村有个习俗，收拾完残秋，正式进入冬闲时，便家家户户"淘米"，蒸粘豆包。黄灿灿的粘豆包，象征着五谷丰登。春节前，方知像小时候在父母身边一样，也开始张罗着自己"淘米"，包粘豆包，一来为深入浸淫乡俗民风，二来也庆祝庄园五谷丰登，来年的一切有个好兆头。他跑到庄园将秋天吃剩的粘苞米装进袋子，拉回楼上，晚上边看电视，夫妇俩边说说笑笑的戳苞米粒。方知说这在过去农村干过的活，现在居然又重新捡起来了，并让尹红给他拍照戳苞米粒的样子，满脸荡漾着得意的笑容。然后买来一些大黄米，再打电话给乡下的母亲，问清楚勾兑的比例，两个人便配合着将粘苞米使温水淘洗干净，利用一天两夜的时间淋干，再用凉水淘洗好大黄米，一会儿淋干，就一个人拉去城郊的米坊粉面子。路上，遇到蹦爆米花的，用吹风机吹着煤火，烘烤着如同冬瓜一样的炉膛，炉膛里盛着苞米。蹦爆米花的师傅端坐在木凳上，满脸被烟火积年累月地熏成了锅灰色，只露一口白牙，一手摇手柄，一手钩炉火。目睹眼前的一幕，一下勾起了他在过去困难的日子，口袋里揣着蹦爆米花去上学的美好回忆。乡愁瞬间跃然心头！他急忙把车停在路边，留下几斤粘苞米，交了加工费，便去米坊粉面子了。到了米坊，挤满了郊区粉面子的农民，与米坊师傅打了招呼，排队等待。轮到自己，按师傅指挥，先过秤，然后将一塑料袋子粘苞米和一方便袋大黄米，先后倒进大笸箩里搅匀，师傅"嗡嗡"开动机器了，他就一戳子一戳子细嚼慢咽地填进粉碎机的肚子，不一会儿，就磨成了金黄的面子。满身白色粉尘的师傅趴在满是白色粉尘的地上，从镶在地下的柜子里，将粘米面子一戳子一戳子的戳出来，倒进袋子，系好。方知交了加工费，与米坊师傅告别后，便满面春风的拎上车，往回赶。到了蹦爆米花的街口停下，师傅说马上就好。他来了少年时的瘾，说我帮你摇几下，就坐下来像模像样地摇起火来。还请师傅用自己的手机照了相，留做纪念。师傅说好了，他躲到一旁，只见师傅拎起灼热的炉膛，转身伸进一个长筒丝网袋子里，然后长声大喊："蹦来——！"接着用力一压手柄，"砰！"的一声，白花花的爆米花就从一股热浪里钻出来了，天女散花一样的景象。回到家，尹红说你怎么跟小孩似的，还蹦起爆米花来了，然后喜笑颜开地打开塑料袋子，抓一把就吃起来，边吃还夸爆米花酥甜。吃过爆米花，两口子又请教乡下的母亲，尹红就烧开水，先捧几捧干面子用盆勾芡，筷子搅拌匀了，方知再一捧一捧的洒进干面子，踹了整整一盆，尹红说行啦，就蒙上被子放到暖气罩上面。方知等不及要吃，尹红就用平锅先给烙年糕饼子，油汪汪的，方知吃得满嘴流油，说好吃好吃，吃出了小时候的味道！过了一天一宿，面发了，掀开面盆，一股微微的酸味飘出来，尹红说能包了，方知就取来已经焯好攥成核桃大小的饭豆馅，两口子浸淫在乡愁里包起粘豆包来，然后用闷罐一锅一锅地蒸出来，用盖帘盛着浓浓的"一帘幽梦"，放到后凉台外的杂物架上冷藏，除了送给父母和一些好友，啥时候想吃了，就拿出来溜上，解馋。父亲听说方知自己在城里包粘豆包，当时骂了一句话："真是吃饱了撑的！"

春节返乡过年，与父母团聚之前，他要去庄园看望老孙。

小媳妇攀高附贵之后，老孙的心情糟糕透顶，而且以死殉情。被救下之后，大女儿和外孙女在庄园陪老孙同住了一段时间。老孙洗过的胃养得差不多了，他就把女儿和外孙女劝回去，并一再向女儿许诺不要为自己担心。自己已经想明白了，缓过劲儿来了。出了喝药事件后，虽然人抢救过来了，可方知对老孙大哥始终忧心忡忡的，只怕再有个三长两短难以说清，为此两口子也几次商量要辞退老孙。现在，除了一双深陷的小眼睛没有光芒，满脸皱纹布满沧桑感，老孙其他又恢复了正常，方知见了很高兴。把给老孙买来的啤酒、面粉、豆油等过年的礼物，和自己包的粘豆包拿进来，又陪老孙呆了一个上午，老孙中午又给他做了两样拿手菜，烙了家常饼，俩人边喝边叙谈。老孙的胃刚养好，已经能试着喝一杯啤酒。

"别人都说我傻，白给人家干活，让我上别处去挣钱。我说我跟你们的想法不一样，在这里我能找到家的感觉……"

老孙大哥的一番话，使方知的眼窝有些湿润了。家的感觉，多么真挚的话语！他一下子想到孟子"老吾老以及人之老，幼吾幼以及人之幼"这句古训。原本想辞退老孙的话，一句也说不出口。而是说："是啊，七十岁有个妈，八十岁有个家，人人想往，可几个人能达到！你要是不嫌弃我这儿，就安心在这儿住吧，将来有合适的，再续一个过日子。"

回到家里，把与老孙的谈话说给尹红听了，尹红说："你还真打算撵老孙走啊，他领个小媳妇在外面过了六七年，小艳福享受着，现在小媳妇跑了，哪个儿女能收留他！不埋怨他没正事就便宜他啦！"方知说："你什么意思，当初不是你让老孙走的吗？"尹红说："当初是当初，我说了你就信！这样吧，留点心，有合适的再帮老孙大哥找一个，两条腿蛤蟆找不到，两条腿的人有的是！"

尹红一番话，说得方知心惊肉跳。心想，尹红就是刀子嘴豆腐心，一副热心肠，其实她也舍不得将老孙大哥辞退。不过，妻子说的有道理，如果再给老孙介绍个伴儿，有牵着的，老孙就能在庄园安心呆下去了。

三十九

大年初二在故乡，坐在炕头上，方知翻看着洋黄历，跟娘掰着手指头一起算，满打满一个月，就是春分节气了。憋了一个冬天的亲娘，瞪着眼睛瞅着儿子，手指一掐说："哎呀妈呀，再有一个月就得育苗了！"满脸的灿烂。然后就和尹红一起，将各类菜籽都匀出来一些，一包一包的，标好名称和年份。告别了父母，方知乐得屁颠屁颠地把菜籽拉回了城。也就从那一刻起，他意识到，新一年的庄园生活即将开始了。

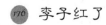

过完春节回来，方知的寒假生活还没有结束，尹红却早早上班了。这天方知正在家给方卓做午饭——女儿今年要高考，过完年，就进入了紧张的复习之中。尹红来电话，方知以为又是惦记方卓，刚要说妈妈又来电话了，尹红却说她在单位门口拣到一只受伤的猫。方知说："你拣猫干什么，野猫多脏啊！"尹红说："哎呀！不是野猫，浑身白净的，一看就知道是家养的猫，好可怜，自己扒单位的门，它受伤啦，腿上掉了一块肉，我打车上宠物医院给它包扎了。"方知说："那你先养起来，下班我去连你带猫一起接回来。"

　　正月十五还没有过去，江城仍在一片节日的喜庆气氛之中。偶尔还能听见几声清脆的鞭炮响在空中滑过。下午两三点钟，太阳刚躲到楼房的后面，大街上就看不见几个人了。方知驾车到尹红工作的移动收费厅，按了两声喇叭，就见到了尹红在玻璃门内穿衣服的身影。往日，尹红不一会儿就拎着包急匆匆地推门出来，今天她却先把门推开，然后小心翼翼地抱着一个纸箱子出来，纸箱里蜷缩着病猫。见此情景，方知忙下车去接，将病猫拉回来。抱上楼，尹红进屋就对方卓说："姑娘，原来的猫丢了，妈又给你抱回来一只！"其实波斯猫遭遇不测方卓早有预感，暗自伤心，见妈妈突然又给抱回来一只，她激动得一下子眼泪流出来了。

　　原来，刚到庄园时老仇给留下的那只波斯猫和三个猫仔，秋天因误食死老鼠全被毒死啦。方知和尹红对方卓都谎说猫丢了。那天，方知拉着尹红到庄园，发现波斯猫在鸡架里大声地呕吐，却吐不出来，喉咙里像被什么东西卡住了，周围的鸡被吓得躲到了树根底下，大红公鸡伸着脖子打鸣报警。尹红吓坏了，叫来老孙，把猫抱到院里，三个人束手无策，老猫继续呕吐，后来后腿开始发软，颤抖，再后来支撑不住身子就卧倒在地了，并"喵——喵——"不停地大声哀鸣。尹红说大猫好像吃啥了，就与方知开车拉着波斯猫到江城一家宠物医院去看医生。医生用镊子撬开波斯猫的喉咙查看，说没见被鱼刺什么的卡住，看症状像是中毒了，便给注射了一针解毒药。把猫拉回来，也不见好转，当天晚上就在一声接一声瘆人的嚎叫中死掉了。接下来更加惨不忍睹的是，三只活蹦乱跳的白猫仔也一个接一个的口鼻流血，在凄惨的嚎叫中先后殒命。尹红眼里流着泪，在一旁哭泣。方知揪着心，与老孙把猫埋葬在李树底下。老孙说四只猫分别埋在四棵李树底下吧，死猫烂狗的，果树愿意长。方知说别了，还是把母子葬到一起吧，三只猫仔还没长大，跟母亲在一起不会孤单，就挖了一个深坑，将老小四只猫埋在了一棵李树下。

葬完猫，方知的心情极度低沉，因为他答应方卓一定将三只白猫仔照顾好，可现在一夜之间全死了，不知如何向女儿交代，喜欢小动物是孩子的天性嘛！何况，养大这几只猫仔不容易，发生了很多波折。

三只猫仔刚降生时，有个礼拜天，约好了文友们到园子聚会，方知提前到园子与老孙大哥一起准备。一进院儿，发现放在凉棚塑料框里的三只猫仔中一只不见了，波斯猫懒洋洋地躺在院子里，打不起精神。简单搜寻了一番，柴火棚子、车库、仓房、鸡架、狗窝，都没有找寻到猫仔的踪迹。方知和老孙猜测，猫仔肯定是老猫给运走了，运到了一个它认为安全的地方。便让老猫带路去寻，可老猫走不到三步就躺下来放赖。方知有些狐疑，不知道它是什么意思。文友们马上就要到了，没时间再去仔细找猫仔，心想猫仔不会丢失的，一定是被老猫藏在了哪个角落里，出不了这个院子，便放心地去园子掰苞米、抠土豆、摘茄子，准备聚餐的绿色美食了。

猫仔丢失的第一天，就这样于文友们聚会庄园的快乐中度过了。

第二天晚上下班，与尹红到园子劳动，又仔细查找猫仔的去向，可是院子里里外外翻遍了，也没有找到猫仔的身影。尹红急得甚至教训起老猫来："你把孩子藏哪了，你快去找回来啊！"边喊边用手推猫，可是老猫还是躺下来放赖，不给女主人面子。并且，新带来的鱼肉也只是闻闻，不思茶饭的样子。尹红敏感，她说："你看，老猫多么忧伤，不会是将猫仔弄丢了吧？"方知嘴上说不能，心里也打起了拨浪鼓。猫仔已经会爬行了，老猫把它们叼到了一个地方，放在那里，回到屋里寻食吃的空当儿，猫仔不会老老实实的呆在那里，便爬，周围没有遮挡，结果越爬越远，园子里、左右前后邻居的地里，仲夏时节到处葱葱郁郁的，还有层层的樊篱，数不清的旮旯胡同，杂物堆，加之院外就是汽车奔跑的街道，对于猫仔而言，可以说是危机四伏。难道猫仔已经遇到了什么危险，或者爬远老猫找不到回去的路了？如果那样，过不了多久，猫仔没有母亲乳汁的滋养，饿也得饿死。

方知当时越发感觉到了事情的严重性。提前放下手里伺候葡萄的活计，在天还没有完全黑下来前又开始全面搜寻——再过三天就立秋了，天明显黑得早起来，并有了凉意。搜寻的办法很简单，他和尹红跟踪老猫，窥探它去的方向，那个他们认为它最有可能藏匿儿女的地方。波斯猫在院子里转来转去，就是不见它进入哪一个屋子和角落。仿佛，它发现了人类在跟踪它，故意与人类玩起捉迷藏，声东击西。他和妻子紧跟不舍，心想，你总会有露出破绽的时候。此时，老猫出了院子，他们尾随它，穿过北邻脑血栓家庄园的篱笆豁口。猫停在草丛里注视什么，他们也停下来注视它。猫走，他们也走。就这样断断续续，直到天色完全黑下来，一个白色的娇媚的影子仍在草丛里茫然无助地寻找，方知才清醒地意识到：老猫真的将孩子弄丢了——它无助的身影便是最好的见证！尹红上前一把抱起它，说："你怎么搞的，是不是把孩子弄丢了？"声音中夹带着嘶哑和凄凉。波斯猫猫茫然不语。

方知当时没有表现出过度的忧伤，尽管他也非常喜欢那几只猫的幼仔。可是他要考虑妻女的情绪，如果猫仔丢失，他第一个会是被谴责的对象。他又不能因为几只猫去迁怒于老孙大哥。尽管家人认为老孙大哥对庄园所有的动植物安全，负有不可推卸的责任。他打开手电筒，越过足有两米高的院墙，来到西邻夏富贵家的院子。夏富贵和兰香下地干活还没回来。满院子静悄悄，夜色下带有几分惊悚。他是尾随老猫的行踪去的。这时老猫蹲坐在夏富贵家那颗硕大的杏树下，一动不动，好像在注视着什么，见他来，回头望了一眼，然后继续观望。难道猫仔被它运到了邻居家，就在附近？他俯身钻过草丛，借手电的光亮探视夏家闲置的狗窝——春天的时候，他曾经在这里找到了鸡丢的蛋，足有几十枚。可现在除了主人过去给狗铺上去的细软枯草，其他什么也没有。又到树枝子堆旁，仓房、茅房旁寻找，木板门都紧闭着，就又深入夏家李园十几米的深处，边走边"猫猫，猫猫"的召唤，好像猫仔们能听见似的，也没发现任何蛛丝马迹，只好将茫然不知所措、无精打采，用失魂落魄来形容也不为过的老猫抱回来，夜间"侦查"暂且告一段落。

晚餐时，两口子与老孙大哥一起对老猫的种种行为进行了汇总、分析。分析来分析去，结果一致认为老猫一定是将猫仔弄丢了。基本情形应该是：老猫怕呆在凉棚的孩子受到风雨的侵袭，便将它们一只一只叼到了一只它认为安全的地方。可是当它离开孩子们寻食的时候，猫仔爬走了，老猫回来也找不到孩子，继而在它安置孩子们的第一现场，比如北邻李园的草丛里，比如西邻的杏树下，母亲在孩子走失的地方寻觅等待，并表现出无尽的忧伤……惦记三只猫仔的去向，那天他和尹红在庄园的西屋住下来。半夜时分，老猫在窗台上忽然凄凉一叫，将梦中的尹红惊醒，她忽地起身向窗外寻望，惊叫着"猫，猫仔回来了！"魔语一般。可窗台上，除了如霜的月光，以及夜风吹摆窗棂的声音，什么也没有。

猫仔丢失的消息对女儿隐瞒了两天。第三天，当方卓知道这个消息的时候，反映强烈，泪眼涟涟，然后用几乎哭啼的腔调请求父母去把猫仔找回来，方知和尹红都无言以对，默不作声——女儿对猫仔的喜爱其实他们也有。中午下班，他驾车来到庄园，趁白天邻居们都在家，准备再次彻底的搜寻一番。可是结果令人失望，除了更多的邻居知道了这个不幸的消息，热情的帮助寻找，体现了浓厚的邻里之情外，仍然一无所获。傍晚，妻女皆来，又进行了一番"地毯式"搜索，可还是踪迹皆无。

第四天中午，方知又来到庄园，除了带些鱼肉慰劳遭受失子之痛的老猫，并无再寻猫仔之意。三天时间，"不谙世事"的猫仔不可能再归故里，甚至已经遭遇不测。老孙大哥也一再表示出内疚的心情，而除了对房东检讨自己的粗心，只能面对现实。方知把鱼肉放到西仓房——将原来凉棚里老猫的用餐场所换个不影响环境的新地方，老猫突然从仓房高高的上年装李子剩的一摞纸箱里跳出来，并在目睹老猫白皙的身影以及一黄一蓝两只眼睛的瞬间，他又听到了一种声音——猫仔的低吟：喵——！他立刻循声过去，眼前的一幕使他惊呆了：三只猫仔精精神神地藏在最底层的纸箱里玩耍，黑眼珠无限的明亮，见来了不速之客，都好奇地注视着他，好像在说："你来自哪里？别打扰我们，我们在这里过得很惬意，很快乐！"

方知惊讶万分，继而喜气各半。连日来将庄园翻个底朝天，西仓房也找了无数次，可波斯猫把人类欺骗了，它实际上一直在与人类玩着声东击西的把戏，包括从未见过的一脸忧伤，都是伪装出来的。它瞒着主人，偷偷地将孩子们转移到仓房的纸箱里——这可称得上最佳的安乐窝，怡然自得，过起了再好不过的天伦之乐的日子。可笨拙的人类，还自作多情地为猫仔的丢失而忧伤，还在自作聪明地进行着现在看来要多可笑有多可笑的分析！他马上挂通妻子的电话，通报了发现猫仔的喜讯和地方，并说你快些挂电话告诉方卓吧，她一定乐得跳起来。

猫仔"失而复得"，虚惊一场，联想到老猫产仔不久，阴雨连绵，它将猫仔从外面自己建设的"产房"———个破旧的立柜一层格子里，搬运到三层的格子里防雨，其可与人类媲美的思想智慧和操作能力，还有那个小时候就听说过的猫是老虎的师傅，最后却狡猾的留上一手，以致老虎终究不会上树"欺师灭祖"的故事，皆使方知对波斯猫有了很深的感情。他觉得猫是人类的好朋友，猫的智商很高，有时候他一个人到李园里劳作，波斯猫就围着他玩耍，像调皮的孩子似的惹人喜爱。他还用相机、手机给猫照了无数玩耍的照片，他也一次次的带鱼肉给它吃，吃得肥胖而慵懒，以致很少去抓老鼠，偶尔抓到一次，也不急着咬死充饥，而是在嘴下玩耍，有时玩着玩着老鼠就趁机溜掉了。

不吃老鼠还是吃了老鼠。疯狂补充营养培育下一代的波斯猫，误食了被一种叫作"药三辈"烈性耗子药毒死的老鼠，不幸遭遇灭门之灾，不仅自己殒命，还殃及了三个孩子——因为吃了有毒的母乳，也相继夭折！惨不忍睹的场景使方知和尹红隐隐作痛，简直糟糕到了极点——这种心情他们从未体验过。庄园生活使夫妻俩懂得了人和动物和谐相处，会产生拟人化情感的说法。夫妻俩默契地对方卓隐瞒了真相，说猫走丢了，可能哪天自己就回来了。现在天上掉下来一只猫，也是白色的母猫，莫不是波斯猫转世，它又回来找主人了？尹红正愁无法向女儿吐露真相，来了救星，喜不自禁，激动地说大白猫是上帝赐予我的！大白猫抱回来不到一天，就与方卓在楼里玩耍个没完没了。一周时间，大白猫痊愈了，怕耽误女儿复习高考，方知趁方卓上学没在家，就把大白猫拉到了庄园，交给老孙养着。

老孙见方知送来一只猫，面带牵强的笑容说："我正要给你打电话呢，咱们家的大狼狗惹祸了，它把脑血栓家养的大鹅给掐死了，正好来了一只猫，那咱们就把大狼狗赔给脑血栓算了！"方知听了一怔，心想这猫和狗的怎么合伙作起妖来了？

四十

原来，老仇留下的京巴狗丢失了以后，尹红就托人又要回来一条二串子黑色儿大狼狗。大狼狗非常仁义，只要是见过的熟人就从来不咬不吠。文友们常来常往，混得很熟，都很喜欢它，也给它带来不少大鱼大肉的好吃食。老万说："这狗跟大姑娘似的，见我来了就往窝里钻，从来不咬我，看来我这个人还挺有狗缘的。"一个文友笑说："那不叫'狗缘'，应该叫'女人缘'，因为那是一条母狗！"

不过这条狼狗有一个棘手的嗜好，就是对家禽尤感兴趣。平时它目光温柔，满园闲逛，可时不时就扑咬身边与它向好的溜达鸡，非死即残，园中之鸡没少让它祸害，辛辛苦苦养大的鸡，一不留神就成为它的口中美食。冷不防的流血事件常常使人心惊肉跳，咬死的鸡，惨不忍睹，咬伤的鸡身上背个烂皮囊，不吃不喝，挺不了几日就会悲惨地死去。侥幸逃脱的鸡也是铩羽而归，四下逃散，惊魂难定，鸣叫不止。没办法，后来老孙就把它拴起来，一根铁链子使其止步于这个自由的世界，也免生了许多事端。尹红埋怨说都是老孙给惯坏啦，人家说这狗要是吃鸡得往死里打，下次它就不敢了，老孙竟惯它，不但不打，还总把死鸡死鸭的给它吃！老孙向方知检讨说，这次狼狗惹祸是他的责任，链子没拴住。方知说："没伤着人就好，脑血栓怎么说？"老孙说："人家倒没说啥，不过人家大鹅辛苦养了一冬，开春要下蛋了，却给咬死了，总共咬死五只呢，两只大雁，两只雁鹅，一只大鹅，正在园子里玩耍，连窝端了，狗扑鹅'嘎嘎嘎'叫，到处飞逃，不是好动静，等我和脑血栓两口听动静出去啥都不赶趟了，一水水给掐死了。你说那狗专掐脖子，一咬一个准儿，脑血栓老伴跑过了一看当时就嗷嗷哭了，要是不赔偿咱说不过去，我寻思这狗老吃鸡吃鸭的，你正好送来一只猫，再赔人一条狗，有句话不是说'来猫去狗，越过越有'嘛！不行就别留它了，赔给脑血栓算了，今后也省心。"听看门人说完，方知有点恼火，不过看看老孙大哥难为情的表情，马上平静下来，说："这狗咱们好吃好喝的供着，养这么大也不容易，我看那样——"说着，方知从口袋里掏出来五百块钱，交给老孙，说，"一只鹅赔一百，不多也不少，再说咬死的鹅啊，雁啊，咱们也不要，就留给脑血栓两口子自己褪毛吃喽，也算没白养活，一会儿你去把这些钱赔给脑血栓，哪天我再当面向人家道歉，狼狗还是留下吧，来人有个动静，这么大个院儿没个狗看家不中，今后拴住就是。"

送来了猫，"买"回了狗，处理完猫狗之事，到园子里查看一圈，没出正月，李园里的积雪尚未融化净，熬过冬的几只笨鸡还不能到地里觅食，正在大公鸡的率领下，围着鸡架猪圈朝阳的墙根儿处，悠闲地聚集着。母鸡的鸡冠都通红了，看样子快要开张下蛋了。进屋坐下，两个人继续闲聊。老孙说通往省城的公路上正在招清扫工，他想去。一来能挣几个零花钱，二来也散散心，在家一个人太憋闷了。方知听了，心想小媳妇在时，老孙浑身有使不完的劲头，把庄园打理得妥妥帖帖，收拾得干干净净，他一点儿不费心。小媳妇离开了，他判若两人，神情恍惚，拖拖拉拉，俨然世界末日到了，让他和尹红背后平添了不少担心。农活耽误点事小，老孙魔魔怔怔的再出什么意外，好好一个人就扔啦。想到这一层，他当即表示同意，说："老孙大哥你去吧，现在园子里活也不紧，开春种地咱也不栽葡萄，那些菜地抽空咱俩就伺候了。不过有件事情尹红让我问问你，老段离开你这么长时间了，尹红想给你新介绍一个伴儿，不知道你有什么想法？"老孙思忖了片刻，说："那谢谢，就麻烦弟妹了。"

穿上红马甲，当上一名公路美容师，有事儿干了，接触人多了，环境变了，上下班有点有人管了，使老孙一直忧忧郁郁的心情有了很大改观。扫马路的清洁工，多数为了维持生计，也有一些口袋里并不缺钱花，而是儿女们各自忙着事业，在家孤单憋闷，出来锻炼身体，散心解闷儿的。他们像农村留守老人成为农业生产主力军一样，成千上万的清洁工也已成为一个城市名副其实的美容师！没有他们，我们不敢想象随处倒扔垃圾的城市会脏到何种地步，又不知一场突如其来的大雪过后会给城市交通带来怎样的不便！是的，风雨愈加吹皱了他们苍老的面庞，可劳动和集体的温暖重拾了这群弱势群体的生活信心，使他们找回了价值、尊严和健康的心理！某种程度来说，这要比清洁工们少得可怜的千八百块钱工资重要得多！老孙拿着退休工资，来到他们中间自然成为"贵族"。并且他善良、乐于助人，加之身体健朗，心灵手巧，如大家拧个扫帚、修理个自行车什么的，都愿意找他帮忙。为此老孙很受大家欢迎，他也从中寻到了快乐，逐渐消除了被小媳妇甩掉之后，萦绕心头许久的烦恼与沮丧。

尹红给老孙介绍的女人是她的一位客户，58岁，小老孙5岁。方知说："小媳妇比老孙小那么多，现在你给他说一个这么大岁数的，老孙能同意吗？"尹红说："他以为他是谁啊，大款啊，天天进饭店，夜夜入洞房，总有抱得美人归的好事等着他！"提前，尹红让老孙打扮得精精神神，方知提议用轿车拉他去城里相亲，老孙说轿车他坐不习惯，还是骑自行车去吧。后来据尹红讲，老孙下午三点钟才到她单位，比原来约定的时间晚了一个小时。老孙一向很守时。看来，他为这次"相亲"做了很认真的准备。与女方见面后，老孙并没挑剔，一下子就相中了。可女方没相中，嫌老孙是工人，没文化。方知问尹红女方是干啥的？尹红说："女方挺有文化的，会写文章，在报纸上发表过很多东西，独居后还曾与一位老诗人谈过恋爱。"方知埋怨尹红事先没对女方说清楚。尹红反驳说："能不讲吗，我第一条交代的就是老孙是退休工人！"一面是找伴儿心切，一面是要求过高，甚至苛刻，这可能是单身女的通病吧，对共同语言的一味追索使多少女人错过了花期，以致很多终身独居，郁郁而终！他对尹红说："老话讲女子无才便是德，我看说得有道理，现在一些独身女性始终找不到归宿，很难说不是才华害的！"

老孙见一天没消息，等不及了就从庄园打来电话问。方知怕老孙难堪，谎称女方尚未回信儿。过了几天，老孙正在九连公路上扫大街，方知去庄园正巧碰见，就将车停在路边，打开车窗，以闲唠嗑一样的口吻，对双手握着扫帚，一身红马甲的老孙说："还没信儿，我分析没回信儿，可能就是不同意的意思。"老孙早有预感，显得很冷静，说那是。

清明小长假，方知担心雇人剪不彻底，去年在夏富贵和兰香的指导下，剪了一回，有了经验，就又准备自己剪，借机也锻炼伸展一下冬天缩回去的筋骨。他备好刀锯，换上一身迷彩服，绿胶鞋，推开木栅门，走进春光和煦的李园，随着剪枝"咔嚓咔嚓"的声音，便拉开了新一年春耕的序幕。拣来的大白猫呆习惯了，蹦蹦跳跳地围着主人玩耍着，枝头上的喜鹊"叽叽嘎嘎"地歌唱着，这更给"乐耕园"增添了几分春的闹意。剪完枝，接下来，又和老孙把大棚种上，剩下的，就是伺候那块有限的菜园了。今年又有两位文友加入到了租地种菜的队伍，加上去年的四位，共六人。有一次文友到园子聚会，看着方知和六位文友种菜、饮酒的快乐场面，给大家张罗饭菜，忙里忙外，满脸流汗，肩上搭着一条白白毛巾的老孙说："古代有'竹林七贤'，听说都是一些有大才的能人，我看你们这些文友也挺有才的，就叫'庄园七贤'得了。"一番话说得文友们乐滋滋的。老万说："我们这些人有才也是一些小才，可不敢与'竹林七贤'相比，不过老孙大哥这么一说，倒提醒我们了，我们还真不能浪费了方知给我们提供的这么好深入生活的环境，大家也别光惦记着享受，也要创作一些有关民风、民情的好作品。去年我在这写的那个关于农机农业合作社的中篇，就很顺手，特别有感觉。"一位文友说："大家都在市作家协会兼着职，不是副主席，就是副秘书长的，将来作协开年会时，可以建议在庄园挂一块'文学创作基地'的牌子，不吃草不吃料的，给一个名分，扶持一些有潜力的作家轮流在这儿潜心搞创作，宽敞的吃住地方都有，李林遮蔽，鸟雀相伴，这么接地气，时间不用长，一周半个月的，一定能出好作品。"文友们对庄园寄予厚望，爱好文学的方知自然是高兴，可也有了压力。压力就是动力吗？他有时间就跑到庄园整地种菜，有时老孙去扫大街，他就一个人干。同时装饰房间，提高接待能力。尹红也很支持。原来尹红就看不惯老孙小媳妇老段偷奸耍滑的劲儿，不愿在庄园住。小媳妇离开老孙后，就像扒了一堵墙，她的心里一下敞亮了。她帮助方知参谋着，西屋重新张贴了墙壁纸，并增加了一对新沙发，一台电视，一张写字台。后接出去的烤肉间安装了一台朋友送的自动麻将机、中间方厅还买了一套二手的背投唱歌设备。讲究的尹红还建议将各种烤桌和锅碗瓢盆又重新更换了一批。显然，两口子买庄园只想自己享受的本意，因为来的城里人都喜欢，更在省市一批文化人的帮衬下，本意悄无声息的延伸着，改变着，形态上与九连数百上千户庄园没什么两样，却渐渐滋生了文学庄园的浪漫气息。

这就是文化的力量！哪里有了文化，哪里就有了与众不同的色彩，哪怕是方知李园这一弹丸之地！

星期日，他去庄园劳动，一进门，院子里多了一辆自行车。来到厨房，从卧室里走出来一位五十上下的妇女，老孙介绍说这就是我跟你说过的那个小程。老孙前些日子对方知提起过，工厂车间的老同志又给他介绍了一个，是菜农，人不错，男人酗酒得脑出血过世了。见眼前这位明显带着沧桑的消瘦的妇女有些腼腆，方知主动说了一声你好，程大姐！然后就坐下来闲谈。方知不停说老孙的好话，夸赞老孙人品好，能干活，会干活，饭菜做得也有滋有味。老孙坐在一旁目光羞涩地看着地，耳朵却在美滋滋地听。程大姐说她就喜欢人品好的，吃喝嫖赌的男人打死这辈子都不能嫁！听得出来，程大姐深受不幸婚姻的折磨和刺激。方知笑着说这些毛病老孙大哥一项也不沾，打着灯笼难找的好男人让大姐碰上啦！然后对老孙说冰柜里有小笨鸡，拿出来化上，晚上炖一只款待程大姐。老孙说不用了，中午剩菜够了。看来两人中午已在一起吃了第一顿饭。因为约了对象，老孙串休，不用去扫大街。下午给果树上粪，方知看老孙干得非常起劲，就问："是不是有了女人的原因？"老孙毫不隐瞒，说：

"是啊！人就需要个精神支柱，有个奔头……老段走了以后我窝囊很长时间，真想不开，杀她的心都有，自己也死了一回、遇上你这贵人了，死里逃生，捡回一条命。现在我啥都想明白了，其实开始我就错了，压根儿就不该找个小媳妇过日子，长远不了，她把你榨干了，吸净了，看你老了不中用了，不甩你甩谁呀！"老孙说到气愤处，使劲把鸡粪扬进树根下的坑里，回填土埋了，停下来说，"你看着，金万能他也别得瑟，他大金花二十多岁，现在看美滋的，早晚的事儿！"

"这些年你没少搭小媳妇吧？"如此敏感的话，平素方知从来不问。现在见老孙无所谓了，他好奇就提一提。

"光给她交老保就几万块，这些年工资我一分钱也没攒下，都贴补到她身上了。她还不满足，一直逼我要楼房，我把唯一的楼房给老儿子结婚用了，她一直有意见。"

　　"是啊，我看老段也不像那么回事儿，年纪轻轻就好吃懒做的，靠你这一把年纪养活，说不过去。"方知觉得这话说得过于直白了，就又把话拉回来，说："不过你也是老牛吃嫩草，人家年纪轻轻陪你六七年，你花几个钱，也不算亏！"

　　"啥年轻不年轻的，都没用！经受这一次，我算明白了，人啊，老伴老伴，老了能有一个伴儿，相互照应，白头偕老，比啥都强！"

　　"哦……"方知没再说什么，就推着小独轮车到树地南头推粪去了。这时，远处的树林里传来了野鸡的鸣叫声。那叫声与众不同，喉咙像被什么东西卡住了。李园的积雪早就融化了，野鸡藏不住身，就被逼到远处的杨树林里去了。开荒毁林，施肥洒药，鸟兽们的栖息空间越来越小，城市扩张和城镇化的步伐，正向荒林野地如火如荼的拓展，对于大自然的鸟兽们来讲，更是雪上加霜。听，城郊几近绝迹的野鸡，那使他开始庄园生活曾为之兴奋的野鸟，这一声声有些瘆人，有些夸张，有些凄惨的呐喊，像是向老天爷诉冤——人类霸占了它们的家园！

　　"野鸡叫就这动静，现在是母的在抱窝呢，公的在给'站岗'，鸣叫的意思是广而告之：这是我的地盘，谁也不要来打扰！"方知推粪回来，放下车子开始坐在树荫下歇息。刚才等他时已趁机歇一会儿的老孙，又开始给果树上粪，并绘声绘色的学着。

　　"人也好，动物也罢，其实都一样，哪个不需要伴侣啊！人和狼一样，都是群居动物，独自无法生存。据说丹顶鹤更是忠贞不渝的典范，一夫一妻制。大千世界，伴侣的感情深呢！单从这一点看，有时候我想，动物比人都强！"联想着身后花天酒地、物欲横流的社会，方知不禁感叹道。

　　"孙大哥，你说人性是善的，还是恶的？"若有所思了一阵子，方知突然话题一转。

　　"……不都说人之初，性本善吗，谁知道了，我活了一辈子，这人呢，还真是林子大什么鸟都有。说是善吧，很多，但也不完全是，有些人确实可恨。"老孙一怔之后说。

　　方知心想，说到人可恨的时候，老孙一定是想到了抛弃他的小媳妇。没

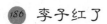

想到自己无意提到的话题，却揭了老孙大哥的伤疤。既然如此了，他只能接着表达自己的观点："人性善恶确实是天大的问题，通过这些年亲身经历的一些事情，不仅我迷茫，很多人都迷茫，一直争论不休。"

"那是，你说人是善的还是恶的，真不好下结论。有人在大街上摔倒了，谁见了都应该扶一把，可扶完了有的真就把你赖上了。现在电视上总有这事儿，说不清楚！你咋看这件事？"

面对老孙的反问，方知放下手里的活，还有十几棵树，刚推来的一小车鸡粪足够上了。偏西的太阳有些刺眼，他躲到一棵树下面，扒下出汗黏在手上的白手套，抬头摩挲了一下树枝，看看有无抽芽的迹象。这时，一辆运沙石的大卡车带着刺耳的声音，呼啸着从邻居夏富贵的庄园边的路上传过来，地动山摇的，树枝上都能感觉到震波。真没办法，现在想找一个完全清静的地方比登天还难啊！

心中发着感慨，无奈的方知低头看了一眼缠脚的白猫，沉思了一下，想到了前几天在学校与老师们讨论人性善恶问题时激烈的场景，便招呼老孙一起坐下歇息，然后说："中国文化认为人性善，人在自我完善中实现了自我超越，成了圣人。什么是圣人呢？圣人就是最像人的那种人。打个比方，就像一个稻穗，剥去皮就能露出米粒来，这有一个磨砺的过程。这也就是中国人依靠此岸，也就是人的自我超越，解决了死后的问题，实际上就是解决了死亡恐惧。"

方知接着说："西方就不一样了，他们认为人性是恶的。亚当和夏娃在天上生活得好好的，为什么要偷食禁果，来到了人间？他们说是天使的堕落。佛教说人是苦的，孩子生下来就大哭。西方的基督教，印度的佛教，就是把人变成非人，当然不是禽兽什么的，而是变成天使了，教徒了，用一种外在的力量来拯救，来超越。好像没有上帝了，人自己就没有依托了，没有信心了，没有勇气了。实际上就是寄托一种神的力量。"

"原来信神信教都是从西方来的啊！"老孙插话说。

"对于人性善恶的问题，咱们国家也有两种截然相反的认识。古代不是有个孟子吗，他认为人性是善的。善是一种本能，生来就有，不是后天教化的。比方说有一个孩子掉进井里了，都会去救，当时谁也不会想得到什么利益，这是人关心社会的一种属性。可是荀子就不这么看。他认为人性是恶的，这个世界上资源是有限的，而人的欲望是无限的，所以有掠夺。如果人之初，性本善，为什么还要制定各种规矩来约束？孟子和荀子是孔子儒家学说的两个传人，你看认识正好相反。谁最聪明？孔子！孔子从来不谈人性，他清楚搞不好就会误入歧途，包括生死问题。有人问他人死后会怎么样？他回答说：'未知生，焉知死！'就是说活人的事情还没有弄清楚，活着的时候应该怎样做人还没有弄懂，哪有时间去研究死人的事情和该为死人做些什么！"

听完方知的一番话，老孙说："还是你们有学问的知道得多。不过我看，现在这人，跟过去不一样了，善人少，恶人多啊！"

老孙此言一出，方知又想到了抛弃老孙的小媳妇。他重新戴上手套，拿过老孙手里的尖锹，想挖坑给最后几棵树的鸡粪上完。正挖着，院里传来了程大姐的声音："完事没有？小笨鸡炖好了，吃饭啦！"

四十一

节气到了谷雨，按时间推算，李树该到放绿的时候了。可九连幸存的几片李树园，像在抗议似的，仍一片一片灰突突的。这一天，方知风风火火地跑到庄园，去查看芽情。可从北地头看到南地头，也没发现一个返青的芽苞！他正沮丧着，夏富贵从临时搭建的育秧大棚里浇水出来，远远地喊："方哥来了，我看你东看西看的，猫着腰，你找啥呢？"

"现在都谷雨了，我记得这时候李树该抽芽了，今年怎么一点儿动静没有呢？"

夏富贵走过来，将身体贴在铁丝篱笆网上，经过漫长冬天的滋养，夏天晒得黑不溜秋的脸庞明显白净了许多。他嘴角一咧，白牙一龇，冷笑了一下，说："哼哼，还找啥啊，我看今年够呛！"

"够呛？什么意思？"富贵打哑语，显然方知没听明白。

"去年冬天嘎嘎冷，李子树这玩意儿怕冻，能不能出芽还在道上走着呢！"富贵满眼含着迷茫。

方知的心一下子抽紧了。过去的这个冬天的确寒冷，天气预报说是三十八年来的极寒天气。并且仅下了两场雪，年前一场小雪，化了，年后一场，小雪，化了。冬天每逢周末，他都到李园照看照看，每次来都看见秋天的枯叶黑黢黢的一片，摞在地上，不像往年冬雪覆盖着，严严实实，像捂上一层棉被。其实，管理果树经验比较丰富的兰香，早就和丈夫在被窝里预测

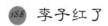

过，天这么冷不下雪，李子树还不得冻死。夏富贵幸灾乐祸说："反正咱们家葡萄沟挖完了，李子冻死了就省事了，全栽葡萄，免得间种互相牵扯！"兰香说："我看方教授没有栽葡萄的意思，这回李子树要是冻死喽，他可咋整？"富贵心头浮生一丝儿醋味，讽刺兰香说："你可真是闲吃萝卜淡操心！人家怕啥？人家是大学教授，冻死也瞎不了年成！"

满打满算，方知接手庄园不足三年光景，实践经验不敢说有多丰富，对李树发芽、开花、结果的时间，还拿捏不准确。不过果树怕寒冻他十分清楚。经过精明的富贵这么一提醒，他心里"咯噔"一下，突然意识到了问题的严重性。尹红听说后，说："怎么样，你没人家夏小鬼奸吧，李树冻死了有葡萄，你斗不过人家！"方知说："我跟一个果农斗什么？我是担心那些没砍李子的果农，要是冻得不发芽，他们靠什么生活！"尹红说："方大教授，我看你就别在那发善心惦记别人了，咱们也入乡随俗，趁早把李子砍掉，栽葡萄算了，还玩什么清高，挣几个钱吧！"

老孙也说："听说要动迁，九连李子快刨绝根了，大家栽葡萄栽疯了，听说葡萄苗都没地方订，不少被逼到吉林去联系了……"

现在，方知怀着十分惆怅的心情驾车在九连转悠着。他要到处看一看，比对比对自己的庄园究竟处在怎样的危情之下！这对他很重要。虽说他的初衷是找一片清静之地，过一过世外桃源般的生活，可现实不允许他任性下去。他的脑海里，一会儿感到城市扩张的潮流像一个披头散发的魔鬼，从身后的闹市里伶牙俐齿地向九连逼近，无时无刻地不在觊觎他的李林，把他刚刚打造起来的修身宝地从手中夺走！一会儿，利益最大化的市场经济潮流，又像一张无形的网，将自己捆绑在里面难以解脱。他左右为难，痛苦不堪。周围的一切，都在逼着他必须做出一个选择。城市扩张需要动迁，小城镇建设需要动迁，历史前进的步伐不会因他一个人的意愿而停滞，他只能在喧嚣的夹缝中去努力实现保住一块清静之地的可能。可眼前是，庄园周围一片大砍快伐火热的场景。一场冻灾过后，面对李树不抽芽的危险，如果说庄园主们上年还有所顾忌，那么现在，多数已经毫不犹豫地抠掉李树，挖起了葡萄沟，钩机和人们嘈杂的劳动声不绝于耳。前些日子到处还是一片片逢春待发的李树林，现在却几乎销声匿迹，变戏法似的翻起了新土，大地上袒露出一条条黑色的葡萄沟。前后左右的邻居，忙得不可开交，与地球交战的一招一式中，充满了希冀，充满了对土地征用后补偿款成倍上涨的喜悦。接下来，可以想象，一定是订苗、运苗，不出一个月，就会在损毁的李园里重新栽上葡萄。并且，他们当然早就在心中反复算计过多次，一年后动迁，能给多少钱，两年后动迁，能给多少钱，三年以后动迁，补偿款够达到理想的最高峰！想到突然发财的日子，果农们会比外来的庄园主们，更加的激动不已！他已经不止一次地在他们的脸上捕捉到了抑制不住的喜悦！

面对周围一片嘈杂、热火朝天的栽植葡萄之声，方知努力地装聋作哑，保持不为金钱诱惑的姿势。对于尹红、老孙和邻居们的建议，他都以园子的李树很好，舍不得抠掉为由，马马虎虎地应付着。他清楚，这样一份追求精神享受、不为物质所诱惑、有几分清高的做法，当下有几人会相信，被看作精神出了问题也未可知。为此他极力隐藏自己的思想，以免被嗤之以鼻，平添烦恼。

那天，他去郭家饲料店买鸡料，郭饲料正处理玉米面和稻糠的货底子，满屋掘扫得灰尘四起，直呛鼻子。一问才知，饲料店即将拆扒，郭饲料正准备搬家。郭饲料有鼻子有眼地对他说："明年你们南侧也要动迁。"郭饲料还美滋滋地告诉方知动迁他得了两套楼，另外还给了四十多万的现金，并煽情地说，"拆迁的邻居都没少弄，有一家葡萄补偿给到两百万了还嫌少！"最后郭饲料劝方知，"你还要那李子树干啥呀，赶快刨掉栽葡萄算了！要不然动迁的时候人家都得弄个盆满钵满的，你多后悔呀！"

从获得这一信息的那一刻起，方知就不那么淡定了。生活里，往往一瞬间，一项事物，乃至于一句不经意的话语，就会改变一个人原本认为根深蒂固的思想。实际上，人就是在这样不经意的变化中生存生活的。方知也不是神仙，他也是一个实实在在需要金钱的人。他和尹红的工资，除了按月偿还购买庄园十年期的贷款，剩下的仅能够维持一家三口人的开销，再时常贴补乡下的父母，就更不宽裕了。在如此巨大的诱惑面前，他觉得自己一席可怜的清高之心有一股热腾腾的东西升起来，几乎无法控制，仅仅几天时间，他便一起汇入了这个做梦的队伍——他开始三番五次地请人测算，测算他的这片李园，能够淘出多少黄金！把金崇才请来了，把小柱子请来了，把钩机师傅请来了，一拨又一拨，一次又一次，方知感觉自己的脑子在膨胀，像着了魔似的，坚定地认为伐李栽葡，势在必行，剩下的，只是规划的问题了……并且，越算账，他感到脑袋膨胀得越厉害——他满脑子都是豪车，女儿方卓上初中的时候就说马六好、本田好、奥迪好，上高中以后，他天天开自己的捷达车接送她，她就经常在路上说前面的路虎好、林肯好，旁边的宝马好、奔驰好……如果栽上葡萄，一年后、两年后，最好三年后动迁，葡萄长到年头了，到了动迁补偿的最高点，他就可以将捷达车换成一辆宝马，这原本连想都不敢想的事情，仿佛近在咫尺了……方卓听说了一定会跳起来，快高考了，也让孩子憧憬一下美好的未来！这时，方知感觉自己活了半辈子，第一次认识到钱真是一样好东西，它能满足人的各种需求和欲望！

如方知一样，九连到处弥漫着挖葡萄沟、买葡萄苗，拉钢管、焊大棚的气息……眼下，葡萄已经不是葡萄，在人们的眼里，是梦里的金山，是一锭锭的黄金，金光灿灿，幸福生活从此开始了……果农们设想着，可以将孩子送入好的学校读书了，可以将拖了几年的孩子婚事给办喽，可以住进宽敞的楼房，从此像城里人一样生活；城里来购买庄园的，在为自己当初购买庄园的"明智之举"而兴奋的同时，设想着换豪车、买别墅、去远游……

四十二

金花的看外病生意越来越红火。四面八方辗转到家看病的人络绎不绝，其中女性居多。说来也怪，有的病人据说到了很多大医院、名医院诊治，都没看好，千迢百里的找上金花，三下五除二，一顿"法术"之后，就有了起色，尤其女患者，见效极快，刚刚还被人扶着进来，一袋烟工夫就能活蹦乱跳地自己走出去；有的来时大叫着鬼魔缠身，胡言乱语，被金花的大嗓门一阵呵斥和念叨之后，就清醒了，仿佛子牙在此，诸神退位一样灵验。如今到金花这里来看病，不能想来就来，要事先预约排号，比医院还繁忙。现在的金崇才，就是"服务员"，金花说"走"，他连屁都不敢放，驾车拉着金花就走，城里乡下，省内省外，既当司机，又当保镖；金花说去道口接人，他也不敢说个不字儿，乖乖地去把患者接进来；金花说看病要有一个专屋，他就将西屋好好地修缮一番，墙壁刷得白白的，供上佛龛，地面再铺上大理石，闪亮照人，然后摆上一张诊疗台，庄严阔气，气氛神圣，配合着金花迎神送鬼。任劳任怨地做好这一切，其实金崇才心中早就有了小算盘——看，他没忘了买一个小保险箱，放在火炕不显眼的角落里，用来存放病人的赏钱——这才是他的关心之所在。

往日的歌厅舞女，仰仗自己的三寸不烂之舌，成了金崇才的"挣钱机器"，还给他挣来了一辆豪车，金花在家的地位自然跃升到了"一把手"的位置。现在，说话本来就大嗓门的金花叫嚷着：

"成天耷拉着个脑袋算，这回算吧，把自个算进去了吧，我看你这回还咋玩！难到把手指头剁掉当葡萄栽？"

"葡萄苗没有了，怎么办！"金崇才从心里往外不能原谅自己，怎么能犯这么大一个错误！现在，他耷拉着脑袋，在厨房烧炉子。刚刚过去这个冬天冷，开春又倒春寒，屋里阴凉阴凉的，金花在西屋"门诊"给人看外病，待久了浑身直哆嗦，嚷嚷着把已经停了的土暖气再点燃起来。他一边气鼓囊囊的往炉膛里添煤，一边挨金花的损。也不怪金花损自己，自己太大意了，葡萄沟去年秋天就挖好了，开春却瞪两眼买不着葡萄苗，五月中旬葡萄苗就要下地了，拿啥栽呀！都怪自己贪多嚼不烂，建猪舍、打地面、焊大棚，却没盯住葡萄苗！他打听遍了，九连为抢购葡萄苗直打架，抢疯了。原本每棵一块至三块钱的葡萄苗，现在飞涨到五块到七块，还订不着。原先是秋天预定苗，交订金，开春葡萄苗送到家时再结账，现在是秋天订苗时就一次性交付全款，并立下字句，开春还要自己上门取货。这一切都是听了动迁的荒信儿，一哄而上扎堆栽葡萄闹的。尤其一个冷冬无雪，李树面临被冻死的危险，像夏富贵一样拿不定主意的庄园主们，彻底断掉了最后一丝顾虑，纷纷做出了砍李树栽葡萄的决定。金崇才向黄帆诉说了自己的被动，黄帆仰仗老主任的面子，积极帮助联系了几家，也无果而终。不过黄帆给他提供了一个信息，说有不少到吉林买葡萄苗的，建议金崇才托人打听打听。去年金崇才开车拉金花到吉林看病时，一个开酒店的大老板，为了感谢金花的妙手回春，治愈了妻子的病，不是白白赏赐给金花一辆奥迪车吗，金崇才此刻一下子想到了这位出手阔绰的大老板。他让金花打电话，金花说："我没脸问，人家给一辆轿车你还不知足！"金崇才说："你别直截了当说买葡萄苗的事儿，先打听打听他老婆的病情，顺便问问。"金花心想：这个金大哥，都快火上房了还装蛋呢！不过电话还得打，这位老板办事儿挺讲究，当天就把葡萄苗给联系妥了。金崇才立刻与卖葡萄苗的直接取得了联系，对方说还有些余货，是给别人留的，看在你给我们吉林人看好病的份上，就匀给你一部分，但每棵要加价百分之五十。金崇才心想你就是加价百分之百我也得要。几千棵的葡萄苗就这样曲曲折折地定下来啦，金崇才悬着的心总算能放一放了。

葡萄苗运回来，金崇才发现不对头，这都是没有定植的光杆苗，要一棵一棵地装进纸筒定植，在暖棚里等待发芽长叶，然后才能移栽到大地里。金崇才霎时眼睛直冒金星儿，心想真坑人呢，葡萄定植是一项技术活儿，搞不好很难成活，怎么办？他转念一想，事已至此，没有退路了，只能硬着头皮往前走。他雇来几个打工的妇女，找来小舅子金山两口子，火烧眉毛般地干起来。金花也没心思再看病，停业三天，也参与到定植葡萄苗这个当前压倒一切的会战中来。大干了几天，几千棵的葡萄苗，都装进了纸筒，码在暖棚里等待抽芽、放叶。至此，金万能一颗焦灼的心才舒缓了一些。

每天，金崇才早早晚晚要几次、甚至十几次的去查看葡萄苗的抽芽情况，几乎长在大棚里。天气逐渐转暖，葡萄马上就能移栽了。农谚讲，立夏到小满，种啥都不晚。可人有旦夕祸福，天有不测风云。就在周围一片向大地移栽葡萄，种植金钱梦的时候，金崇才大棚里的葡萄苗却迟迟没有抽芽！金崇才一开始就存有的不祥之感，随着时间的推移越来越强烈——他看到周围的人们赶着节气，热火朝天地移栽葡萄，从开始到高潮，从高潮到尾声，前前后后半个月时间，定植的葡萄苗始终不见一点儿绿芽，搅得他连日寝食难安，身心遭受着从未有过的煎熬。他想我金崇才从来没吃过这样的哑巴亏，怎么能眼巴巴看着真金白银从手指中白白溜掉！现在，他坐在大棚里用手抠啊抠，瞧啊瞧，手都快抠烂了，眼睛都快瞧瞎了，可就是找不到一个葡萄芽！绝望的金崇才一个人蹲在大棚里，开始是老泪纵横，后来索性就嚎啕痛哭起来……

人到难处，什么都能想起来。这时候金崇才想到了被他抛弃的孤儿寡母。按说，他和金花过得好好的，不该想起过去不愉快的事情。可生活并非如此，时间可以淡忘罪孽，但永远不会彻底摆脱。金崇才一想起老伴没改嫁，心灵就遭受着莫大的折磨！因为他十分清楚，原本就是自己不仁不义，对不起辛辛苦苦、任劳任怨的老伴儿！前些年，为了心灵救赎，他还背着金花，逢年过节，趁方知回老家，顺便给娘俩儿捎些钱物，这几年也不坚持了……高兴的是，女儿争气，听说考上了大学，毕业后在外地找了工作，可这些年女儿一次也没跟自己联系。不用问，活生生把她妈抛弃了，女儿心里一定结了疙瘩！

我这办的是什么狼心狗肺的事儿！要是当初不走这一步，唉，哪还有当初，不去想了！金崇才心中五味杂陈，哭够了，看看天色已暗下来，便用沾着泥土的衣袖，擦干了老泪——他怕金花看见，金花看见了，又伤心，又损他，何苦呢，男儿有泪不轻弹！他把眼泪咽回去，若无其事地进了屋，呼啦一口饭，与金花打了招呼，就无奈地去找黄帆商量对策去了……

四十三

这天，得知了李树发芽这个振奋人心的消息，方知驾车就飞奔到庄园，一头扑到李林里。嚯！前几天还是黑黢黢的李树林，现在枝头上已经冒绿了，星星点点的，宛如天使一般来到了人间！

方知高兴得像个孩子，掏出手机就给嫩芽拍特写，回城就给尹红和文友们翻看，急不可待地传递着绿的消息……

又过了三天，方知再次来到庄园，李林已完全变成了绿色的海洋！

压抑了一个漫长的冬天，被周围砍李子、栽葡萄的声音吵闹着，被冷冻煎熬着，此刻，也许被憋闷得太久，方知的心中就像火山要喷发一样，一首古诗句顿时跃然脑海——沉舟侧畔千帆过，病树前头万木春！

他从树地里钻出来，站在高地回望处处盈绿、沸腾的李园，抑制不住喷薄的思绪，脑子里不禁又冒出几句诗来：

> 不恋银来不恋金，
>
> 只求冬去一朝春。
>
> 满园老树枝情乱，
>
> 绿点千裙迷煞人。

畅游完李园，在手机上记录下这首诗，奇特的是，是留李子，还是栽葡萄，这个一直举棋不定的问题，转身之间得到了解决——就在那一刻，方知决定不砍李子啦！那一刻，他非常清醒地认识到自己想要的是什么，不是金钱，而是"桃红李白花参差"的乡野生活，是"不恋银来不恋金"的一种物外境界！那一刻，他像在生活的大海上短暂迷失的旅人，重新找回了自己的航线！那一刻，一种淡然的力量，使他挣脱了物质的枷锁，像赤裸裸来到这个世界时一样，超脱了，释怀了，浑身一下子轻松了！

当他把这个决定告诉尹红的时候，尹红说："谁让你砍李子了，我不就那么一说嘛！"嗨——方知无语了，心想女人真是感性动物，情绪总是捉摸不定！尹红接着说等李树花开旺势了，我答应几个姐妹去照相，你别瞎折腾，搞得没花照！

他对尹红一向跟着感觉走、常常逆向思维的交流方式虽然不甚满意，可妻子能够坦然面对自己的决定，情趣暗合，使他仍然很欣慰，毕竟，是砍李子，还是栽葡萄——这关系家庭生活前景的大事，他不能独断专行。他心里偷偷嘀咕，真应了那句话，不是一家人，不进一家门，这才是我的老婆，要是换做别人，还不得闹翻了天！人家砍李子栽葡萄，想着法儿的挣钱，你却在这儿赏花望柳，淡定地享受什么田园生活！想到这一层，他不觉对尹红心生几分敬意，然后一个电话打给老孙，叮嘱他看住李树开花，尹红过几天要领人去照相。

方知的庄园里有一棵大杏树。十几年的树龄，个儿像榆树，冠像槐树，紧挨李园门口，位置显赫，宛如卫兵，守护着李园。每到五一前后，杏树率先开花，至六月中旬，鸡蛋大的黄杏就熟了。卵黄的时候，捏着发软，甜了就摘下来吃了，否则泛红熟透了，风一吹，就落地了，落地就摔裂了。摔裂了，不及时捡起来，蚂蚁就钻进去了，蚂蚁钻进去了，人就不能食用了。前年刚来的时候，方知两口子不明白，杏下来时，交口称赞是有生以来最好吃的水果，鸡蛋大的黄杏，甜香适度，口感柔脆，老人吃了不硬，年轻人吃了不软，尤其是与山核桃一样的形状，拿在手里像尤物，含在嘴里比香唇，使人浮想联翩，惬意绵绵。吃了一些，送人一些，没舍得都摘下来，想慢慢享用，待客人，也借机大大的炫耀一下李园的神奇。毕竟，大街上很少见到这种本地产的大黄杏，卖的都是南方运来的小杏，吃上去涩涩的，口感没法比。期间方知出了一趟差，一周回来，方卓要吃杏，他便去园子摘，到园子傻眼了，树上的黄杏落光了，风摇落在地上，摔得七裂八半，蚂蚁爬，苍蝇飞，小鸡叨，雨水泡，叫人心疼。强选出几个给方卓带回去，搞得一家人为此郁闷了好久。去年，杏刚下来，见风一摇，有掉地的，他就领着尹红和女儿一起到园子摘杏。先是站在地上够，够不着了就站到凳子上摘，站在凳子上摘不着，就竖梯子，梯子上摘不到就爬树，一手拽树，一手够果，惊心动魄的，吓得树下的尹红和方卓直担心。不过妻女多虑了，爬树对方知而言是重操旧业，小菜一碟，小时候在农村，家里穷得刚能填饱肚子，哪还能吃上水果，小孩馋，小伙伴们就常常趁夜深人静，到村子那么一两户有心的人家，爬树偷李子、摸沙果。上树也够不着了，就用锄头勾住树杈向下拽，树枝弯腰了，抬头等在下面的妻女，就跷着脚，一手拽住压下来的树杈，一手在枝头上摸杏。树梢上的够不着，就在锄头上拴个尼龙网兜，上去捅，隐藏在里面的大黄杏就"扑棱扑棱"地掉进了网兜里，沉甸甸的。实在够不到的，就晃树，最后几枚"顽固分子"就被"啪啪"地被摇落在地上了，摔裂了，马上捡起来吃，因为困久了，是满树最甜的杏。摘杏大动干戈，闹得鸡飞狗跳，给一家人增添了无穷的乐趣。一棵树，摘下来足有两纸箱，百十来斤，黄灿灿的，拍过照，就分送给朋友们尝鲜，剩下的就储藏在土豆窖里，冰箱里，能吃上个把月。开始，人们品尝了大黄杏，都不知是何物，有的说是桃，有的说是李子，总之都说好吃，赞不绝口。尹红有一个同事家的孩子没吃够，天天晚上闹着要，父亲没办法，就又厚着脸皮上门来要。尹红就把藏在冰箱里的最后一方便袋杏，一半留给方卓，一半给了同事，同事即千恩万谢地捧回家哄孩子去了。

　　每年园子杏花、李花盛开的时候，总会招引一拨又一拨的俏男俊女前来拍照。五一前后，杏花率先开放。玫瑰红的外衣，羞答答地脱去了，绵白的花蕊，渐渐地绽开了，气质高贵，又美丽，又大方。俨如舞会上手持红酒杯、身着亮旗袍的贵妇人，雍容华贵，气度不凡，魅力无限。杏花开旺时，像贵妇人扯着旗袍在舞池里跳舞，放得开，收得拢。到了五月中旬，满园的李花盛开了，雪白雪白的，满园倾覆了。可是杏花好似开足了，跳累了，"贵妇人"坐下来休息，端坐在园头欣赏一园的李树扯着白裙跳舞，使人陶醉的场景。李园的空隙处的几株樱桃也不示弱，俨然杏花的少女时代，鲜红的外衣点缀着洁白的花瓣，矜持、娇嫩、艳丽，给满园白色的李花当着伴娘，蹦着，跳着，逼得赏花人不得不驻足。这当儿，尾随来的波斯猫，一身白衣上来抢镜头，一边在樱桃花下"猫鸣"着，一边用身体蹭着树干，碰得花枝摇曳，一幅绝妙的"猫戏花图"，自然天成，美妙绝伦！到了夕阳西下，天色将暗，身在其中，更觉人间仙境一般。尹红带着几个姐妹，带着摄影师来照相的时候，正是李花开得正盛的时候。整整一个下午，一群女人像喝醉了酒，搔首弄姿，前仰后合，笑声朗朗，专为照相准备的一些旗袍等美艳服饰换了又换，你拍完她拍，她照完你照，与杏花比高贵，与李花争白皙，与樱桃花争艳丽……到血红的夕阳挂上树枝，喷薄下山的时候，一群女人几乎疯掉啦，对这人间仙境流连忘返，乐不思归……

四十四

　　当城里人到李园赏风景照相的时候，正是果农们春耕的大忙季节。本来，时令过了农历清明，大地融化了，小柱子和弟弟就开始张罗给葡萄园扣大棚。熟料，因动迁文件说大棚里的葡萄补偿高，张罗扣大棚的果农陡然增多，开春焊大棚的生意异常火爆，施工队难以相雇。哥俩分头联系了很多施工队，都以活排满为由推辞了。总算联系成了一份，也排过"五一"了。担心进度，哥俩就利用清明到"五一"二十多天的时间，紧张地备料。到银行取了用门市房抵押贷下的购料款，一车一车的钢筋，甩着长长的尾巴，就晃晃悠悠地运进来了，一捆一捆的塑料布也置办齐了。直到一应俱全，只等施工队的到来。

盼星星、盼月亮，这天，焊大棚施工队的小卡车，终于拉着发电机，"嘀嘀嘀"的开进了葡萄园。

"来啦！来啦！"早早到路上接应的小柱子跑进了院，招呼屋里人。屋里的人等得正急，听到喊声，呼啦一下出来一大片，小柱子一家、小柱子弟弟一家，还有请来帮工的夏富贵、何成等一些邻居。

"料备好了？"白色小卡车上跳下来的师傅们叫嚷着。

"万事俱备只欠东风！"小柱子弟弟笑容满面地说着，边给师傅们点上香烟，然后引着师傅们查看备料情况。

连续在太阳底下进行焊大棚作业的缘故，三位施工队的师傅个个晒得跟非洲人似的。简单地了解了一下主人的规划意图，就在地中间，起着发电机，吆喝着人们热火朝天地焊起大棚来。到了中午，小柱子的瘸媳妇把饭做好了，招呼大家进屋洗脸吃饭。吃完饭，师傅们就在房后树根底下的荫凉处，铺上一块破草席，躺下午休，霎时鼾声如雷，那鼾声一直飘到通村公路上，惊得树上的乌鸦"喳喳"的鸣叫。下午两点，太阳稍微落一落，不那么烤人了，就又吆喝着干起来，三部电焊带着火花"滋滋"地一直干到天黑，讲好了晚上不供饭，白色小卡车就拉着师傅们，各自回家去了。

人类是地球最巧妙的化妆师。一个礼拜的时间，十亩地上明晃晃地建起了四栋大棚！每栋大棚八米宽、一百多米长。远远望去，像四条溪流汇到了一起，太阳底下银光闪闪。

大棚焊上了，新葡萄栽上了，十万元贷款花光了，老葡萄也从沟里挖出来，重又绑到了水泥桩撑起的铁丝网上。这天一大早，小柱子就到大棚里查看老葡萄的抽芽信息。往年，小满前后，附近湿地保护区的鸟儿从南方迁徙回来，满园盈绿的李树林里叽叽喳喳，传出各种鸟鸣的时候，葡萄就该鼓出芽包，几天就满园放绿了。可眼下，经验丰富的小柱子隐隐感到，事情有些不对头，不祥之兆涌上心头，可一下子还拿不准，这关系全家人生计的大事，他不敢轻易地下结论。瘸媳妇做完早饭，晃荡着两个大奶子，扭搭扭搭地走进大棚里来。往常，瘸媳妇并不向里走，而是站在地头使劲一嗓子："吃饭啦——！"只要小柱子不应声，她就一句接一句的喊，好像死人也要叫活了似的。有时候方知和老孙在园子里干活，不用看点，听见南侧的葡萄园里传来瘸媳妇的声音，就知道到饭时了。老孙经常笑着说这瘸媳妇真厉害，小柱子见她溜溜的。

"我看今年葡萄够呛能发芽了！"瘸媳妇当然也关心葡萄的生死，把话挑明了说。

"你别马戴嚼子瞎勒扯！"小柱子像被针刺了一下，满肚子火气。

"你不信？咱俩赌点啥，它要是能发芽，我把姓更喽！"

"你个败家娘们是不是找死啊！"小柱子显然被激怒了，公鸭嗓里火气更旺了，身子还直向瘸媳妇使劲，好像要动手。

"没人管你们家那些破事，都冻死才好呢！"瘸媳妇出口不逊，毫不示弱，不过见丈夫两眼冒火，说完急忙转身扭搭扭搭地离开了。

小柱子把地上浇水用的水瓢捡起来，"悠"的一下撇过去，铝做的水瓢轻飘，掷不远，离瘸媳妇一米远的甬道上"乒乓"落地，没砸到。瘸媳妇逃出了大棚，撇下黑不溜秋的车轴汉子留在闷热的大棚里，小眼睛冒着火，大口地喘着粗气，心里翻江倒海地说，这个败家娘们！不看在她给自己生养了一对儿女的份上，早就休了她！当初要不是父亲赌博没正事儿，家里穷得叮当响，哥六个挨肩难娶媳妇，说啥也不能把一个瘸女人娶到家。因为弟弟差点儿工钱，一冬天她就一直跟自己别别扭扭过不去。这次弟弟把贷款全都用到了焊大棚上，根本倒不出钱来给他工钱。这个女人没一天不磨叨，还几次提出撂挑子不干了。要不是他可怜弟弟，忍气吞声，早就巴掌撇子打过去了。打成的媳妇揉成的面，墙倒八遍用泥垒，这话一点儿不假，这个败家娘们就是没打垒出来。现在葡萄冻得不出芽，眼盯着今年的收入要泡汤了，一家人都上火，弟弟嘴起泡了，他也咪黄尿了，这节骨眼儿她还在矫情，他真想扇她几个耳光，以解心头之恨。

一面是刚刚夹栽上去绿莹莹的新葡萄，一面是黑黢黢一点动静儿没有被冻死的老葡萄，眼前的场景真是又给人希望，又使人沮丧！老天爷就是这样没轻没重的捉弄着百姓苍生！

九连的葡萄大面积被冻死的消息，使方知因为李树发芽开花，刚刚好起来的心境渐渐又蒙上了一层阴影。此刻，他站在庄园屋里，注视着墙壁上挂着的匾额，陷入了深深的沉思之中。那块匾额是购买李园后省城的一位书法家送的，装裱后他不知看了多少遍，他觉得这幅书法挂在这里与庄园相配，真乃珠联璧合——柔和圆润的草书，田园诗人王维的"竹喧归浣女，莲动下渔舟"的温存诗句，与现实中鸡鸣狗跳的乐园相映成趣，锦上添花。每次时不时地望上一眼，都使他横生激动。可是现在，他却陷入了有些不着边际的思考之中：乐园？什么是乐园？乐园应有"渡头余落日，墟里上孤烟"的壮阔清奇，应有"夜不闭户，路不拾遗"的安逸踏实，应有"我爱邻居邻爱我，鱼戏水来水戏鱼"的朴实民风，更应有殷实的生活，富庶的日子……可是眼前的情形是，冻灾之下，自己的李树死里逃生，邻居的葡萄却命丧天手，本应生机勃勃之时，却不见绿回人间，给人以迎头一击！那可是果农们的命根子啊！这时，去年那场冰雹过后，小柱子含着泪，一车车倒掉烂葡萄的凄惨场景，又浮现脑海，果农们风里雨里劳作了一年，到秋，却不能收获，那是人世间多么悲哀的事情！不用去过多的了解，都能想到家家户户为此承受的伤痛，不仅他是业余果农，更因为他是农家子弟，身上同样携带着一颗农心！

像自己的葡萄遭遇了灾害一样，方知的心被一双靠天吃饭的魔手，抓挠得隐隐作痛。连日来，大学校园养尊处优的教授生活仿佛与他格格不入了。他忧心忡忡的，心里无时无刻不在惦记着靠天吃饭的农民，怎么办？怎么办……他只知道这样下去不是个办法，可却也不知道出路在哪里，就这样忧忧郁郁的连续几个晚上没有睡好觉。一天，他朦朦胧胧梦见九连的葡萄园和自己的李园上面，都神奇地蒙上了一层既像塑料大棚，又不像塑料大棚的白色屏障，恍惚中老孙大哥还在一旁比划着，说这家伙好，又保暖，又防雹子砸……醒来，他知道那是去年葡萄被砸之后，女儿方卓情急之下，给他一连提了几个建议：要不每棵树上蒙一个塑料袋，要不每棵树上撑起一把伞，要不每棵李树旁边栽上一棵高大的白杨树，为李树挡雹子……实在不行，就买一块大苫布，天气预报有雨了，就提前苫在李园上面，雹子就砸不到了，未雨绸缪嘛！记得当时听了女儿的话，觉得女儿又可爱又天真，一本正经地回答说那得需要多大的一块苫布，能将几百棵树的李园遮盖住！再说了，那么大的一块苦布，怎么才能苦到李树上去呢？姑娘你是动画片看多了吧……这天，夜深了，妻女都熟睡了，他辗转反侧，久久不能入眠。他披上睡衣，来到窗前，望着窗外黑茫茫的夜空，想到农民朋友靠天吃饭的遭遇，再也控制不住忧郁的思绪，便伏案写起来——

　　葡园黑茫茫
　　枯枝一桩桩
　　春天里，哪去寻找啊
　　那一身的绿衣裳
　　……

四十五

　　网络的神通异常广大，再坚定的感情碰到它，也会被渐渐瓦解。李丹与夏小林这样一对以自由恋爱为基础，有着较好感情的伴侣，竟然也被它撬动啦！李丹和夏小林分别在省城的两家酒店干服务生，两家酒店相距很远，因酒店打烊很晚，各自便住在酒店老板给租下的廉价的集体宿舍里，每周也能见上一面，小两口亲热一下。可李丹本就是一个感情丰富的人，刚二十岁就生了孩子，身为人母，不仅小小少妇的风姿使其更加的迷人，火样的情欲也常常使其难以忍受。平时寂寞的时候，她就用手机上网聊天，与一些陌生人吐露自己的寂寞和无奈。一天，一个QQ名叫"孤独求败"的网友进入了她的视野，经过多次的聊天交流，她觉得自己与这个人相识恨晚，就把自己真实的心境不断向"孤独求败"倾诉，倾诉自己与丈夫不能日夜厮守，以及骨肉离别之苦。"孤独求败"也以成熟而老练的口吻对她予以关心和安慰，给了李丹情感上的很大慰藉。两个人越聊越投机，每天网上不见面都觉得少了些什么。这一天，"孤独求败"终于主动进攻了，他要求与李丹见面。李丹像遇到了初恋似的，心"砰砰"地跳了几天，但她没有应允。因为她不敢，她还没有会网友的经历。可是"孤独求败"突然消失了，半个月没再与她联系！神情恍惚的李丹，工作中经常出错，不是碰碎酒杯，就是将烧鱼汁洒在客人裤脚上，常常招致酒店前台经理的批评。她十分清楚，这都是"孤独求败"使她乱了方寸，他一天不出现，她就一天寝食难安！这一天，"孤独求败"再次出现了，并且甜言蜜语，说他本不想再来打扰她，可是管不住自己对她的思念，就又提出与她见面。这一次，已经陷入情感泥潭难以自拔的李丹，没有勇气再去拒绝。见面后，李丹大吃一惊，"孤独求败"原来是自己四十几岁的老板！她犹豫了，可是老板岂肯放过到手的艳福，又是一番花言巧语，李丹融化了，崩溃了，就半推半就入了老板的怀抱，偷偷地背着老板娘做起了老板的情人。李丹在酒店里的待遇越来越高，凭着女性的直觉，老板娘渐渐起了疑心。有一次，李丹在办公室与老板亲热，被老板娘撞个正着，疯一样的老板娘当场扇了李丹两个耳光，当日就把李丹开除了。老板玩弄的服务员不知道有多少个，对于李丹，他也玩腻了，老板娘一闹，他就借机与李丹分手了。

受到了从未有过的羞辱，李丹觉得自己没脸再回到夏小林身边。就拿着老板给他的一万块钱补偿，到南方旅游散心去了。没用上一个月，云南、贵州、四川三地游，一万块钱就花光了。这时，李丹十分想念小林和留在九连的儿子，可是又没脸回头，心情低落到了极点。钱花光了，自己就要流落街头了，她想到了死，可是一想到孩子，自己又打消了这个可怕的念头。她偷偷藏在旅店里，一个人不知哭了多少次。几近绝望的时候，一个微信名"南国英雄"的人闯进了她的朋友圈，她把自己的所处的境地和盘托出。"南国英雄"说愿意帮助她。身处绝境的她几乎没有犹豫，就在日薄西山的时候，来到了南方这座优美城市的公园门前。可是，黄昏里，"南国英雄"的身影、话语使她不敢相信自己的眼睛和耳朵，眼前的这个高高的大眼睛男人，怎么如此的像自己的丈夫夏小林！

"不错，是我。"

果然是小林！李丹不过一切扑上去，紧紧地抱住丈夫，悔恨的泪水如泉水般喷涌而出……

本来，夏小林打算不再理会李丹。他从李丹工作的酒店服务员那里，也了解了李丹与老板偷情，被老板娘撵走的丑事。那一刻，男人的自尊，使他绝望透顶。想当初要不是李丹与自己相恋，自己也不会辍学结婚，如今落到端盘子的地步。这个女人，他再也不想见了……可是，家里的孩子怎么办，还未懂事就要失去母亲吗？父亲为此事特意来省城一趟，对他好言相劝，回去又撵到李丹娘家想办法，孝顺的他心里七上八下，不知道找还是不找。

那天，是李丹父亲的一个电话，使自己改变了主意。岳父在电话里带着哭腔说：

"小林啊，千错万错，你把责任都怪在爸身上吧！李丹她妈去世早，是我没有管教好，她岁数小不懂事，可你们俩日子长着呢，要往长远想啊！小林，你可不能灰心哪，你要去找一找她啊，李丹要是有个三长两短，孩子那么小，将来咋办哪……"

"……爸，你放心吧，我去找她！"

父亲的劝，丈人的动情，母亲在家辛辛苦苦拉扯的孩子，夏小林思前想后，不得不放下男子汉的自尊心，决定去找李丹。可是世界之大，茫茫人海，他去哪里找啊！万般无奈，就起个"南国英雄"微信名，并加了李丹的微信。通过手机微信聊天，了解到李丹的境遇，以及悔恨的心理，小林逐渐原谅了妻子，便来到这座美丽的南国之城与妻子相会，接她回家……网络害得一对小夫妻走了一段弯路，网络又使小夫妻在茫茫人海里破镜重圆，这令人又喜又忧的网络啊！

夏富贵听说找到了李丹，怕再出什么意外，就让小两口回了九连。一来与孩子团聚，稳稳年轻人的心，二来要栽葡萄了，也需要帮手。

按照去年秋天的计划，夏富贵是准备在李树地里间种葡萄的，并挖好了葡萄沟。谁知遇到了极寒天气，春天李树迟迟不发芽。这下可难住了夏富贵。要栽葡萄了，是继续间种，还是把李树砍掉？如果继续间种，到时候李树真要是冻死，再想往外刨李树就不好干活了，因为栽完葡萄之后钩机将无法进到地里来，就要用人工挖李树，十几年的李树，棵棵都是碗口粗，盘根错节的，费用就会成倍增长！同时按间种挖的葡萄沟明显狭窄，留下的宽宽坝楞子明显浪费了。如果提前把李树砍掉，又担心李树发芽活过来，影响李子的收成……

人生在世，谁都会遇到十字路口需要选择的情形。可是像农民兄弟这样，在选择种植的品种和方式上，从农耕文明开始，艰难的选择就从来没有停止过！因为选择错了，就会影响一年甚至几年的收成。果农尤其如此。

现在，夏富贵又开始各处走走看看了，他要调查调查，比照比照，再做决定！转悠来转悠去，又转悠到了去年秋天李树地里间种葡萄的那户人家。只见那户人家李树已经刨掉，鸡雏破壳似的，李树下的葡萄园全部裸露出来，并齐刷刷埋好了水泥桩子，准备葡萄从地下起出来后，绑在上面。

回来的路上，又遇见了手里掐个旱烟卷，在街上闲逛的李老太太。李老

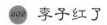

李子红了

太太说："你还转悠啥啊，抓紧栽葡萄啊，听说过几天场部就要来照相了，照完相再栽就不算数了！"

夏富贵的心像猫爪的一样。眼前的一切证明，不能再犹豫了，再犹豫即将坐失良机！他怎么能坐失良机？他坚决不能落在别人后面！他跑回去甚至没再与兰香商量，就雇来钩机，把十亩地一千多棵的李树全部挖掉了，干净彻底，连一棵自己吃的都没保留！

本来谋划好了在李树地里间种葡萄的夏富贵，现在却毅然决然，像疯了一样，在损毁他和兰香精心伺候了十几年的李园！夏小林和李丹，已辞掉了省城酒店服务生工作，一起回来帮助栽葡萄。夏富贵又在乡下老家找来几个帮手，带领大家热火朝天的干起来。他指挥着先将钩机挖倒的李树一棵棵清理干净，然后再将葡萄沟拓宽——去年秋天他和兰香挖的葡萄沟是按间种标准干的，李树清除后，葡萄沟显然太窄了，沟间的坝楞子距离又太宽了，宽窄不均，不仅影响葡萄的生长，将来动迁，也要费口舌！夏富贵把大脑细胞都发动起来，尽量做到尽善尽美，把金钱梦做到极致，不留一点遗憾！也许是太专心了，这个精明的汉子，只顾张罗着清理李树了，并没有太在意被拔掉的李树。不，是金钱梦和对未来美好生活的憧憬麻木了他的神经！李丹回来了，没花钱就将媳妇娶到家的如意算盘在心中又响起来了，如果栽上葡萄再大挣一把，他就可以住上楼房，再得个几十万的补偿款存进银行防老，平时依靠打打零工挣一些生活费，他这一辈子，也算是家中哥五个里面，不，应该是整个村子里面一等一的富裕户了！

可是现在，刚将拽出来的一棵李子树放到角落里，不小心被枝杈刺了一下，他麻木的神经猛地苏醒了——望着眼前被蹂躏得奄奄一息，即将枯死的李树，控制不住的，一个人突然偷偷地流起眼泪来……而实际上，钩机号叫着，每刨掉一棵硕大的李子树，他的心都跟着震颤一下，尤其看到冒锥的芽苞，他的心里都在隐隐作痛！多年来，自己和兰香辛辛苦苦经营的李园，霎时就要被金钱梦剥夺去了，他怎么能止住这复杂的泪水呢？要不是麻木了，忙活忘了，他早就该为这心头割肉一样的场景流泪了……兰香何尝不是呢？这时，她在屋里做完午饭，抱孩子出来叫大家吃饭，看到丈夫躲在角落里泪流满面的，不禁也用衣袖揩起了湿润的眼角！富贵见了，夫妻俩面面相觑的瞬间，似乎都明白了对方的心事，马上又都觉得有些不好意思，这才双双擦干了泪水，一起喊人们吃午饭去了……

听说女儿李丹回来了，乡下的亲家也前来瞧看姑娘，顺便帮了几天忙。大家热火朝天，清理掉一千多棵李子树，葡萄沟拓宽之后，就把预订好的学名叫贝达的一万棵山葡萄苗陆续运回来，一棵一棵的栽上了。买牛粪当底肥费用高，就买了二胺回来，向葡萄沟里扬洒，然后赶在当天灌上水，第二天，一沟一沟绿莹莹的山葡萄就都活过来了……而在富贵眼里，那活过来的其实不是葡萄，活过来的是三年后一棵两百零八块钱的人民币，是让一家老小能过上好日子的金矿！

儿媳妇回来了，金矿种下了，一段时间以来心情一直忧忧郁郁的富贵，现在心情则大不一样了。虽然几十口肥猪急着出手，没卖上价钱，可用在栽葡萄的费用上，总算够了。几天紧张的张罗和劳累，现在，富贵陪亲家和老家的亲属们喝了两杯辣酒，安顿好了客人们，躺在火炕上，身子是疲惫的，可心里是兴奋的，他迟迟不能入睡。富贵又开始憧憬了，憧憬着住上亲家一样的楼房，憧憬着像方教授一样拥有一台轿车，憧憬着兰香能有几套城里女人一样款式新颖的衣裳，别总像现在这样，成天脸上围着个破头巾，不是穿着那条肥大的红裤子，就是那件褪色的绿上衣，过去田里干活看着新鲜，现在总觉得缺点啥，可能是土气吧。他越想越兴奋，有些睡不着觉了，明天没什么紧要的活了，只是送送客人，拾掇拾掇"金矿"的战场。他感到下身渐渐燥热起来，便侧身拽了一下兰香镶满月光的被子，兰香"嗯"了一下，表示默许，他就翻身上去……好久没与有着姣好面容的女人亲热了，这片地一定荒芜了，一是活儿累，摊在床上就拿不成个儿，再一个是没心情，是留住李子还是栽葡萄，一直纠结着，再说李丹的事情也让他烦心，扔下没妈的孙子成天闹，哪还有亲热的心思……

四十六

自从老孙到公路上干起扫大街的活儿，缕缕能带回来一些新闻，而且大都是第一时间，比江城的报纸和电视还快。这缘于这条通往省城的公路。为了装点门面，提升城市形象，市政府决心把它建设成为全市的样板路、标杆路。百米左右的距离便配备一名清洁工看守，一张纸片、一粒石子也不允许有。中央和省里来了大干部，老孙第一时间便知道消息——因为不管休班与否，一律通知上岗，道路即使清扫得干干净净，也要坚守岗位，清一色穿着红马甲，密密麻麻的蠕动在公路的两侧，显得庄严、正规、有气氛，车队经过时，他们还要不由自主的行注目礼！可以想象，庄严的场面，经过的高干们一定感到很风光，当然，风光的背后，尚有一番讳莫如深的形式主义的味道……老孙还时常带回来一些车祸的消息，因为这条路是入城口，通行车辆较多，特别是到了农忙季节，农用车、摩托车，往来穿梭于高速路与乡村之间，经常发生车祸也不足为奇，而且一旦发生交通事故，非死即伤，都是恶性的。

那天，为了节省车脚费，脑血栓蹬着"倒骑驴"三轮车，去公路北侧买鸡粪，回来打算给李树施肥，他和老伴搬来这里十几年，每年春天都坚持自己蹬车去拉粪。不料今年，却在家门口遭遇了不测！

庄园西侧的街道原来是土路，方知刚来的时候，还破破烂烂，坑坑洼洼的。记得当时粉刷房屋，夜里下过一场雨，送涂料的三轮车淹在了路上的积水里，费尽周折才弄出来。幸运的是，他进入庄园第一年，就赶上农场城镇化建设起步了。要想富，先修路嘛，农场全面实施了"硬化工程"，土路就翻新成现在的水泥路。方知还记得当时修路他的捷达开不进去，就停在一旁，拎着猫食狗食，步行进去。从通往省城的公路下道向南，到他的庄园要走上一千米。骄阳下面，修路的工人和作业的车辆往来喧嚣，热热闹闹的。先是一卡车接着一卡车的拉运沙石铺垫在土路上，然后再用搅拌机泼上水泥。一次，等他喂完猫狗，摘些蔬菜返回的时候，半侧的水泥已经打到了他的捷达前。一个夏天经常来来去去，与那位高高大大、黑黑胖胖，说话粗声大气、总是戴着墨镜的包工头都熟悉了。包工头说："原来是你的车啊，你要是再不来，我们就得发动人把车抬走了，不然影响施工进度！"水泥路修好以后，环境整洁了，出行方便了，九连的庄园价格也迅速涨起来了。大家都羡慕方教授的运气好，夏富贵甚至说："方哥，这路是给你修的，我们在这儿住多少年了也没人给修路！"路修好了，车辆也骤然增多，原来寂静的街道变得热闹起来。特别是西边不远通向湿地保护区的道路拓宽，暂时封路一年多，车辆绕行，都挤到这条仅有六米宽的村村通公路上。每次，方知到庄园驾车进进出出，都小心翼翼地，生怕发生碰撞。为了防止车速快，发生事故，每隔一段路都修了一条凸起的减速带，每辆车经过，都要"咣当"两下，前轮"咣当"一下，后轮"咣当"一下。最让老孙受不了的是，拉沙子的大车。路修好后，场部在路端焊起了两米多高的限高护栏，不允许大型重载车通过，怕路吃不消，损毁路面。可是拉沙子的大卡车，为逃避高速路收费，竟在夜里将限高护栏野蛮地撞开，偷偷通过。焊了，撞，焊了，撞，怎么也封堵不住。老孙说，减速带把他坑苦了，大卡车通过时那两声"咣当"，就像梦中突然传来了魔鬼的尖叫声，搅得人心惊肉跳，时常睡不好觉。

现代化进程，改善了人民的生活条件，也给人们带来了新的烦恼！脑血栓无疑成了城镇化建设的牺牲品。老孙说，当时他正好下班经过，警察勘查现场照过相之后，是他帮助给脑血栓穿的衣服。因事情来得太突然，脑血栓老伴当时就哭抽了。脑血栓脑袋撞变了形，三轮车甩在旁边的沟里，鸡粪散落了一地，还有脑血栓的那顶黑夹帽，血迹斑斑，惨不忍睹。听此噩耗，方知心里发酸。每次到庄园，他把车开进胡同，在下车开大门的空当，常能看到脑血栓老两口在李林里忙活，他也经常趁机请教眼前需要完成的农活。比如是不是该喷药了，浇水了，李子怎么卖了，等等，老两口总是热心相告，不厌其烦，知无不言，朴实而温暖。脑血栓五十几岁得上血栓病，落下了后遗症，一撇身体不听使唤，走路一瘸一拐，仗着老伴身体硬朗，重活老伴干，他帮助打下手。脑血栓姓高，方知总高大哥高大哥地叫着，到死也不知道他的大名叫什么，原来是干什么的，为什么买的庄园。九连因为距离江城比较近，居民哪来的都有，背景五花八门，是个大杂烩，这就是城郊的特点。脑血栓的儿女在外地谋生，一年能回来看他们一两次。老两口相互搀扶、自食其力过得也算快活。一年到头给果树剪枝，锄草，浇水，施肥，喷药，摘李子，卖李子，两个人形影不离。脑血栓虽然不能干重活，但是腿脚还能蹬三轮车，春天他用三轮车往地里拉粪，秋天李子熟了，为了多卖几个钱，他就蹬三轮车拉着老伴去城里零售，晚上李子售罄了，他就让老伴坐在三轮车的平板上面，像拉着恋人兜风似的，他把三轮车蹬得飞快，在公路上像轿车一样奔跑，几次方知在捷达里看到此情此景，好生感动，一抹夕阳下面，一幅多么美妙的乡村夫唱妇随图！可是现在，一场车祸，使老两口阴阳两隔，甩下已经习惯了陪着一瘸一拐脑血栓过日子的老伴一个人，将来可如何度过残生……李老太太很快把脑血栓遭遇车祸的消息在短时间内传遍了九连，九连认识脑血栓的人们无不惋惜。虽然，据说肇事车主给了脑血栓老伴一笔不菲的赔偿。

几十年不遇的冻灾，飞来的横祸，被动迁信息一时搅乱的生活秩序，使九连的果农们一忽儿心里沉沉的，像一块石头压在上面！一忽儿又像浪花一样，奔涌着，激荡着，摔打着，现实的一切和历史的进程他们无法左右，他们只能随波逐流！

这就是普通人的生活。

在老孙的帮助下，母亲给拿的菜籽都种的种，栽的栽，一个多月，方知庄园的春耕就顺利结束了。大棚里的小白菜、生菜、水萝卜菜能间下来享用了，韭菜也能割下来烙盒子了。在母亲的电话指导下，方知照例种了三茬黄瓜、三茬粘玉米、两茬豆角。纸筒育苗的丝瓜、冬瓜、香瓜、西瓜、葫芦也都相继移栽到大地。这一天，尹红说："老孙大哥的合同到期了吧，别忘了续签，免得一个人住着出什么意外说不清楚！"

对于尹红的提醒，方知心中早有考虑。自从上次老孙的小媳妇另攀高枝，老孙想不开喝药之后，方知就一直心有余悸。这次又发生了脑血栓遭遇车祸这样的横事，方知意识到合同要尽快续签上。

方知把原来使用的庄园出租合同重新修改了日期，条款没有任何改动，只是加上了一条：

　　租赁期内，发生任何意外事件均由承租方自己负责。

对于方知的谨慎，甚至狡黠，尹红过去总是奚落他是农村人。可这次，尹红也觉得很有必要。方知将合同打印两份，在"出租人"一栏签上了自己的名字，到庄园交到老孙手里。老孙当时没有签。过了几天，他到庄园与老孙翻盖猪舍，老孙对他说："这是我给你干的最后一个工程！"

方知担心的事情终于发生了：老孙告诉他，"小程"同意和她结婚，但条件是倒插门，搬到她城里楼房去住，帮她照看孙子。

方知看了一眼老孙，心里虽是一万个不愿意，嘴上却不得不连连的表态："好事，好事，当一回插门女婿！反正你是一个人，在哪儿都一样。不过，我这里啥时候都是你的家，啥时候想回来，就回来，大门随时为老大哥敞开着！"

端午节过后，老孙就搬走了。搬家这一天，方知早早来送。与老孙见过面，安排完有关事宜，他就一个人躲进李林，再没出来。他不忍目睹老孙大哥搬家离去的场面。他猫在李林里心不在焉的锄着草，能听得到院子里的人越聚越多，听声音是老孙的姑娘、儿子前来帮忙了，还有抬家具的声音，"乒乒"投掷杂物的声音，以及老孙憨憨的吆喝声……这一点一滴无不撕咬着方知的心！老孙搬走后，庄园一下子冷清了许多，有一种演出散场的感觉。回想两年前的深秋，老孙领着小媳妇大车小辆搬来时的情形，而现在老孙却舍他而去，去做了"上门女婿"，方知和尹红的心着实沉闷了一阵子。失去了才知道珍贵！尹红甚至对方知说，我看你现在咋办，不能再当甩手掌柜的了吧，实在不行，咱俩就搬到庄园去住吧，趁早晚空闲照顾一下园子的农活，累点，倒也清净。

　　现在是清净了。尹红在家照顾方卓复习高考，庄园没人不行，方知就先一个人到庄园过夜。平素与尹红在庄园干活晚了，赶上方卓放假，三口人也偶尔在收拾得整洁的西屋住上一夜。现在，老孙白天刚刚搬走，园子里冷冷清清。喂完鸡猪猫狗，自己胡乱对付一口，窗棂上即攀爬上了皎洁的月光。屋里有些闷热，他就一个人出来赏月。只见房檐上的一只大蜘蛛已经开始织网了，在房檐和菜园的木杆之间来回编织着，吐出的丝丝银线于月光下若隐若现，一袋烟的工夫，就编织成一个网状的圆盘。蜘蛛藏在圆盘的中间，等待着享用不慎黏上去的蚊虫；白天葳蕤翠绿的李园，沐浴在如霜的月色里，渐渐入眠。间或从墙角，从菜园处，从李园里，还是从邻居的院中，偶尔传来一两声蛐叫与蝉鸣。鸡猪都睡去了，尹红捡回来的大白猫没了踪影，大狼狗见主人出来，从窝里跳出来，在他面前摇着尾巴，撒着欢儿。金钱梦做累的果农们也都进入了甜蜜的梦乡……被荒林野地和银色的月光裹挟着，白日喧嚣的九连，进入了一个沉寂幽晦的世界。形单影只的方知，有一点儿独孤和凄凉，也兀自浮生一丝烦闷，一缕夜风吹过，竟然打了一个寒战。老孙刚搬走，热度还没有完全凉下来，搬家遗留下的破破烂烂还堆在院子的一角，老孙的那辆破自行车停靠着车库旁，好像随时等待着主人来骑跨它，院里老孙帮助自己搭起的葡萄架还在，只是没有了老孙从下面走过的身影……忽然，月光下，一个影子从园门处一闪而过，他的脑海里立刻想到了老孙，是老孙从李园里回来了！往常，老孙经常头上裹着一条毛巾，一手握着锄头，一手拉着园门，一双绿豆眼睛炯炯有神地盯着他，从李园干完活走回来。"猫呜，猫呜"，大白猫的叫声，使他清醒了，老孙大哥与一个女人走了，再也不会回来了……这时，李园东方的夜空突然鞭炮齐鸣，一团团五彩的礼花一束一束地划过水洗一样的天庭，鞭炮声中还夹杂着人们的尖叫声，口哨声，欢呼声！十几分钟的鞭炮李花过后，还传来了歌声，开始一个人唱，后来是一群人一起唱……

噢，那是场部在建的温泉竣工了，工人们在庆祝胜利……

四十七

还有一个多月，方卓就要参加高考了，目前正在紧张地备战之中。方卓聪慧，可是偏科，英语有时能打满分，数学有时却能打零分，综合起来也就是个中等生。加之情窦初开，虽然自己并没有过早的谈恋爱，可是班级里一个与她要好的女生有同性恋偏好，跟一位女生出去租房子同居，家长管，学校查，管不了，两个人就私下出走了。方知和尹红一致认为女儿是受影响了，可是不敢跟方卓挑明了谈，偶尔说一句方卓就为要好的同学鸣不平："那咋地了，同性恋咋地了，人家国外同性恋都立法了，就咱们，大惊小怪的！"方知和尹红都为女儿捏着一把汗。方知说："现在这孩子，学习真让人操心，车接车送的，我们那时候，十几里的山路天天自己来回走，吃不像吃，穿不像穿，就凭自己本事考出来了。"尹红说："你别总说我姑娘，我姑娘是天下最聪明的姑娘，错不了！"尹红的话，方知听了心里也喜滋滋的，说："那是，咱这基因好，错不了！"

不过方卓有一个特点，心理素质好，是考试型的，平时不紧不慢，考试时总能东方不亮西方亮，给人以惊喜。还有一个月的时间。俗话说临阵磨枪，不快也光，在这节骨眼儿，老孙搬走了，要做到服务女儿高考和伺候庄园两不误，两口子商量，尹红在家陪女儿，方知负责打理庄园。等女儿高考结束了，再搬到庄园陪他一起居住。

庄园草长莺飞，要浇水抗旱，铲地锄草，并有鸡猪猫狗需要喂养，一天也离不开人。方知白天上班，晚上要赶到庄园劳动。心想一个多月，咬牙也挺过来了。现在九连的农情是冬天大冻一场，春天又大旱一场。不过应验了"大旱不过五月十三"的农谚，夏至来临前连续下了几场透雨，李树和青菜精神了，葱郁了，草也疯长起来，加之前期果树旱得生了病虫害，还没来得及喷药，范围在扩大，一个人忙不过来。眼下的办法只有一个，就是雇人。他一个电话打给金花，金花认识人多，他让她帮助雇两个铲地、喷药的人。金花答应了。雇的人没来之前，为防止病虫害扩散，尹红着急就催他自己去喷药。说一个大男人，人家老孙大哥那么大岁数都能干，你就不能干，背上壶就喷呗，雇什么人！尹红一番刺激，方知想那就试试吧，前年刚进入庄园，老孙没来时，也试着喷过。就去了公路边上一个笑面女人开的农资商店。

方知跟有一张笑面的老板娘很熟悉。他刚进入庄园时，见到公路旁有一排农药种子化肥商店，不知道哪家好，就挑了一个门市大点的。老板娘很漂亮，高个，瓜子脸，端庄有气质，服务也热情。到店里来买农资的果农熙熙攘攘的，老板娘左右逢源，交代完这个，招呼那个，业务熟练，种啥，喷啥，优点，缺点，说得明明白白。应付有余，生意比哪一家都红火。开始他买个农药化肥种子农具什么的，都到这家大店，也顺便问清楚了许多农事。方知不是为了省下块八角的，而是认为大店买东西不会被骗，毕竟种地这种事，马虎不得，一步走错，一耽误就是一年。但老板娘每次都想法儿地给他抹点零，方知明白老板娘是在拉回头客。有时见店里人挤，想到其他店买，可都不好意思走。时间长了，通过与夏富贵和脑血栓等一些邻居闲聊，他发现在大店买的农资价格贵，量也拿得过剩，一瓶一瓶扔在仓库里，李树各阶段病虫害不一样，下次不一定用上。他有一种被欺骗的感觉。特别是每次去，老板娘每次都要重复问一遍他有多少棵树。他跟老板娘开玩笑说："我每次都报数，每次你都记不住！"老板娘绯红着漂亮的脸蛋说："不好意思，人这么多，我哪能都记得住！"那一瞬间，他感觉老板娘对自己这个城里人并没有什么特殊的对待，混同一般果农了。他很不是滋味。尹红说："人家卖的是货，管你城里城外的，没准坑的就是你这城里来的大头！"

一次，他急着去庄园，见大店人多，就把车停在大店门前到邻居那家商店去买菜籽，出来时竟然发现老板娘在门口偷偷查看他！后来，再买农资，他就不由自主把腿迈进了邻居那家店。邻居商店是一个夫妻店，老板很憨厚，总是不声不响地屋里屋外运农资，柜台上的事儿都交给老板娘照应。老板娘是一个开通的女子，一张笑面，从来都笑呵呵的，很阳光。去了几次，不用方知报数，就能记住他庄园李树棵数，说："三百棵树，哈！你就喷这些药，好使便宜还环保！"有一次，方知听说娘种了白露葱，也想种，有事儿耽误了几天，去买葱籽，笑面老板娘说："哥们，都快上冻了，还种啥白露葱啊，明年开春栽葱吧！"说完自己"咯咯咯"地笑开了，然后解释说："我不是说你'栽葱'，而是明年买点小葱栽多省事！"眼前这个甜滋滋幽默的女人，他想要是换做邻居大店老板娘，一定不问小葱死活，就把葱籽卖给你！这个就有关诚信了，其实做生意跟做人是一样的，只讲利益，不讲诚信，兔子尾巴长不了。

这次笑面老板娘说，方知庄园李树得的病叫"红蜘蛛"，天不下雨，旱的，九连在扩散，再不喷药就该黄叶子了。然后麻利地给他拿齐药，详细交代了兑水比例。听方知说老孙走了，他要自己喷药，她说："你那细皮嫩肉的，还不把肩膀子给你勒出血印子，那样吧，我给拿一个新进的电动喷壶，充满电，按下开关就'突突突'地喷，不用手压，省不少劲儿，也不贵。"方知说："我正愁这累人的喷壶呢，买一个！"她依然笑着说："你一次灌半壶水，多背几次，就不压挺了。"然后给方知拿了喷壶，还求买货的果农有说有笑地帮助安装好，交代了使用方法，方知就乐颠颠拉回了庄园。回来，方知先给喷壶充满电，然后换上长袖衬衫，戴上口罩、帽子、眼镜，跟参加抢险救灾似的，将自己包裹得严严实实，以防农药侵害。开始喷药的时候，他感觉很新鲜，很滑稽，像小品演的一样，身背水壶，左手按下开关，右手攥着枪杆，"哧——，哧——"，喷得树叶摇动，水雾四溅，刷刷作响，风生水起的，惊飞了喜鹊，吓呆了树林里觅食的鸡。可是没背上两壶水，肩膀上就勒出了血印子，疼痛难忍，加之太阳晒，药雾熏，他就坚持不下去了。这时，金花打来电话，问还雇不雇人了，他马上回答雇。第二天一大早，太阳刚出来，他刚起床，门外大狼狗就叫，推开大门一看，是金花给雇的喷药和铲地的人来了，一男一女，女的带着红色长檐帽，脸上裹着围巾，只露着一双大眼睛，男的中等身材，车轴汉子，方知仔细辨认后急忙说道："是你们两口子！欢迎欢迎！"

车轴汉子不是别人，是金花的弟弟金山，也就是金崇才的小舅子。女的是金山媳妇。两口子自从在方知手里抢先买了福建人的庄园，就把地包出去，从乡下老家搬过来，一直在九连干着打零工的营生。帮助方知铲了地，喷了药，方知要付工钱，金山说："方哥工钱我们就不要了，一直到秋天，你这五亩地有啥活儿，我们两口子就包了，只是请你帮个忙。"方知说："你说。"金山说："我的庄园马上动迁了，没地方住，听说老孙搬走了，你的庄园空着，能不能借我们住一段时间，到秋天回迁楼钥匙下来，我就给你倒出来。"方知说："行行，太行了！"没几天，金山的庄园就动迁了，他和媳妇拉着不多的家当，就搬到了方知的庄园借住。方知总算松了一口气，没有庄园的牵扯，备战高考的紧要关头，他可以天天按时接送方卓上下学了。

金山的庄园和姐夫金崇才的庄园东西院，都在市政府公路南侧500米的动迁范围之内。按照动迁补偿文件，金山五亩地庄园得了一套七十平方米的楼房，另外还得了二十万元地上附着物的补偿款。金崇才的庄园是十亩地，却得了两套七十平方米的楼房，另外加上二百万元的补偿款。相差如此悬殊得益于金崇才的精心准备。水泥地面、猪舍、大棚、密植的葡萄，都为他的动迁赢得了最大利益。现在，有了条件，他就把金蛋子送到江城最好的寄宿学校封闭学习，把父亲望子成龙的梦想转嫁到儿子身上。从庄园繁杂的劳动中解脱出来，时间宽余了，他就拉着金花到处"打游击"、看外病。有时还借给人看病的机会到南方旅游一番，只待秋天回迁楼下来，把金花的新"诊室"好好收拾一番，重新开张，自己也就在家里坐享其成，悠哉悠哉啦。

从金山的口里，了解了金崇才和金花的幸福生活，方知有一种说不出来的感触。九连人送金崇才一个绰号"金万能"，他还真是个能人！小媳妇娶着，又得了个儿子已经上了小学，这次动迁又得到一笔不菲的收入，金花还日进斗金，世上的好事都让他金崇才摊上啦！尹红说谁像你，成天玩高雅，高雅能值多少钱呢！方知反唇相讥，你什么意思，也想让我像金崇才那样把老媳妇扔了，找个小媳妇开心，将幸福凌驾于你的痛苦之上？尹红说看你那两下子吧，能把我们娘俩养活好就阿弥陀佛了，还这个那个的呢！金崇才的成功，突然使他有一种失重感，自己本来笃定无疑的人生观，一时间又被搅得模糊不清起来……

四十八

"你为啥不去！你去最有说服力！"

"亲戚咋的，亲戚也不当钱花！"

"你去不去，你要不去，我们就连你一起告，说你包庇金万能！"

这天下午，方知到庄园，发现十几名果农在自己家的园子里气汹汹地与金山叫嚷。他问怎么了？金山说不好意思方哥，我们商量点事。方知说什么事，不能心平气和的，一帮人撺到家门口来，吵吵把火的，影响多不好！没等金山说话，其中一个膀大腰圆的大汉就对方知说道：

"不好意思兄弟，这事跟你没关系，我们是来找金山的！"

大汉对方知解释完之后，又回头指着金山说："金山，你看着办！明天早晨八点在场部集合，去不去你自个儿定，不去俺们连你一起告！走！"

说完，一挥手，领着十几个果农气哼哼地走了。

果农们走后，金山就把缘由跟方知学了一遍，方知听完，神情有些紧张，"什么，他们让你去告你姐夫金崇才？他出什么事了？"

"这……"金山欲言又止，并没有道出实情，而是难为情地说："你说我能去吗？金崇才是我亲姐夫，我的庄园当初是他帮我买的，从哪方面讲我都不能去揭发他！"

"那咋办呀，你不去那帮人不是说连你一起告吗！"本分的金山媳妇在一旁焦急地说。

方知不知道金崇才干了什么事情，惹得果农们要去告他。尹红建议找个理由将金山两口子打发走，怕出啥事儿说不清楚。方知也赞同尹红的想法。与金崇才相处多年，虽不是一条道上的人，但也不希望因此与金大哥再闹出什么不愉快来。就通知了金山，谎称乡下的父母要搬到庄园来住，就把金山两口子打发走了。

不患寡，而患不均。这是孔子早就传下来的古训。金崇才的动迁款得了二百万，周围的群众红眼了。当初九连建设庄园的时候，一家一户都分了十亩地。现在除少数一分为二，各按五亩地出卖之外，大部分保持了原有面积，加上周围多占一些的"黑地"，只多不少。这次动迁，十亩地都得到了两套七十平方米的回迁楼，可是地上附着物一般也就得了四五十万的补偿，大家听说金万能竟然得了二百万，一样的地，他就是多扣了几栋大棚，多建了几座猪舍，多栽了几棵葡萄，就多得没边了，人人不想吃哑巴亏，因此一个个叫嚣着要去上告，讨个说法。

"去告他！"有的说。

"告什么？"

"他们家栽的葡萄都没活！"

"对！还雇我去栽了，根本没出芽！"

"还有，他们家的猪圈是动迁文件出来以后拔高的！"

"对！还雇我去给建房了！"

你一言，我一语，群众的眼睛是雪亮雪亮的，竟然给金崇才凑了很多材料！

"金山最知道他的底细！"

"对！去找金山，让金山也去告！"

"人家可是姐夫小舅子，能去吗！"

"利益面前无父子，这年头，管他呢！走，去试试！"

不论大家如何劝，憨厚的金山碍于自己和金崇才的关系，第二天，并没有加入到集体上访的队伍，而是找个地方偷偷地躲起来。

上访的队伍聚集了四五十人。早晨一上班，就陆陆续续来到了场部的门前。场部是一栋普普通通的三层小楼，是管辖十几个作业区的"最高首府"。借着城镇化的春风，不久的将来，"最高首府"将被迁到在建的，集医院、学校、活动室于一体的综合性办公区。那是一处宽敞气派的新址。那个膀大腰圆的大汉率先叫嚷道：

"当官的呢！当官的出来！我们是来上访的！"

场部正要召开作业区主任会议，各作业区的一把手刚刚在破旧的会议室里坐下。听到外面的叫喊声，来参加会议的黄帆感觉到事情有些不对头，听着声音熟悉，就第一个从三楼会议室里急急忙忙跑出来，到外面一看，他有些傻眼了，都是他九连的人！他急忙笑着对大家说："怎么回事，有啥事儿咱们回去说，在这里影响不好！"

"回去说？回去说你能做主吗？"大汉第一个对黄帆发难。

"什么事我做不了主？"平时说话一字一板的黄帆，现在明显有些急。

"动迁的事！为啥一样的地金崇才得二百万，我们才得几十万？你给我们说清楚！"大汉双手叉腰，气汹汹地问。

"人家不是大棚多，葡萄多，还有养猪舍吗？这地上的附着物它也不一样！"黄帆强挤笑容解释道。

"你少跟我扯！这里的猫腻我清楚！你信不信我给你说清楚？"大汉声音更大了。把会议室里开会的人都吸引下楼来。

"我说兄弟啊，咱们有话回去慢慢说行不行，再说这动迁的事情是市政府组织的，我们只是跑腿的，太具体的情况我们也不清楚啊！"黄帆见各作业区的主任都出来围观，场部的领导也出来了，脑门不禁渗出汗来。

"你怎么不知道，事情都是你做的，别拿我们不识数！"人群里有人喊道。

"对——对——，今天你给我们说清楚！"人们开始齐声叫喊。

"这没什么好说清楚的，动迁有政策，我们都是按政策办事！"往日柔滑的黄帆见此事不好收场，只好搬出动迁政策搪塞。

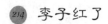

李子红了

"你们弄虚作假！套取动迁款！"人群里有人干脆把窗户纸捅破了。

"这……这话可不能乱说，这是要负法律责任的！"黄帆又把法律端出来了。

"你们眼里还有法吗？你们什么事不敢干！"

"你们有证据吗？这是一件十分严肃的事情，你们要对你们说的话负责！"一直站在黄帆身后的一位场部领导出来说话了。

嘈杂的人群先是静了一下，继而果农们开始交头嘀咕起来。那个膀大腰圆的大汉也用手挠起了脑袋。显然，他们犯难了：他们手里没有直接的证据！

"我们哪来的证据，要证据你们去调查好了！"大汉终于找到反击的缝隙。

"这件事情我们会派人员去调查，之后对你们有一个交代，今天你们就散了吧，不要影响公务！"

见场部领导有了态度，人群里又有人喊道："你们给我们动迁了，把耕地给我们占喽，又给那么点补偿，以后我们靠什么生活？"

这个人的提问好像提醒了大家，刚才只管在动迁费上打转转了，差点忘了这个关系今后生活的大事情。"对，我们以后靠什么生活！"

场部领导见群众提的问题越来越尖锐，就小声对黄帆说："我说老黄啊，场部反复强调，人员安置、就业等动迁政策一定要跟职工们讲清楚，这关系到农场的小城镇建设事业能否顺利推进，你不说清楚，涉及生活出路这么大的事情，职工能不闹事吗？"

黄帆急忙点头答道："是是是，是我们没做好宣传解释工作，我们一定要加强！"

"大家不要急，听我慢慢说！"大个子场部领导是个秃顶，他习惯性地用手理了理一缕可怜的长发，清清嗓子，用浑厚的声音说：

"大家都看到了吧，今天我们就在召开作业区主任会议，内容只有一个，就是关于咱们农场的小城镇建设工作。现在，市政府公路两侧动迁的五百米范围，只是动迁的第一步！下一步，我们已经请来了专家，组成了专家组，对我场小城镇建设进行整体规划！这既是贯彻国家关于加快小城镇建设的总体要求，也是落实管局的全面部署，改善我场职工居住生活环境的现实所迫！大家都知道，我场地处世界大湿地附近，是游客观光赏鹤的必经之地。从前，这里有个绰号叫'破大屯'，房屋杂乱无序，道路狭窄泥泞，污水横流，垃圾乱放。来到保护区参观的游客路过这里都说，游览了美丽的湿地，看到了漂亮的丹顶鹤，心情特爽；可一路过这臭气熏天的地方，心里就立刻犯堵。我们场可以说经济发展落后，城镇建设落后，环境建设落后，人民生活落后，百姓的幸福感比较低。"

"这样的局面必须要改变！必须要通过城镇化建设的手段，改变居住环境，改善百姓生活！"

场部领导说到了兴奋处，没有停下来的意思。"建设宜居城镇，改善居住条件，在不占用一分耕地的前提下，我们已经启动了大规模的改造老城区，建设新城区的工作。在拆迁安置上，坚持以人为本，民生优先，百姓利益为重的思想，按原房屋面积，实行征一还一，楼房安置，货币补偿。除补偿房屋外，其他附属设施按评估价给予补偿。"

"随着撤队并区、耕地集约化经营和农机合作社的开展，以及小城镇建设的迅速发展，剩余劳动力不断增加、职工就业难等问题怎么解决呢？为解决搬迁户养殖的后顾之忧，我们做出了发展健康养殖产业的决定，即依托草原优势，将草原全部收回到农场进行集约化经营，利用草原资源鼓励职工发展健康特色养殖。作为我场今后一个时期的重点工作，我场将建立奶牛小区、养鸡小区、养猪小区，仅此一项，可提供千人以上的就业岗位，户均收入在十万元以上。

"同时，打造都市观光农业园，增加投资，建设现代农业园区，建设温室大棚，使现代科技示范园区果菜基地向规模化、集约化、产业化发展。每年可向市场供应果菜几万吨，每年棚室生产将获得总效益亿元以上。

"我们要将我场努力打造成投资的热土，以扩大就业。目前，物流园区、纯净水厂、彩钢板厂、鲜玉米加工冷藏及运输厂等大型企业正在洽谈入住农场工业园区。

"老城区改造和现代农业园区建设之后，我们还要与江城政府合作，建设高档住宅小区，分设独立别墅区、联排别墅区、多层住宅区。为完善基础建设和提升小城镇建设居住品位，农场在新建小区打温泉井，不但可供应居民使用，还可用于休闲旅游开发。

"总之，请大家放心，我们新一届领导班子会将群众的利益放到心坎上，让职工共享改革发展带来的成果。将来大家会惊喜地看到，我们的农场将会是人民安居乐业、经济实力较强、社会文明进步、科学技术先进、城镇布局合理、基础设施完善、生态环境良好的开放型、多功能型的具有北大荒特色的现代化农垦生态小城镇。到那时，一栋栋排列有序的楼房、一条条宽敞平坦的水泥路、一盏盏亮丽多彩的路灯、一个个健身设施齐全的广场，就像一幅美丽的画卷，到处洋溢着现代化生活的气息！"

场部领导的一番话，说得上访的群众一动不动，甚至不怕已经升起一竿子高的太阳的炙烤。领头的大汉简直听傻了，场部领导话音刚落，他立刻带头鼓起掌来！参加会议的作业区主任们也都鼓起掌来，群众上访事件竟然变成了农场城镇化建设的现场会、动员会！

"至于动迁弄虚作假的问题，"场部领导最后严肃地说，"这是关系我场城镇化建设能否顺利推进的大问题！是在反腐败斗争中能否依法办事，拯救干部的大是大非问题！场部和市政府都有明文规定，发现一起查处一起，查处一起，处理一起，绝不姑息！对于你们刚才反映的问题，我承诺，马上派人进行调查，一定给大家一个交代！"

场部的院子里立刻又响起来一片热烈的掌声……

四十九

俗话说，再狡猾的狐狸也躲不过猎人的枪口。金崇才栽了，栽就栽在他的贪欲上。

那天，纸筒里定植的葡萄不发芽，他绝望之下去找好朋友黄帆商量。黄帆正在自己家气派的客厅里独自饮酒，见金崇才来了，就让坐下来一起喝，并吩咐老伴给炒个鸡蛋。对于金崇才的困难，黄帆也没有太好的办法。现在葡萄苗是洛阳纸贵，给多少钱买不到。可动迁迫在眉睫，没有葡萄拿什么换取补偿款！金崇才贪欲熏心，竟然对黄帆说："实在不行，葡萄没发芽我也栽！"

黄帆说："那怎么行？不出芽栽上不是白搭嘛！"

"动迁时你不是参加吗，你就睁一只眼闭一只眼，管它死活，有一棵算一棵呗！"金崇才左右看了一眼，无人，小声说。

"那怎么行，我只是给跑腿的，查数我说了不算！"黄帆满脸难色。

"黄主任，咱俩哥们一场，我对你不薄，这次你可不能看我笑话，到时候我也不会让你白费心，明天我就准备五万块，交给你，你怎么花，我不管，反正，我的葡萄就硬栽了！"说完，金崇才就熏着酒气，晃悠悠走出黄帆的家门。黄帆家的青砖房装饰得跟花园似的，正房与院墙大门之间是一条长长的水泥甬道。甬道左侧是个花坛，右侧是一个小湖，上面是葡萄架。屋内的灯光照射在刚起出来绑上架的葡萄上，斑斑驳驳的。黄帆从屋里送出来，两个人在长长的甬道上又嘀咕了半天，最后黄帆对金崇才小声说："金大哥，这事你回去再好好想一想，别让我太为难！"

第二天，金万能就把小舅子金山两口子找来，没敢惊动邻居，三下五除二把死葡萄苗当活葡萄栽上了。没出一个礼拜，动迁的人员就来了。事先，金崇才把五万块塞给了黄帆，黄帆半推半就收下之后，拿出两万块打点了动迁人员，动迁人员就将金崇才的死葡萄当成活葡萄记录在册了，并且在"年限"一栏写下了"三年"！一年生的葡萄补偿三十八元，三年生的葡萄补偿二百零八元，一下子多出了好几倍！

要是只按一年生补偿，即使是死葡萄，果农们也不一定注意。可就是这一年变三年，几十万变几百万，让果农们起了疑心！

根据群众反映线索，农场派出检察院等相关部门组成的调查组，深入九连调查。调查组先走访了外围，最后关键证人集中到了金山身上。这一天，金山正领着媳妇给雇主家铲地。调查组的同志找到他，把他请到车里，事先告知了包庇犯罪的后果，老实的金山浑身汗津津的，没怎么盘问就把事情经过都交代了。记录人复述了一遍他的话，他说情况属实，然后哆哆嗦嗦地画了押。

没过几天，金崇才拉着金花从外地看病旅游回来，就被农场检察院带走了。在事实和证据面前，金万能无法抵赖，只好交代了弄虚作假的过程。

从金崇才被带走的那一刻起，金花就感觉到事情不妙。凭着女人的直觉，她觉得此事与金山有关。

"金山！是不是你告发了你姐夫！"

"……"金山沉默不语。

"你为啥不早给我信儿，要是早知道信儿我和你姐夫就不回来了，让人抓个正着！"

金山还是不吭声。

大嗓门的金花气急败坏，铲地的锄头立在门旁，她抄起来就向金山砸去，

 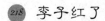

金山一闪身，锄头"咣当"一声砸在了一旁看热闹的狗身上，大黑狗"嗷"的一声蹿回了窝里。

金山媳妇不干了，冲金花叫嚷道："你怎么还打人啊，太过分了！你们自己家干的砢碜事儿还怕人说啊！"兄弟媳妇对这个当过小姐、干巫医行骗的大姑姐早就看不顺眼了。

"你说谁呢！你也落井下石，你也墙倒众人推！你也敢跟我叫板！"平时兄弟媳妇从来不敢跟自己顶嘴，金花边喊边与兄弟媳妇厮打起来。金山见了，急忙过来拉架，不一会儿，金山临时租的旧砖房周围，聚集了很多看热闹的人。青壮劳力或外出打工，或下地干活了，看热闹的都是一些老人和孩子。没人敢上来拉架。

等金山将两人拉开，两个女人的脸上都挠出了血印子。金山把媳妇推进了屋里，金花骂骂咧咧地离开了。

丈夫被抓，姐弟反目，金花感到从未有过的打击！她开着那辆吉林老板送的奥迪轿车，回到江城临时居住的旅馆。房子被动迁后，她和金崇才经常到这里开房间，充分享受城里人一样的幸福生活。

回到旅馆，她关门一个人就痛哭起来。想着自己一个农村本分姑娘，为了生计到县城当三陪女的悲惨遭遇，再后来遇见了金大哥给自己赎了身，像逃荒的一样来到九连，经过十几年的打拼，现在刚刚过上好日子，可是这老金不知足，竟然闯下了这么大的祸端，她感到头顶的天瞬间坍塌了……

金花依靠这些年给人看外病攒下的一些人脉，到处托关系，往外打捞金崇才。遗憾的是，金崇才正处在风口浪尖上，弄虚作假，骗取动迁款几百万，是江城和农垦系统在小城镇建设中要打击的对象，数额巨大，是典型中的典型，赃款全部追缴，并依法予以了严惩！

黄帆身为九连作业区主任，在动迁过程中帮助居民弄虚作假，收受贿赂，更是罪不可赦，也同样被追究了刑事责任，以儆效尤！收受贿赂的动迁人员也相应得到了处理。

两个月后，为了打捞金崇才已经金钱散尽，心力交瘁的金花，在法庭上，听到金大哥要被判刑的消息当场就昏了过去……

那天开庭，方知也去了。目睹金崇才的贪欲带来的后果，与大哭大喊的金花反差很大的是，他显得异常平静。作为老乡，看到金崇才落到今天的地步，他非常痛心。可是他思考的范围，远远超出了一个人的得失。在中国前无古人的城镇化、城市化、城乡一体化的伟大进程中，可以说波澜壮阔，势不可挡。可是，就像一艘巨轮在茫茫的大海上航行，风光背后，泥沙俱下，搅浑的海水深处有多少鱼虾经受不住考验，成为时代大船乘风破浪的牺牲品！金崇才就是其中之一。这既是一个人贪欲的结局，也是生活对我们这一代人的考验。

他甚至暗暗庆幸，自己的庄园没有卷入到金崇才们的行列里去……

五十

方卓考上了一所名牌大学。方知和尹红两口子喜不自禁。作为一名大学副教授，本应对女儿的考学坦然面对，可事实恰恰相反，就像那句老话说的，自己的刀削不了自己的把。对于方卓的高考，方知比自己高考时还紧张。从考试辅导，到志愿的填报，他找不到一点儿感觉，搞得尹红和女儿都不满意。由于还要照顾庄园，索性就听天由命了。现在，一块石头落地了，女儿凭借良好的心理素质，沉着应战，超常发挥，跨越了鬼门关一样的高考，终于如愿以偿了。他希望女儿能像自己一样考上大学，在他手中接过光宗耀祖的接力棒，在他这一代农村人靠自己拼搏进城的起点上，再继续往高处走，穿越社会阶层的桎梏，更好地实现人生价值，现在终于看到希望了。他和尹红商量，录取通知书一到，一定找个大些的酒店，摆几桌酒席，好好庆贺一番。

老万听说了，不答应，非要到庄园吃一顿。他对方知说你们两口子这几年为文友们没少费心，孩子考上大学是一个家族的大事，我们跟着高兴，必须隆重庆贺，不要上什么酒店，太俗气，咱就到庄园自己做着吃，"庄园七贤"都去，一个也不能少，我来通知。拗不过老万，方知和尹红领女儿回乡下祭祖，给祖坟烧过纸，磕过头，又把父母乡亲接到县里饭店，热热闹闹地吃上一顿，就驾车回市里，张罗着安排文友到庄园吃饭了。

庄园餐具齐全，同时安排个三桌五桌绰绰有余。买一条鲤鱼做个鲤鱼跃龙门，砍些猪排骨炖自种的豆角，到园子里抓个小笨鸡杀了，炖蘑菇，去鸡窝里掏几个鸡蛋做一盘苦瓜煎蛋，抠几个土豆，摘几个大辣椒炒一盘青椒土豆片，然后烀苞米、土豆、茄子，蒸上鸡蛋闷子，摘下黄瓜、小辣椒、西红柿、小白菜、小葱等蘸酱……一桌丰盛的学子宴就准备妥当了。在院子里葡萄架下放两张大圆桌，摆上烟酒糖茶和自种的瓜果，时至中午，客人们到齐了，都围坐下来，满上酒，老万就张罗开了：

"十年寒窗苦读，一朝金榜题名。我大侄女方卓同学以优异的成绩考上了大学，可喜可贺！这是老方家的大喜事，我们看着也高兴，所以我先张罗干一杯！"说完将小盅里的白酒一饮而尽。

"这是一层意思。第二层意思，这两年没少麻烦方知夫妇，我代表文友们表示感谢！干！"说完又喝了一盅。

"第三层意思，周围全是一切向钱看，唯独我们，共聚于此，享受这没有铜臭味的田园风光，为了我们的超然物外，干！"说完又喝了第三盅。

方知说万哥你慢点喝，咱们时间有的是，一醉方休。老万说那一定，天不黑谁也不许撤！

"主人说话！"老万给方知打场子。

方知站起来，饱含深情地说："在这果香浓郁的时节，文友们相聚李园，庆贺小女方卓金榜题名，我代表方氏家族，表示衷心的感谢！我敬大家一杯！"说完，一口干了。

方知接着说，"教书育人，是我的职责所在，也是我吃饭和安身立命的本钱。我从来不敢怠慢。每年都被评为先进教师，就是很好的佐证。有一句时髦的话说得好，我们无法延长自己生命的长度，但是我们可以增加自己生命的宽度，这几年，在完成教学任务之余，我干了两件事，一是种地，二是写作，农耕和笔耕使我的生活宽度无限地拓展了，使我的生活更加有意义了，而且给我和我的全家、我的朋友们、文友们带来了很多快乐。种地锻炼了我的身体，写作锻炼了我的大脑，使我经常思考身边发生的很多事情，渐渐认识到，人生在世，要心存感恩之心，不能兼济天下，也要独善其身，金钱不能少，但不是我们人生的目的，活着，就要干点什么，就要有点价值。"

说到这里，方知让方卓进屋把刚出版的书拿出来，然后手举新书继续说："不好意思，这是我新出版的书《居园笔记》，是我到庄园生活三年来收获的几十篇随笔，希望它的出版，对于城市人寻找乡野生活的可能性，有一个实验价值，对将来农村城镇化而不是城市化的理念，有一个引导作用。写得不好，酒后我会人人送上一本签名的新书，希望大家喜欢，更欢迎批评指正！"

方知出版了新书，文友们事先谁也不知道。方知在女儿的学子宴上突然发布这条消息，两桌客人一下子沸腾了，纷纷起身抢先一睹为快。文人们对于新出版物的稀罕之情是难以抑制的。

听了方知的一番介绍，老万急了，大声说："方知你小子不够意思，皮里阳秋，有尖不露，竟跟我们打埋伏，这么大的喜讯你连我都封锁消息，不行，我得罚你酒！"说完，特意拿来一个大杯，满上白酒，逼着方知干掉。

方知急忙道歉说："是我的不对，我的文笔不好，尚在练手阶段，不敢亮相！"然后双手一抱拳说："各位高手见笑啦！"

老万说："书都出来了，你还在这儿谦虚，不行，把酒喝掉！"

方知只好把二两一杯的白酒干掉了。

方知喝完，文友们也对新书一睹为快了，刚平静下来，老万说："不行，我得补提一杯，来，为了方知的《居园笔记》出版，我们共同祝贺一杯！"

喝完这几杯酒，文友们人人都有些醉意了。酒桌上的次序也乱了，你一句，我一句，紧紧围绕着方卓的金榜题名，方知新书的出版，还有文友们在庄园租种的绿色菜蔬，对乡野生活进行了不断地赞美。吆喝声、笑声、歌唱声、朗诵声，不断的传到即将挂红的李林里……直到日落西山，庄园里还是一片欢乐的海洋！

"这里三年内要动迁……"已经醉了醒，醒了又醉，醉了又醒的方知说道。

就像一针醒酒剂，方知的一句话，把在场所有的人都给镇住了。

"动迁？动迁了我们上哪去找这么好的乐园啊！"

"是啊，这么好的地方怎么能动迁呢！"

太喜欢李园的环境和生活了，文友们一个接一个问。

方知就把九连的发展规划跟大家学了一遍。半天，谁也没出声。因为大家谁也没有想到，一场"盛宴"很快就要结束了。

方知说："小城镇建设是大势所趋。咱们城里人楼房住腻了，到农村来玩绿色，农村人也一样，他们住够了平房，也想住住楼房，享受一下城里人的生活。有的专家说，改革开放三十年，农民为城市发展贡献的土地收入达到三十万亿！为什么农民就不能改善一下住房条件，住一住楼房，充分享受一下改革红利呢？"

"农民上楼能习惯吗？养鸡养鸭、养猪种菜的，可就没地方啦！"一个同样是农村出身的文友反问道。

"没关系！城镇化不是城市化，这一切都会得到解决！住上别墅，鸡鸭猪狗一样不能少。现在农村在搞'三化建设'的试点，相当漂亮，农民不用离开土地，也能住上比城里还好的楼房别墅！"

"你的李园动迁了，将来你还上哪去种地？"一个文友直截了当。

"没关系，只要农民生活实现了现代化，我们没了休闲的去处，看着也高兴。另外听说城郊一些农村率先盖起了别墅，价格也不高，有条件可以联合起来购买，大家退休后都凑在一起，回归自然，舞文弄墨，岂不优哉快哉！"

"这个提议好！"文友们对此都很感兴趣，纷纷进行了一番热议和憧憬。老万说到时候我就负责看大门，天天看着文友们进进出出多高兴！一个女文友看了看门口的大狼狗，笑说："万哥那不成了那看家的什么了吗！"说完眼神往狗身上一挑，逗得大家全笑了。老万说："有啥不能直说的，你们不都说我有狗缘吗！"见老万有了醋意，刚从厨房忙活出来的尹红急忙打圆场，说："好了，好了，以后的事情以后再说，咱们要尽情地享受当下！来，我敬大家一杯！"尹红给大家满上啤酒，自己却满了一杯白酒，大家都让她喝啤的，尹红说今天我姑娘上大学，高兴！喝白酒，尽欢然！大家说你看人家尹红，特性情，真讲究！然后尹红一口喝了半杯白酒，其他人喊着口号把杯里的啤酒全干了。接着尹红又让方卓给大家礼节性的敬酒，表谢意，表决心。

这时，夏富贵和小柱子、何成来了，手里拎着鸡蛋的、怀里抱着啤酒的、胳肢窝里夹着成条香烟的，进院就对方知说祝贺方卓考上大学，喝喜酒咋不召唤我们一声，我们不请自到了！方知说欢迎，欢迎，急忙加了凳子，招呼客人们坐下，向文友们介绍了邻居，就又相互敬酒，喝起来……

五十一

"方知吗？"

"喂，你哪位？"

"我是老唐啊！"

"你好！唐教授！"

"市政府专门为葡萄动迁补偿下了一个新文件，补偿标准降了！"

"降了？降多少？"

"这次分得很细，都到葡萄品种了，露地栽的在四五百棵之间，大棚的在七八百棵之间！"

"大棚的七八百棵？不对吧，去年的文件可是两千七百棵啊！怎么一下子降了四倍！"

"没错，文件就在我手里，到时候我给你印一份。"

方知不放心，与唐教授通完电话，就亲自跑到唐教授办公室把市政府新下的文件拿到了手。他虽然一棵葡萄也没有栽，可是这关系到左邻右舍的农民兄弟！

文件一到手，方知匆忙看了一遍，简直不敢相信自己的眼睛！与唐教授在电话里说的一样，《大棚葡萄补偿明细表》里说：维多利亚八百八十九棵，旭旺、夏黑七百棵、其他七百四十棵……并且单株补偿价格也由原来的二百八十元降到了二百元以内！

看到这样一组令人心惊肉跳的数字，方知还不死心，急急忙忙回到家里，将一年前的动迁补偿文件翻出来，一同放在茶几上对比。对比来，对比去，又叫来尹红帮助比看，确认无误之后，他一下子摊在沙发上，内心深处却止不住的翻江倒海了。

"怎么办！"尹红坐在沙发上，眼睛木讷地看着地板发呆，嘴里习惯地自言自语。方卓上大学快报到了，二人尽量地回到楼里来陪女儿。显然，敏感的尹红也意识到了问题的严重性。

"怎么会！"方知不愿相信眼前的事实，不断感叹。

"怎么不会！去年那个老文件拿回来时，你不就说太离谱吗，一亩地怎么能栽得下两千七百棵葡萄，这是哪个专家研究出来的！"

尹红一贯的反问式谈话风格，又一次将方知问住了。看来，金崇才的欺诈行为不是个案，想借城市扩张和小城镇建设动迁土地之机，大捞一把的人不在少数，市里及时纠正了原本就不切合实际的葡萄补偿！可是，改革允许摸着石头过河，城市扩张和小城镇建设也允许摸着石头过河？如果那样，代价是不是太大了？方知止不住地在心中暗问自己这些很难有标准答案的问题。不过有一点他似乎隐隐意识到，城镇化、城市化、城乡一体化不是一朝一夕的事情，还要从长计议啊，太急了，容易出问题！有些错误能纠正，有些错误是无法纠正的，比如一座高楼，一座城镇建起来了，你还能将它扒掉？！可是，农民已经大量涌入城里，二代已经无法回去种地，就业了，却不能安居，几亿人天大的事情，又急于解决，又不能急于解决……方知的思路进入了死胡同，有些焦头烂额。半天，他又从"死胡同"里走出来，既像自言自语，又像对尹红说道：

"不过，从这件事看来，现在的政府比过去务实多了，敢于客观地面对现实，正视问题了，仅仅一年多的时间，就纠正了动迁葡萄补偿过高的错误。这看似简单的问题，要是以往，是不敢想象的，因为官员们谁也不愿意承担由此带来的诟病。过去我们经常会看到，很多看上去明显存在缺陷、不符合实际的问题，却久拖不决，那就是政府没有哪个部门、哪些人愿意出来主动负责的结果，在唯成绩论的年代，那是要降乌纱帽的，只能隐藏在问题的后面互相推诿，不了了之，个人保住了名誉地位，国家、集体利益受损失，到头来遭殃的还是老百姓！"

尹红突然说："这下夏富贵和小柱子完了，李树砍亏了，葡萄白栽了！"

"夏富贵问题还不大，小柱子和他弟弟不太好办，人家夏富贵没盖大棚，小柱子和他弟弟扣了大棚，还贷款十万元，按着现在的标准，如果动迁了，本钱都弄不回来，原来这哥俩还寻思挣个几百万呢！"

"唉，老百姓啊，想挣大钱，难啊！"尹红很少发这样的感慨。她话锋一转，说："好在咱们家没栽葡萄，要不也白折腾了。"

"是啊，咱们购买庄园这三年，去年雹灾，今年开春冻灾，现在动迁文件又更改了，真是天灾人祸啊！"

"农垦不还没动迁吗，到时候还说不上参不参照市政府的文件呢！"

"但愿吧……"说到这，方知的心底里一阵发紧，心想，这个消息暂时还是不要告诉庄园的左邻右舍了，他们如果听到这个消息，一定会五雷轰顶，因为对于相继遭遇雹灾、冻灾的果农而言，这无异于雪上加霜！还是让他们安安稳稳地度过这个秋天吧。可是，李老太太要是知道了这个消息，会很快传出去的。那就管不了了，这个世界，就是这样五彩缤纷，该来的，总会要来……

"金崇才被判了刑，金花也无心看外病，对她早有好感的吉林酒店的那个大老板把她接走了，金蛋子也转学过去了。"尹红说。

"你听谁说的？"方知被这消息惊得一下子从沙发上跳起来。

"今天一个老客户说的，他认识金崇才和金花两口子。"尹红说。

"这……这也太快了，都说这个社会现实，不过这也太现实了，这边老金大哥刚刚进去，那边老婆就……"

同情弱者是人的天性。方知一下子同情起金崇才来，急得在地板上打转转。"老婆孩子都是人家的了，这都是钱闹的，人财两空！"

突然听到金花跟大老板走的消息，方知关心果农命运的情绪一下子被调动起来了。他随即对尹红说道："你还不知道吧，脑血栓老伴正张罗卖庄园，在外地做生意的儿子回来了，打算把她接走，跟儿子到外地去养老。"

"那可不，一个人咋过这日子……"尹红很少这样顺着方知的思路谈话，这次，看来也受了打击。

"好了，这个礼拜天趁方卓还没报到，一起去庄园收李子，我看再过几天李子能摘下来了。"

"是吗！"尹红上班忙，最近没到李园去。听了这话，消沉的情绪就像被扎了一针，一下子从沙发上弹起来。方卓晚饭后躲在屋里上网，听到这个消息，也跑出来抱住了妈妈，蹦着，跳着，欢呼着："好啊，好啊，我又能看到我的小猫咪了！"

五十二

双休日，方知驾着车，一家三口，又约了"庄园七贤"和赋闲在家的文友，一大早就到庄园摘李子。由于多数庄园都砍掉李子栽了葡萄，今年李子少，早早就有省城的水果贩子前来联系收购，价格给到了两块钱一斤，比上年翻了番，一次性净树。这对方知而言，可是一个利好消息，因为这样会少去很多卖李子的麻烦。路上，遇见了市里动迁的回迁楼竣工宣传条幅，和高高拱起的气囊彩门，方卓非要过去看热闹。方知开车尾随着比平时明显多起来的车辆，向北侧路口转弯，驶向了回迁楼竣工抓号现场。这时抓阄现场已经是人山人海，半天才找到停车的地方。下了车，只见分房现场人头攒动，好不热闹。金山和李老太太也挤在抓阄的队伍里。一栋栋崭新的回迁楼，矗立在人群的后面，等待着新主人的到来。继去年市政府动迁公路北侧五百米范围之内，与郭饲料一样的果农已经第一批上楼之后，今年这是市政府动迁公路南侧五百米范围之内，第二批回迁楼竣工。与李老太太和金山一样，难以抑制新生活给他们带来的喜悦之情，排队抓阄的果农们，脸上无不洋溢着笑容……

看完分楼的热闹，方知急忙拉着尹红和方卓来到了庄园，收李子的贩子着急发箱子，打电话催促了。不一会儿，文友们也陆续来到了。只见，在一竿子高金光闪闪的秋阳的点缀之下，方知红彤彤的李园子里一下子就闹腾起

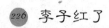

来了，吆喝着、嬉笑着收摘李子的声音，夹带着沁人的果香，从茂密的李园里飘出来，一直飘到村路上。

这时，夏富贵坐在路边的树荫下，听到方知李园热热闹闹收获李子的说笑声，他从未有过的低沉。往年，每到摘李子的时候，都是他先给方知打电话，自己多要些水果箱子，给方知的也带出来，第一年甚至帮助方知去水果市场代卖。现在，方教授家在欢天喜地地收李子，自己却没李子可摘了，十亩地的李园全部砍掉变成了葡萄，要不然，时下正是忙着摘李子卖李子的时候！十几年啊，每到这个时候，他一家三口，扯上农村的亲戚，都要忙上一阵子，虽然累得慌，甚至抱怨，抱怨冰雹，抱怨李子卖不上价钱，可是干得也非常有劲，那是一种收获带来的劲头啊，一年到头，农民盼的就是一朝收获的喜悦时刻啊……可是眼下，埋葡萄要一个半月以后，为了换钱栽葡萄，猪也卖了，自己现在却没啥大事可干，只是忙活一些给葡萄打打岔和一些零零碎碎的农活。小林和李丹又出去到江城的饭店打工了，这次没让他们走得太远，离家近能常回来看看，他也能把握一些孩子们的动向，可不能任由他们随心所欲的飘荡，现在这市面上，太乱了，上次李丹出走，多悬呢！家里要是有一点出路，他都不会再让孩子们出去打工，可是现在不打工咋办呢，没出路啊！家里剩下兰香和他俩，既要照顾孩子，还要尽可能地多挣一些生活费，不能太多拖累孩子，孩子们在外面挣钱不容易啊！

"嘀嘀嘀！"一阵轿车笛声打断了夏富贵的沉思。听到这熟悉的笛声，他马上站起来，躲到了路旁那棵硕大的白杨树的后面，这棵白杨树他搬来时就有，十几年了，每次回家，远远望见白杨树，他就知道快到家了，脚底下就有了力量。修建通村公路时，这棵白杨树占了十公分的路，他百般央求修路的那个戴墨镜的工头绕过给留下了。现在，他躲到白杨树的后面，等着方知轿车的通过。他对方知的捷达声非常熟悉，每次一听到"嘀嘀嘀"，他就知道方知来庄园了，没什么要紧事，他都要过去与方知聊上几句。现在，听方知开车从巷子里出来，他躲过去了。按理，邻居住着，他应该过去帮忙摘李子，可是现在，他实在没心情……

很显然，富贵还不知道动迁文件修改的消息。如果他知道葡萄补偿标准大幅下降回了原点，精明的不愿吃亏的富贵，以及所有膨胀的砍李子栽葡萄的果农，不知会发疯到何种地步！

方知驾车要到超市购买酒肉，中午，他要好好招待前来帮助摘李子的文友。现在，他手握着方向盘，匀速行驶在平坦的村村通水泥路上，脑海里却回荡着李林里传出来的文友们说说笑笑摘李子的声音。今年，也可能是"秃尾巴老李"眷顾吧，风调雨顺，没遭遇冰雹，李子获得了大丰收，栽葡萄的多了，李子少了，价格反而涨了起来，没砍李子的果农都有了一个不错的收成。脚踏实地的耕耘，勤劳的人们终于迎来了丰收的景象，自己的庄园生活，也暂时能安心的继续下去了。

（二〇一二年八月至九月、二〇一三年二月至三月　一稿
二〇一三年四月至五月　二稿
二〇一五年一月至三月　定稿）

为农民和乡愁书写

——《李子红了》创作笔记

祁海涛

一

　　自从进入乐耕园，与妻子利用业余时间开始田园生活，不管初衷是为远离浮躁也好，还是寻找健康的生活方式也罢，其中一个重要原因是无法回避的，那就是对乡村生活的殷殷眷恋。还有一件事情是我始料不及的——业余深入农耕成为我体验生活的一种方式，为我的文学创作提供了源源不断的养料。因为除了冬日闭园回城，每到春夏秋三季，我与妻子都经常居住乡间，除了上班，早晚、休息日与果农生活在一起，说是同呼吸、共命运也不为过。三年来，我陆续创作了六十几篇散文随笔，结集出版了《庄园日记》。还创作了一些"田园诗"，可看出我和妻子的农耕生活，少了许多劳累，多了一番"狗吠深巷中，鸡鸣桑树颠"，世外桃源一般的情趣和景象。

　　这就是我三年来的绿色生活。乡愁得到了释怀，很多烦恼、茫然和浮躁，都在大地是真理的解读中，踏踏实实踩在脚下。我的心越发平静了。思想愈加积极达观了。身体也更康健了。我暗中常为自己"众人皆醉我独醒"，业余选择放怀郊野而沾沾自喜。

　　可我也感觉到了风险。李园将被动迁建楼的传闻不断袭来。自从进入李园，这里几乎年年遭遇雹灾，损失无人问津，老百姓只能抱怨，是龙王爷害

创作笔记　220

了他们，说这片李园是秃尾巴老李每年六月初六，回家给母亲上坟的路，龙王爷经过的地方，自然是闪电雷鸣，风雹交加。

我信还是不信呢？面对春剪夏锄的辛劳，流淌的汗水，尤其丰收在望的李园，往往瞬间则被冰雹砸得七零八落，满地狼藉，果实付之东流的悲惨场景，我也曾为此传说一度纠结过。

李子有了雹伤，水果贩子趁火打劫，李子的价格被压到了几毛钱一斤，这使伤心透顶、生活难以为继的果农，一听到动迁的消息，就像遇见救星一样，砍李子栽上了动迁补偿高几倍的葡萄。然而，即使将来动迁，曾经终日以土为伴的农民兄弟又该何去何从呢？

这就是我萌生想写《李子红了》的初衷。生活在农民中间的我，愈来愈感觉到，市场经济大潮中，农民兄弟还是个庞大的弱势群体！这一点，也不断在我老家仍然顶着烈日种植大豆，却年年挣不到钱的三叔那里，在不断徘徊于城市边缘打工的兄弟姐妹那里，得到了一次又一次的印证。

对于写农村生活，我是有基础的，不消说土生土长在乡下，生活了二十年，就论这几年躬耕于田亩，与果农老乡、花草树木、鸡猫狗禽朝夕相处，也积攒了很多田野趣事，乡间轶闻。如清人金圣叹所言：然而经营于心，久而成习，不必伸张纸笔，然后发挥。盖薄暮篱落之下，五更卧被之中，垂首捻带、睇目观物之际，皆有所遇矣！

可是现在，我有些沮丧。当初要写一部关于农民现实命运的长篇小说的热情一扫而光。我感到自己给自己制造了一个很大的麻烦。

不得已，昨天大年初十，给冬季去海岛过候鸟生活的小说家老师打了一个长途，专门请教小说创作上的事。原因是，除去春节返乡过年五天时间，年前年后十几天，在去年八月二十日开始动笔，一个月，每天一千多字，后因单位要搞中层干部竞聘，考试背题，中断了四个多月，才又找回感觉重新开始。找回创作状态实属不易。当时在园子吃住和劳动，虽然没做任何准备，比如提纲和故事梗概，只因为潜意识里有，以及李子刚刚丰收，以及在心中存储几年的，要在胸中溢出来的生活片段和故事，便水到渠成一样的开始了《李子红了》的写作。也就是说，开始在电脑上敲击这部小说的时候，心中明确的只有《李子红了》标题上的四个字。

现在，二〇一三年春节放假虽结束了，可上班不忙，加之妻子女儿好酒好菜的鼓励，一心去写作，最多一天写五千字，少则两三千字，很快就写到七万字了。但突然停下来，原因是面临一个重要的问题需要解决，就像走着走着，突然来到一座大山面前，绕是绕不过去的，必须解决。否则继续低头拉车，不抬头看路，走偏了，再纠正就困难了。主要是：关于原先设想（噢，故事早就胸有成竹，只是没写到纸上）好的因为城市扩张，占用农民耕地，农户弄虚作假套取动迁款，涉及众多人的事件，从哪一个角度切入？或者作为一条隐含的暗线，衬托一下城市扩张对大自然环境和绿色生活的影响就可以了。两种选择，两种不同的写作路线图，会直接影响写作的走势和故事的安排——尽管故事结果是一样的，庄园生活得以继续。思考了两天，觉得还是请教高人吧。昨天刚到单位，就一个电话打给老师。老师是家喻户晓的著名小说家，经验丰富，一听就明白了，主意马上就有了，使我心结大开。第一个印象是，我担心的问题是有道理的，他说确实要注意处理好，若是日后修改，处理起来会很麻烦。幸亏我没有独自蛮干！第二个印象是，老师指点的只是一种思路，他毕竟对我的整个创作安排，还有已写下的文字不了解，不要轻易怀疑自己的心血和创作，推倒重来，应该重新审视，看看能否采取一种中间路线加以解决。那样故事可能不那么好看了，但是不是也成全了本小说在一种悠然的、世外桃源式的生活中，来反衬喧嚣、浮躁生活的风格？容我慢慢地去解决这个问题。

二

小说有突破了，写到第二十七节，在李子红了，即将收获之际，一场雹灾，把主人公庄园美好生活的梦想给打碎了。如果说这是一场天灾，那么接下来就该写动迁的人祸了。为此昨天清晨突然产生了能否将小说分为上下两部，此处为分水岭，下部从二十八节开始。分为上下部有什么好处和讲究呢？翻了一些名著，如案头的《幻灭》、《平凡的世界》，认为有讲究。可能是一个故事的转折阶段吧。暂且这样处理，章节不变。

三

小说写到了十万字。这对于我虽是第二次经历（第一次是几年前对《闯城记》第一部的写作突破十万字），可还是激动不已。它是一个标志，跨越了，就看到了希望。妻子听了也很高兴，问我打算写多少字。我说十五万字左右吧。现在有三个话题要谈：一是细节。与妻去文华书店找一些名著来看，对细节重要性的认识愈发清晰，小说的生命力来自细节。比如柳青《创业史》中的《梁生宝买稻种》；比如《平凡的世界》中一根火柴点着两支烟；比如《双城记》对马车毛车的描写；比如《静静的顿河》……不胜枚举。对照自己的写作，做得很差，有雕刻功夫上的原因，我看主要还是注意力上的原因，还是挖掘的不够、不深刻、不彻底、不入骨入髓，入木三分。以后注意。二是人物。还停留在外貌的描写，少有心理活动。心理活动若描写好主要是洞察人物的"该"与"不该"。小说里的每个人物都是有他的特点的，职业身份、文化素养、心胸品德、性格特点、所处场合，等等，都是"这一个"，而不是"那一个"。应该注意。三是关于小说的故事。原来可能一再强调以休闲绿色的乡野生活来反衬城市生活的喧嚣，最后还要以理想化的挽歌式结尾结束。现在可能少些主观，多些客观地去描写人们的生活状态——城镇化是历史的趋势，四面八方来到九连居住的人们各自抱着不同的目的。城里人来乡野休闲，农民有住楼的愿望，很多人想多得些动迁款，也是合情合理，各有不同的想法。这个要注意，好在已把握。不管结果怎样，前后近两个月的时间，推进到了十万字。思想上的焦虑，身体上的不适，毕竟都挺过来了，自己的劳动成果，就像自己的孩子，值得为之庆贺和珍惜。

四

写作好像是一盘豆芽菜。昨天买来绿豆芽，炒时用粉面子勾了芡。几十年都这样。剩下的今天早餐炒了，没勾芡，味道别样，全吃了。我对妻子说：写作就是炒一盘豆芽菜，有一个角度的问题。此心得来源于对《红与黑》的重温与解读。小说写到十四万字了，时而信心十足，时而心生忐忑，无非四个问题：故事、人物、细节、语言。回望故事，只能说框架出来了，需要进一步理顺。人物该出场的都出场了，还应在详略和生动、鲜明上下功夫。最麻烦的是细节和语言。丢掉很多李园生活中精彩的细节，比如夏富贵将李树砍掉，栽上了葡萄，写完之后突然有了一个灵感，作为一个果农，精心伺候上千棵李树十几年，一定是有感情的。他应该在没人的地方哭上一场。不论是生活中还是艺术上的要求，这才真实，这才符合人性——农民对大地的爱，对庄稼果树的情。这是二稿修改时应该深入思考和弥补的。有人不是说过吗，回过头来看历史名著，即使没有千回百转、轰轰烈烈的大故事，之所以被读者认可，有生命力，经受住考验，就在于对生活中点点滴滴，甚至琐碎的细节的生动再现。关于语言叙事风格，司汤达给了我很大启示。很幸运昨天午休时重温了《红与黑》这部早年读过的非常喜欢的名著，这源于主人公于连的命运，有着自己的影子。底层青年向上走的种种遭遇，感同身受，有共鸣。司汤达也是在四十五岁利用半年时间创作了这部五六十万字的小说，与自己现在的年龄相当。当然他是从军后三十岁开始写作，写《红与黑》时已经有了十五年的写作经历，我与他不同的是，中间十五年把写作丢掉了。这可能是我最致命的。因为二十五岁至四十岁这十五年，是一个人生命最旺盛的阶段。庆幸的是，我又重新开始写作五六年了。在写作的把握上，司汤达注意了心理描写。对人物外貌和场景的描写微乎其微。心理描写确是长篇大论、长篇累牍的，甚至到了枯燥的程度。灵魂深处闹革命。我理解了这部小说为什么当时没有流行，枯燥就是原因之一。到了一定的历史阶段，当时主人公的心理就像尘封多年的陈年老酒，在人们对那段历史渐行渐远、模糊淡忘的时候，它却清晰地展现给读者，纯美香甜，鲜活生动合乎情理。这就是一个负责任作家的可爱和伟大之处，比媚俗和现炒现卖有价值的多！

实用性和历史价值显然是两个不同的范畴，各有各的优势。只想说一说细节和语言的重点和角度。我比较欣赏司汤达和巴尔扎克的白描式的叙事风格。尽管两人也不完全一样。这可能与一个人的性格有关。比如我，更愿意思考辩论一些问题，不能自觉地去细致地观察一些问题。这对于一名写作者来讲，是致命的。我对自己这方面天生的缺陷早有认识。所以曾想自己可能天生就不是一块写作的材料。特别是看了现当代文学中一些名作家（如陕西籍的作家柳青、路遥）对细节的把握，自叹弗如。努力也不一定能够达到。因为敏感是作家的天性。举一个例子，我们基层原来有一个写小说的同事，调到一起工作后，一次单位搞联欢，为了让出舞台，我将椅子向窗户处挪了挪，那位兄长怨我没招呼他一起挪，当时我很惊讶，因为我丝毫不觉！他是一个多么敏感的人！对这一点点的尴尬都能体会得到。他写的小说在细节描写上就很到位。细想想，他是后调进机关的，处处怕人冷落他，这种心理再正常不过，何尝他又是一个敏感的人呢！放在性格粗犷一些的人身上，对于这种几乎可以忽略不计的小尴尬可能也体会得到，但不一定在意。他这种平时生活中的本性敏感，也就是创作细节的优势。我则不然。那么我就无可救药了吗？我苦恼过。现在不了，我知道我为什么一直喜欢巴尔扎克的作品，因为趋同自己的性格、风格！文如其人吗！现在看到司汤达，更坚定了我的信心。扬长避短，写作就是一盘豆芽菜的炒法。就像女人穿衣，适合自己就是最好的。用司汤达的精彩反驳结束：如果一个人在街上遇见自己的妻子和情敌在一起，你还让他冷静地去观察情敌穿的什么服饰，扎的什么领带，这现实吗？

五

今天是二〇一三年农历小满。我这位业余农耕、笔耕并进的耕者，对于节气是敏感的。终于小满鸟来全了。很多人都知道的农谚，我却赋予崭新的内涵：长篇的最后几章基本补齐了，两万字的缩写版也邮箱发往中国金融作协了，可谓"小满"，"小全"。我也会松一口气。上周六日陆续来了两拨客人，其中一拨是市里的文侠们，作协主席也来了，算作给庄园开园剪彩，短暂的休整，新的入园农耕即将开始，栽秧、锄地、浇水、施肥，将在夏季里填充我生活的空闲，间或有感，可能会继续以不同的写作方式记录生活，古诗、新诗、日记，等等，自己创作的有意义的美好生活还将继续。

我想说一说关于松一口气的问题。写作不能松气。松了气那种感觉就一时找不回来了。要坚定信念，一气哈成。其实到三月三十一日那个礼拜天，快写到结束了，就差结尾那么三章（后来改作两章）。这第二阶段的两个月时间，每天两三千字，多时五千字，几乎一天未间断，一气哈成。自信心总体上是坚定的。结束的三章，自信心不足了，想回过头来重新审视一遍，对结尾再做定夺。随即进入紧张的修改之中。自己改了一遍，读大三的女儿五一放假也帮助对文字斟酌了大部，包括近一周的缩写。可是当重新想结尾的时候，感觉一时找不回来，最要命的是对叙述风格、小说中人物的疏离，原来这些人物都在与你战斗，战斗正酣的时刻，突然指挥官停止了，大家也都停下来休息，一个半月之后，再想组织起来重新战斗的时候，原来以为人物们会停在原地休息，等待指挥官一声令下，又接着继续战斗。可实际是，人物一时不知道跑到哪里去了，秩序有些乱，甚至陌生、茫然。这是始料不及的。加之每天太多的杂事，工作和农耕的纠缠，都造成了影响。在寻找的过程中，我有些担心，就像丢失了最宝贵的感觉，那种指挥官突然被人物背叛的感觉，一遍一遍地重新熟悉，一遍一遍地检索简要的几页不同创作时期的提示性提纲，最后利用几天的时间，采取删繁就简的办法，总算找回来一些感觉和自信。急忙坐下来写作结尾。尽管完成了，故事的走向也如同原来计划的一样，可是我清楚，这里面的细节，尤其是语言、插入角度，都发生了不小的变化。如果当时再用三天时间，坚持将最后三章写完，一定是另外一个样子。

我意识到了一脉相承、一气呵成、一鼓作气的重要性。就像人生，精彩的东西一定是咬牙坚持到底的结果。

写完了，可能还要进一步修改。那是后话。不过晚间几个文友坐下来喝酒，我却长长地出了一口气，说道：现实主义的东西真是不好写，还是创作理想主义的东西吧，想怎么写就怎么写！也许我们受的禁锢太多。其实，现实生活，远比小说要精彩、惨烈。有什么办法呢，作家不是生活在真空里，有时候也不能太过自我、任性和放肆，还是要给一些污浊，留一些颜面为好。毕竟，我们心中的日月，是光明的。

知政失者在草野，知屋漏者在宇下。体验农耕生活，真好。这也正应了毛主席延安文艺座谈会上的讲话：有出息的文学家艺术家，就是要深入到群众中去，深入到火热的一线生活中去，观察、体验、研究、分析，然后再进入创作过程。引此讲话，也算是对即将到来的"5·23"的纪念吧。

六

小说整整搁置了一年半的时间，就像乐耕园坛子里自酿的李子酒，我想好好沉淀一下。从十二月开始第三稿的修改，半个月时间，上部结束了。下部刚开始，又碰到了一些问题。查看一些资料，如龙冬先生、贾平凹先生的创作谈，《静静的顿河》有关章节，及创作和修改《李子红了》隐隐约约感到的问题，今晨有以下几点基本成熟的感悟。一是《李子红了》写得过于平实了，记录还原了真实的生活，艺术再创造不够。事件、对话、细节、人物没有"邪乎"起来，小说没有"大说"。具体说就是该骂的没骂，该挑破的没挑破，该有的人心复杂没有表现到位，可能说了，点了，但没激烈的通过行为、语言表达出来。有些细节要超出生活，艺术的真实与生活的真实不是一回事儿。生活中可能这句话、这件事不能说、不能做，可是小说可以说，可以做，矛盾集中表现嘛，这样才有可读性。二是很多章节显得拖沓。必要的细节应该放大，但不能没完没了。抓住主线，辅线弹出去，要马上弹回来，跌宕起伏的情节设置才能吸引人。三是语言风格没有形成，即统一性、一贯性。语言不能简单说要短句子，而要把握节奏，与呼吸一样流淌，需长则长，需短则短，更重要的是自说自话，不要做作，生活中怎么说，就怎么说，随便一点，放松一点。这一点叶圣陶、汪曾祺、龙冬、贾平凹、《静静的顿河》都给了启示。四是还说细节，不能纠缠，要有大思路，大气魄，放到时代的大背景中去。总在小事上絮絮叨叨是没有出息的。五是章节篇幅不是说非得一样要多少字，根据故事发展需要，章节可长可短，不强求一律。

七

最近一周正对下部进行修改，总体还算顺利，预计年末前能改完。今早四点起来，重新看看第一部的章节，享受一下修改后的成果。出事了，仅卖李子一章，又密密麻麻修改了很多，两个小时只向前推进了四页。睡个回笼觉起床，给妻子看，对妻子说，文章真是改出来的，原来以为差不多了呢，个别词句纠正一下即可。现在看很多话还不顺畅，不准确，啰嗦。不像编的故事，有些细节你不知道，我们自己亲身经历的生活，细节再写不生动，写不准确，那就是不负责任了。这样一想，原来打算尽快修改出来付梓，现在不用急了，慢慢改吧，说不上多少遍呢。因为我现在认为，丰厚的生活基础在心里，越改，一定会越好，越简练、越生动，越改越能经受住历史的考验。感谢修改。我和妻子还提到了莫言，莫言的文笔特点是犀利、生动、到位，一句不行，两句也不行，那就三句、四句，一个问题坚决刻画到底，扎一针不行，扎两针不行，非得扎三针、四针，连续扎，使人有感觉，有感觉了就叫绝起来。因为读者，多数想到了一，少数想到了二，至于三和四，别说想不到，也懒得想。作家替你做到了，大餐一盘一盘的端上来，读者赏心悦目，惊叹不已，把每一个读者都培养成了吃着碗里、望着锅里的"吃货"啦。对不起，这种火候之下，小说成功啦！

八

经中国金融作协推荐，《金融时报》二〇一四年十二月二十六日给我发了

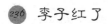

个文学专访——《以感恩的心态书写文学人生》，我第一次在全国性的报纸上，介绍了九十年代初，自己作为"农村特殊写作人才"，被所在县政府破格录用，农转非，进城工作，后来考入农村金融部门，始终怀有一颗感恩之心对待工作、社会和文学的心路历程。金融作家微信群里的同志，和周围的朋友知道了，祝贺声不断，闹得沸沸扬扬的。回复完大家的道贺，我又紧张地进入了《李子红了》的修改之中。让我没想到的是，更大的紧张还在后面等着我。上午，我贪晌将上部的修改稿打印回家，检验成果，浏览了一遍，特别是重点修改的卖李子一节（总体修改三遍，这节四遍了），从未有过的顺畅，看得自己很舒服，一个月来第三遍修改带来的沮丧跑得无影无踪，自信找回来了，躯体充盈得满满的。我点燃一支烟（平时我是不怎么吸烟的），在方厅里来回走起来。窗外飘着清雪，阳光被笼罩着，温和的洒进房间。这时我很激动，也很紧张。原来努力是有效果的，修改与不修改不一样，越修改越好了，超乎自己的预期，语言、细节、神态，无不简练而更加的鲜活起来。这时，我的眼前，在远处的楼房和雪地之间，涌现了一个带皮的木头，立在那里被我反复修砍的场景，一遍一遍地，最后带皮的木头变成了方正光华的木方，鲜亮照人啦！我想跟妻子说说这样的感觉。也增加一下她的自信。妻子是我早年在老家县城艺校创作班的同学，天生聪慧，诗写得好，也跟着感觉走，凭着金融职工的身份，委身于当年还是农村户口的我。这些年，她虽然不怎么写了，对我的写作却一直关注着。一个电话打过去，没接通。午睡醒来，我坐在床头，美滋滋的，可还是有些紧张。这是我多年的习惯。由于出身底层的原因吧，即使有了什么好事，喜事，也不敢造次张狂，谨慎地对待，恐怕还有什么遗漏。只是确准有了大好事上门，如进城、上班、娶妻、分房、提干，我才会真正地产生美滋滋的感觉，可也是悄悄地，时间不会太长。如同此刻，小说有了自信，对一个月不停地努力修改有了交代，对于孜孜以求的写作者而言，当前还有什么比这更大的喜事儿呢？可还是暗自高兴了一下，就又开始了新的征程。

九

春夏秋耕种我的乐耕园，享受田野生活的乐趣。冬天猫在楼里修改《李子红了》，同样享受着异曲同工的耕耘之乐。一个多月，终于完成了三稿的修改。今天贪晚把稿子打印出来，铺展在茶几之上，感到无比的幸福。两个耕耘，这就是我的业余生活。

十

当我补记最后这一部分创作笔记的时候，猛然感到时光飞逝，转眼二〇一五年上半年即将过去了。尤其距三月末小说传给出版社，已两月余。这期间，也许是一下子轻松了，也许是上班、耕园，为《中国金融文学》编辑稿件、搞作家专访，以及筹备黑龙江省金融作协的一些杂事，纷纷叠叠的，太忙碌充实了，我并不焦急，耐心地等待着小说的命运。但昨天是一个值得纪念的日子。出版社寄来了合同，正式签约了！据编辑部主任讲，小说复审顺利结束，已经进入终审阶段。我隐隐感到，曙光就在前头。这促使我马上要考虑这篇尚未完成的创作笔记。翻出旧稿，与妻子连同从泰国普吉岛担任汉语教师志愿者一年归来，又在北京学习两个月雅思回来的女儿一起读上几段，她们一致评价这个创作笔记有价值。尽管可能掺杂鼓励的成分，可我仍洋洋自得，也激发了补记的冲动和动力。

打开日记本（我从初中至今几十年，养成了坚持写日记的习惯），寻找小说完成后，一直萦绕脑海的关于"自我革命"这个话题的蛛丝马迹。为什么称作"自我革命"呢？原因是：二〇一四年末的时候，小说辛辛苦苦改到第三稿，以为一切结束了，情节的起承转合，人物的出场收场，语言叙述风格的一脉相承……总之，认为这是一部完整的小说了，能拿出手了，只待喝庆功酒了。不记得是谁说过，"小说是遗憾的艺术"。沾沾自喜之后，每一次早晨起来，重读小说，打量自己的"孩子"，翻看各个时期随手列下的写作提纲，以及在脑海里检索六年深入庄园生活所存储的生活场景和思考，仍然能感觉到还有很多精彩的东西没有反映出来。生活赋予我们的太多了！在乐耕园生活劳作六年时光的感受，经常像沸腾的富矿一样在我心中翻腾，我有时很紧张，感到有义务和责任给创作的"金银财宝"找到一个喷薄闪光的出口。这时，但凡想起那些闭门造车之人，心中就会产生嗤之以鼻之感。我清楚，写作犹如人生，留下遗憾是一定的，我们不可能把点点滴滴都把握的那样好。不过，遗憾有大小之别。如果说前三稿的修改是沿着既定的框架勾勾补补，通渠引水式的，那么这一次，可谓大动干戈，我像手舞大刀的英雄，勇敢地否定自己，换多种视角，进一步整章断句，度人定性，在大胆地打破中，重整、删节和补充……事先没有一点思想准备，漫长的修改又开始了，像老牛反刍一般，从第一个字开始，一点一点咀嚼，除去新春返乡过年，我都沉浸其间，不能自拔，接近一个月的时间，又修改了一遍！大年初七的夜晚，我从单位出来，手里拿着滚烫的小说样稿，外面飘着清雪，路灯闪烁，人少车稀，年味浓郁，我长长呼吸了一口节日的雪夜，那微寒而温暖的空气，感到一切是那样的美好。看着幸福的万家灯火，不由想念在泰国普吉岛当志愿者的女儿。这是女儿第一次独过春节，并且在异国他乡！女儿考取汉语教师志愿者这一年，我作为兼任单位团委书记期间，因坚持十四年组织青年学雷锋，获得团中央和中国青年志愿者协会二〇一二年第九届"中国青年志愿者优秀个人奖"——这个中国志愿者最高荣誉的获奖者，志愿服务精神能在女儿身上得到传承，我常暗自感到欣慰和高兴，也成为我与腰疾抗争，坚持修改小说的动力！我在回家的路上给女儿发微信。互联网时代真好！问候女儿一切安好之后，就将小说成功改到四稿的喜悦心情告她。那一刻我感到，她是我这个世上最应该第一个告诉的人！不仅仅因为她身上流动着我的血脉。女儿回信说："一个作家纯粹而宁静的精神世界的灵性和情操，需要家庭的温暖和妻子的菜肴，使得它得以存在和延续。"女儿温馨的肯定，尤其对母亲婉转的眷顾，使我感到这个世界上，一切都在悄悄成长！独自守在家里的妻子看了女儿的微信，二话没说，马上笑盈盈地去厨房为我煮"人七"长寿面了。那一刻，我感到辛苦的劳动，得到了家人的关怀和认可……那种幸福，无以言表。

四稿改完，增加了许多章节，比如捕老鼠、包粘豆包、李园七夕诗会……小说愈来愈丰满了。一切都结束了，可一切还没有结束。作家龙冬的那句话不止千遍地涌上心头：小说不改个五遍十遍的慎拿出手！那么，我是一个辛勤耕耘的"农民"，优势就是不知疲倦地劳作，饱含深情地为乡愁和农民兄弟书写。我是农民出身，我的父母、兄弟，现在依然生活在农村，和打工的路上。我不仅有感情热情同情，以及发自内心的怜悯，我更有重返农耕六年之久的生活！生活是创作的唯一源泉。这话现在又得到了不容分辩的佐证。正当我进入第五稿修改的时刻，一部以农民为题材，千呼万唤始出来的电视剧隆重播出了！《平凡的世界》，这部我翻烂了的案头书，终于搬上了屏幕！受我影响的妻子，与我一同一集不丢地看着，咀嚼着，评论着，也激励着我暗暗用力，又开始了新的征程。我又将自己扔到火炉里，又是一个月的淬火锤炼，三月三十日，第五稿终于结束了，定稿了，我也彻底沸腾了！翻看那一天的日记，我写道：我甚至想《李子红了》可以写成《李园春秋》，四五十万字，就写人物命运，生活场景细细刻画，大时代的东西渗透一下即可！完稿后产生这样的想法，足可说明一个写作者深入生活后，心中对农民命运和农耕乡愁生活有说不尽的故事和情结！

　　这边交稿了，那边我的立世牙（智齿）终于扛不住了，有生以来第一次骤肿起来，只好交完稿就去医院打点滴。躺在白色的病床上，《平凡的世界》里面台词依然回荡在我的耳畔：作家的劳动绝不仅是为了取悦时代，而更重要的是给历史的一个深厚的交代……

　　业余进入乐耕园体验农耕生活转眼已六年。六年来我创作了三部文艺作品，有散文、有诗歌，包括长篇小说《李子红了》，我亲切地称它们为"乐耕园三部曲"。如果说我这位"农民"有了一点收获，要感谢中央文艺座谈会精神的鼓舞，感谢中国金融作协、地方作协和师友、编辑的鼓励指导。当然，更要感谢我的乐耕园，是乐耕园给了我与果农心连心，与土地零距离接触的机会。

　　我是一名志愿者。其实我所做的一切，一句话足以表达：只为乡愁乡恋，土地情深！能够扎根泥土，为农民兄弟书写，我将乐此不疲！

二〇一三年二月至二〇一五年六月